民國文化與文學 研究文叢

十四編

李 怡 主編

第 15 冊

戰時動員與方言詩運動的關係研究

胡 余 龍 著

國家圖書館出版品預行編目資料

戰時動員與方言詩運動的關係研究／胡余龍 著 -- 初版 -- 新
北市：花木蘭文化事業有限公司，2021〔民 110〕
目 4+286 面；19×26 公分
（民國文化與文學研究文叢 十四編；第 15 冊）
ISBN 978-986-518-526-8（精裝）
1. 中國文學史 2. 方言 3. 詩歌
820.9   110011216

ISBN-978-986-518-526-8
9 789865 185268

民國文化與文學研究文叢
十四編　第十五冊　　　　　　　ISBN：978-986-518-526-8

戰時動員與方言詩運動的關係研究

作　　者　胡余龍
主　　編　李　怡
企　　劃　四川大學中國詩歌研究院
總 編 輯　杜潔祥
副總編輯　楊嘉樂
編　　輯　許郁翎、張雅淋、潘玟靜　美術編輯　陳逸婷
出　　版　花木蘭文化事業有限公司
發 行 人　高小娟
聯絡地址　235 新北市中和區中安街七二號十三樓
　　　　　電話：02-2923-1455／傳真：02-2923-1452
網　　址　http://www.huamulan.tw 信箱 service@huamulans.com
印　　刷　普羅文化出版廣告事業
初　　版　2021 年 9 月
全書字數　276859 字
定　　價　十四編 26 冊（精裝）台幣 70,000 元　　　版權所有‧請勿翻印

戰時動員與方言詩運動的關係研究

胡余龍　著

作者簡介

胡余龍，男，漢族，1992 年出生，湖北潛江人，中共黨員，文學博士，四川大學文學與新聞學院講師，研究方向為現代中國文學與文化，已經在《當代文壇》《文學評論》《現代中國文化與文學》等學術刊物上公開發表論文十餘篇，出版專著《詩歌與教育的歷史互動：聞一多與西南聯大詩人群的關係研究》，作為主要參與人之一完成國家社科基金西部項目《新疆當代多民族文學比較研究》等科研項目。

提　　要

　　以戰時動員為切入點研究 1937 ～ 1949 年間的方言詩運動，能夠有效地拓展現有研究格局，揭示過去為學術界所忽略的一條文學史線索。本文所說的「戰時」是指抗日戰爭時期和解放戰爭時期，時間範圍為 1937 ～ 1949 年。「戰時動員與方言詩運動的關係研究」此一選題主要可以從兩個方面展開論述，一方面是戰時動員對方言詩運動造成的多種影響，另一方面是方言詩運動在戰時動員裡起到的宣傳作用。論文主體由緒論和正文四章組成，緒論整體概括戰時動員與方言詩運動的歷史關係，梳理方言詩運動在戰爭語境下取得的歷史成就和肩負的時代使命；第一章主要分析方言詩運動對「民間歌謠」的創造性運用，進而理解此一現象跟參軍動員的聯繫；第二章著重闡釋農村社會動員在「面向農村」成為方言詩運動的基本方向中起到的歷史作用，以及方言詩運動在農村社會動員中發揮的現實作用；第三章集中論述文化動員對方言詩運動造成的複雜影響，闡發方言詩運動為解決「把詩聽懂」的認同難題而進行的多種嘗試；第四章重點解析方言詩運動在創作實踐方面取得的歷史成就，考察政治動員的時代使命與方言詩運動的「大眾詩歌」之間的內在關係。方言詩運動的興起離不開戰時動員的外力作用，從戰時動員的角度進入方言詩運動研究，不僅有助於認識方言詩運動的生成過程和歷史意義，而且有利於理解方言與新詩、戰爭語境與現代文學的複雜關聯。

研治文學史的方法與心態——代序

李　怡

　　我曾經以「作為方法的民國」為題討論過中國現代文學研究的「方法」問題,最近幾年,「作為方法」的討論連同這樣的竹內好－溝口雄三式的表述都流行一時,這在客觀上容易讓我們誤解:莫非又是一種學術術語的時髦?屬於「各領風騷三五年」的概念遊戲?

　　但「方法」的確重要,儘管人們對它也可能誤解重重。

　　在漢語傳統中,「方」與「法」都是指行事的辦法和技術,《康熙字典》釋義:「術也,法也。《易‧繫辭》:方以類聚。《疏》:方謂法術性行。《左傳‧昭二十九年》:官修其方。《注》:方,法術。」「法」字在漢語中多用來表示「法律」「刑法」等義,它的含義古今變化不大。後來由「法律」義引申出「標準」「方法」等義。這與拉丁語系 method 或 way 的來源含義大同小異——據說古希臘文中有「沿著」和「道路」的意思,表示人們活動所選擇的正確途徑或道路。在我們後來熟悉的馬克思主義哲學中,「世界觀」與「方法論」的相互關係更得到了反覆的闡述:人們關於世界是什麼、怎麼樣的根本觀點是「世界觀」,而借助這種觀點作指導去認識世界和改造世界的具體理論表述,就是所謂的「方法論」。

　　在我們的傳統認知中,關於世界之「觀」是基礎,是指導,方法之「論」則是這一基本觀念的運用和落實。因而雖然它們緊密結合,但是究竟還是以「世界觀」為依託,所以在「改造世界觀」的社會主潮中,我們對於「世界觀」的闡述和強調遠遠多於對「方法」的討論,在新中國改革開放前的國家思想主流中,「方法」常常被擱置在一邊,滿眼皆是「世界觀」應當如何端正的問題。這到新時期之初,終於有了反彈,史稱「1985 方法論熱」,

一時間，文藝方法論迭出，西方文藝社會學、心理學、語言學、原型批評、接受美學、結構主義、解構主義、新批評、現象學、存在主義、解釋學、以及借鑒的自然科學方法（系統論、控制論、信息論、模糊數學、耗散結構、熵定律、測不準原理等等），這些令人眼花繚亂的「新方法」衝破了單一的庸俗社會學的「舊方法」，開闢了新的文學研究的空間。不過，在今天看來，卻又因為沒有進一步推動「世界觀」的深入變革而常常流於批評概念的僵硬引入，以致令有的理論家頗感遺憾：「僅僅強調『方法論革命』，這主要是針對『感悟式印象式批評』和過去的『庸俗社會學』而來的，主要是針對我們把握世界的『方式』而言的。『方法論革命』沒有也不能夠關注到『批評主體自身素質』的革命。」〔註1〕

平心而論，這也怪不得 1985，在那個剛剛「解凍」的年代，所有的探索都還在悄悄進行，關於世界和人的整體認知──更深的「觀念」──尚是禁區處處，一切的新論都還在小心翼翼中展開，就包括對「反映論」的質疑都還在躲躲閃閃、欲言又止中進行，遑論其他？〔註2〕

1960 年 1 月 25 日，日本的中國研究專家竹內好發表演講《作為方法的亞洲》。數十年後，他已經不在人世，但思想的影響卻日益擴大，2011 年 7 月，溝口雄三《作為方法的中國》在三聯書店出版。〔註3〕 此前，中文譯本已經在臺灣推出，題為《做為「方法」的中國》。〔註4〕而有的中國學者（如孫歌、李冬木、汪暉、陳光興、葛兆光等）也早在 1990 年代就注意到了《方法としての中國》，並陸續加以介紹和評述。最近 10 年的中國思想文化與文學批評界，則可以說出現了一股「作為方法」的表述潮流，「作為方法的日本」、「作為方法的竹內好」、「亞洲」作為方法，以及「作為方法的 80 年代」等等都在我們學術話語中流行開來，從 1985 年至 1990 年直到 2011 年，「方法」再次引人注目，進入了學界的視野。

這裡的變化當然是顯著的。

雖然名為「方法」，但是竹內好、溝口雄三思考的起點卻是研究者的立場和研究對象的特殊性。中國何以值得成為日本學者的「方法」總結？歸

〔註1〕吳炫：《批評科學化與方法論崇拜》，《文藝理論研究》，1990 年 5 期。
〔註2〕參見夏中義：《反映論與「1985」方法論年》，《社會科學輯刊》，2015 年 3 期。
〔註3〕溝口雄三：《作為方法的中國》，孫軍悅譯，北京：三聯書店，2011 年。
〔註4〕林右崇譯，國立編譯館，1999 年。

根結底，是竹內好、溝口雄三這樣的日本學者在反思他們自己的學術立場，中國恰好可以充當這種反省的參照和借鏡。日本學人通過中國這樣一個「他者」的來參照進行自我的批判，實現從「西方」話語突圍，重新確立自己的主體性。竹內好所謂中國「迴心型」近現代化歷程，迥異於日本式的近代化「轉向型」，比較中被審判的是日本文化自己。溝口雄三批評那種「沒有中國的中國學」，其實也是通過這樣一個案例來反駁歐洲中心的觀念，尋找和包括日本在內的建立非歐洲區域的學術主體性，換句話說，無論是竹內好還是溝口雄三都試圖借助「中國」獨特性這一問題突破歐洲觀念中心的束縛，重建自身的思想主體性。如果套用我們多年來習慣的說法，那就是竹內好－溝口雄三的「方法之論」既是「方法論」，又是「世界觀」，是「世界觀」與「方法論」有機結合下的對世界與人的整體認知。

事實上，這也是「作為方法」之所以成為「思潮」的重要原因。在告別了 1980 年代浮躁的「方法熱」之後，在歷經了 1990 年代波詭雲譎的「現代─後現代」翻轉之後，中國學術也步入了一個反省自我、定義自我的時期，日本學人作為先行者的反省姿態當然格外引人注目。

如果我們承認中國當代學術需要重新釐定的立場和觀念實在很多，那麼「作為方法」的思潮就還會在一定時期內延續下去，並由「方法」的檢討深入到對一系列人與世界基本問題的探索。

在中國現當代文學的領域中，我堅持認為考察具體的國家社會形態是清理文學之根的必要，在這個意義上，「民國作為方法」或「共和國作為方法」比來自日本的「中國作為方法」更為切實和有效。同時，「民國作為方法」與「共和國作為方法」本身也不是一勞永逸的學術概念，它們都只是提醒我們一種尊重歷史事實的基本學術態度，至於在這樣一個態度的前提下我們究竟可以獲得哪些主要認知，又以何種角度進入文學史的闡述，則是一些需要具體處理、不斷回答的問題，比如具體國家體制下形成的文學機制問題，國家觀念與民族意識的互動與衝突，適應於民國與共和國語境的文學闡述方法，以及具體歷史環境中現代中國作家的文學選擇等等，嚴格說來，繼續沿用過去一些大而無當的概念已經不能令人滿意了，因為它沒有辦法抵近這些具體歷史真相，撫摸這些歷史的細節。

「民國作為方法」是對陳舊的庸俗社會學理論及時髦無根的西方批評理論的整體突破，而突破之後的我們則需要更自覺更主動地沉入歷史，進

入事實，在具體的事實解讀的基礎上發現更多的「方法」，完成連續不斷的觀念與技術的突破。如此一來，「民國作為方法」就是一個需要持續展開的未竟的工程。

對文學史「方法」的追問，能夠對自己近些年來的思考有所總結，這不是為了指導別人，而是為自我反省、自我提高。自我的總結，我首先想起的也是「方法」的問題，如上所述，方法並不只是操作的技術，它同樣是對世界的一種認知，是對我們精神世界的清理。在這一意義上，所有的關於方法的概括歸根到底又可以說是一種關於自我的追問，所以又可以稱作「自我作為方法」。

那麼，在今天的自我追問當中，什麼是繞不開的話題呢？我認為是虛無。

在心理學上，「虛無」在一種無法把捉的空洞狀態，在思想史上，「虛無」卻是豐富而複雜的存在，可能是為零，也可能是無限，可能是什麼也沒有，但也可能是人類認知的至高點。是一個複雜的概念。在今天，討論思想史意義的「虛無」可能有點奢侈，至少應該同時進入古希臘哲學與中國哲學的儒道兩家，東西方思想的比較才可能幫助我們稍微一窺前往的門徑。但是，作為心理狀態的空洞感卻可能如影隨形，揮之不去，成為我們無可迴避的現實。這裡的原因比較多樣，有個人理想與社會現實感的斷裂，有學術理念與學術環境的衝突，有人生的無奈與執著夢想的矛盾……當然，這種內與外的不和諧本來就是人生的常態，對於凡俗的人生而言，也就是一種生活的調節問題，並不值得誇大其詞，也無須糾纏不休。但對於一位以實現為志業的人來說，卻恐怕是另外一種情形。既然我們選擇了將思想作為人生的第一現實，那麼關乎思想的問題就不那麼輕而易舉就被生活的煙雲所蕩滌出去，它會執拗地拽住你，纏繞你，刺激你，逼迫你作出解釋，完成回答，更要命的是，我們自己一方面企圖「逃避痛苦」，規避選擇，另一方面，卻又情不自禁地為思想本身所吸引，不斷嘗試著挑戰虛無，圓滿自我。

這或許就是每一位真誠的思想者的宿命。

在魯迅眼中，虛無是一種無所不在的「真實」，「當我沉默著的時候，我覺得充實；我將開口，同時感到空虛」(《野草》題辭)「絕望之為虛妄，正與希望相同」(《希望》)「於浩歌狂熱之際中寒；於天上看見深淵。於一

切眼中看見無所有；於無所希望中得救。」(《墓碣文》)所以，他實際上是穿透了虛無，抵達了絕望。對於魯迅而言，已經沒有必要與虛無相糾纏，他反抗的是更深刻的黑暗——絕望。

虛無與絕望還是有所不同的。在現實的世界上，盼望有所把捉又陡然失落，或自以為理所當然實際無可奈何，這才是虛無感，但虛無感的不斷浮現卻也說明在大多數的時候，我們還浸泡在現實的各自期待當中，較之於魯迅，我們都更加牢固地被焊接在這一張制度化生存的網絡上，以它為據，以它為食，以它為夢想，儘管它無情，它強硬，它狡黠。但是，只要我們還不能如魯迅一般自由撰稿，獨自謀生，那就，就注定了必須付出一生與之糾纏，與之往返。在這個時候，反抗虛無總比順從虛無更值得我們去追求。

於是，我也願意自己的每一本文集都是自己挑戰虛無、反抗虛無的一種總結和記錄。

在我的想像之中，每一個學術命題的提出就是一次祛除虛無的嘗試，而每一次探入思想荒原的嘗試都是生命的不屈的抗爭。

回首這些年來思想歷程，我發現，自己最願意分享的幾個主題包括：現代性、國與族、地方與文獻。

「現代性」是我們無法拒絕卻又並不心甘情願的現實。

「國與族」的認同與疏離可能會糾結我們一生。

「地方」是我們最可能遺忘又最不該遺忘的土地與空間。

「文獻」在事實上絕不像它看上去那麼僵硬和呆板，發現了文獻的靈性我們才真的有可能跳出「虛無」的魔障。

如果仔細勘察，以上的主題之中或許就包含著若干反抗虛無的「方法」。

2021 年 6 月於長灘一號

目 次

緒　論

一

　　本文以戰時動員與方言詩運動的歷史關係為研究對象，考察 1937～1949
年間方言詩運動在戰爭語境下的生成機制、發展進程與歷史形態。作為現代新
詩運動的重要組成部分，方言詩運動興盛於特殊的歷史文化環境之中，肩負著
動員人民群眾的時代使命。戰時動員是爭取戰爭勝利的重要助力，它跟中國現
代文學之間有著複雜聯繫，這一點在方言詩運動上表現得尤為明顯，甚至可以
說如果沒有戰時動員的現實需要，那麼方言詩運動也許很難取得現有的歷史
成就，其具體形態也會大有不同。在 1937 年之前的中國新詩史上，也有一些
詩人嘗試過方言詩創作，在整體上呈現出零碎化、分散化的特點。在抗日戰爭
時期〔註1〕和解放戰爭時期，正是得益於戰時動員的外力支持，方言詩獲得了
從未有過的發展，並且形成了一種頗具規模的詩歌運動。因此，本文把研究對
象的時間範圍限定在 1937～1949 年間，討論本時期戰時動員與方言詩運動的
歷史關係。

　　儘管方言詩運動總是受到形形色色的質疑或者批評，但是其歷史軌轍從
未停歇，而且不斷出現的方言詩與方言詩論令方言詩運動的影響力持續擴大，
也讓戰時動員與方言詩運動的關係愈發複雜。其中的歷史景致雲蒸霞蔚、氣象
萬千，同時直抵方言與詩歌的關係的本質，值得細細研討。

〔註 1〕需要專門說明的是，考慮到方言詩運動在「七七事變」發生以後獲得了前所未
　　　　有的發展，在此之前的方言詩並沒有形成規模，所以本文中的「抗戰」主要是
　　　　指「七七事變」以後全面爆發的抗日戰爭、「抗日戰爭時期」主要是指 1937 年
　　　　至 1945 年期間。

　　眾所周知，語言與思維之間存在著密不可分的關係，甚至在二十世紀以來的語言學界裏，「語言決定思維」的學說流佈甚廣。「方言」只不過是一個相對的說法，如果一個地方的常用語言與另一個地方的常用語言在語音、語調、語義、語法、語詞等方面存在差異，那麼它們便是彼此眼中的「方言」。因此，愛德華・薩丕爾在《語言論──言語研究導論》一書裏這樣寫道：「方言、語言、語族、語系，不用說都是純粹相對的名稱。當我們的眼光擴大了或縮小了的時候，名稱可以改換。有沒有那麼一天我們能證明所有的語言都是從一條根上長出來的，那只是虛空的玄想。」〔註2〕從這一層面來講，所有的語言類型都可以被納入方言的廣義範疇。「方言」與「標準語」是語言的兩種基本形態，就個人而言，方言往往是他的母語，跟他有著更為緊密的聯繫，而標準語的背後通常隱藏著政治群體的角力和政治權力的爭奪，並非總是個體的自發性選擇。儘管方言千姿百態、多種多樣，然而它是人類與生俱來的稟賦和能力，表現並且塑造個人的思維方式和行為模式。這種影響習焉不察卻又潛滋暗湧，鎔鑄在個體生命體驗之中，無法被徹底拭去。方言與詩歌的關係並不能以「主／客」「裏／表」「本地／外來」之類的詞彙組合來概括，二者其實是共生共榮、相互依存的。更為重要的是，透過方言可以觀察民族精神的基本特徵：「由於民族精神特性的影響，各個語系才有不同的語言，同一個語系才會有若干種不同的語言，一種語言內才會形成種種方言，最後，同一種表面看來穩固不變的方言因時代或作家風格的不同，也才會發生變異。」〔註3〕

　　正是因為方言之於人的思維與精神有著特殊意義，所以研究方言與詩歌的關係具有重要的學術價值。從詩歌的本質來看，詩歌是語言的藝術，對語言表達技巧的磨練與鑽研是詩人的永恆事業。作為一種獨特的詩歌樣式，方言詩格外強調使用方言詞彙的藝術技巧，而且這種藝術技巧跟地域文化、時代環境、民族精神、創作風格、思維方式等有著千絲萬縷的聯繫，正如蘇珊・朗格所說「方言的運用表現出一種與詩中所寫、所想息息相關的思維方式」〔註4〕。對方言與詩歌的討論，是詩歌研究的基本命題之一，它既能夠幫助我們理解不

〔註2〕（美）愛德華・薩丕爾《語言論──言語研究導論》，陸卓元譯，北京：商務印書館1985年版，第137頁。

〔註3〕（德）威廉・馮・洪保特《論人類語言結構的差異及其對人類精神的影響》，姚小平譯，北京：商務印書館1999年版，第219頁。

〔註4〕（美）蘇珊・朗格《情感與形式》，劉大基等譯，北京：中國社會科學出版社1986年版，第251頁。

同歷史情境下的詩人，也有利於探尋詩歌的本質。從這個角度來看，研究方言詩具有重要意義，有助於進一步認識方言與詩歌的關係。新詩在中國已經走過百年歷程，然而九葉派詩人鄭敏發出的「世紀末的迴響」依舊警示人心。從方言詩的角度重新審視新詩的語言問題，或許可以得出一些富有闡釋力的新看法，對於探索新詩的發展前路也具有啟示意義。

　　正如上文所說，方言詩是一個具有普適性的人類共同話題，那麼本文選擇以 1937～1949 年間的中國方言詩運動作為研究對象還出於怎樣的學理依據呢？筆者之所以研究方言詩運動，方言詩運動在中國現代文學史上的重要性是主要原因之一。戰爭語境下的方言詩運動可以用「前所未有」一詞來形容。連續十餘載的戰爭帶給現代新詩多方面的深層次影響，其中方言詩創作得到了空前強化。由此不得不進一步追問：為什麼會在這段歷史時期裏發生了這樣的變化？這樣的變化又造成了怎樣的影響？方言從來不只是一種純粹的語言形式，而是跟詩人認識世界和表現世界的方式緊密聯繫在一起。因此，想要全面認識一個時代的詩歌，不得不考察那個時代的方言。在中國現代新詩史上，較早使用方言進行詩歌創作的是劉半農，他在《瓦釜集》裏運用的江陰方言和京白令人印象深刻。此外，徐志摩運用硤石土白寫成的新詩《一條金色的光痕》《殘詩》等也引起了一些人的注意。在接下來的一段時間裏，方言詩的整體表現乏善可陳。等到抗日戰爭全面爆發以後，詩歌大眾化和「民族形式」論爭風靡一時，方言詩運動從中異軍突出，推出了一大批方言詩人，例如創作四川方言詩的沙鷗、老粗、野谷等，創作陝北方言詩的李季、公木、張鐵夫等，創作客家方言詩的樓棲、蒲風、澄培等，創作粵方言詩的華嘉、符公望、黃寧嬰等，創作潮州方言詩的丹木、蕭野、萬年青等，以及從事其他種類方言詩創作的詩人，他們寫出了眾多方言詩，在戰時動員事業裏發揮了作用，也為後人留下了一筆財富。還需要特別注意的是，在《新華日報》《解放日報》《華商報》《中國詩壇》《新詩歌》《文藝生活》等報紙雜誌上多次出現了有關方言詩運動的論爭，這些論爭有時會跟方言文藝運動混雜共生，不但對認識方言詩運動的發展進程具有史料價值，而且對理解方言文藝運動的歷史形態、現代文學與戰爭語境的內在關係有著啟發作用。每個時代都有特定的主旋律，後者使不同的時代表現出不同的特質。在 1937～1949 年間，時代的主旋律毫無疑問是戰爭，戰爭深刻影響了本時期中國社會的方方面面。在此種情形下，戰時動員成為人們關注的中心話題，它被視為

影響戰爭進程的重要因素。因為人民群眾是中國戰爭的主要力量，所以中國戰爭的實質是人民戰爭，而人民戰爭的勝利離不開戰時動員的支持。如何在最大程度上調動推動戰爭的各種社會力量，成為戰時動員的核心議題和現實目標。戰爭語境對現代文學造成了深遠影響，而方言詩運動亦不能超然物外，它跟戰時動員產生了複雜聯繫，二者無法被剝離開來。

此外，我們還能對一些重要詩人產生新見解，並且發現一些過去不受關注、富有價值的詩歌，在戰時動員與方言詩運動的歷史關係之中重新評價這些詩人和詩歌的文學史地位和藝術特質。在以往的研究中，對沙鷗、李季、蒲風等重要詩人的研究較為充分，然而在一定程度上存在著同質化的問題。儘管也有一些學者談到了上述詩人的方言寫作現象，但是少有學者以方言為視點來分析詩歌作品的主題內容。通常而言，文本解讀是此類研究的主體，對方言的分析不過是附帶性的。方言對於詩人來說有著特殊意義，不把方言與詩人、詩歌看作一體，而是刻意分開論述，很難準確把握方言詩人的主體和特質。除了能夠增進對一些重要詩人的理解以外，研究方言詩運動還可以重新清理出一批詩歌作品，它們在過去很少被提及，卻頗具特色，應該得到今人的關注。相比沙鷗等詩人的作品而言，樓棲的《鴛鴦子》、丹木的《暹羅救濟米》、王嵩編的《老爺歌》等詩集顯得要「陌生」得多，它們其實也是方言詩運動的重要成果，亦是戰時動員的詩性產物，跟社會歷史情境有著緊密聯繫，在詩歌表達技巧上各有可取之處。如果讓這些詩集繼續在文學史裏蒙塵，是一件令人感到惋惜的事情。之所以要「發現」這些方言詩，不是為了填補所謂的「學術空白」，而是因為它們本來就具有一定的文獻價值和藝術價值。這些方言詩誕生在戰爭之中，鮮明地體現著戰爭帶給現代新詩的變化。進而言之，假如沒有戰爭的外力作用，或許不會出現那麼多的方言詩，它們的主題內容也會有所不同。客觀地講，戰時動員在一定程度上限制了方言詩的思想深度和詩藝水準，拘囿了方言詩的發展上限，但是它為方言詩運動的勃興提供了前所未有的發展機遇，令許多詩人主動投入到方言詩創作之中。

整體而言，本文之所以考察戰時動員與方言詩運動的歷史關係，主要是因為二者之間存在著相互作用的緊密聯繫：戰時動員深刻影響了方言詩運動的發展進程和歷史形態，而方言詩運動在戰時動員中發揮了重要作用。質言之，戰時動員不僅給方言詩運動打上了鮮明的時代印記，而且對當時的中國文學也造成了深遠影響。「戰爭文化要求把文學創作納入軍事軌道，成為奪取戰爭

勝利的一種動力，它在客觀上的成績是有目共睹的」〔註5〕，這種看法對於認識戰爭與文學的關係很有幫助。戰時文化規範使得戰時動員成為文學的首要功能和評判尺度，文學的啟蒙作用和審美功用被迫暫時讓位，文學需要圍繞戰爭展開。

　　這裡還需要解釋一個問題：何為「戰時動員」？本文裏的「戰時」是指抗日戰爭時期和解放戰爭時期，時間範圍為 1937～1949 年間；而「戰時動員」是指發動和組織廣大人民群眾以各種形式參與到戰爭進程之中的集體性社會活動。戰時動員的內涵是豐富多樣的，需要軍事、政治、經濟、社會、文化、外交等多個方面的密切配合。這些方面當然是戰時動員的重要內容，卻並不構成戰時動員的全部圖景，而且戰時動員在不同場合下具有不同內涵。就方言詩運動的實際情形而言，參軍動員、農村社會動員、文化動員、政治動員是其中較為突出的四個方面，它們鮮明地體現了戰時動員與方言詩運動的複雜關聯。所謂參軍動員，主要是指幫助人民群眾認識到戰爭的偉大意義，引導他們自願徵召入伍。在通常的印象裏，當國家爆發大規模戰爭以後，人民群眾會積極主動地參軍抗敵。然而事實並非總是如此，物質生活、家庭關係、傳統觀念、地域文化、徵兵制度等都會影響到人民群眾的參軍熱情。在此種情形下，參軍動員構成了戰時動員的必備環節。作為社會動員的一種重要類型，農村社會動員主要是指在農村進行的戰時動員，旨在調動廣大農民的參戰熱情，鼓勵他們以多種形式為戰爭做出貢獻。雖然共產黨和國民黨都看重農村社會動員，但是不同的政治立場決定了它們對農村社會動員的不同理解。站在共產黨的立場上，農民是中國革命的主體，也是實現「人民翻身」目標的主力，所以農民應該揭竿而起、奮勇反抗，發動全國規模的武裝革命；站在國民黨的立場上，農民是維持戰時經濟秩序的群眾基礎，也是穩定中國社會格局的重要力量，所以農民應該積極從事生產建設活動，並且為爭取戰爭勝利儘量多地提供物質支持。文化動員主要是指通過多種形式的文化教育來提升廣大人民群眾的文化水平，以便更好地向他們傳輸戰時動員政策。在文化動員裏，普通民眾與知識分子都同時承擔著「動員者」與「被動員者」的雙重身份：知識分子幫助普通民眾獲取所需的文化信息，而普通民眾幫助知識分子進行思想情感轉變。此種雙向互動的文化交流歸根結底還是為了讓文化動員取得最佳效果，從而為戰時動員

〔註 5〕陳思和《中國新文學整體觀》（第二版），上海：上海文藝出版社 2001 年版，
　　　　第 96 頁。

增添助力。政治動員主要是指共產黨與國民黨向人民群眾宣揚各自的政治主
張，闡發戰爭的重大意義。這種類型的戰時動員在抗日戰爭時期已經出現，在
解放戰爭時期達到高峰，成為當時中國社會的一種主旋律。政治動員是戰時動
員裏的一種特殊類型，它在動員人民群眾參加戰爭之時，還把政黨意識形態散
播出去，因而受到共產黨與國民黨的高度重視。概言之，在戰時動員與方言詩
運動的歷史關係裏，參軍動員、農村社會動員、文化動員、政治動員都是比較
值得關注的話題。

　　整體而言，本文在前人研究的基礎之上，圍繞參軍動員、農村社會動員、
文化動員、政治動員四個方面，具體論述戰時動員與方言詩運動的歷史關係，
在返回當時歷史情景的基礎之上，挖掘出更多的歷史事實和歷史細節，並給予
其相對客觀、深入、細緻的分析，力爭呈現出此前被遮蔽的詩歌風景，解析戰
時動員帶給方言詩運動的多種影響以及方言詩運動在戰時動員裏發揮的歷史
作用，進而為今後方言與新詩、戰爭語境與現代文學的關係研究提供可資借鑒
的方法和思路。

二

　　之前論述了「戰時動員與方言詩運動的關係研究」此一選題的學術意義，
梳理了戰時動員與方言詩運動的歷史關係，下面將概述學術界的相關研究現
狀，並且進行適當的評價與預估。總體而言，方言詩運動的研究現狀跟方言詩
運動的文學史意義並不匹配，雖然相關討論一直在進行著，但是專題研究比較
少見，尤其是戰時動員與方言詩運動的歷史關係沒有得到足夠的闡釋。

　　把時間上溯至 1920 年代，對方言詩的討論已然開始，只不過未成氣候。
對於劉半農《瓦釜集》與《揚鞭集》裏的方言詩，胡適、沈從文、蘇雪林等人
都發表過意見；對於「土白入詩」現象的合法性，徐志摩、聞一多、饒孟侃等
人均進行過評判。等到抗日戰爭全面爆發以後，可非、林林、雷石榆、黃寧嬰、
黃藥眠、穆木天等中國詩壇社成員以《中國詩壇》（原名《廣州詩壇》）雜誌為
陣地，發表了大量討論方言與朗誦的文章。方言詩受到越來越多的關注，並且
逐漸形成波及多個地方、涉及多位詩人的方言詩運動，《新華日報》《解放日報》
《時事新報》《西南風》《華商報》《正報》《大眾文藝叢刊》等多份報刊都登載
過探討方言詩的文章，茅盾、馮乃超、華嘉、薛汕、蕭野、藍玲、張岱、姚理、
王亞平、陳蘆荻等人都發表過相關看法。有關方言詩的討論直到 1940 年代末

期依然沒有消歇，而且往往跟方言文藝論爭相互纏繞。此類史料龐雜而瑣碎，這裡便不羅列篇名。

　　進入 1980 年代以後，方言與中國現當代文學的關係問題成為文學研究的重要指向。目前已有一些重要的學術著作從現代漢語的角度談論中國現當代文學，例如劉進才的《語言運動與中國現代文學》（中華書局 2007 年版）和《語言文學的現代建構》（北京大學出版社 2015 年版）分別討論了現代語言運動與現代民族國家想像、國語運動與現代文學的互動關係，高玉的《現代漢語與中國現代文學》（中國社會科學出版社 2003 年版）辨析了現代漢語和現代文學的內在關聯，張新穎、阪井洋史的《現代困境中的文學語言和文化形式》（山東教育出版社 2010 年版）對現代文學的語言形式和文化形式進行了別出心裁的探究等。除了這些學術著作以外，還有大量學術論文從不同角度討論方言與中國現當代文學的關係，譬如何錫章、王中的《方言與中國現代文學初論》（《文學評論》2006 年第 1 期）指出了方言對漢語寫作的特定性和普遍性的消解作用，李怡的《從文化的角度看現代四川文學中的方言》（《西南民族學院學報》1998 年第 2 期）認為四川現代作家對方言土語的運用是對四川文學傳統的創造性轉化，王丹、王確的《論 20 世紀 40 年代華南方言文學運動的有限合理性》（《學術研究》2012 年第 9 期）解析了華南方言文學運動與政治意識形態的關係等。以上著作和論文從不同的視點探討了中國現當代文學的語言問題，具有重要的學術價值，然而它們主要考察的是方言與中國現當代文學的關係，方言與新詩的話題在其中所佔的比例較小。

　　目前已經出現一些專門討論新詩語言問題的學術著作，其中涉及到了方言運用問題，例如張桃洲的《現代漢語的詩性空間：新詩話語研究》（北京大學出版社 2005 年版）分析了二十世紀中國新詩的諸種語言問題，向天淵的《現代漢語詩學話語（1917～1937）》（西南師範大學出版社 2002 年版）從話語主體、話語方式、話語文本、話語理論四個方面闡釋了現代漢語詩學話語的生成機制與存在樣態，謝冕、吳思敬主編的《字思維與中國現代詩學》（天津社會科學院出版社 2002 年版）從「字思維」的角度重新認識現代詩學等。以上學術著作有力地推進了學術界對於現代漢語與現代新詩的認識，對於本文的寫作具有重要的參考意義。除了這些學術著作以外，還有不少單篇論文討論了語言與新詩的關係，其中也牽涉到了方言與新詩的關係，譬如鄭敏的論文《世紀末的回顧：漢語語言變革與中國新詩創作》（《文學評論》1993 年第 3 期）

從漢語語言變革的角度剖析中國詩壇未能出現「大作品」和「大詩人」的原因，李怡的《多種書寫語言的交融與衝突——再審中國新詩的誕生》（《文藝研究》2018 年第 9 期）梳理了晚清詩學探索成為新詩語言資源的動態過程，朱曉進的《從語言的角度談新詩的評價問題》（《文學評論》1992 年第 3 期）試圖找到詩人在新詩語言形式上實現自我突破的可能性等。以上著作與論文將語言與新詩的關係研究推向了新高地，然而方言與新詩的關係依然沒有受到足夠的關注。

在目前的中國現代文學研究領域裏，從方言的角度切入中國現代新詩研究，目前已經取得了一些成果。顏同林在這一領域可謂用力最勤、成果最豐，他在學術專著《方言與中國現代新詩》（中國社會科學出版社 2008 年版）和《方言入詩的現代軌轍》（花城出版社 2019 年版）裏對 1916～1949 年間的方言入詩現象進行了細緻爬梳，深入討論了方言入詩在中國現代新詩的發展歷程中所起到的深遠作用。此外，顏同林還發表了《從粵語入詩到填詞為曲——論粵語詩人符公望》（《中國現代文學研究叢刊》2014 年第 7 期）、《方言入詩的書寫形式與語言試驗》（《廣東社會科學》2017 年第 6 期）、《〈華商報〉副刊與 1940 年代港粵文藝運動》（《廣東社會科學》2019 年第 2 期）等論文，進一步清理有關方言入詩現象的基本史實。顏同林的一系列相關著述具有重要的開拓性意義，對今後方言與新詩的研究有著不容忽視的啟發作用。除此之外，目前專門研究方言與新詩的關係的著述並不多，例如古遠清的論文《受政治利用的「臺語詩」》（《華文文學》2007 年第 5 期）指出「臺語詩」被少數臺獨分子當作建立「臺灣國文學」的政治工具，王佳琴的《方言與「五四」時期新詩的文體建構》（《文藝評論》2015 年第 6 期）認為方言在新詩的文體建構和文學形態中有著不可忽視的地位，方錦煌的《臺語詩研究》（貴州師範大學 2014 年碩士論文）鉤沉了 1980 年代興起於臺灣的一股方言詩創作潮流等。《從粵語入詩到填詞為曲——論粵語詩人符公望》《受政治利用的「臺語詩」》《臺語詩研究》等論文都直接以方言詩或方言詩人為研究對象，更能凸顯方言與新詩的內在勾連，只可惜此類論文較為少見，方言詩研究未能形成一套系統性的學術規範和操演方法。

在目前的中國現代文學研究領域裏，專門討論方言詩的著述並不算多。事實上，其他學科已經出現了一些方言詩研究成果，這裏主要介紹中國古代文學研究、外國文學研究領域的相關情況。在中國古代文學研究領域裏，方言詩引起了一些學者的注意，例如王水香的《清代汀州客家詩歌研究》（華僑大學 2008

年碩士論文）以林寶樹、李世熊、伊秉綬等詩人為例分析了清代汀州客家詩歌與客家方言的聯繫，趙家棟的《敦煌寫卷北圖 7677V〈方言詩一首〉試解》（《敦煌研究》2015 年第 4 期）對《方言詩一首》中的詞彙含義和詩歌主旨進行了解讀，楊永發、郭芹納的《清人對杜詩方言俗語的注釋初探》（《杜甫研究學刊》2011 年第 1 期）總結了清人注本注釋杜詩方言的方法等。在外國文學研究領域裏，也有一些專門研討方言詩的成果問世，例如李莉的論文《黑人文化的折射鏡：蘭斯頓·休斯的方言詩》（《湖南科技學院學報》2007 年第 1 期）分析了蘭斯頓·休斯的方言詩為黑人文化乃至美國文化所做出的貢獻，呂同六的《返樸歸真，推陳出新——意大利當代方言詩歌掃描》（《世界文學》1992 年第 5 期）探討了第二次世界大戰結束以後意大利方言詩再度興盛的文化背景和藝術景象，陳英的《帕索里尼早期詩歌創作中的「迷思」》（《外國語文》2013 年第 1 期）指出了帕索里尼的方言詩包含著對鄉村生活的迷戀等。以上論文雖然不屬於中國現代文學研究的範疇，然而對於方言詩研究有著啟示作用。

　　整體而言，目前對方言與新詩的研究還是不夠的，對方言詩運動的討論也是不足的，此種狀況在客觀上為「戰時動員與方言詩運動的關係研究」這一選題留下了言說空間。更為重要的是，方言詩運動體現出戰爭的新動向和新面相，跟戰時詩人的精神狀態和詩學主張有著密切聯繫，「戰時動員與方言詩運動的關係研究」這一選題本身具有重要的學術價值，然而目前學術界並沒有給予其足夠的關注。在已有的相關研究成果裏，方言詩運動的諸多史實尚未得到清理和闡釋，尤其是戰時動員與方言詩運動的歷史關係，沒有受到應有的重視。考察戰時動員與方言詩運動的關係，不僅有助於認識方言詩運動的生成過程和歷史意義，而且有利於理解方言與新詩、戰爭語境與現代文學的複雜關聯。因此，筆者認為很有必要對方言詩運動進行一項專題研究，著重探討戰時動員與方言詩運動的歷史關係，儘量發掘出更多的文學史風景。

三

　　前面討論了「戰時動員與方言詩運動的關係研究」這個選題的由來、意義、現狀等問題，下面將說明開展此項研究的方法論、行文思路、預期成效等話題，並且對方言詩的含義進行適當的界定。

　　根據方言詩運動的特性，對方言詩運動的研究可以主要從語言與歷史兩個維度展開。語言維度是指運用語言學的研究方法，從語音、文字、詞彙、語

法、修辭等方面分析方言詩運動的語言特質；歷史維度是指運用歷史學的研究方法，在「國家歷史情態」〔註6〕裏梳理方言詩運動的歷史進程。本文將主要以歷史維度為研究視角考察戰時動員與方言詩運動的歷史關係，兼以從語言維度的視域分析方言詩運動的語言特質及其跟戰時動員的內在關聯。無論是語言特質，還是歷史進程，它們都是方言詩運動的歷史形態的組成部分，亦都是戰時動員與方言詩運動的歷史關係的一種具體表現。語言特質的獨特性、歷史進程的特殊性都是戰時動員帶給方言詩運動的重要影響，也是方言詩運動主動適應戰時動員的時代選擇。尤其要注意的是，這裡所說的語言特質並非是一種純粹的詩歌語言風格，它根植於戰爭語境，跟戰時動員之間有著盤根錯節的多種聯繫。

隨即要面對的問題是：如何才能還原方言詩運動的歷史形態呢？「文史對話」不失為一種行之有效的方法。從「興觀群怨」到「詩史互證」，「詩史」傳統在中國源遠流長，而「文史對話」接續了此種傳統，又有所不同，它倡議文學與歷史之間的互動，但是強調「歷史化」最終要落回到文學闡釋上。對「文史對話」的呼籲，其實包含著對現實的擔憂——「理論的焦慮」。從上世紀八十年代開始，「走向世界」的現代性誘惑逐漸彌漫中國文學研究的園地，西方文學理論成為中國學者共同找到的一座燈塔，他們試圖藉此通向人類思想的高地。然而「唯理論」的思想傾向源源不斷地製造著「理論的焦慮」，令眾人開始反思西方文學理論之於中國文學經驗的闡釋限度。於是，另一種極端的學術主張——「去理論」應運而生。無論是「唯理論」，還是「去理論」，都忽略了一個習焉不察的事實：理論是研究的工具。既然理論是研究的工具，那麼它對於研究者來說，既不是覆蓋一切的萬能鑰匙，也不是可有可無的紋飾點綴。理論不能代替思想和歷史，但是理論有助於思想的提煉和歷史的洞悉。也就是說，西方文學理論能夠而且應該在中國文學研究中發揮重要作用，但是這種作用不能被無限放大，「所謂學術的中國道路與中國特色都只能立足於我們對於中國文學問題的切實的感悟和發掘，是問題本身的真實而不是我們的亟待克服的焦慮推動著學術的發展。」〔註7〕在相當長的一段時期裏，中國現代文學史多以革命史和政黨史為撰述線索，其豐富性和複雜性不可避免地受到

〔註 6〕李怡《中國現代文學史的敘述範式》，載《中國社會科學》2012 年第 2 期，第 164 頁。

〔註 7〕李怡《文史對話與大文學史觀》，廣州：花城出版社 2019 年版，第 23 頁。

遮蔽和裁剪，建立在此一基礎之上的文學史論述帶有侷限性。運用「文史對話」的研究方法來重新審視中國現代文學史，可以發現除了革命史和政黨史以外，經濟史、社會史、教育史、法律史、軍事史、文化史等均是富有創造性的切入角度。即便是革命史和政黨史，在引入了新視角以後，也能煥發出新生機。以歷史的繁複激發文學的生機，鼓勵多種視角和思路的共生共存，從而不斷拓展中國現代文學研究的闡釋空間，這便是「文史對話」的學術貢獻。「文史對話」主張不斷發掘歷史細節與文學史事實，儘量表現出「歷史的實感」與「文學的繁複」。雖然「文史對話」倡議祛除「純文學」的迷思，努力發現文學文本的周邊風景，以「文學周邊」來反觀「文學中心」，但是並不主張以知識考古代替文本解讀，而是倡導妥善處理文學與歷史的關係，將「內部研究」和「外部研究」結合起來。文學研究的本體一定是文學而非歷史，「文史對話」最終指向的還是文學本身，「文學史敘事，根本方法是回到對文學作品文本的解釋，『歷史化』還是要還原到文學文本可理解的具體的美學層面。終歸我們要回到文本。」〔註8〕

　　概言之，以「文史對話」的研究方法考察方言詩運動，能夠在返回歷史現場的基礎上深入辨識方言詩運動的生成機制與衍化軌跡，闡述它在戰時動員中發揮的歷史作用，解析戰時動員對方言詩運動造成的多種影響——這些恰恰是「戰時動員與方言詩運動的關係研究」此一選題的主要研究內容。想要釐清戰時動員與方言詩運動的複雜關係，必須努力做到還原歷史現場，以大量的文獻史料為基礎，適當引入歷史學的研究成果，在文學與歷史的互動中審視戰時動員這一社會運動與方言詩運動這一詩歌運動的歷史關係。純粹從詩歌運動的角度分析方言詩運動，脫離戰時動員的歷史語境，由此得出的一系列結論很可能拘囿於文學內部，沒有把內部研究與外部研究有效結合起來，並不能充分呈現出方言詩運動的豐富性、複雜性與完整性。

　　研究方言詩運動的首要問題是怎樣界定方言詩的內涵。這個問題看似簡單明瞭，實則較為複雜。想要定義方言詩，先要定義方言。何為「方言」？按照黎錦熙的說法：「研究中國方言，應有廣狹二義：只以漢語各種土語方言為對象，是為狹義；兼及境內其他各族之語言，是為廣義。」〔註9〕本文採納狹

〔註8〕陳曉明《中國當代文學主潮》，北京：北京大學出版社 2013 年版，第 22 頁。
〔註9〕黎錦熙《論全國方言研究調查之重要及其工作計劃》，蘭州《甘肅教育半月刊》
　　　1942 年第 4 卷第 19～20 期，第 1 頁。

義的「方言」，即以之指代流行於各個地區的多種漢語方言，少數民族語言不在本文討論範圍之內。跟方言相似，方言詩的定義同樣比較複雜。在通常的直觀印象裏，方言詩是純粹由方言寫成的詩歌，然而實際情況要比之複雜得多。純粹的方言詩在創作、出版、閱讀等多個環節上都存在著種種困難，不能總是幫助方言詩運動很好地完成戰時動員任務，況且方言並非是一個靜態的、不變的概念，而是處於不斷的衍變與融合之中。「大家認為方言朗誦是好的，有意義的；但是半弔子的方言朗誦卻不好。假如要方言朗誦的話，就應該用純粹的方言來寫，純粹的方言來朗誦。這其實都是把方言看得太死了，好像它就是原生那麼一塊，搗不爛，錘不碎。其實，方言即使是一塊石塊，也應該是水能消，風能化的石塊呀。」〔註10〕這種情形使得方言詩的實際形態並不單純，與之相應的，對方言詩的定義也不能採取單一的評判標準，而應該根據不同的歷史情境進行具體分析。在筆者看來，方言詩大致有如下三類：一、純粹使用方言創作的詩歌；二、混用方言和國語創作的詩歌，方言在其中佔據了較大的比重；三、被時人明確認定為方言詩的詩歌。需要特別說明的是，本文所說的方言詩是指用漢語方言寫成的詩歌，運用少數民族語言和外國語言寫成的詩歌不在筆者的探討之列。

此外，還要追問一個問題：為什麼一些方言詩顯得格外「方言化」，而有些方言詩卻近似於「淺近的國語」？這是因為南北方言跟國語之間存在著顯著差別。國語以北方方言作為基礎，所以它跟北方方言較為相似，卻跟南方方言相去甚遠。試看黃寧嬰的《西水漲》與王伯惠的《胡寡婦》這兩首方言詩。《西水漲》運用粵方言寫成，其中的「唔肯」「我地」「剩番」〔註11〕等方言詞彙在全國範圍內並不常見。《胡寡婦》運用陝北方言寫成，雖然也包含了「麻麻亮」「一囤子」「真頂事」〔註12〕等方言詞彙，卻比《西水漲》更容易理解。這種差別跟寫作技巧關係不大，主要是因為南北方言跟國語之間的親疏關係。

之前已經提到過，本文之所以把考察方言詩運動的時間範圍限定在 1937～1949 年間，主要是因為方言詩運動在本時期取得了令人矚目的歷史成就，這其實是戰時動員帶給方言詩運動的特定變化。中國現代新詩誕生不久以後，土白詩、方言詩相繼出現，徐志摩、劉半農、聞一多等詩人都有過這方面的創

〔註10〕錫金《談詩二則》，桂林《詩創作》1941 年第 6 期，第 17 頁。
〔註11〕黃寧嬰《西水漲》，香港《新詩歌》1948 年第 7 輯，第 8 頁。
〔註12〕王伯惠《胡寡婦》，延安《解放日報》1943 年 6 月 5 日，第 4 版。

作嘗試，也引起了文壇的一些注意。但是整體而言，方言詩創作在 1920 年代呈現出零碎化的特徵。進入 1930 年代以後，經過一段時間的沈寂，方言詩隨著文藝大眾化浪潮的興盛而逐漸吸引了一部分詩人的目光。特別是在抗日戰爭全面爆發之後，方言詩受到越來越多的關注，成長為一種頗具規模的詩歌運動，這是戰爭語境帶給方言詩運動的特殊影響。等到解放戰爭時期，香港、廣州、桂林、重慶、延安等多地興起了新一輪的方言詩運動，湧現出一大批方言詩和方言詩論，將方言詩運動推向新境地。及至全國解放以後，文學機制發生了巨大變化，戰時動員不再是時代的主旋律，方言詩運動隨之從歷史舞臺上悄然謝幕。從 1937 年到 1949 年，中國經歷了兩次波及舉國上下的大型戰爭，長達十餘年的戰爭造就了中國現代文學史上獨特的方言詩運動，深刻地影響了方言詩運動的發展軌跡。由於臺澳現代文學的生成機制迥異於中國的其他地域，而且臺澳不像戰後香港迎來了一大批「南來作家」——「南來作家」的到來幫助戰後香港文學匯入中國現代文學主潮的運行軌轍之中，所以本文不準備談討臺澳現代文學史上的方言詩運動。

　　有關方言詩運動的文獻史料繁雜而瑣碎，想要呈現出方言詩運動的豐富性、複雜性與完整性，不得不反覆思考全文結構，一方面要搭建一個自洽嚴密的邏輯體系，另一方面要盡可能多地釐清相關史實。這兩方面的考慮有時難免發生衝突，必須想法設法地平衡二者的關係，儘量避免論證漏洞的出現。總體而論，本文將分為四章，主要從方言詩運動的形式特徵、題材內容、理論探索、創作實踐四個方面闡釋方言詩運動的歷史面相，分別對應之前所說的參軍動員、農村社會動員、文化動員、政治動員，在戰時動員的歷史語境中從不同角度還原方言詩運動的歷史形態。第一部分闡釋參軍動員的現實需要與「民間歌謠」的形式意義之間的歷史關係。參軍動員是戰時動員的重要組成部分，它影響了方言詩運動的現實定位和社會功用。方言詩運動對民間歌謠進行了創造性的改造和運用，這是方言詩運動主動適應參軍動員的必然選擇。民間歌謠之所以能夠成為方言詩運動主動適應戰時動員的一個可選項，還跟當時人們對待民間文學的一貫態度有關，從民間文學裏尋找新文學創作的靈感和資源，是作家們的一種共識。民間歌謠的種類繁多，跟方言詩運動的關係也不盡相同。閩南民歌、粵調說唱民歌、客家山歌是其中頗具代表性的三種民間歌謠類型，它們在戰時環境裏跟方言詩運動融合，幫助方言詩運動發揮其參軍動員作用。第二部分解析農村社會動員的宣傳目標與「面向農村」的基本方向之間的複雜

聯繫。農村社會動員在戰時動員中具有重要地位，對方言詩運動也產生了深刻影響，使後者提出以「面向農村」作為基本方向。「面向農村」規約了方言詩運動的發展軌跡，塑形了方言詩運動的歷史風貌，關乎方言詩運動在農村社會動員裏的宣傳效用。方言詩運動的農村書寫蘊含著有關現代民族國家戰爭與中國農村社會的多重思考與豐富想像，是對「人民翻身」觀念與農村社會動員的文學性再現，還承載了詩人對「新中國」建設方案的現代性設想。眾多詩人在方言詩裏表現過四川農村的戰爭景象，這種四川農村書寫可謂是戰時農村生活的「百醜圖」，構成了方言詩運動進行農村社會動員的具體實踐。第三部分審視文化動員的政策導向與「把詩聽懂」的認同難題之間的內在關聯。文化動員關係著戰時動員的實際成效，對方言詩運動的發展軌跡產生了重要影響。詩人一直在進行著如何擴大方言詩運動的影響範圍的理論探索，而這種理論探索主要著眼於「把詩聽懂」的認同難題，跟當時文化動員的政策導向息息相關。方言詩運動為解決「把詩聽懂」的認同難題進行了種種理論探索，包括對人民生活的體驗、在音韻上的追求、詩歌的「民族形式」的建構、創作主體的延展、記錄方言的方式、運用方言的方法、是否需要添加注釋等，其最終目的都是為了儘量擴大方言詩運動的實際傳播範圍、提升方言詩運動的文化動員效用。第四部分考察政治動員的時代使命與「大眾詩歌」的創作成就之間的歷史關係。政治動員在激發人民群眾參加戰爭的積極性與主動性、宣揚政黨各自的意識形態裏扮演著重要角色，對方言詩運動產生了深刻影響。為了解決「把詩聽懂」的讀者接受問題，方言詩運動不僅進行了多元的理論探索，還取得了突出的創作成績。詩歌大眾化與方言詩運動的融合造成了一大批「大眾詩歌」，它們跟政治動員的時代使命之間有著密切關聯，體現了共產黨與國民黨的意識形態鬥爭。根據目前所見資料顯示，大部分方言詩都表現出支持共產黨、反對國民黨的政治立場，由此可見兩個政黨各自的政治動員策略所取得的不同實際成效。

當然，以上只是大概的範圍劃分，在實際研究中難免出現相互滲透、彼此穿插的情況，這也符合歷史的常態。歷史本是隨意飄飛而又必定歸塵的落葉，我們要做的、能做的便是從中勾畫出一條相對清晰的蹤跡，同時又不至於為了論述的便捷而對繽紛的風景進行過度裁剪。作為中國現代文學的一方獨特風景，方言詩運動在特定的歷史時期裏綻放過特定的熠熠光芒，將其曲折蜿蜒、搖曳多姿的演變歷程呈現出來便是本文的主要目標。

第一章 參軍動員與「民間歌謠」的形式意義

引言

　　參軍動員是戰時動員的重要組成部分，直接為戰爭提供武裝力量的支持。參軍動員的主要作用是幫助人民群眾認識戰爭的目的和意義，讓他們意識到爭取戰爭的早日勝利跟自己的切身利益緊密相關，從而引導他們自願投入到戰爭之中，主動為之持續不斷地貢獻力量。作為戰時動員的一個重要方面，參軍動員對方言詩運動產生了作用，其現實需要影響了方言詩運動的現實定位和社會功用。既然如此，那麼方言詩運動如何才能滿足參軍動員的現實需要？也就是說，怎樣才能通過方言詩運動動員廣大人民群眾積極地參軍入伍呢？眾多詩人將解決問題的希望寄託在「民間歌謠」之上，它因而跟參軍動員緊密結合在一起，成為方言詩運動發揮戰時宣傳作用的工具。首先需要說明何為「民間歌謠」？這裡應該分開看待「民間」和「歌謠」兩個詞彙的含義。按照陳思和的理解，「民間」是與「國家」相對的一個概念，指代「國家權力中心控制範圍的邊緣區域」〔註1〕。根據通常的看法，區分「歌謠」的依據是「合樂為歌，無樂為謠」，本文沿用臧汀生的處理辦法——「歌謠不分，一併討論」〔註2〕。概言之，本文裏的「民間歌謠」主要是指在國家權力中心控制範圍的邊緣區域裏產生與流傳的民歌民謠。

　　對於方言詩創作而言，民間歌謠是無法忽視的形式資源。方言詩的發展離

〔註1〕陳思和《中國新文學整體觀》（第二版），上海：上海文藝出版社 2001 年版，第 112 頁。
〔註2〕臧汀生《臺灣閩南語歌謠研究》，臺北：臺灣商務印書館股份有限公司 1980 年版，第 1～2 頁。

不開對民間歌謠的借鑒，這是方言詩運動主動適應參軍動員的必然選擇。對於方言詩運動而言，民間歌謠有著豐富方言詩形式的意義；因為這種民間文學形式深受人民群眾的歡迎，所以它還具有親近人民群眾的功效。黃寧嬰在分析可非的粵方言詩集《喺前線》之時，有感於該詩集中屬於民間歌謠範疇的方言詩只有《月光光》《傾世事》《新文字歌》等少數幾首，結合自己的創作經驗，他指出方言詩在形式上將會分裂成「詩」與「歌」兩個方向：「方言詩歌的發展在形式方面必然要分成『詩』的形式與『歌』的形式，而為了更接近大眾必須更注重於『歌』的發展。所謂『歌』就包括了一切山歌民謠，各種時調，這是最為大眾所熟悉，所喜愛而最易上口的東西。故此想為方言詩歌開拓廣闊的前途必然向這方面多多的努力，也必然地向這方面多多的致力才能夠鞏固方言詩歌的基礎。」〔註3〕黃寧嬰的這番預言後來成為事實，方言詩運動主動向民間歌謠靠攏，並且依靠民間歌謠的形式優勢得以在人民群眾中間順利地推廣開來；而民間歌謠依靠方言詩運動的不斷深入在戰爭語境裏愈發貼近時代的脈搏，煥發出新的生機與活力。民間歌謠幫助方言詩運動以人民群眾喜聞樂見的文學形式廣泛傳播，方言詩運動由此能夠在參軍動員裏起到更加突出的作用，而參軍動員對方言詩運動的發展趨向產生了顯著影響。民間歌謠與方言詩運動的結合，可以被視為戰時動員帶給方言詩運動的一種重要變化。

在過去的新詩研究裏，民間歌謠與現代新詩的密切聯繫已經被許多學者注意到。例如劉繼業說過「在二十世紀三四十年代，中國新詩歌謠化和朗誦詩是新詩實現大眾化的兩個最主要的方式與途徑，是大眾化詩學集中探討的詩學問題」〔註4〕；李怡認為新詩歌謠化是中國現代新詩創作的一種普遍傾向，深刻地影響了中國新詩的思想藝術追求〔註5〕；康凌以 1930 年代的左翼新詩歌謠化運動為例，指出「歌謠化新詩對其讀者／聽眾所進行的革命動員，不僅指向他們的思想意識，更致力於召喚一個集體的、感官的革命主體及其身體性共鳴」〔註6〕。目前對民間歌謠與現代新詩的研究已經產生了許多學術成果，

〔註3〕寧嬰《〈喺前線〉讀後感》，廣州《中國詩壇》1937 年第 1 卷第 5 期，第 21 頁。

〔註4〕劉繼業《朗誦詩理論探索與中國現代詩學》，載《中國社會科學》2003 年第 5 期，第 153 頁。

〔註5〕李怡《論中國現代新詩的歌謠化運動——兼說〈國風〉、〈樂府〉的現代意義》，載《西南師範大學學報》（哲學社會科學版）1994 年第 3 期，第 97 頁。

〔註6〕康凌《「大眾化」的「節奏」：左翼新詩歌謠化運動中的身體動員與感官政治》，載《文學評論》2019 年第 1 期，第 110 頁。

研究重心逐漸從勾勒宏觀歷史脈絡轉向闡發具體詩潮現象，但是少有學者專門闡釋民間歌謠與方言詩運動的內在聯繫。現在已有學者從方言入詩的角度分析新詩與歌謠的關係，指出新詩從歌謠那裡汲取的語言與精神的養分〔註7〕，而新詩與歌謠在戰爭語境下相互影響的互動景象，尤其是新詩運用歌謠形式宣傳參軍政策的歷史過程同樣值得關注，這恰恰是本章準備探討的話題，藉此進而理解方言詩運動為適應參軍動員的現實需要而進行的種種形式探索。這種形式探索的意義不僅是形式上的，而且也是內容上的，它一方面對民間歌謠形式進行了適時的改造，另一方面將參軍動員理念融入到方言詩之中，從中可以看出戰時動員與方言詩運動的密切關係。

　　民間歌謠之所以成為方言詩運動主動適應戰時動員的一個可選項，跟時人對待民間文學的一貫態度有關。從民間文學裏尋找新文學創作的靈感和資源，是新文學作家們的一種共識。「要創作人民文藝，方言文藝，除必須體味大眾的生活狀態，思想感情外，對民間文藝的研究是必不可少的，不熟悉人民自己的創作，我們的創作恐怕很難得發展」〔註8〕，這段話表明了整理、研究和借鑒民間文學之於新文學運動的必要性。對於方言詩運動而言，這種情況同樣是成立的。方言詩與民間歌謠之間本就存在著天然聯繫，茅盾曾經指出過這一點：「一些青年詩人的『方言詩』亦往往有佳製；『方言詩』的格調也和民間歌謠有血脈相通之處。這一趨勢，顯示了我們的新詩歌正在大眾化的路上快步前進。」〔註9〕因此，民間歌謠成為詩人進行方言詩創作的重要形式資源，也成為方言詩運動發揮參軍動員作用的一種常見選擇，從他們的作品裏時常可以看到民間歌謠的魅影。陝北信天遊、四川小調、客家山歌、上海吳歌、閩南民歌以及木魚、龍舟、南音、粵謳、童謠、鹹水歌等多種形式在內的粵調說唱民歌，這些民間歌謠形式被詩人加以改造和利用，成為他們「舊瓶裝新酒」的實驗對象，也成為他們開展參軍動員的試驗方案。《王貴與李香香》（李季）、《鴛鴦子》（樓棲）、《潮州有個許亞標》（黃雨）、《唔見棺材唔流眼淚》（陳蘆荻）、《丁大娘》（土工）、《解放軍過長江》（張殊明）、《教館佬

〔註7〕顏同林《方言與中國現代新詩》，北京：中國社會科學出版社 2008 年版，第207～225 頁。

〔註8〕友直《從一個整理民歌的典型經驗說起》，香港《華商報》1948 年 5 月 26 日，第 3 版。

〔註9〕茅盾《民間、民主詩人》，《茅盾全集》（第二十三卷），北京：人民文學出版社1996 年版，第 374 頁。

五字經》（文華）、《五想五恨》（川北）等一大批方言詩應運而生，它們借用了多種類型的民間歌謠形式，受到了人民群眾的歡迎和好評，在參軍動員裏也起到了作用。需要特別說明的是，民間歌謠的種類繁多，它們與方言詩運動的關係也不盡相同，在參軍動員中起到的作用亦有所差別。綜合考慮影響力、持續性、典型性等多種因素，本章主要選取閩南民歌、粵調說唱民歌、客家山歌三種民間歌謠類型，將之放置在戰時環境裏分別進行考察，探討它們與方言詩運動的融合過程及其跟參軍動員的歷史關係。

第一節　「以民歌為起點」：閩南民歌的現代轉型

對於方言詩運動而言，運用閩南民歌形式進行方言詩創作之所以被當作發揮參軍動員作用的一種有效途徑，跟閩南民歌在閩南方言區的常見性和重要性有著密切聯繫。對於生活在閩南方言區的人們而言，閩南民歌深深地嵌入了他們的日常生活之中，「閩南方言民歌是獨具魅力的歌種，鮮明地體現了當地人的生活情趣」〔註 10〕，並且成為當地人表情達意的必備工具。這種情形直到今天依然沒有消絕，「當你走上那勃發著生命力的綠野茶山，尚留遺音的男女褒歌縈繫著的還是閩南山地的茶魂」〔註 11〕，其中的「褒歌」是閩南民歌的一種類別。不僅如此，閩南民歌扎根於社會現實，素來不缺少反映時代變化和人民心聲的作品，「凡是在社會上產生的重大事件在民歌中都有所反映，人們可以從民歌中看到民心和民情。月暈而風，礎潤而雨，民歌中所表現出的思想願望，正是民眾心裏的呼聲、社會的脈搏。」〔註 12〕因為閩南民歌之於當地民眾的重要性，也因為閩南民歌自帶的現實質素，所以在抗日戰爭全面爆發以後，閩南民歌成為詩人推行方言詩運動、開展參軍動員的必然選擇，它跟方言詩運動的結合在戰時動員裏發揮了作用。那麼我們不禁要問：閩南民歌是如何助推方言詩運動的？方言詩運動又是怎樣運用閩南民歌形式的？參軍動員在閩南民歌與方言詩運動的結合裏起到了哪些作用？閩南民歌與方言詩運動的融合對於參軍動員而言有著何種意義？下面將著重探討這些問題。

〔註 10〕 王丹丹《閩臺地區閩南方言民歌特色》，載《中國音樂學》2007 年第 3 期，第
　　　　 44 頁。
〔註 11〕 藍雪霏《閩臺閩南語民歌研究》，福州：福建人民出版社 2003 年版，第 2 頁。
〔註 12〕 劉春曙《閩臺樂海鉤沉錄》，福州：海峽文藝出版社 2008 年版，第 46～47 頁。

一、閩南民歌的戰時宣傳功能

閩南民歌與方言詩運動融合的主要目的之一是為了滿足參軍動員的現實需求，向人民群眾宣傳參軍政策。閩南民歌之所以被詩人運用到方言詩創作之中，在參軍動員裏發揮作用，離不開閩南民歌的社會功能和社會地位。眾所周知，閩南民歌在閩南方言區歷史悠久、綿延不絕，在人們的日常生活中扮演著不可缺少的角色。本文所說的閩南民歌泛指運用閩南方言創作的民歌，而非特指產生或流行於閩南地區的民歌。與之相應的，閩南方言詩是指運用閩南方言創作的方言詩，而不是專指來自閩南地區的方言詩。〔註13〕閩南方言是從屬於閩方言的次方言，而閩方言是中國漢語七大方言之一。作為閩南民系的共同語，閩南方言的通用地區範圍較廣，「北到浙江舟山、溫州，中至閩南廈漳泉和廣東潮汕，南至海南，再南至新加坡、馬來西亞、印度尼西亞和菲律賓，東到臺灣全島，都有或集中或分散的分布」〔註14〕，而閩南方言是閩南民歌的主要載體，閩南方言的流行與閩南民歌的流行是不可分割的。作為民間心聲的自然流露，閩南民歌有著多樣的形式和豐富的內容，男女情感、生產勞動、婚嫁喪殯、衣食起居、時代變幻等均被融入其中，它們不只是一種民間文藝形式，而且成為當地人日常生活的真實寫照。恰恰因為閩南民歌在閩南方言區的重要地位，所以它們才會被運用到方言詩運動之中，成為宣傳參軍政策、推動戰爭進程的一股助力。如果閩南民歌不能在參軍動員發揮作用，那麼它很難吸引眾多詩人的一致目光、成為他們自覺借鑒的形式資源。

從閩南民歌與政治運動的歷史關係來講，閩南民歌在抗日戰爭全面爆發以後被用於參軍動員是時代發展的必然趨勢，也符合閩南民歌反映社會現實的特質。也就是說，閩南民歌本就有著宣傳政治運動的傳統，它能夠起到參軍動員作用也就不足為奇了。例如在第二次國內革命戰爭時期，福建是中央蘇區革命根據地的一部分，在共產黨的領導下進行了廣泛而深入的採集、編選和創作閩南民歌的運動，湧現出《打沙縣》《翻身歌》《正月革命》《工農紅軍到古田》《1929 年鬥爭歌》《打到崇安縣》等眾多作品。閩南方言詩運動的參與者林林對此有過回憶：「過去前一個內戰時期，進行土地革命的時候，曾有民運

〔註13〕因為潮州方言是閩南方言的次方言，所以按照本文對閩南方言詩的定義，潮州方言詩也應該被歸入閩南方言詩的範疇內。鑒於潮州方言詩運動取得的歷史成就，也考慮到其在閩南方言詩運動中的獨特位置，後文將對之進行詳細論述。

〔註14〕夏敏《閩臺民間文學》，福州：福建人民出版社 2009 年版，第 99 頁。

工作者，採用閩南方言編寫民歌，起了很大的宣傳作用，那些歌有的還留農民的嘴巴上面呢。」〔註15〕在動員人民群眾參加軍隊的宣傳工作中，閩南民歌表現得尤為突出，「為了擴大紅軍隊伍，出現了許多母親送兒子上前線，妻子送丈夫當紅軍的動人事蹟，並產生了數以千百計的『擴紅歌』」〔註16〕，這些民歌在「擴紅運動」中所發揮的作用是不容小覷的。相比第二次國內革命戰爭時期，閩南民歌在抗日戰爭時期和解放戰爭時期所起到的參軍動員作用更是有增無減，它們成為動員民眾參軍、團結革命力量、鼓舞戰鬥意志的重要工具，「這些民歌宣傳了革命道理，鼓舞了鬥志，發揮了極大的教育作用。」〔註17〕戰爭成為那個時代的主旋律，從根本上規約了社會活動的方方面面，閩南民歌在其中發揮了宣傳作用。質言之，在中國現代歷史上，閩南民歌被多次用於政治宣傳和參軍動員，直至全國解放以後依舊如此，湧現出大量的「新民歌」。例如中共龍溪地委宣傳部、龍溪專員公署文教局聯合編印《閩南民歌》，選錄了二百六十餘首閩南民歌，這樣做的目的一方面是為了「提倡大量創作民歌，使之及時為政治、為生產、為工農兵服務，讓人們從民歌中『觀風俗，知得失』」，另一方面是為了「提供大家學習、搜集、整理和研究民歌，並從而開拓出詩歌的新道路」〔註18〕。直至二十一世紀，這種情況仍舊綿延不絕，不斷有人編製以宣傳國家方針政策為要旨的閩南民歌，以便適應新的政治形勢和宣傳要求。

正是因為閩南民歌與政治運動的緊密關係，所以在抗日戰爭全面爆發以後，閩南民歌自然而然地跟方言詩運動結合，成為動員廣大人民群眾參加戰爭的一股力量。毫無疑問，方言詩運動是參軍動員事業的一個環節，如何通過方言詩運動帶動廣大人民投入到戰爭之中，始終是縈繞在詩人心頭的一大問題。對於這個問題，詩人尋找到的一種途徑是改造閩南民歌，通過人民群眾喜聞樂見的民間文學形式來推動方言詩運動，從而向他們推廣參軍政策，讓方言詩運動在參軍動員裏發揮作用——這是方言詩運動為適應戰時動員的實際需求而必須做出的改變。中華全國文藝協會香港分會方言文學研究會對於方言文學

〔註15〕 林林《閩南歌謠的藝術性》，寫於 1949 年 2 月 9 日，收入中華全國文藝協會香港分會方言文學研究會編輯《方言文學》（第一輯），香港：新民主出版社1949 年版，第 62 頁。

〔註16〕 劉春曙《閩臺樂海鈎沉錄》，福州：海峽文藝出版社 2008 年版，第 48 頁。

〔註17〕 劉春曙《閩臺樂海鈎沉錄》，福州：海峽文藝出版社 2008 年版，第 48 頁。

〔註18〕 中共龍溪地委宣傳部、龍溪專員公署文教局聯合編《閩南民歌·前言》，自印，1985 年版，第 1 頁。

運動的創作實踐和理論探討都做出了重要貢獻，在發展方言詩運動方面同樣取得了顯著成就，「符公望、黃寧嬰等寫了粵語方言詩，樓棲寫了客家方言詩，丹木、蕭野寫了潮州方言詩，沙鷗、野谷、野蘺寫了四川方言詩，黎青寫了閩南方言詩等」〔註19〕，除了黎青（即犁青）以外，還有張殊明、卓華、尚政、楚驥、方晨、張岱、林林、雷揚、林間等人對閩南方言詩運動也做出了貢獻。與此同時，閩南方言詩大多在正標題或副標題裏直接標明閩南民歌的特質，顯示出閩南民歌與方言詩運動的交融。這種情形並非來自詩人的一時興起，而是源於對戰爭形勢的及時捕捉和主動適應。為了發揮方言詩運動的參軍動員作用，詩人必須考慮到人民群眾的審美習慣，改造閩南民歌便是一條頗為可行的途徑。

　　整體而言，改造閩南民歌以推動方言詩運動的發展、適應參軍動員的需要為宗旨，此類詩學探索呈現出分散化的特點。除了上文提到的方言詩人和文學組織以外，歌謠隊的功績同樣值得注意，卓華在《答張岱先生》一文裏對之有過記錄。歌謠隊創作的閩南民歌緊貼當時的客觀環境，以表現時代變化、動員人民參軍為旨歸，隨著戰爭形勢的不斷變化而進行相應的調整。在抗日戰爭初期，歌謠隊為了號召人民群眾參軍入伍、積極抗日，創造出廣為流傳的閩南民歌《滾滾滾，中國打日本》，這首民歌有著多個版本〔註20〕，這裡列出卓華輯錄的原文，「滾滾滾／大家打日本／阿兄打先鋒／小弟做後盾／打到日本變成蕃薯粉」，從中可見參軍動員對閩南民歌造成的影響。等到廈門被日軍攻佔以後，閩南人民的生活愈發苦不堪言，於是他們寫出「草仔接接翻／通共番客嬸買金□／草仔接接掘／通共番客嬸買新『屈』」〔註21〕之類的民歌，卓華認為它們很可能受到過歌謠隊的影響，也就是說，即便是在廈門淪陷以後，歌謠隊仍然在發揮作用。可惜的是，由於歷史條件的限制，歌謠隊的影響力主要侷限於童謠，尚未來得及擴展到其他種類的民歌便衰微了，但是卓華依然高度肯定歌謠隊的歷史貢獻，並且號召大家及時總結歌謠隊的得失經驗，以便今後進一

〔註19〕犁青《四十年代後期的香港詩歌》，載《新文學史料》2005 年第 3 期，第 138 頁。

〔註20〕陳鄭煊編《閩南方言歌謠》，廈門：廈門圖書館地方資料庫，油印本，2008 年版，第 13 頁。周長楫、周清海編著《新加坡閩南話俗語歌謠選》，廈門：廈門大學出版社 2003 年版，第 253〜255 頁。卓華《答張岱先生》，香港《華商報》1949 年 7 月 9 日，第 5 版。

〔註21〕本文中出現的「□」表示該字漶漫不清或者暫時無法用電腦輸入，後面不再一一說明。

步開展閩南方言文學運動，使之在戰時宣傳裏發揮更大作用：

> 不幸就「在歌謠（童謠）的領域風行」的時候，便很快地遇到
> 了環境的逼迫所遏止了。假如不是這樣的話，我認為他們是不難由
> 一步至兩步，由歌訣（童謠）擴展到其他民歌的領域去的，至於在
> 群眾基礎上獲得更深更大更好的成果的，總之，我認為當時至少是
> 我們懂得了或重視了應用閩南民歌形式為宣教武器的開始，這些過
> 程，這些經驗，我們應該更深廣地作個總結，這無疑的是有利於我
> 們今後要展開閩南方言文學運動的工作進行的。〔註22〕

　　戰爭帶給閩南民歌的影響是多方面的，其中較為突出的一點是形式上的
變化，這種變化的發生也有歌謠隊的功勞。傳統的閩南民歌大多為五字一句或
七字一句，為了保證句式的整齊，有時會出現「字不盡句，句不盡意」的情況。
進入抗日戰爭時期以後，閩南民歌雖然依舊以五字一句或七字一句居多，但是
出現了許多「以五字句和七字句混合的及完全不拘字數只要仍舊有韻律的民
歌」，這是閩南民歌在戰時環境裏出現的新趨勢，主要原因在於「當地的智識
青年抗日組織，為了下鄉宣傳方式上的需要，於是他們有組織性計劃性地努力
學習民歌的創作方法及吸收了民歌的精華，另一方面又大量地輸出了新內容
或新形式的民歌作品，加上當時歌謠宣傳隊在行動上的配合，積極而普遍的活
躍」〔註23〕。儘管閩南民歌的這種新趨勢是由多種因素造成的，然而歌謠隊的
作用是毋庸置疑的。質言之，歌謠隊為閩南民歌與參軍動員的結合做出了有益
的嘗試，為將來這方面的努力以及閩南方言詩運動（乃至閩南方言文學運動）
的發展提供了啟示。雖然歌謠隊是一個特殊案例，但是從中可以看到閩南民歌
在戰爭中的處境，還可以看到參軍動員在閩南民歌與方言詩運動的結合裏所
起到的作用。〔註24〕

　　閩南民歌與方言詩運動的結合雖然適應了參軍動員的實際需求，取得了

〔註22〕卓華《答張岱先生》，香港《華商報》1949年7月9日，第5版。

〔註23〕卓華《閩南民歌探討》，香港《華商報》1949年5月2日，第3版。

〔註24〕值得一提的是，編輯過《閩南歌謠》《閩南方言歌謠》等閩南歌謠集的陳鄭煊
　　　　在1937年參加了共產黨漳州地下黨領導的文藝社團——漳州薌潮劇社，以閩
　　　　南民歌形式編寫了多首「救亡彈詞」，在抗日宣傳方面獲得了不錯的效果。等
　　　　到全國解放以後，陳鄭煊還寫下了不少閩南民歌，並且在廈門人民廣播電臺
　　　　播出或者在地方報紙上發表，同樣受到了廣泛的認可。（郭秀治、林鵬翔《前
　　　　言》，陳鄭煊編《閩南歌謠》，廈門：廈門市群眾藝術館，自印，1985年版，
　　　　第1頁。）

一定成就，但是也暴露出一些問題，例如主題較為偏狹、較少直面社會熱點，「年來已發表的方言創作在量上原不算少，但為了政治環境的關係，在表現上受到了很大的限制，所以在表現主題上最高是反徵兵，徵糧，表現農村農民耕作與被剝削的慘痛、仇恨，至於寫減息減租土改鬥爭那是極隱淡的。」〔註25〕後來這種情況得到了改觀，不僅農村武裝鬥爭被納入閩南方言詩的選材範圍，而且共產黨與國民黨的政治鬥爭也成為其表現對象。例如《王仔義妙計搶壯丁》辛辣地諷刺了國民政府強制徵兵的暴虐行徑，揭露了國民黨打著和平的旗號發動內戰的虛偽行為，「蔣仔政府真歹氣，／假要和平無辦法，／打戰處處又食虧，／官兵見輸溜腳走，／走到福建來喘氣；／但是福建也是難豎起，／百姓人也拾伊作對，／癲狗咬人若唔煞，／早宴總會無狗腿。」〔註26〕這種題材的方言詩在之前是不常見到的，從中可以看出隨著戰爭的不斷推進，閩南方言詩運動也發生著一些新變化，但是它跟閩南民歌之間始終保持著密切聯繫，在參軍動員之中也持續發揮著作用。

二、閩南方言文學運動的「先頭部隊」

在閩南文學史上，閩南民歌是閩南方言文學的主要組成部分，甚至被譽為閩南方言文學運動的「先頭部隊」〔註27〕。然而閩南方言文學運動在相當長的一段時間裏不受重視，全國性戰爭的出現改變了此種狀況，閩南方言文學運動被要求在參軍動員中發揮效力。在二十世紀三、四十年代，以閩南民歌形式創作方言詩的問題之所以被提出來，一方面是因為參軍動員的現實需要，另一方面是因為閩南方言詩運動乃至閩南方言文學運動長期不被關注的實際境遇。閩南方言文學運動向來較少有人關注，主要有兩個原因，一是「在蔣朝血腥統治之下，進步的文化運動很難於搞起來」，二是「閩南的文化人似乎也不很多，而且在那一切社會條件不十分具備的情況之下，亦無法安心於工作」，以上兩個原因使得閩南方言文學不如粵方言文學和客家方言文學那麼「活躍」和「暢達」。〔註28〕這種情況在戰爭語境下發生了明顯變化，閩南方言文學運動獲得了空前關注，它的參軍動員功效受到了高度重視，吸引了眾多文人的目光。

閩南方言文學運動在抗日戰爭全面爆發前後迎來勃發期，獲得更深入的

〔註25〕楚驥《閩南方言文學運動》，香港《文藝生活》1949年第49期，第45頁。
〔註26〕卓華《王仔義妙計搶壯丁》，香港《華商報》1949年5月7日，第3版。
〔註27〕卓華《閩南民歌探討》，香港《華商報》1949年5月2日，第3版。
〔註28〕張岱《關於閩南方言文學》，香港《華商報》1949年6月25日，第3版。

發展則是 1940 年代中後期的事情。如果沒有戰爭帶來的影響，閩南方言文學運動很難獲得這樣的發展機會。閩南方言區的文藝工作者雖然有志於推行文藝大眾化，奈何缺少理論積澱和創作經驗，於是通過廣泛閱讀評論香港、上海、解放區等地方言文學運動的文章來增長見識。經過一番努力，史風、杜微、雷揚、方晨、林間、《星星》編者等人以文藝副刊《星星》和方言文學研究會為中心開展閩南方言文學運動，多次就「方言文學問題」「小資產作家改造問題」「文藝統一戰線與文藝批評」「開展閩南方運途徑問題」等話題舉行研討會，每次研討會的會議記錄都會在《星星》上全文刊載。此外，《星星》每天都會用超過八千字的篇幅介紹全國各地方言文學運動的創作實踐與理論探討，引起了讀者的廣泛關注，《星星》編者經常收到閩南縣鎮中小學教師請求提供方言文學研究資料的信件。在閩南方言文學運動中，民歌佔有重要地位：「各地集體研究民間藝術如秧歌、民歌、民謠、南曲的風氣很盛，本年一月廈門大學有『民間歌舞演奏會』，春假有廈門各大中學聯合『民歌演奏會』當中有《咱們唱合唱團》都是以民歌為中心，各報副刊均熱烈讚美鼓勵！」就閩南方言文學運動的創作實踐而言，民歌同樣表現突出：「作品分類上是以民歌民謠為最多，方言創作最少，方言創作以林間的《王智敏的情歌》，得到許多讀者的重視，該作之情歌立刻有無我君配調為閩南人誦唱著。」〔註 29〕進入解放戰爭時期以後，閩南方言文學運動迎來新的發展機遇，推出了一些文學佳作：「近來常常看到報紙上登載著閩南的方言作品，以及和它有關的理論文字。雖然數量並不很多，但是，這正顯示出閩南的方言創作問題，不僅已大體的被注意到了，甚至已開始被發掘和創造。」〔註 30〕本時期閩南方言文學運動所取得的成就不僅體現在文學作品的數量上，也體現在作者身份的多元化上：「閩南方言作品寫作者的普遍與深入是值得重視的，如村女、牧童、樵夫、女工、店員、農民等都經常投稿。」〔註 31〕彼時閩南方言文學運動在閩南方言詩的創作實踐上取得了令人矚目的成就，而且這些閩南方言詩大多借鑒了閩南民歌形式，這種做法對其他地區的方言詩運動也有著啟示。例如張殊明的《解放軍過長江》《新中國做事敢擔當》《化裝的小販》，尚政的《報仇歌》，卓華的《金光眼遇著磨

〔註 29〕 楚驥《閩南方言文學運動》，香港《文藝生活》1949 年第 49 期，第 45 頁。
〔註 30〕 吳楚《對閩南方言用字的意見──請教張殊明先生》，香港《華商報》1949 年 7 月 9 日，第 5 版。
〔註 31〕 楚驥《閩南方言文學運動》，香港《文藝生活》1949 年第 49 期，第 45 頁。

目石》《王仔義妙計搶壯丁》《為導報歌唱》，林間的《王智敏的情歌》，犁青的《新兵》等方言詩幾乎都倣仿了閩南民歌，跟閩南民間文學傳統有著密切關係，顯示出閩南民歌與方言詩運動的緊密聯繫。這種情形的出現跟參軍動員有著密切關聯，閩南方言詩運動也被要求在戰爭中發揮宣傳作用，從而為推動戰爭進程做出貢獻。

　　總體而言，詩人之所以在華南方言文藝運動如火如荼之際，投身到以閩南民歌形式創作方言詩的實踐之中，主要源於戰時宣傳的需要。出於參軍動員的現實動機，詩人將閩南民歌與方言詩運動的融合視為建設人民文藝的一種重要途徑。這種觀點反映出當時一些詩人的某種共識，即向民間歌謠尋求發展方言詩運動的資源，從而盡可能廣泛地爭取人民群眾的認可，便於參軍動員的開展。例如友直提出在發展人民文藝和方言文藝之時，一方面需要體驗人民群眾的日常生活和思想情感，另一方面需要加強對民間歌謠的整理和研究，「不熟悉人民自己的創作，我們的創作恐怕很難獲得發展。」〔註32〕村夫甚至認為民謠是最好的詩歌，因為民謠是「自然的，坦白的，不受任何拘束的人民生活的寫照，人民感情的流露」〔註33〕，所以極具民間審美的趣味。此外，中華全國文協香港分會方言創作組在向全國讀者徵求方言材料時，發布了這樣一則公告：「各地的方言山歌及民謠，能連曲譜一齊寄來最好。」〔註34〕以上例子均表明了民間歌謠之於方言詩運動的特殊意義，由此可見方言詩運動對閩南民歌的借鑒是勢在必行的時代潮流，也是其主動接近人民群眾、進行參軍動員的必然抉擇。

　　以閩南民歌形式創作方言詩的問題之所以能夠引起詩人的討論，不僅因為參軍動員的實際影響，還因為閩南民歌在閩南方言文學運動中的重要地位。由於「根據閩南的情況來說，在現在真正屬於人民所有的，而且繼續在民間生長的文學，認真看來恐怕只有民歌了」，因而「要搞方言文學，實有以民歌為起點的必要」〔註35〕。假若閩南民歌對於閩南方言文學運動而言無關緊要，那麼詩人自然不會花費精力嘗試著運用閩南民歌形式來從事方言詩創作。戰時宣傳要

〔註32〕友直《從一個整理民歌的典型經驗說起》，香港《華商報》1948 年 5 月 26 日，第 3 版。

〔註33〕村夫《陸豐民謠》，香港《華商報》1947 年 3 月 19 日，第 3 版。

〔註34〕中華全國文協香港分會方言創作組《徵求》，香港《華商報》1948 年 4 月 22 日，第 3 版。

〔註35〕卓華《閩南民歌探討》，香港《華商報》1949 年 5 月 2 日，第 3 版。

求方言詩運動能夠獲取人民群眾的歡迎，以便參軍動員目標的實現。一般來說，主張以閩南民歌形式創作方言詩主要出於兩個原因：（一）閩南方言文學的發展需要作家和人民的共同參與，而非少數作家能夠獨立完成的事業，為了讓人民也參與到方言文學的建設之中，作家首要的任務是找到一種被人民熟悉的文學載體，而閩南民歌符合此種要求，所以詩人需要以閩南民歌形式創作方言詩。（二）閩南方言文學的發展主要取決於人民是否需要、人民是否接受以及人民在多大程度上接受作家們創作出來的閩南方言文學作品，而閩南民歌是進行人民群眾教育、推進文化普及工作、宣傳戰時方針政策、擴大閩南方言文學影響力的利好工具，即戰時環境需要詩人以閩南民歌形式來創作方言詩。〔註36〕

質言之，閩南民歌被賦予了厚重的歷史意義和現實價值，它被認為是閩南方言文學運動的「先頭部隊」，而且能夠配合國家在政治、經濟、軍事、文化、教育、醫療等多方面的政策宣傳工作。因此，閩南民歌與方言詩運動順理成章地緊密結合在一起，成為詩人進行參軍動員的重要用具。戰爭因素在以閩南民歌形式創作出來的方言詩裏體現得比較明顯，詩人往往著力描繪底層民眾的悲慘處境，藉此來激發他們的反抗意識，動員他們參與到戰爭之中。這裡摘錄《金光眼遇著磨目石》中的最後一節：

> 黃河上游澄清日，／百姓豈無翻身時！／小事三世不出門，／大事一日傳千里，／XX鄉里反抗官兵嘅消息，／傳到四鄉五路盡知機，／官府聽了暗暗苦，／百姓聞知盡快意，／人人都曉官兵若敢再野蠻，／請恁官兵帶著布緞來，／可來帶「恁」嘅骨頭去。〔註37〕

該詩反映出勞苦大眾的艱難生活處境，表現出他們渴望改變現狀的鬥爭意願，他們的參軍意識由此被喚醒。這種寫法不僅存在於《金光眼遇著磨目石》之中，也常常見於其他閩南方言詩，折射出詩人為實現參軍動員的宣傳目標所進行的寫作探索。此類方言詩借鑒了閩南民歌形式，以參軍動員為現實著眼點，成為詩人進行戰時宣傳的一種實用器具。

三、關於如何使用閩南方言的論爭

為了讓方言詩運動得到更為廣泛的傳播，從而在參軍動員裏發揮出更為顯著的作用，詩人勢必會面臨一道難題：如何才能恰當地運用閩南民歌形式進

〔註36〕卓華《閩南民歌探討》，香港《華商報》1949年5月2日，第3版。
〔註37〕卓華《金光眼遇著磨目石》，香港《華商報》1949年6月7日，第3版。

行方言詩創作？對於這個問題，閩南方言詩人秉持的首要原則是「用閩南民歌形式為宣教武器」〔註38〕，也就是說，戰時宣傳是以閩南民歌形式來創作方言詩的基本立場和現實出發點，這就決定了它很難跳出時代的影響、成為一種「自由的寫作」——同時期其他語言類型的方言詩運動大體也是這般。由此觀之，參軍動員既推動了方言詩運動的發展，也限制了方言詩運動的深入。在明確了以閩南民歌形式創作方言詩的首要原則之後，如何使用閩南方言成為一個無法繞開的話題，這跟方言詩運動的參軍動員成效有著重要關聯。

在閩南方言詩運動的發展過程中，使用閩南方言的方法引發了詩人們的激烈討論，最終的目的都是為了讓方言詩自然地運用閩南方言，從而協助方言詩運動獲得更多民眾的認可與接受，發揮出更加顯著的參軍動員效用。與之相關的討論可謂眾說紛紜，其中林林的看法頗具代表性。在林林看來，閩南民歌大多以方言土語創作而成，因而有著語言通俗自然的優點；也有少數閩南民歌以文言或者國語寫成，但是它們受到的評價並不是很高，往往存在著「乏味」的缺點。林林以「今日那只欸，江邊哭失戀」一詩為例，指出該詩使用的「失戀」這個新詞語不具備方言所帶有的「情味」，進而提出「雖然說人民的語言，由生活的演進，而增加了新語彙，是必然的。但這個例子，又給我們寫方言文藝，瞭解新語應該有所限制，用時務必求其能表情與和諧才行」〔註39〕。林林點明了方言的長處和國語的不足，得出的結論是方言詩運動需要對國語中的新語保持警惕，這對於指導和改進方言詩運動的創作實踐有著積極作用。肯定方言土語的價值、警惕國語詞彙的使用是閩南方言詩運動的主流聲音，也是其他語言類型的方言詩運動的普遍特點。但是「警惕」不等於「排斥」，有些詩人主張把合適的國語字詞運用到方言詩創作之中，這體現出方言詩運動在語言選擇上的包容性和開放性，同時也再一次印證方言與國語並非是非此即彼、不可兼容的敵對關係。如果引導得當的話，方言與國語可以共生共存、相互促進，一起幫助方言詩運動在參軍動員裏更好地發揮效能。問題的關鍵並非在於方言與國語之間是否存在矛盾衝突，而是在於二者能否同時為參軍動員提供助力。

〔註38〕卓華《答張岱先生》，香港《華商報》1949 年 7 月 9 日，第 5 版。
〔註39〕林林《閩南歌謠的藝術性》，寫於 1949 年 2 月 9 日，收入中華全國文藝協會香港分會方言文學研究會編輯《方言文學》（第一輯），香港：新民主出版社1949 年版，第 65～66 頁。

閩南方言詩運動雖然國語持較為開明態度，但是在運用方言上堅守著一條基本原則：必須使用「土生土長」的方言詞彙。這樣做的主要目的是確保方言詩運用人民群眾熟悉的方言，在最大程度上減少他們的接受障礙，從而保證方言詩的接受效果和宣傳功效。假設人民群眾認為方言詩裏的方言並不是他們習以為常的語言，那麼他們很可能因此對方言詩生出不良的觀感，方言詩自然也就不能發揮出原有的參軍動員作用了。從讀者接受的角度來說，方言文學作品需要運用讀者能夠理解和認同的字詞，從而減少他們的閱讀障礙，讓他們更加容易地瞭解作品內容。因此，有人提出想要進行方言文學創作，必須先對方言擁有足夠的認識，「不然，勉強的寫出來，不是患上了『學生腔』，就是不能代表地方性的語言，而是作者家鄉的強調或習用語而已。」〔註40〕然而，就閩南方言詩運動的創作實踐而言，使用閩南方言詞彙的問題並沒有得到徹底解決，在一定程度上影響了閩南方言詩運動的參軍動員效用。先看張殊明的《解放軍過長江》一詩：

> 解放軍，
> 過長江，
> 逐跡巢簇動，
> 百姓熱滾滾，
> 蔣軍鎮壓唔採工。
>
> 解放軍，
> 疼百姓，
> 教埭好名聲，
> 大人大歡喜，
> 簡仔也唔驚，
> 著時螺卜來，
> 逐日去擇聽。〔註41〕

吳楚在《對閩南方言用字的意見──請教張殊明先生》一文裏以《解放軍過長江》為例，指出張殊明的閩南方言詩在方言運用上的問題。一般而言，閩南方言裏的某些字有著不止一種讀法，它們的聲符相同，但是韻符又有所區

〔註40〕吳楚《對閩南方言用字的意見──請教張殊明先生》，香港《華商報》1949年7月9日，第5版。

〔註41〕張殊明《解放軍過長江》，香港《華商報》1949年6月25日，第3版。

別，如何在方言詩裏取捨這些字的讀音是一個令人感到棘手的問題，關乎方言詩的傳播效果。在吳楚看來，最好採用通行於多地的讀法，以便讓方言詩在更多人中間傳播，而張殊明沒有做到這一點，例如「教俅好名聲」一句裏的「俅」在廈門、惠安、漳浦、晉江、南岸等地確實是「不失其義」的，但是在其他地方並非如此，所以吳楚主張把「俅」換成「塊」。此外，吳楚認為張殊明對「唔」的使用也有問題，因為閩南方言裏並沒有「唔」，「唔」是粵方言裏的字，吳楚認為把粵方言裏的「唔」運用到閩南方言裏的做法「不是提高的手法，而是憑著自己的興趣拉用而已。然而這種隨便拉用，對於開展故鄉方言運用不僅沒有幫忙，而且是一種阻礙」，而且他指出張殊明對「唔」的應用也是不統一的，「蔣軍鎮壓唔採工」裏的「唔」是「無」的意思，「簡仔也唔驚」是「不」的意思。有感於張殊明在運用閩南方言方面的缺憾，吳楚提出了自己的意見：「方言的用字，最好能夠採用土生土長的最好。閩南方言早就建立好。我們應該在這原有的基礎上用工夫。除非對別地方的專有詞類已普遍的認識，不然還是不要拉用。」〔註42〕需要注意的是，吳楚雖然反對「拉用」方言字詞，卻不牴觸使用早已普遍運用的字詞（比如北方方言的「咱」），這表明他既堅守使用「土生土長」方言詞彙的基本原則，也贊同吸納其他方言的有益成分。此種主張為方言詩運動的語言創造提供了更為豐富的可能性，也為提升方言詩運動的參軍動員作用提供了一種頗為可行的路徑。

不僅張殊明在使用方言上受到過批評，而且卓華也有過類似的遭遇，由此可見詩人對方言運用問題的重視。張岱以「百姓人也恰伊作對／隊兵唔睬青嫂說因伊／婦女看了罵夭壽／唐補看了大受氣／如此如此按如斯／亂了針腳看風禾／鄉民首先衝出去」這首閩南民歌為例，指出卓華可能是因為離開家鄉的時間太久，導致他並不瞭解閩南方言詞彙的變動，例如詩裏的「恰」「婦女」「唐補」「風禾」「首先」「因伊」都不是時下常用的方言字詞，它們應該分別被「甲」「查某」「乾埔」「風勢」「頭先」「因由」替換。〔註43〕對於張岱的批評，卓華雖然提出了一些疑問，但是基本表示贊同，承認自己在閩南方言使用上存在問題，並且根據自身創作經驗聯想到閩南方言文學運動今後的改進方向：「這些就是說明了上述的統一應用語彙和字彙的

〔註42〕吳楚《對閩南方言用字的意見——請教張殊明先生》，香港《華商報》1949 年 7 月 9 日，第 5 版。
〔註43〕張岱《關於閩南方言文學》，香港《華商報》1949 年 6 月 25 日，第 3 版。

需要，否則，非但這種不當不解的事情還會更多地發生，而且也是在閩南方言文學展開中一重不能忽視的阻礙。」〔註44〕張岱與卓華的爭論儘管存在著一定程度的情緒化成分，然而在客觀上推進了人們之於運用閩南方言的認識，對於閩南方言詩運動乃至閩南方言文學運動的發展而言都是頗有裨益的，也有利於進一步增強閩南方言詩運動的參軍動員效力，使之在戰時宣傳裏扮演更加重要的作用。

閩南方言詩運動之所以存在方言使用的問題，誠如張岱對卓華的指責那般——背井離鄉太久，對閩南方言的熟悉程度大不如前。「我離開了家鄉十多年，家鄉的方言，大多忘記了，只學得書本的語言，就是大多譏諷的『學生腔』，我認識到如果要從事文藝工作，必須學取人民的俗語，吸取民間文學醇美的乳漿」〔註45〕，這種創作經歷帶有普遍性，體現出詩人與方言的疏離狀態。許多詩人背井離鄉多年，從小接觸的故鄉方言被漸漸淡忘。方言詩運動要求詩人重拾逐漸模糊的方言，並且運用方言創作出在人民群眾看來通俗易懂的方言詩，從而為參軍動員貢獻力量。由此呈現出來的方言不可避免地出現不夠自然的弊病，這是令不少詩人感到無可奈何的難題。那麼，我們不禁要問：如何才能自然地使用閩南方言呢？

方言源於民間，興於民間，想要解決方言使用的問題，勢必要將目光投向民間，這是諸多詩人的共同默契，也符合正常的思維邏輯——運用人民群眾諳熟的方言，可以讓方言詩更容易被他們接受，也可以讓方言詩的參軍動員作用得到更好的發揮。一方面需要重視從民間搜尋方言詞彙，「關於閩南方言語彙和字彙應用問題，這無疑的應從民間去發掘」，另一方面應該注意創造新詞與使用舊詞之間的關係，「如何創造新的（這裡較著重在字彙方面）和把新的舊的統一起來應用的問題」〔註46〕，通過以上兩方面的努力可以讓方言詩裏的方言詞彙更加符合人民群眾的喜好。「民間」並非是一個冷冰冰的虛擬名詞，而是由活生生的人構成的生存空間。就方言詩運動而言，如果說「從民間去發掘」還較為抽象的話，那麼「與人民結合」就顯得比較具體了。「如果要與人民結合，最好是服務桑梓，學習易學的本地方言，方言才

〔註44〕卓華《答張岱先生》，香港《華商報》1949年7月9日，第5版。
〔註45〕林林《閩南歌謠的藝術性》，寫於1949年2月9日，收入中華全國文藝協會香港分會方言文學研究會編輯《方言文學》（第一輯），香港：新民主出版社1949年版，第62頁。
〔註46〕卓華《答張岱先生》，香港《華商報》1949年7月9日，第5版。

能表現人民的生活的氣息」〔註47〕，只有做到「與人民結合」，才有可能掌握「土生土長」的方言詞彙，瞭解方言詞彙的最新變化，也才有可能自然地運用方言，讓方言詩運動更有效地進行參軍動員。在閩南方言區推行方言詩運動和學習如何使用方言，如果想要做到「與人民結合」，必須借助於閩南民歌，這是由閩南民歌之於當地人的重要性所決定的，也是由閩南民歌與閩南方言的緊密關係所決定的：「閩南民間歌謠因方言而美，閩南方言的樸實清新為歌謠的創作更增添了韻味；一旦進入歌謠，許多方言詞和藝術音響相結合，便成了精粹，進入基本詞彙的範圍，因此閩南民間歌謠也對方言定型和擴展做了貢獻。」〔註48〕民間歌謠的一大特色是運用方言土語，所以閩南民歌成為詩人學習閩南方言的重要材料，也成為他們考察民間精神的有效途徑。卓華對此深有同感，「至於拿現在民歌（及一切方言文學）的抄本或印本來作為參考揣摩的資料，那當然是惟恐其少，不嫌其多的」，他還指出了口頭傳播與文字記錄的優缺點，認為文字記錄的閩南民歌不如口頭傳播的那般「純真」「自然」「爽滑」，這是因為「文字上的貧乏，不夠或不能適當方言的應用，而且抄本或印本的民歌（其他方言文學亦然）大都是通過了『讀書人』的手筆，因此在文字上是否能夠無缺地代表了民歌中的方言就很成問題了」〔註49〕。這種狀況令閩南民歌既要重視記錄（使用方言），也要重視吟誦（使用方音），二者缺一不可。概言之，閩南民歌從多個角度構成了方言詩運動的參考資源，幫助後者在人民群眾中間降低認同難度，進而更好地發揮參軍動員作用。

　　整體而論，方言詩運動乃至整個方言文學運動的創作實踐問題歸根結底是語言運用問題，為了配合參軍動員的展開，詩人必須妥善處理這方面的問題。林林、張岱、卓華、吳楚、楚驥等人關於如何使用閩南方言的論爭既是在探究閩南方言文學運動自身的特質，也是在摸索整個方言文學運動的本質，其意義並不限於閩南方言詩運動，對其他語言類型的方言詩運動也有著啟發意義，有助於更深入地認識如何在迎合參軍動員的基本前提下推動方言

〔註47〕林林《閩南歌謠的藝術性》，寫於 1949 年 2 月 9 日，收入中華全國文藝協會香港分會方言文學研究會編輯《方言文學》（第一輯），香港：新民主出版社 1949 年版，第 62 頁。
〔註48〕陳立紅《從閩南方言看閩南民間歌謠的「韻」味》，載《重慶文理學院學報》（社會科學版）2011 年第 6 期，第 139 頁。
〔註49〕卓華《閩南民歌探討》，香港《華商報》1949 年 5 月 2 日，第 3 版。

詩運動的發展進程。

　　如前所述，閩南民歌在閩南方言區佔有不可替代的地位，它們不只是方言文學的一部分，也是人們日常生活的一部分，這種情形使得閩南民歌能夠在參軍動員裏發揮作用。「閩南民歌是與生成它們的相對繁複的勞動方式、交通方式、交往方式和生活方式以及風俗習慣等緊密聯繫在一起的，當所有這些發生劇烈變動時，它們的傳承過程和方式也會隨之變化，閩南地區民歌的功能性也就有了新的變化和發展。」〔註50〕當戰爭降臨在這片曾經平靜祥和的土地上時，人們用閩南民歌高歌家國情懷、痛斥野蠻侵略、抗爭反動勢力，從抗擊日本侵略者到怒斥國民黨軍隊，從反對地主豪紳到高呼「人民翻身」，閩南民歌與方言詩運動自然地走到一起，共同為抒發時代的聲音而譜寫新篇。閩南民歌成為方言詩運動在閩南方言區開展的利器，而方言詩運動也在某些方面上改變了閩南民歌，二者都為參軍動員做出了貢獻。閩南民歌與方言詩運動的結合既反映出詩人對戰時宣傳的積極投入，也體現出人民群眾對參加戰爭的高昂熱情，參軍動員的實際成效由此可見一斑。

第二節　「詩」與「歌」的結合：粵調說唱民歌的詩性轉換

　　在抗日戰爭全面爆發以後，粵調說唱民歌與方言詩運動逐漸融合，並且成為詩人進行參軍動員的一種重要手段。詩人採取這種做法的主要原因之一是粵調說唱民歌在粵方言區具有深厚的群眾基礎，能夠幫助方言詩運動發揮參軍動員作用。在擁有悠久民間文學傳統的粵方言區裏，包含木魚、龍舟、南音、粵謳、山歌、童謠、鹹水歌等多種形式在內的粵調說唱民歌早已融入到當地人的日常生活之中，成為他們長期以來表情達意的重要方式。自晚清以後，中國社會迎來了翻天覆地的變化，原本相對注重個人抒情的粵調說唱民歌也隨之發生轉變，它跟政治運動的關係愈發緊密。抗日戰爭和解放戰爭兩次全國性的戰爭大大加劇了此種情形，不僅促使粵調說唱民歌最終完成了現代轉型，令其宣傳功能得到了強化；而且使粵調說唱民歌跟方言詩運動結合在一起，成為參軍動員的有效工具。「我們的方言文學創作必須在已經到達的路站上大步向前……

〔註50〕林媛媛《試析閩南民歌社會功能性的流變》，載《長春教育學院學報》2010 年第 4 期，第 31 頁。

在表現上，要學習民間文藝家和古典作家簡括有力的手法」〔註51〕，正是在這種情況下，粵調說唱民歌走進詩人的視線裏，被他們加以利用和改造，成為表現時代變幻、號召民眾參軍的宣傳武器。這裡需要追問：粵調說唱民歌跟方言詩運動為什麼能夠結合，又是如何結合的？它們的結合遭遇到了哪些困難，跟參軍動員之間有著怎樣的聯繫？拷問這些問題不僅對於深入理解戰爭語境下粵調說唱民歌與方言詩運動的結合、探究參軍動員與方言詩運動的關係有所益處，而且對於進一步認識同時期粵方言文學運動的發起動因和歷史意義也有幫助。

一、粵調說唱民歌在戰爭中的新變化

　　粵調說唱民歌與方言詩運動的結合是詩人實現參軍動員目標的一種必然選擇，這是因為粵調說唱民歌對於生活在粵方言區的人們而言具有不可忽視的重要意義。民間歌謠在粵方言區有著深厚的生長土壤，「廣東的民眾詩歌的種類很多，如南音，龍舟歌，粵謳，山歌等，都是很通行的」〔註52〕，粵調說唱民歌出落得尤為繁盛。對於粵調說唱民歌的種類劃分及其涵義，目前可謂莫衷一是，本文主要依照李漢樞的觀點，將「粵調說唱民歌」定義為包括木魚、龍舟、南音、粵謳、山歌、童謠、鹹水歌等不同形式，運用粵方言創作和吟誦的民間歌謠。〔註53〕在粵調說唱民歌裏，以木魚、龍舟、南音、粵謳流傳得最廣，自清代乾嘉時期傳揚至今，雖然影響力大不如前，卻依舊作為粵曲的重要腔調和曲牌而得以繼續存在。粵調說唱民歌誕生於珠江三角洲地區，在國內的粵方言區和國外的粵籍華僑聚集區皆有傳唱，通用粵方言創作和吟唱，帶有濃厚的地方文化色彩，在中國民間文學裏獨樹一幟。

　　一般而言，粵調說唱民歌以抒發個人情感為主，兼以勸善說教。在中國社會迎來「三千年未有之大變局」時，以往偏重於私人情感的粵調說唱民歌開始被用於社會教育和政治宣傳，「若能將現有材料加以質的檢定和詞句的修正，復廣大而推行之，那麼對於一般民眾的教育上當有很大的功效」〔註54〕，這種情形使得粵調說唱民歌在內容和風格上發生了現代轉型，呈現出跟既往迥異

〔註51〕靜聞《方言文學運動的新階段》，中華全國文藝協會香港分會方言文學研究會編輯《方言文學》（第一輯），香港：新民主出版社1949年版，第4頁。

〔註52〕許地山《粵謳在文學上的地位》，《許地山散文》，西安：太白文藝出版社2013年版，第132頁。

〔註53〕李漢樞《粵調說唱民歌沿革》，廣州：廣東人民出版社1958年版，第19～31頁。

〔註54〕桂彬《再談南音和龍舟》，上海《粵風》1936年第2卷第1期，第34頁。

的風貌。粵調說唱民歌的現代轉型始於清末民初，在1930年代前後迎來勃發期，在抗日戰爭全面爆發以後漸趨穩定，粵調說唱民歌與戰時生活的聯繫愈發緊密。在此種情形下，粵調說唱民歌與方言詩運動相互影響，並且成為參軍動員的一種助力，是必然會出現的現實景象。粵調說唱民歌與方言詩運動的結合併非只是簡單的疊加：方言詩運動有選擇地借鑒和改造粵調說唱民歌，藉此反映時代變幻和戰爭圖景，從而動員廣大人民群眾參與到戰鬥之中；在這個過程中，粵調說唱民歌也從方言詩運動中獲益，此種民間文藝「舊形式」在參軍動員的宣傳訴求中煥發出新的生機與活力。

正如上文所說，粵調說唱民歌的現代轉型並非是一蹴而就的，而是經歷了曲折複雜的變化過程。自晚清以後，由於社會結構和生活方式的劇烈變化，粵調說唱民歌開始跳出個人情感世界，「在很大的程度上便一掃過去那種偏向於娛樂與享樂的情緒」〔註55〕，跟社會現實的聯繫日益緊密，逐漸成長為「一種能夠迅速反映現實鬥爭生活的文藝輕武器」〔註56〕，因此出現了「新粵謳」「政治龍舟」「社會南音」等說法。以粵謳為例，它在晚清時期跳出了男女之情的狹小圈子，成為反映社會現實、進行政治教育、表現群眾運動的一種有效工具，在當時的政治運動中所起到了宣傳作用。此後，隨著國內外局勢愈發緊張、中國民眾的民族國家觀念漸漸覺醒，粵調說唱民歌的現代轉型繼續進行著。等到「九・一八」事變發生以後，東北三省淪陷，日軍步步緊逼，中國國勢日漸衰微，國民救亡意識逐漸高漲，這在粵調說唱民歌裏得到了反映，粵調說唱民歌的現代轉型亦迎來了新契機。彼時出現了一些以愛國救亡為主題的粵調說唱民歌，它們的抒情邏輯一般是前面描寫國家危難的緊迫情形，後面號召人民群眾奮起反抗日本侵略者，李溢等人創作的龍舟歌《亡國恨》便是一個典型例子。「個的亡國嘅慘狀，／想起實見悲淒。／虧我唇焦舌敝到處倡提。／列位同胞須要奮袂。／待我將根由細說喚醒沉迷。／可恨的倭奴真恃勢。／屠殺同胞好似劏雞。／姦淫婦女重話無乜所謂。／焚燒劫殺予取予攜。／遍地屍骸賤過雙蟻。／唉！／堂堂大國被佢體低。／全個中華的眼眉俾佢剃」，《亡國恨》在前半部分著重描繪遭受日軍蹂躪的中國民眾之慘狀，藉此激發讀者對外敵的仇恨情緒和對同胞的同情之心，從而為後半部分進行參軍動員打下基

〔註55〕梁培熾《南音與粵謳之研究》，廣州：廣東人民出版社2012年版，第228頁。
〔註56〕蔡衍棻《南音、龍舟和木魚的編寫》，廣州：廣東人民出版社1978年版，第7～8頁。

礎,「上下齊心何怕矮鬼。/任槍林彈雨不避其危。/喊殺一聲打到東京第。/犧牲奮鬥視死如歸。/殺絕倭奴兼俘虜日本皇帝。/將佢來剖祭。/洗除恥辱共救黨國垂危」[註57],如此一來令這首歌謠的情感表達顯得水到渠成、自然順暢。此類粵調說唱民歌還有不少,它們跟傳統粵調說唱民歌的旨趣大相徑庭,帶有鮮明的時代印記,表現出粵調說唱民歌進行著現代轉型的歷史進程。等到抗日戰爭全面爆發以後,粵調說唱民歌在參軍動員中起到了重要作用,牽動著舉國上下之心的民族國家戰爭令粵調說唱民歌最終完成了現代轉型,並且逐漸穩定下來。而且新興的粵調說唱民歌跟方言詩運動之間的距離被不斷縮小,二者結合的盛景逐漸變得明朗。譬如在「七七」事變發生以後,全國抗日情緒高漲,大塘私立大成小學的校長林屏翰即時寫下一首粵謳,先是在學生中間傳唱,後來在當地民眾中間流傳,進一步鼓舞了他們的戰爭意志。這首粵謳沒有標題,雖然採用的是粵調說唱民歌形式,但是跟現代新詩已經沒有太大區別,不妨將之視作粵調說唱民歌與方言詩運動融合的產物。該詩共有兩節,這裡抄錄第一節:

> 國難!/國難!/太心傷,/呢番仇恨不能忘!/可恨日本國,/欺我太無良,/當我同胞係牛犬,/由佢宰殺任佢刲。/攻壞炮臺兼鐵路,/還來擾害我村莊,/飛機日日到,/放完炸彈又開槍;/霸佔我領土,/燒毀我樓房。/石頭激出火,/何況愛國好兒郎。/急抵抗,/勿彷徨![註58]

這首詩延續了 1930 年代初期粵調說唱民歌的抒情邏輯,主要的創作動機是為了激發民眾的抗戰熱情,體現了戰時文化規範對粵調說唱民歌的深刻影響。「抗戰時期,戰地的政工人員,更寫了不少的客音山歌,廣州話的木魚書、龍舟歌等」[註59],在「全民抗戰」的浪潮中,粵調說唱民歌很自然地成為參軍動員的一部分,甚至直接化身戰爭策略的「留聲機器」。《實行國家總動員法》是一首以龍舟形式寫成的方言詩,旨在宣傳國民政府的戰爭法令,「而家國民政府,/又頒行國家總動員嘅法令,/咁我呢就有錢出錢,/有力出力,/犧牲個人一切,/呢種唔係搵丁,/若果人人如此,/咁就抗戰必勝,/建

〔註57〕李溢等《亡國恨》,廣州《警衛旅週刊》1932 年第 1 期,第 20、21 頁。

〔註58〕林子經《一首宣傳抗日救國的粵謳》,廣東省三水市政協文史委員會編《三水文史》(第二十輯),廣東省三水市政協文史委員會 1995 年版,第 27 頁。

〔註59〕靜聞《方言文學試論》,香港《文藝生活》1948 年第 38 期,第 58 頁。

國必成」〔註60〕，雖然略帶圖解政策的生澀感，卻將「國家總動員法」以通俗易懂的方式表達了出來，相比嚴肅艱澀的政府公文，普通民眾更加願意閱讀《實行國家總動員法》之類的粵調說唱民歌。《實行國家總動員法》只是一個比較特殊的例子，更多的粵調說唱民歌是通過以情動人的方式動員民眾參與戰爭，例如「『抗日到底，／民族復興。』／咁就含笑成仁，／卒之敵人不呈呢種轟轟烈烈，／千古光榮」〔註61〕、「真可恨，／個的日本軍人。／佢時時念著，／都係想把中國全吞」〔註62〕、「逢國難，／急極臨頭。／你想唔憂，／亦要你憂。／國亡以後，／重弊過喪家狗。／不如發奮，／及早抬頭」〔註63〕等。這些新型粵調說唱民歌是傳統粵調說唱民歌與方言詩運動融合的產物，跳出了狹隘的個人情感世界和日常的社會風俗人情，主動擁抱「抗戰建國」的時代浪潮，成為推動參軍動員進程的一股力量。這種情形在解放戰爭時期有增無減，只是主題從全民抗日變為國共鬥爭，而戰爭是貫穿始終的一條紅線。華嘉、陳殘雲、陳蘆荻、黃寧嬰四位詩人集體創作的《龍舟歌》是其中頗具代表性的一首詩作：

> 齊歡喜，／解放軍，／好似狂風掃落葉，／趕到蔣介石失去三魂，／一下就解放去南京，／上海又風聲緊，／個的烏龜王八，／走到亂紛紛。／呢回唔在閃咯，／一定瓜曬老鼠，／瓜曬老鼠，／邊個重理佢地死人。

> 齊歡喜，／好似狂風掃落葉，／掃到華南個班契弟唔駛恨，／任佢地插翼都難飛，／棺材都冇得俾佢地□，／大家一致將革命進行到底，／春天在我們的面前，／我們歡呼，歡呼，／今天我們慶祝江南的進軍，／明天我們慶祝華南的勝利，／後天我們慶祝全中國的解放。〔註64〕

這首詩表明了共產黨與國民黨的鬥爭已經進入到最後決戰的階段，表現出擁護共產黨解放全中國、抵抗國民黨繼續反動統治的基本政治立場，這也是當時方言詩運動乃至整個文藝活動的主導性風向標。除了華嘉、陳殘雲、陳蘆

〔註60〕國《實行國家總動員法》，曲江《士兵雜誌》1942年第7期，第5頁。
〔註61〕濤《鄭洪臨難寫血書》，曲江《士兵雜誌》1942年第4期，第5頁。
〔註62〕吳少勤《宋將軍杯酒奠同袍》，廣州《進化》1937年第13期，第35頁。
〔註63〕吳少勤《國難當頭》，廣州《進化》1937年第12期，第36頁。
〔註64〕華嘉、陳殘雲、蘆荻等《龍舟歌》，香港《華商報》1949年4月29日，第3版。

荻、黃寧嬰以外，還有符公望、吳華軒、蔡王發、古石合、文華、阿淺、黎鳴志、亞坤、海星等眾多詩人運用粵調說唱民歌形式創作方言詩，將粵方言詩運動推向一個空前高度。這些方言詩深入人民群眾中間，匯入共產黨與國民黨各自的文化戰略當中，成為兩大政黨動員人民參軍的文化武器。無論是站在共產黨的立場上，還是從國民黨的角度出發，多種形式的參軍動員都是迫切需要的，而粵方言詩運動在此中起到了宣傳作用。

等到全國解放以後，粵調說唱民歌跟政治運動的關係非但沒有疏遠，反倒愈發親近，新的宣傳任務被分配給粵調說唱民歌：「粵調說唱民歌，有著無限的發展前途，今後，在祖國偉大的社會主義建設事業中，在中國共產黨『百花齊放』和『為工農兵服務』的方針照耀之下，它也一定會發出更嘹亮的歌聲，為我們的新社會、新人新事和光榮的勞動，放出芳菲、燦爛的花朵。」〔註65〕這種看法並非只是個別現象，而是時人對粵調說唱民歌寄予的厚望，他們希望粵調說唱民歌能夠像二十一世紀上半葉那樣在共和國時期的政治宣傳中繼續發揮作用。

質言之，至少是從晚清民初開始，直到十七年時期，粵調說唱民歌走出街巷市坊，走上政治舞臺，在不同歷史階段的政治運動裏起到了宣傳作用。抗日戰爭和解放戰爭令粵調說唱民歌的政治宣傳功能得到發揮，不僅幫助粵調說唱民歌完成了現代轉型，成為反映戰爭景象的高亢歌聲；而且讓粵調說唱民歌跟方言詩運動走到一起，推出眾多動員人民群眾參軍的感人詩篇。

二、「詩」與「歌」的再度合體

正如之前所言，抗日戰爭和解放戰爭令粵調說唱民歌與方言詩運動有了融合的可能性，事實上，二者的聯繫早已有之，只不過兩次全國性的戰爭令這種聯繫達到了一種前所未有的程度。早在晚清時期，就已經出現了借鑒粵調說唱民歌形式創作詩歌的嘗試，這種嘗試還構成了詩界革命的一部分。在《新小說》雜誌的籌備階段，黃遵憲在寫給梁啟超的信裏提出「雜歌謠」的創作主張，梁啟超對此欣然接受，並且在《新小說》上開闢「雜歌謠」專欄，發表了數十首「新粵謳」，「主要是宣傳當時中國面臨的危急局勢，鼓吹變法維新的政治主張，激勵廣大群眾的愛國熱情，並向群眾灌輸一些資產階級民主思想。」〔註66〕《新

〔註65〕李漢樞《粵調說唱民歌沿革》，廣州：廣東人民出版社 1958 年版，第 42 頁。
〔註66〕張永芳《晚清詩界革命論》，桂林：灕江出版社 1991 年版，第 56 頁。

小說》發表的「新粵謳」雖然屬於舊體詩，但是它們顯示出粵調說唱民歌與方言詩運動融合的可能性，也為今後這方面的創作實踐提供了可供借鑒的探索經驗。等到抗日戰爭全面爆發以後，這種可能性被兌換成現實，這些探索經驗被重新激活，讓粵調說唱民歌與方言詩運動真正結合在一起，成為參軍動員的一環。詩人利用粵調說唱民歌的多種形式，創作出許多受到人民群眾歡迎的方言詩，讓方言詩運動發揮了參軍動員作用。「詩人盧荻還寫了新粵謳，茅盾讚揚說：『廣東的新詩人已在寫新的粵謳，這都是令人興奮的好音！』華嘉用方言寫了《農家苦》《耕田歌》《斥『廣東集體』個班人》《人民救星毛澤東》等，通俗易懂，流傳較廣」〔註67〕，這段文字只是勾勒了當時粵方言詩運動的部分景象，實際的情形要比之豐富得多。簡言之，「詩」（方言詩）與「歌」（粵調說唱民歌）在粵方言區的再度合體，為方言詩運動的畫卷添上了濃墨重彩的一筆，不但擴大了方言詩運動的影響力，而且為參軍動員起到了宣傳作用。

　　詩人紛紛向粵調說唱民歌學習的做法源於他們過去對民間文藝不夠重視和瞭解，導致其詩歌很難被人民群眾所廣泛接受，方言詩運動的參軍動員效力也就有所折損。「在要求高度的表現人民生活，把幾千年來被壓在統治者魔掌下面的人民的翻身故事，全部寫進文藝作品裏的今天，和要求大量地產生工農兵自己的作品的今天，我們對於這具備深厚的南方社會基礎的民間文藝注意不夠，因而無法運用這形式，更無法促進工農兵用自己的文藝形式大膽創作，這的確是缺憾的」〔註68〕，這番言論再次突顯了民間文藝在中國華南地區盛行已久的不爭事實，從中可見向民間文藝學習是在當地開展文藝活動的必要舉措，而詩人向粵調說唱民歌學習的做法便是其具體表現。從詩歌本身來看，向粵調說唱民歌學習是推行文藝大眾化的重要途徑，正如黃深明所說：「說到文學大眾化的寫作，我以為最大效用的，就是用舊的模型，換上新的內容。舊模型中，具有較大勢力的，是粵劇，是木魚書，龍舟歌。」〔註69〕文藝大眾化的主張早在1930年代就已經被提出來，它的影響一直延續到了1940年後期，在華南地區結出了累累碩果，方言詩運動便是此種情形下的結晶。就方言詩運動

〔註67〕張振金《嶺南現代文學史》，廣州：廣東高等教育出版社 1989 年版，第 313頁。

〔註68〕符公望《龍舟和南音》，中華全國文藝協會香港分會方言文學研究會編輯《方言文學》（第一輯），香港：新民主出版社 1949 年版，第 42〜43 頁。

〔註69〕黃深明《關於文學大眾化》，廣州《救亡日報》1938 年 2 月 23 日，第 4 版。

而言，如何才能有效地實行文藝大眾化，從而在參軍動員裏起到更大作用呢？許多詩人將目光投向了在華南地區擁有深厚群眾基礎的粵調說唱民歌，例如華嘉細緻梳理過 1948 年香港文藝活動的成敗得失，最初「聽不懂怎麼辦」問題的提出引起了文藝工作者的注意，隨後引發了頗受關注的「高低論辯」，並且很快演變為一場「方言文藝爭論」，至此「文藝大眾化」這一議題再度成為大家關注的焦點：「經過這兩次熱烈的爭辯，廣東方言文藝運動被重視了，吸引了許多的工人和學生成分的文藝愛好者，投身於這個運動。而且在很短的時期就產生不少作品，有自由體的新詩歌，也有運用民間本來的形式的各種各樣的作品，如講古、唱書、龍舟、木魚、和鹹水歌等等。」〔註70〕由此可見，詩人高度重視粵調說唱民歌，不斷有人嘗試著借用此一民間文學形式進行方言詩創作。這種情況推動了文藝大眾化的歷史進程，並且讓方言詩運動在參軍動員裏得以更好地發揮宣傳作用。

「詩」與「歌」合體的最佳狀態應該是粵調說唱民歌與方言詩運動相互促進，共同助推文藝大眾化的發展，一起服務於參軍動員。「從民間新挖出來的寶貴體式，（像說書、龍舟等）不但不能夠放棄，而且要精熟它，改造它，使它成為更銳利的武器」〔註71〕，按照這種看法，粵調說唱民歌應該成為方言詩運動的重要助力，成為後者「反映現實」「文藝參戰」的形式工具。然而這只是理想的情形，在現實中，因為粵調說唱民歌受到了太多的關注，導致部分詩人在一定程度上陷入了非粵調說唱民歌不寫的怪圈裏。此種狀況既限制了方言詩運動的進一步發展，也影響了方言詩運動之於參軍動員的宣傳功效。《寫乜嘢好呢？》是一篇用粵方言寫成的短文，專門評論了粵方言文學運動的發展情況，此文指出粵方言文學作品減少主要有兩點原因，「以為寫親方言文藝就要寫龍舟木魚，即係話要用廣州嘅民間形式來寫至得」〔註72〕便是其中之一。從中可以看出當時一些文人對粵調說唱民歌的近乎偏執的喜好，這反倒損害了方言詩運動的健康發展，也不利於方言詩運動發揮參軍動員效用。弔詭的是，雖然一些人認識到了過於重視粵調說唱民歌的做法所帶給粵方言詩運動

〔註70〕華嘉《向前跨進了一步》，寫於 1947 年 12 月，收入《論方言文藝》，香港：人間書屋 1949 年版，第 23 頁。

〔註71〕靜聞《方言文學運動的新階段》，中華全國文藝協會香港分會方言文學研究會編輯《方言文學》（第一輯），香港：新民主出版社 1949 年版，第 4 頁。

〔註72〕華嘉《寫乜嘢好呢？》，寫於 1949 年 3 月 6 日，收入《論方言文藝》，香港：人間書屋 1949 年版，第 61 頁。

的負面影響，但是他們又不得不承認運用粵調說唱民歌形式創作出的方言詩是粵方言詩運動（乃至粵方言文學運動）所推出的難得佳作，譬如白紋坦陳：「試翻文協方言文學研究會所出的刊物，及散見各報章的方言創作作品，我以為成就最大的還是在對廣東民間文學的研究上和粵謳，龍舟等形式作品的創作，談到方言小說，有人在嘗試，卻還不怎樣成功。」〔註73〕

　　「詩」與「歌」的再度合體使得粵方言詩運動取得了令人矚目的歷史成就，也令之在參軍動員裏起到了宣傳作用。然而方言詩運動的突出表現映襯出粵方言文學運動在其他文學體裁上的發展不足，這一點顯示出粵方言文學運動在體裁多樣化方面的缺陷。因此，有人提出除了詩歌以外，還要廣泛運用其他的文藝形式，從多個方面共同推進粵方言文學運動的發展，使得後者在戰時環境裏發揮出更大的動員作用：「在文藝形式方面，過去我們多著重在詩歌，或與詩歌彷彿的舊形式利用（例如龍舟，木魚，鹹水歌，山歌）。而在雜文，故事，以至小說，戲劇這些方面比較少，這也是我們努力得不夠的地方，以後也要好好的有計劃的多方面求得發展才好。」〔註74〕然而，在粵調說唱民歌興盛已久的粵方言地區，方言詩運動擁有更多的發展機會和更好的群眾基礎，也能夠在參軍動員裏發揮出更為突出的宣傳作用，這是在短時間內很難被改變的事實，粵方言文學運動在多種體裁上共同發展的美好設想只能暫時擱淺。

三、粵調說唱民歌的多種類型及其戰時改造

　　由於特殊的戰時環境，「詩」與「歌」再度合體，使得粵方言詩運動生長出另類風貌。因為粵調說唱民歌包含多種多樣、各具特點的類型，所以「詩」與「歌」在戰爭語境下的結合呈現出複雜風貌。從筆者目前搜羅到的資料來看，運用粵調說唱民歌形式創作的方言詩主要包括粵謳、龍舟、木魚、童謠、山歌等種類，它們之間存在著程度不一的差異，因而需要分別討論它們各自經受的戰時改造。

　　粵謳，又名「越謳」「解心腔」「解心事」等，它是「廣東的民間詩歌的一種，是用本地的方言所寫成的」〔註75〕，由清代馮詢、招子庸在木魚、南音

〔註73〕白紋《方言文學創作上一個小問題》，香港《文藝生活》1949 年第 48 期，第 28 頁。

〔註74〕孺子牛《方言文藝創作實踐的幾個問題》，香港《正報》1948 年第 2 卷第 42 期，第 25 頁。

〔註75〕筱雲《談粵謳及其作者》，北京《三六九畫報》1940 年第 2 卷第 26 期，第 9 頁。

的基礎上改造而來的一種曲藝形式，一般都篇幅較為短小。〔註76〕根據林筱雲的爬梳，廣東省產生過「廣州方言的粵謳」「福老方言的峰歌」「客家方言的山歌」「猺人方言的猺歌」「蛋家方言的鹹水歌」等多種民間歌謠，在這些不同的民間歌謠裏，「當以粵謳為中心，無論它在音韻的成就上，詞句的濃豔上，或描寫的婉轉細膩上，總得稱為抒情歌中的珠玉」〔註77〕，可見粵謳在粵調說唱民歌裏的重要地位。從內容上看，粵謳「雖然多半涉及男女間的愛情，但借題發揮，抒出當時黑暗政治的也不少」，尤其是進入晚清時期以後，粵謳成為「革命黨人用來教育群眾，宣傳革命的一種最好文字宣傳工具」〔註78〕。等到抗日戰爭全面爆發以後，粵謳的政治宣傳作用得到了進一步發揮，而且它跟方言詩運動緊密地聯繫在一起，湧現出許多表現戰爭圖景的作品，例如「齊發奮，／振刷起個的精神。／睇住國亡家破，／怎不驚心」〔註79〕、「須謹記，／大家齊奮起。／總要齊心合力咯，／救我國家嘅垂危」〔註80〕、「你睇國難頻仍，／點到你不理他。／真係要發憤圖強，／急到不暇」〔註81〕等，都以鼓舞民眾的戰爭意志為創作目的。陳蘆荻是這方面的代表性詩人，他創作了不少廣為傳頌的粵謳，包括《賭一個字》《木棉花》《飛來飛去》《唔見棺材唔流眼淚》《吐苦水（為廣州按日徵收水費而作）》等，國共兩黨鬥爭與戰時市民生活是其兩大主題，相比之下，前者佔據了更大的比重。「雖則係到死咯，／重唔肯收科，／勢窮力竭依舊猛咁張羅，／你睇嚇呢個牛精老薛日日夜夜係咁發火，／攪埋一班死硬派好似著左風魔，／恁保持半角西南嚟把官癮過，／妄圖第三次世界大戰爆發把日子嚟拖，／死到臨頭都重唔肯悔禍，／數起你地嘅罪狀實在成籮」〔註82〕，這首詩揭露了國民黨發動內戰的險惡目的和殘害人民的醜陋面孔，號召人民團結一致奮勇抗爭，並且熱烈歡迎共產黨及其軍隊早日解放全中國，表現出時人對於國共兩黨的不同態度。《唔見棺材唔流眼淚》所呈現出來的政治傾向頗具代表性，它反映出粵謳作者的普遍政治主張，也契合了粵方言詩運動的基本政治導向。大量粵謳的出現被視為方言文學能夠獲得成功的證

〔註76〕黎田、謝偉國《粵曲》，廣州：廣東人民出版社 2008 年版，第 16 頁。

〔註77〕林筱雲《客家的山歌》，北京《三六九畫報》1940 年第 2 卷第 7 期，第 12 頁。

〔註78〕M 教授講，高荃筆記：《略談粵謳》，香港《華商報》1949 年 7 月 28 日，第 6 版。

〔註79〕伯元《齊發奮》，廣州《進化》1937 年第 13 期，第 35 頁。

〔註80〕老球《國民須合力》，廣州《進化》1937 年第 12 期，第 36 頁。

〔註81〕伯元《須要發奮》，廣州《進化》1937 年第 11 期，第 37 頁。

〔註82〕蘆荻《粵謳三首》，香港《文藝生活》1949 年第 48 期，第 47 頁。

據，正如王力所說：「廣州的粵謳，也是一種方言文學，所以方言文學是可能的了！」〔註83〕

龍舟，又稱「龍舟歌」「龍洲歌」「乞兒歌」等，「龍舟歌是廣東地方的一種敘事的長歌」〔註84〕，跟木魚頗為相似，二者的區別在於「除了行腔和風格上稍有不同之外，就是木魚比龍舟更自由些」〔註85〕。運用龍舟形式創作方言詩的詩人不在少數，湧現出《迎接解放軍南來》《鄉下佬唱龍舟》《龍舟歌》《齊來反包工》《國難當頭》《宋將軍杯酒奠同袍》《亡國恨》《實行國家總動員法》《鄭洪臨難寫血書》等一大批詩作。這些作品推動了粵方言詩運動的發展，起到了參軍動員作用。符公望也加入其中，不僅以龍舟形式創作出《勝保初到香港》《咪上當》等方言詩，而且在文章《龍舟和南音》裏詳細論述了他對龍舟的看法，他的創作實踐與理論探討對其他詩人都有著啟發意義。跟粵謳相似，龍舟也把參軍動員作為一大主題，從鼓舞抗日意志到表現內戰景象，戰爭始終是龍舟的核心話題。例如符公望在《咪上當》一詩裏寫道「蔣政府 今日話和平／好似毒蛇一樣咁咪丁／因為打起仗嚟佢唔夠人民頂／就詐生詐死咯話要和平／佢想人民歇手唔打佢／佢就養番元氣又興兵／故此佢詐諦下臺做出可憐相／無非想呃人地區應承／呢的惡人毒計雖然係妙／點知人民唔笨一眼睇到清／咁嘅心腸真係蛇咁毒／冇人咁笨同佢講和平」〔註86〕，該詩揭開了國民政府「假和平，真內戰」的虛偽面具，勸告人民群眾不要被其動人的謊言所矇騙，動員他們積極投身到推翻國民黨反動統治的戰爭之中。

木魚，有「木魚歌」「木魚書」「摸魚歌」「沐浴歌」等多種別稱，有人認為木魚是「變文」「寶卷」「彈詞」等文藝形式跟廣東民間歌謠融合而成的一種曲藝類別〔註87〕，也有人認為木魚是「用粵省最普通的『廣州話』來描述的一種通俗的民間讀物的總稱」〔註88〕，本文採納第一種定義。為了更好地發揮戰時動員作用，以木魚形式創作的方言詩一方面吸收了全新的時代話語，著

〔註83〕王力《漫談方言文學》，康樂《私立嶺南大學校報》1948 年第 83 期，第 1 頁。

〔註84〕林筱雲《廣東的龍舟歌》，北京《三六九畫報》1940 年第 2 卷第 12 期，第 10 頁。

〔註85〕陳卓瑩《粵曲寫唱研究》，廣州：花城出版社 2007 年版，第 325 頁。

〔註86〕符公望《咪上當》，香港《華商報》1949 年 3 月 13 日，第 3 版。

〔註87〕蔡衍棻《南音、龍舟和木魚的編寫》，廣州：廣東人民出版社 1978 年版，第 3 頁。

〔註88〕馬益堅《從「木魚書」所得的印象種種》，廣州《民俗》1929 年第 79 期，第 1 頁。

力於表現戰爭景象；另一方面接續了傳統的抒情模式，在日常生活書寫中表現戰爭主題。例如通過描繪工人們的艱難處境來煽動他們的鬥爭意向和革命熱情，「若果我地工人重唔番氣，／咁就終身勞苦都係幾文雞，／世界本來唔合理，／改良待遇要靠眾心齊」〔註89〕；通過安慰飽受相思之苦的未婚妻來表現解放戰爭的歷史合法性，「好彩我地兩人重有一份牛工打，／大家暫時捱住渡過今日。／請你暫時忍耐呢種分離苦，／因為和平民主就在當前」〔註90〕；通過講述丁大娘刺瞎兒子雙眼的悲慘故事來痛斥國民政府徵兵政策的殘酷無情，「拮盲兒眼因為官逼我。／呢躺冤仇你要記緊在心中。／若然他日將仇報，／將仇報，／你要攄起鋤頭，／劈死個的害人蟲」〔註91〕……諸如此類的方言詩還有不少，它們呈現出跟其他方言詩的不同特質，因為是在個人的生活、具體的事件、細微的感受中反映戰爭主題，所以顯得更為真實可信、更有情感力量、更能引起心理共鳴，這正是木魚帶給方言詩運動的獨特貢獻。

　　童謠和山歌是常見的民間文學樣式，在中國多個地方都有，這裡不再專門介紹其涵義，而是直接討論它們與方言詩運動的歷史關係。利用童謠來宣傳參軍政策是有難度的，因為童謠的讀者群眾主要是兒童，而兒童往往喜愛有趣活潑、簡單直白的作品，對於蘊含著宏大主旨和厚重意義的作品很難真正產生興趣。詩人極力在兒童的審美趣味與戰爭的宣傳需求之間尋找平衡點，儘量用兒童能夠理解和欣賞的方式講述那個年代的故事。為了不傷害兒童的淳善天性，詩人沒有把參軍動員的相關理念寫入詩裏，而是耐心地向兒童講述挑起戰爭的壞處，讓他們明白和平的重要性。「日日□住去偷雞，／終日食飽個兩餐，／躲埋係後方，日日思鬼計，／今日要拉兵，明日要捉豬同雞，／總之唔使計，快的桿貨嚟」〔註92〕，「雞公仔，咯咯啼，／游擊隊，來左一個小兵仔，／佢幫人幫到底，／捉住河呵雞，繳番幾條槍，／你話架勢唔架勢」〔註93〕，「雞公仔，／尾灣灣。／光頭佬，／最兇殘。／『戡亂』戡到心都亂」〔註94〕，無論是發動侵華戰爭的日本軍隊，還是挑起國內戰爭的國民黨軍隊，都成為此類方言詩口誅筆伐的對象，至於方言詩運動歷來宣傳的參軍政策並沒有直接出

〔註89〕吳華軒《工人之歌》，香港《華商報》1947年7月21日，第3版。
〔註90〕獻公《慰未婚妻》，香港《正報》1947年第2卷第13期，第13頁。
〔註91〕士工《丁大娘》，香港《正報》1948年第2卷第29期，第27頁。
〔註92〕鄧錦芳《偷雞》，香港《華商報》1949年7月18日，第5版。
〔註93〕黎鳴志《雞公仔》，香港《華商報》1949年7月18日，第5版。
〔註94〕亞坤《公雞仔》，香港《華商報》1948年7月22日，第3版。

現在其中。山歌則沒有這方面的顧慮，可以跟大多數粵調說唱民歌一樣直接進行參軍動員，呼籲人民群眾踴躍參與到戰爭之中。「師字寫來市在邊／手拿鋤頭挖蔣根／要把蔣根挖乾淨／人民生活永康寧」〔註95〕，「七字來一橫一企勾，／人民解放在此時，／同心協力拿惡黨，／地雷一響消滅其，／實行民主就可矣」〔註96〕，「配合大軍解放進家鄉，／大家踴躍幹一場，／等到家鄉解放日，／為民立功最光榮，／大家一齊享安樂」〔註97〕，這些方言詩採用當時文藝作品慣用的「訴苦水」「挖蔣根」「齊翻身」等階級話語，宣揚共產黨領導的解放戰爭的重大歷史意義，號召人民群眾積極投身到這場關乎所有人生存境況的戰爭之中，一起為推翻國民政府的黑暗統治而貢獻力量。

　　除了上面論述的粵謳、龍舟、木魚、童謠、山歌以外，方言詩運動還向其他類型的粵調說唱民歌學習，只不過上述幾種類型佔據了更大的比重，它們經受的戰時改造也更具代表性。詩人對粵調說唱民歌的改造帶有目的性和針對性，為了爭取在最大程度上發揮方言詩運動的參軍動員作用，他們傾向於選擇通俗易懂、普遍運用粵方言、富有地方色彩的粵調說唱民歌，例如木魚、龍舟、粵謳、山歌、童謠等；並且刻意懸置了文人氣息較濃、較少使用方言土語、不太適合戰時宣傳的粵調說唱民歌，例如南音。南音是在木魚、龍舟的基礎上，吸收揚州彈詞等曲種的腔調發展而成的一種說唱形式，多用文言寫就，其唱詞結構跟木魚、龍舟基本一致。〔註98〕從目前筆者掌握的材料來看，很少有詩人採用南音的形式創作方言詩。方言詩運動向粵調說唱民歌汲取營養主要是為了推行文藝大眾化的理論主張，讓更多的民眾透過方言詩這一詩歌形式瞭解參軍政策。然而南音「不像粵謳那樣帶有濃厚的地方色彩。文字方面十分之九是用文言構成的」〔註99〕，這種特性決定了南音很難在戰爭年代裏受到詩人的重視。木魚、龍舟、粵謳和南音是長期以來在粵方言區裏公認的最受歡迎的四種曲藝，然而它們在戰時環境裏的命運相去甚遠——木魚、龍舟、粵謳繼續發

〔註95〕蔡王發《慶祝會師——戰士山歌》，香港《華商報》1949 年 9 月 13 日，第 3 版。

〔註96〕峰《十字山歌》，香港《華商報》1949 年 6 月 15 日，第 3 版。

〔註97〕葉志良、古石合《「公糧債券」山歌》，香港《華商報》1949 年 8 月 16 日，第 6 版。

〔註98〕蔡衍棻《南音》，廣東省戲劇研究室編《廣東省戲曲和曲藝》，廣州：廣東省戲劇研究室 1980 年版，第 212 頁。

〔註99〕筱雲《談粵謳及其作者》，北京《三六九畫報》1940 年第 2 卷第 26 期，第 9 頁。

光發熱，南音則受到冷落——個中緣由並非出自不同類型的曲藝之間存在著優劣高低之別，而是源於參軍動員對文藝的齊一性要求。

四、改造「舊形式」的試驗與難度

上文已經提到，為了讓方言詩運動在參軍動員裏更好地發揮作用，必須對粵調說唱民歌進行改造。接下來還需要面對一個問題：如何才能合理地改造粵調說唱民歌，以便令之跟方言詩運動實現更好的融合，同時更加契合參軍動員的實際需要？詩人對於這一問題進行了多種多樣的探索，取得了成績，也遇到了問題，例如有人把知識分子的觀念強行嫁接至粵調說唱民歌上，導致後者在一定程度上喪失了原有的民間韻味，降低了方言詩運動的參軍動員效力。符公望曾經檢討自己過去用「知識分子的優越感」改造粵調說唱民歌，而不是從社會現實的角度出發，使得其方言詩存在一些缺陷，令他既對改造粵調說唱民歌的前景滿懷期望，又對之懷有深深的焦慮：「要改動流傳了若干年，有深厚社會基礎的民間形式，不僅是理論問題，而且是習慣問題；不僅是唱法問題，而且是工農兵喜不喜歡接受的問題。我們不妨做這樣的試驗，行不行得通，能不能做這樣的決定，還要看以後的實際效果才敢說。」〔註100〕除了符公望以外，還有不少方言詩人都持有此種心理，他們堅持要改造粵調說唱民歌，但是不能確定是否能夠得到讀者的認可，只能讓時間來檢驗經過改造的粵調說唱民歌。雖然詩人缺乏足夠的自信，但是他們始終都在進行著改造粵調說唱民歌的試驗，從多種不同的角度探索著切實可行的方法，以便讓方言詩運動在參軍動員裏發揮出更大的宣傳作用。

對粵調說唱民歌的改造之所以進行得不夠順利，其中的一個重要原因是詩人沒有充分瞭解粵調說唱民歌以及其他民間文學形式，導致他們創作出來的方言詩並不符合人民群眾的審美趣味，此類作品很難取得理想的參軍動員效果。有人表達過這樣的憂慮：「創作者似乎還沒有摸清民間形式的作品，有其內容的特色，也有其表現手法的特色，用我們知識分子原有的一套調調，去寫方言作品，儘管你用的是廣州方言，也是要失敗的。」〔註101〕在這種情況下，深入學習民間文學形式似乎成為詩人改造粵調說唱民歌的唯一途徑。然

〔註100〕符公望《龍舟和南音》，中華全國文藝協會香港分會方言文學研究會編輯《方言文學》（第一輯），香港：新民主出版社1949年版，第61頁。

〔註101〕白紋《方言文學創作上一個小問題》，香港《文藝生活》1949年第48期，第28頁。

而，學習民間文學形式只是必要的前期準備和知識儲備，更為重要的是學會如何運用民間文學形式來輔助自己的方言詩創作，並且保證方言詩運動跟參軍動員緊密相連。於是，妥善處理抒情性與敘事性的辯證問題就凸顯了出來。粵調說唱民歌雖然屬於說唱文學的範疇，但是「歌」的特性使得其抒情性蓋過了敘事性。在粵調說唱民歌的多種類型裏，龍舟的敘事性堪稱最強，然而它畢竟屬於民間歌謠，長篇累牘的故事敘述使得龍舟存在著行文拖沓、節奏緩慢的弊病。這不僅是龍舟的問題，也是民間歌謠常見的問題，如何協調抒情性與敘事性的關係始終是民間歌謠無法逃避的難題。中國民間有著悠久的講故事、聽故事的傳統，完全不講故事、只是抒發情感的文學作品很難得到人民群眾的歡迎。因此，如何增加作品的敘事性，成為方言詩人在改造粵調說唱民歌的時候必須面對的一個問題：「在方言詩的發展中，小情節的歌唱應該是次要的，敘事的是應該屬於第一，但這是的敘事不是千萬行的大部頭，而是不太長的，農人便於背誦的。」〔註102〕詩人嘗試著在用粵調說唱民歌形式寫成的方言詩裏講述一個又一個相對完整的故事，希望用悲愴淒涼的人間慘劇打動讀者，藉此將戰時國家政策以潤物細無聲的方式傳入他們的腦海裏，從而實現參軍動員的現實目的。只是此類作品並不多見，因為詩人很難在兩三百字的篇幅裏既講述一個有頭有尾的故事，又保證自然流暢地抒發情感——篇幅太長的方言詩不容易在報刊上全文登載，還不如寫成一首方言長詩，以詩集的形式單獨發行。更何況普通讀者並沒有足夠多的空閒和興趣來細細品味長詩，他們更願意閱讀短小精悍的短詩。所以，當時（尤其以詩集的形式公開出版的）方言長詩的數量並不是很多，方言短詩則要常見得多。

正如之前所說，通過敘述故事來表現人民情緒的粵方言詩並不多見，包括石余的《鄉下佬唱龍舟》、獻公的《慰未婚妻》、士工的《丁大娘》等，其中《鄉下佬唱龍舟》一詩頗具代表性。該詩共有九十餘行，多達將近八百字，篇幅如此之長的方言詩在當時並不常見。《鄉下佬唱龍舟》以「乞兒喉」作為標題的備註，「乞兒喉」實為龍舟的別稱，首句「打響個龍舟鼓」便印證了這一點。這首詩以第一人稱視角講述了一位廣東農民在國民政府的黑暗統治下走投無路的悲慘故事，「三徵」政策的橫徵暴斂以及政府官員在「西水大漲」裏的無所作為使得大量農民流離失所、生死兩難，底層人民的反抗情緒因此被點燃，動員廣大人民群眾投身到推翻國民政府獨裁統治的戰爭裏才是《鄉下佬唱龍

〔註102〕沙鷗《論方言詩之發展》，重慶《詩歌月刊》1946 年創刊號，第 4 版。

舟》的主旨：「各位僑胞如果有心來搭救，／只有大家合力同心將獨裁政府趕走，／只有大家合力同心將獨裁政府來趕走！」〔註103〕這首詩的敘事性要強過一般的方言詩，講述的故事比較完整，情節展開得較為充分，其缺陷是敘事打亂了抒情的節奏，過多的陳述令情感的表達缺少必要的鋪墊，使得詩裏從反映人民生活慘狀到表達群眾抗爭情感的轉變顯得有些突兀，對參軍動員的表現也不夠自然。在敘事性與抒情性之間的協調上處理不當，是諸如《鄉下佬唱龍舟》之類的方言詩普遍存在的問題，制約了方言詩運動的參軍動員成效，也阻礙了方言詩運動的長遠發展。

　　通過上述分析可知，粵調說唱民歌自身暫時無法圓滿地解決敘事性不足（在保證不影響抒情節奏的基礎上）的問題，導致方言詩運動不能充分發揮參軍動員作用，於是詩人將希望寄託在其他民間文學形式上，民間說唱文學也走進了他們的視線裏。在此種情形下，「唱書」一詞應運而生。唱書是一種敘述體式的民間說唱文學，行文之中時有民間歌謠，用白欖、念白、雜曲等串聯前後文，兼具敘事性與抒情性。有一些詩人模仿唱書的書寫方式、運用粵調說唱民歌的唱腔曲調創作方言詩，構成了方言詩運動的一番獨特景象，歐文的《刀槍難塞爛喉嚨》、砂雨的《打日本鬼歌》以及符公望的《中國第二大堤》《二嬸絕糧——音樂舞蹈劇〈長夜〉序詩》等都是其中的代表作。符公望在這方面的試驗取得了突出成就，他的《中國第二大堤》主要講述了以羅將軍為首的國民黨官員在「西水大漲」假公濟私、好大喜功卻又棄百姓生死於不顧的作惡經過，被認為是「一篇難得的報告詩，它忠實地報導了統治者的貪污無能，有力地揭穿了他們欺騙人民的計倆」〔註104〕；《二嬸絕糧——音樂舞蹈劇〈長夜〉序詩》主要敘述了大饑荒爆發以後國民政府不但不發糧賑災、反倒加緊對貧苦人民巧取豪奪導致餓殍遍野、怨聲載道的荒唐行徑，被評價為「那些處於『苛政猛於虎』的獨裁剝削下的貧苦人民底慘況，在作者底高度同情的筆觸下是透徹地被刻畫出來了」〔註105〕。這兩首方言詩借用了唱書的敘述方式，試圖通過講述故事來渲染情感，其成功之處在於既帶有敘事詩的敘述功能，又不至於像《鄉下佬唱龍舟》那樣因為講述故事而導致抒情節奏拖沓黏滯，可以說是在

〔註103〕石余《鄉下佬唱龍舟》，香港《正報》1948年第2卷第22期，第27頁。
〔註104〕黃寧嬰《談廣東的韻文創作》，中華全國文藝協會香港分會方言文學研究會編輯《方言文學》（第一輯），香港：新民主出版社1949年版，第35頁。
〔註105〕黃寧嬰《談廣東的韻文創作》，中華全國文藝協會香港分會方言文學研究會編輯《方言文學》（第一輯），香港：新民主出版社1949年版，第35頁。

敘事性與抒情性之間取得了比較巧妙的平衡，因而能夠取得較為不錯的參軍動員效果。此外，符公望「用龍舟調寫成的長唱本」〔註106〕《勝保初到香港》同樣值得關注。《勝保初到香港》主要由龍舟（歌謠）和念白（旁白）兩部分構成，雖然它在嚴格意義上並不是一首詩歌，但是將歌謠體系與念白體系結合在一起的嘗試能夠在不破壞抒情節奏的基礎上增強作品的敘事性，對於改造粵調說唱民歌的試驗有著啟發意義，可以幫助方言詩運動收穫更多的支持者，從而更好地發揮出方言詩運動的參軍動員效用。

雖然詩人一直進行著改造粵調說唱民歌的詩學實驗，但是他們對之缺乏成功的自信，並不能確定將來一定會取得怎樣的效果，也不能肯定方言詩運動在參軍動員裏起到多大的作用。即便如此，當此種努力受到質疑時，詩人還是會毫不猶豫地站出來予以反擊：

> 前些天，我寫了幾點關於用字和其他的意見回答林洛和藍玲先生，作為論辯這問題的開始，當時還想不到他們那兩篇文章的不正確的影響會這麼大，因此也就輕描淡寫的過去了。不料這幾天遇見幾個攪方言文藝的朋友，都提到可不可以把龍舟說書和山歌等方言文藝寫成「淺近的白話文」。這錯誤的影響，有從新將「方言與普及」和關於「地方化」這兩篇文章詳細分析和提出建立方言文腔的文學的必要。〔註107〕

由此可見，方言詩人在如何運用粵調說唱民歌形式創作方言詩的問題上持相對開放的態度，在是否應該運用粵調說唱民歌形式創作方言詩的問題上則沒有留下討論的空間。在他們的眼裏，通過改造粵調說唱民歌使得方言詩運動在參軍動員裏更好地發揮作用，是一種無需爭辯的時代共識，從中可以感受到戰時文化規範的影響。

概言之，在抗日戰爭全面爆發以後，詩人一直進行著改造和利用粵調說唱民歌形式來創作方言詩的試驗，以便讓方言詩運動發揮參軍動員功用。雖然一路上困難重重，但是他們始終沒有停下腳步。戰爭改變了讀者對詩歌（乃至文學）的審美趣味和鑒賞方式，獲得戰爭勝利、重回和平生活成為他們最為關心

〔註106〕符公望《勝保初到香港》，中華全國文藝協會香港分會方言文學研究會編輯《方言文學》（第一輯），香港：新民主出版社 1949 年版，第 119 頁。
〔註107〕符公望《建立方言文腔的文學》，香港《正報》1947 年第 2 卷第 14 期，第 14 頁。

的話題。因此，想要在粵方言區推廣方言詩運動，必須借鑒粵調說唱民歌形式，藉此獲取廣大群眾的接受，順利完成時代賦予方言詩運動的參軍動員任務。改造和利用粵調說唱民歌形式來創作方言詩的試驗並沒有隨著戰爭的結束而停止，反而在共和國時期繼續煥發出勃勃生機，「使南音、龍舟、木魚成為面向群眾、為群眾喜聞樂見的獨立的曲藝演唱形式是解放後、特別是文化大革命後的事」〔註108〕，再一次顯示出粵調說唱民歌被運用於政治運動的無限可能性。在各種語言類型的方言詩運動中，粵方言詩運動表現得尤為突出，推出了至少數十位方言詩人、上百首粵方言詩，起到了參軍動員作用。粵方言詩運動之所以能夠取得如此成就，離不開對粵調說唱民歌形式的創造性運用。

第三節　方言與詩歌的互動：客家山歌的新「唱法」

　　客家山歌與方言詩運動的結合發生在特殊的戰時環境裏，為參軍動員做出了一定的歷史貢獻。客家山歌之所以被眾多詩人用於參軍動員，主要原因是它在客家方言區裏具有重要地位。客家方言區有著悠久的民間文學傳統，客家民謠尤其婀娜多姿，包括山歌、童謠、唱本、打甲塞、佛曲、說四句、講古典、招魂詞、叫哀子、唱春牛等多種類型。山歌在客家文學裏猶如一顆璀璨的星辰，「客家人最特色的就是山歌，幾乎全國都知名」〔註109〕，山歌在相當大的程度上代表著客家文學的歷史成就。一般認為「客家山歌是指用客家方言來演唱的山歌」〔註110〕，本文沿用此一定義。特殊的地理環境和民俗風情決定了客家山歌以情歌為主，並沒有太多描繪社會現實的作品。這種情況在抗日戰爭全面爆發以後發生了變化，雖然愛情依然是客家山歌的重要主題，但是也湧現出眾多反映戰爭景象、表現參軍動員的客家山歌。即便是客家情歌，也有一部分作品映像了戰時生活帶給客家人的多方面影響。這些客家山歌不僅表現了客家人的真情實感和戰爭意志，還助推了客家方言詩運動的發展浪潮。一些詩人借鑒和改造客家山歌形式進行方言詩創作，使得客家山歌與方言詩運動在戰

〔註108〕蔡衍棻《南音、龍舟和木魚的編寫》，廣州：廣東人民出版社1978年版，第5頁。

〔註109〕金帆《略談客家的民間文學》，寫於1948年10月1日，收入中華全國文藝協會香港分會方言文學研究會編輯《方言文學》（第一輯），香港：新民主出版社1949年版，第71頁。

〔註110〕葉春生《嶺南俗文學簡史》（修訂本），廣州：廣東高等教育出版社2003年版，第85頁。

爭語境下產生了緊密聯繫。順著這一思路，我們可以探究以下問題：客家山歌對方言詩運動起到了哪些作用？方言詩運動對客家山歌做出了怎樣的變化？客家山歌與方言詩運動的融合跟參軍動員之間有著何種關係？下文將圍繞這些問題展開具體論述。

一、客家山歌與方言詩運動的融合

兩次全國性的戰爭使得客家山歌與方言詩運動融合，一起成為參軍動員的組成部分；而客家山歌之所以能夠在參軍動員裏發揮作用，跟它在客家人生活中的特殊地位有關。作為中原地區的移民，客家人在多次遷徙的過程中逐漸形成了獨具特色的語言和文化，其中就包括被譽為「客家文學的明珠」〔註111〕的客家山歌。客家山歌大致形成於明代，之後隨著客家人的遷徙活動而擴散開去，不僅傳播到中國的廣東、廣西、江西、湖南、福建等多個省份，還傳播到泰國、印尼、新加坡、馬來西亞等國家。在客家人分布的國內省份裏，居住在廣東的客家人最多，集中在廣東的「梅埔六屬」（包括梅縣、五華、興寧、蕉嶺、平遠、大埔六縣）。〔註112〕客家人口的分布情況決定了客家山歌的散佈情況，「凡是有客家人聚住的地方，就有客家山歌流傳」〔註113〕，而廣東的客家山歌名聲最高、數量最多。對於客家人而言，以客家方言為語言載體的客家山歌有著重要意義，它不僅構成了客家文化的一部分，也融入到客家人的日常生活之中。客家人的祖先是中原漢人，他們傳承了中原地區的文學傳統。與之相應的，客家山歌繼承了《詩經》《楚辭》《漢樂府》以及南朝民歌的抒情傳統，慣於運用賦比興的藝術手法，多以客家地區的地域文化、風土人情和社會生活為表現對象。客家山歌主要有口傳、筆錄兩種傳播方式，其中的大部分作品都停留在口頭上而沒有形成文字，導致相當多的客家山歌最終消散在歷史的煙雲裏。文人對客家山歌的搜集始於明清時期，《漁洋詩話》《池北偶談》《雨村詩話》《粵東筆記》《粵風》《粵歌》《秋雨庵隨筆》《人境廬詩抄》《黃氏信稿》《散花余潘》等都收錄了客家山歌。〔註114〕雖然看似不少，但是專門搜集和整理客家山歌的作品集並不多，例如鍾敬文的《客音情歌集》、劉信芳的

〔註111〕 羅可群《廣東客家文學史》，廣州：廣東人民出版社 2000 年版，第 344 頁。
〔註112〕 陳培璘《談客家佬》，上海《逸經》1937 年第 21 期，第 72 頁。
〔註113〕 胡希張《客家山歌史研究》，廣州：廣東人民出版社 2013 年版，第 90～91 頁。
〔註114〕 林筱雲《客家的山歌》，北京《三六九畫報》1940 年第 2 卷第 8 期，第 11 頁。

《梅縣歌謠集》、李金髮的《嶺東歌謠集》、羅香林的《粵東之風》、楊晶華的《嶺南歌謠集》等，這方面的努力遠遠比不上客家山歌的數量和成就。正是因為客家山歌有著源遠流長的發展歷史，並且在客家方言區具有不可取代的重要地位，所以它在戰時環境裏跟方言詩運動融合，助推了參軍動員的開展。

客家山歌與方言詩運動的結合，看似是偶然，實則是必然。在中國近現代歷史上，客家山歌被頻頻用於參軍動員之中，例如在 1930 年前後，中央蘇區領導客家婦女運用山歌進行革命戰爭和婦女解放的宣傳工作，「通過『四全』特色的山歌動員，有效地動員了婦女解放，發動群眾踴躍參加革命，發展生產」〔註 115〕，由此可見客家山歌能夠成為在客家方言區進行參軍動員的有效工具。進入抗日戰爭時期以後，客家山歌再度被用於參軍動員，也就顯得理所應當了。一些人對運用客家山歌來宣傳戰爭政策的合理性進行了辯護，例如金帆從客家民間文學出發，指出「我們今天談『人民文藝』，做普及與提高的工作，便應該由這些老百姓『喜聞樂見』的作品中，吸取它的精華，揚棄它的渣滓」〔註 116〕，而在他列舉的十種客家民間文學形式裏，山歌被排在了首位，也就是說，金帆把山歌在內的客家民間文學視為建設人民文藝、進行文化普及、開展參軍動員的重要介質。一位署名「即興」的讀者在寫給香港《正報》的信裏談到自己在客家方言區的從教經歷，為了在當地民眾中間更好地開展參軍動員、宣傳戰爭意義，這位作者選擇以教授客家山歌的方式來進行戰時宣傳：「有一句是『日本強佔我中國』，學生們抄歌個個將『我』字寫出個『涯』字來，我看了覺得有點莫名其妙，問他們為什麼要這樣做呢？他們說一定要『諧音』才記得，如果唱個『我』字出來恐怕老鄉們聽不懂。我和幾位同志討論過，結果都認為學生們是對的。」〔註 117〕陳皮借助於對客家山歌唱法的討論，說明客家山歌對於幫助人民群眾接受文藝作品、瞭解參軍政策具有重要意義。歌劇《白毛女》在香港演出以後，引發了有關「洋唱法」與「土唱法」的熱烈爭論，其中《華商報》刊載多篇文章持續關注這一問題。陳皮的《談客家山歌的唱法》

〔註 115〕 胡軍華《中央蘇區客家婦女的山歌動員》，載《山西師大學報》（社會科學版）2017 年第 3 期，第 73 頁。

〔註 116〕 金帆《略談客家的民間文學》，寫於 1948 年 10 月 1 日，收入中華全國文藝協會香港分會方言文學研究會編輯《方言文學》（第一輯），香港：新民主出版社 1949 年版，第 78 頁。

〔註 117〕 即興《一定要提倡方言文學》，香港《正報》1947 年第 2 卷第 16 期，第 23 頁。

從「洋唱法」與「土唱法」的爭辯開始，認為唱歌根本不存在「洋唱法」和「土唱法」的分別，只有合理與不合理的差異。他肯定了《白毛女》的優點，但是指出後者採用的語言並非出自民間，所以很難被觀眾理解。所以陳皮把目光投向了民間歌謠，指出想要爭取廣大人民的認可和接受還須從民間歌謠中尋求辦法：「出自農民口中的山歌民謠，漂亮優美，聽得懂，受感動，許多政工隊下鄉唱新歌曲，農民稱之為『鳳琴』、『百鳥歸巢』。《白毛女》的演出，很多觀眾覺得『唔知話也』，如果音樂是為了人民屬於人民的話，為什麼不把民間的唱歌方法研究出一個道理來，把它提高一步呢？」〔註118〕概言之，因為客家山歌帶有成為參軍動員工具的潛質和先例，所以它能夠跟方言詩運動融合，成為宣傳戰爭政策的組成部分。

客家方言區之所以能夠興起以客家山歌為主要借鑒對象的方言詩運動，一方面是因為參軍動員的現實需要，另一方面是因為國語普及難以真正實現的實際情形。自幼熟悉客家方言的客家人學習國語本身就頗有難度，尤其是在學習國語的發音上存在著多種多樣的錯誤傾向。〔註119〕為了適應這種局面，當時有人指出在發揚客家精神和客家文化的時候，應該做到「在家庭談話中，應以客語為主，社交上如與客人來往談話，亦應以客語為主」「普及教育，以客語國語為主，蓋客語國語均為我民族的主要語言」〔註120〕，從中可見客家方言依然在家庭生活、社會交際、文化教育等方面佔據著主導性地位，國語仍舊未能在客家人中間普及開來。在此情形下，如何通過文藝的形式進行參軍動員成為一大難題。其中的一種解決途徑便是利用客家人耳熟能詳的山歌，廣泛開展方言詩運動，讓客家人在唱誦和閱讀客家山歌的過程中自然而然地學習和領會參軍政策。相比國語文學而言，運用客家山歌形式寫成的方言詩更容易獲取客家人的認可，也有利於參軍政策的宣傳。

由於種種原因，跟客家山歌融合的方言詩運動在客家方言區如火如荼地展開，吸引了較多的關注，也取得了一定的成就，在參軍動員裏也起到了作用。從作品發表的角度來說，有大量運用客家山歌形式創作的方言詩問世。在《華商報》上，中華全國文協香港分會方言創作組多次發布廣告，長期向社會各界

〔註118〕陳皮《談客家山歌的唱法》，香港《華商報》1948年6月24日，第3版。
〔註119〕俞敏《客家人學國音的錯誤傾向》，臺北《國語通訊》1947年第1期，第5～7頁。
〔註120〕李景新《如何發揚客家精神和文化》，香港《崇正會刊》1947年復刊第5期，第7頁。

徵集「各地的方言山歌及民謠，能連曲譜一齊寄來最好」〔註121〕，客家山歌是其中的一個重要方面。此外，該報還刊發了健棠的《山歌唱來句句通》、林天涯的《五更歎》、談動的《勸郎上戰場》、樓棲的《搜賭謠》、陳皮的《的士工潮》、舉修的《掌牛仔》、古玉良的《客家山歌》、陳化的《客家山歌》、失名的《客家山歌》、民壘的《客家山歌》等多首客家方言詩。除了《華商報》以外，《正報》《中國詩壇叢刊》《新詩歌》等地方報紙和文學刊物也發表了許許多多的客家方言作品，僅在《中國詩壇叢刊》上發表的九十四篇文學作品裏，「潮州話占十篇，客家話占九篇，其餘都是廣州話」「詩歌佔了半數以上」〔註122〕，其中有克鋒的《快快來》、清水的《月光光》、樓棲的《鴛鴦子》（最後五章）等客家方言詩，這些作品幾乎都倣仿了客家山歌形式。〔註123〕

　　從文學組織的角度來說，文學社團在客家方言詩的創作實踐與理論探索之中扮演了重要角色。作為中國南部最大的詩歌社團，中國詩壇社對方言詩運動做出了不可忽視的歷史貢獻，部分社員曾經嘗試運用客家山歌形式進行方言詩創作，「效果甚好，很受歡迎」〔註124〕，起到了參軍動員作用，樓棲的《鴛鴦子》便是其中的代表作之一。由馮乃超、符公望組織成立的方言詩歌工作組是中華全國文協香港分會的一個下屬組織，專門致力於推動方言詩運動的發展。方言詩歌工作組的創作活動以粵方言詩、客家方言詩、潮州方言詩為三種

〔註121〕中華全國文協香港分會方言創作組《徵求》，香港《華商報》1948年4月22日，第3版。

〔註122〕黃寧嬰《談廣東的韻文創作》，中華全國文藝協會香港分會方言文學研究會編輯《方言文學》（第一輯），香港：新民主出版社1949年版，第34頁。

〔註123〕值得一提的是，客家方言詩在發表之時經常遇到語言問題，因為並不是每一位編輯都精通客家方言。因此，如何編輯客家方言詩成為一個困擾著編者、作者、讀者的重要問題。「要編者在刪我們的作品時加以揣摩，切莫武斷，往往我們（工人）以為是滿意的句子，如果編者改用知識分子的口氣，那就欠真了。尤其是方言，如果編者是『本地人』諒必全諳『客家』『潮州』的了」，然而這只是理想的狀態，在現實生活中很難做到，相對較為可行的處理辦法是「關於方言創作，必請熟諳該種方言的朋友斟酌，刪改亦必慎重，盡可能做到少犯錯誤」（老賴《對〈方言文學專號〉的意見》，香港《華商報》1949年7月9日，第5版）。這個問題並不限於客家方言詩，同樣也適用於其他種類的方言詩，語言既是方言詩運動的優勢——容易取得當地人的認可，也是它的劣勢——難以獲得外地人的理解。可以試想一下，如果有更多的精通多種方言的編輯，那麼歷史很可能會為後人留下更為豐厚的方言詩寶庫。

〔註124〕陳頌聲、鄧國偉《中國詩壇社與華南的新詩歌運動》，載《學術研究》1984年第3期，第96頁。

主要類型，「馮乃超、邵荃麟、鍾敬文等均給予熱心指導」〔註125〕，方言詩歌工作組創作了為數不少的客家方言詩。除了方言詩歌工作組以外，中華全國文協香港分會還成立了方言文學研究會，致力於推動方言文學運動的發展〔註126〕，也推出了一些客家方言詩。中國詩壇社、方言詩歌工作組、方言文學研究會以及其他文學社團在客家方言詩運動中起到了重要作用，也強化了客家方言詩運動對參軍動員的現實書寫，由此可見組織化、機構化的文學活動之於方言詩運動的意義。當然，「散兵遊勇」式的詩人（包括文藝工作者和普通民眾）也對客家方言詩運動做出過貢獻，同樣是不該被忽視的。

　　如上所述，客家山歌跟方言詩運動的融合幫助方言詩運動取得了突出成績，與此同時，也不可避免地存在著一些問題。例如有些客家詩人「轉入了創作比較份量重的較大型的作品，例如三組《唱春牛》，和客家話長詩《鴛鴦子》」，而小篇幅的方言詩在戰時環境中往往能夠發揮更大的參軍動員作用。緊張的戰鬥和繁重的勞動使人很難靜下心來細細閱讀大部頭的文學作品，參軍動員的宣傳目標要求文學作品的篇幅不宜過長，所以直到1940年末期依然有人呼籲「假如優秀的作者們能夠分出一部分精力或者以其全部精力寫作短東西，那麼一般短作品就可以提高水準，加強說服力與感動力，影響那更多的人」〔註127〕。詩歌更是如此，因而《詩歌月刊》在《稿約》裏直接標明「詩長不得超過二百行」〔註128〕。進而言之，詩歌篇幅過長的問題不僅存在於客家方言詩運動中，也存在於其他語言類型的方言詩運動裏。

二、客家山歌的形式和參軍動員的需要

　　接下來需要追問另外一個問題：在客家方言區裏，為什麼方言詩運動宣傳參軍政策需要借助客家山歌形式？過去的研究者對這個問題往往一筆帶過或避而不談，它其實是一個值得探討的話題。在以客家方言為語言媒介的方言詩運動裏，樓棲取得了卓著的成就，他的長詩《鴛鴦子》以及短詩《搜賭謠》《鄉長謠》等均是客家方言詩的代表作。樓棲在方言詩創作上的創作經驗和理論探

〔註125〕犁青《從「南來作家」到「香港作家」》，載《新文學史料》1996年第1期，第187頁。

〔註126〕犁青《四十年代後期的香港詩歌》，載《新文學史料》2005年第3期，第138頁。

〔註127〕辛子《向文壇要求短作品》，香港《大公報》1949年8月7日，第8版。

〔註128〕編者《稿約》，重慶《詩歌月刊》1946年創刊號，第8版。

索不僅是他不斷突破自我的思想結晶，而且在相當程度上顯示出客家方言詩運動的演變軌跡。因此，下文將主要通過分析樓棲的方言詩創作經歷來窺探客家山歌與方言詩運動在戰爭語境下結合的複雜原因。除了童年記憶與知識慣性的影響以外，樓棲為什麼要模仿客家山歌形式寫作客家方言詩？宏觀地講，主要是為了適應戰爭對文藝提出的階段性要求；具體來說，主要有以下三個原因：

首先，客家山歌可以成為動員人民群眾參軍的宣傳工具。樓棲看重客家山歌在參軍動員中的功用，他認為想要真正激發客家人民的戰鬥熱情，不得不借助於後者喜聞樂見的客家山歌。例如《鴛鴦子》的第十九章被命名為《唱山歌》，該章描述了客家山歌對當地革命宣傳所起到的作用。「山凹裏轉出一介人／日頭撐眼看唔真／句句山歌唱革命／句句山歌打動人」，革命山歌同樣可以寫得婉轉動聽，而且相比傳統的客家山歌而言更添了幾分現實的厚重，參軍動員理念被裹挾在陣陣歌聲裏傳入客家人民的頭腦中。客家山歌不僅在建國前的參軍動員裏發揮了作用，而且在建國後的政治宣傳中也產生了影響。例如在 1950 年代的土地改革運動中，客家山歌化身為宣傳土地政策的文化利器，「受到群眾歡迎，又得到地方領導的肯定和讚揚」「成為當時客家農村最普遍的文藝形式」〔註 129〕；更為重要的是，當客家人民接受了參軍動員以後，他們不再處於被動的位置，而是主動要求發出自己的聲音，說出自己的訴求，爭取自己的幸福。主體意識的萌發令他們不僅是被動地接受參軍動員，而且是主動地將之傳遞出去，他們在參軍動員裏所扮演的角色從被動員者轉變為動員者。「唱嘅歌聲一條線／又長又細鋸胡弦／敢唱山歌敢大聲／敢來革命敢露面」，「山歌」在這裡不再只是特指民間文學的一種形式，同時還泛指來自民間的聲音。能否大聲地唱山歌，象徵著人民群眾能否自由地發表自己的言論——唱歌自由，即言論自由。當人民開始勇於發出自己的聲音，這表明他們其實已經覺醒了革命意識，他們受到的參軍動員已經起到了作用，並且預示著他們將在戰爭裏表現得更為積極。薛汕曾將樓棲的《鄉長謠》跟黃寧嬰的《西水漲》（粵方言詩）、丹木的《抗徵》（潮州方言詩）放在一起評價，認為它們「寫的都是農村的鬥爭，暴露敵人的醜行，稱頌人民進行鬥爭的英雄行為」〔註 130〕，從中可以看到人民群眾已經萌發了戰鬥精神，他們主動為爭取自身的幸福而奮勇鬥爭。樓

〔註 129〕 羅可群《現代廣東客家文學史》，廣州：廣東人民出版社 2008 年版，第 211 頁。
〔註 130〕 薛汕《四十年代的〈新詩歌〉》，載《新文學史料》1988 年第 1 期，第 183 頁。

棲如此看重言論自由、重視民間聲音是由多種原因造成的，其中的一個重要原因是國民黨對公共輿論空間的惡意破壞，此種惡性反而進一步激發了人民群眾的戰鬥熱情，令參軍動員得到了更廣泛的開展。尤其是在經歷了 1946 年 5 月 4 日廣州兄弟圖書公司和華商報廣州分社被偽裝成學生的特務砸毀的「全武行」〔註 131〕以後，樓棲對國民黨蓄意破壞言論出版自由、企圖鉗制人民思想的文化暴行感到極其的憤怒和不齒，他接連撰寫了《最可恥的一幕》《演不完的好戲》《反民主的文化戰線》《玷污了秦始皇》《「荒涼」的注腳》等多篇文章加以痛斥，並且不無諷刺地總結道：「廣州當局對民主文化的德政，是搗毀，劫掠，查封的三部曲。」〔註 132〕在此情形下，樓棲愈發珍視人民發聲的話語空間，所以在方言詩裏描寫了客家人自由歌唱革命山歌的場景，他們不僅是敢於歌唱，而且是敢於大聲歌唱，這份勇氣源於對革命運動的信心、對戰爭勝利的憧憬。因為人民群眾敢於發出民間的聲音，所以他們可以講述民間的故事。在講述民間的故事之時，「舊社會」的黑暗慘狀、「新社會」的光明前景在人物敘述裏得到了進一步彰顯，參軍政策也得到了更廣泛的傳播。政治口號與民間故事的融合程度越來越高，參軍動員的實際效果也越來越好。等到共產黨第二次進村以後，身為宣傳隊一員的鴛鴦子以客家山歌形式追溯地主犯下的累累罪行以及農民經受的種種摧殘，如泣如訴地講述「舊社會」的悲慘往事，引發了村民們的情感共鳴和革命訴求，實現了參軍動員的宣傳目標。革命的情緒已如火焰騰騰升起，政治術語不再是遙遠而枯燥的名詞，「歌聲唔好唔唱歌／手勢唔好唔飛鉈／唱哩歌來喊口號／心裏燒起一堆火」，口號標語成功地融入了山歌裏、故事裏、情感裏，人民群眾的戰鬥意志自然能夠被點燃。至此，客家山歌在樓棲的作品裏完成了時代所賦予的參軍動員使命。

其次，利用客家山歌形式有助於減小客家人接受新詩的難度。這一點直接影響到新詩能否發揮出原有的參軍動員效用。生長於廣東梅縣的樓棲瞭解客家人的風俗習慣和審美趣味，他很清楚客家山歌之於客家人的意義。客家山歌是客家人日常生活的重要組成部分，起著審美消閒、啟蒙教育、傳情抒志、政治宣傳等綜合性作用，「客家山歌最貼近社會生活，在客家山鄉，山歌已成為人們生活中不可或缺的文化活動形式……就是在激烈的階級鬥爭中，山歌也

〔註 131〕樓棲《最可恥的一幕》，廣州《聯合增刊》1946 年第 3 期，第 13 頁。
〔註 132〕樓棲《「荒涼」的注腳》，寫於 1946 年 10 月 10 日，收入《反芻集》，文生出版社 1946 年版，第 75 頁。

發揮其『自古山歌從口出』的特點，成為對敵鬥爭的武器。」〔註133〕客家山歌在客家人的日常生活裏佔有重要位置，這種情況決定了一般意義上的現代新詩在那裡很難被迅速接受。「《鴛鴦子》的創作，顯示了客家山歌這種民間文學形式，具有相當旺盛的生命力」〔註134〕，這段話點出了客家山歌之於《鴛鴦子》的文體意義，只可惜沒有分析客家山歌在讀者接受方面帶給《鴛鴦子》的益處。採用客家人所熟悉、所喜愛、所吟唱的客家山歌形式來寫作新詩，是減少接受阻礙的一條路徑，也是發揮新詩的參軍動員作用的一種選擇，這恰恰是樓棲的高明之處，也是其方言詩能夠獲得成功的重要原因。當樓棲把創作的目光移回到給予他文學啟蒙的客家山歌和人生啟蒙的客家山鄉上，他的詩歌創作變得自然順暢得多，並且漸漸沉醉其間：「一面寫，一面回到記憶中的故鄉，那片世界對我是這麼親切似乎又這麼生疏，好像是夢境又好像是現實。一串串語言好像一串串珍珠，在我眼前閃亮。我簡直給這些珍珠迷住了。」〔註135〕從集體記憶的角度來看，「記憶的故鄉」「親切的世界」「閃亮的語言」既屬於樓棲，也屬於其他客家人。當樓棲生出上述創作體驗的時候，說明其他客家人也可能從他的方言詩裏獲得類似的閱讀感受，這是由地域文化的特性決定的。根植於客家文化心理的方言土語、風土人情、山鄉特色構成了樓棲客家方言詩的獨特景致，也成為了它們俘獲客家人青睞的寫作策略，現代新詩因而得以在客家人那裡傳播，也能夠在參軍動員裏起到作用。

最後，「向民歌學習」和「向人民語言學習」兩個口號對詩歌創作產生過影響。樓棲以模仿客家山歌、運用客家方言的形式來創作方言詩，跟他長期堅持的「向民歌學習」和「向人民語言學習」兩個口號有著密切關係，主要是為了讓作品更加契合人民群眾的實際需要。當然，「民歌」與「山歌」（以及「人民語言」與「方言土語」）並不是意義相同的兩個概念，樓棲通常把它們看成兩種不同的民間文學形式，但是就「向民歌學習」這個口號而言，其中的「民歌」應當是廣義上的，山歌也被涵蓋其中。1948年，樓棲在香港《海燕》雜誌上發表過一篇名為《古民歌給文人詩的影響》的文章，集中表現了他對「向民

〔註133〕羅可群《試論客家文學》，載《學術研究》1998年第9期，第94頁。

〔註134〕張振金《嶺南現代文學史》，廣州：廣東高等教育出版社1989年版，第207頁。

〔註135〕樓棲《我怎樣寫〈鴛鴦子〉的》，寫於1949年2月20日，收入中華全國文藝協會香港分會方言文學研究會編輯《方言文學》（第一輯），香港：新民主出版社1949年版，第94頁。

歌學習」和「向人民語言學習」兩個口號的見解和支持。

> 今天，「向民歌學習」、「向人民語言學習」的口號叫得震天價響；
> 但也還有人對這些口號表示懷疑，冷淡，甚至於反對的。我這篇文
> 章，想從文學史上來證明從前的作家們曾經怎樣向民歌過來。但那
> 樣的學習，在今天看起來卻又異常不夠了。還不願意接受民歌影響
> 的作家，數典不要忘祖，應該從文學史上看出這條路並不很新，早
> 就給前人踐踏過了。〔註136〕

樓棲在該文裏梳理了從先秦至宋元民歌與文人詩歌創作之間的密切聯
繫，看似是「論古」，實則在「談今」，最後一段文字才是全文的落腳點，所
有論述都是為了證明「向民歌學習」和「向人民語言學習」的口號自古有之，
並且在當前同樣是正確的、合理的。樓棲駁斥了當下懷疑和反對「向民歌學習」
和「向人民語言學習」的聲音，指出在中國文學史上有著悠久的文人學習民歌
的創作傳統，從而為現今學習民歌和人民語言的浪潮找到了歷史合法性。〔註
137〕對於樓棲而言，「向民歌學習」和「向人民語言學習」不只是「口號」或
者「旗幟」，更是進行新詩創作的準則和信條。到了1960年代，樓棲寫下了
一篇名為《新穎的意境　時代的激情——評〈大山行吟〉和〈大沙田放歌〉》
的詩評，該文延續了《古民歌給文人詩的影響》的觀點，「向民歌學習」和「向
人民語言學習」依然是樓棲看重的兩個口號。「學習民歌，還得加一把勁。和
繼承舊體詩傳統的成績比較起來，這方面顯得還不很相稱。同時，向人民語言
開掘礦藏，也要有足夠的重視。這些，都可以為抒情的多樣化、語言的口語化
創造更充分的條件。」〔註138〕質言之，「向民歌學習」和「向人民語言學習」
始終是樓棲詩學理念中的兩大主張，也是樓棲詩歌創作努力踐行的兩條準則，
曾經幫助其方言詩在參軍動員裏發揮了作用。

由於多種原因，客家山歌在戰時環境裏跟方言詩運動聯結在一起，此種情

〔註136〕樓棲《古民歌給文人詩的影響》，香港《海燕》1948年第1輯，第35頁。

〔註137〕此外，樓棲在《古民歌給文人詩的影響》裏還提出了戰時文藝運動的一個目
標，同時也是人民文藝的一種理想，那就是實現從「為人民創作」到「人民
自己創作」的轉變——這在小範圍內已經得到了實施，卻由於種種現實因素
很難徹底完成。樓棲《古民歌給文人詩的影響》，香港《海燕》1948年第1
輯，第35頁。

〔註138〕樓棲《新穎的意境　時代的激情——評〈大山行吟〉和〈大沙田放歌〉》，寫於
1963年9月3日，收入《樓棲自選集》，廣州：花城出版社1994年版，第
470頁。

況的出現可謂是歷史發展的必然。作為發出和聽取民間聲音的一種途徑，客家山歌既能夠激發客家人的戰爭意願，也可以表現客家人參加戰鬥的熱情，他們在接收戰爭信息、傳送戰鬥情緒的過程中自然而然地成為參軍動員的一份子，這體現了客家方言詩運動的實際成就和特別之處。

三、戰時環境對客家情歌的改造

由於客家人通常居住在山區裏，所以山歌自然成為男女之間表達情意的最為便捷的方式，而在客家山歌中，情歌通常佔據了最大的比重，甚至有人認為客家山歌「百分之十九都是情歌，很少談到愛情以外的事情」〔註139〕。與之相應的，客家山歌與方言詩運動的結合突出表現在情歌之上，被改造後的客家情歌同樣被用於參軍動員。也就是說，在彼時的客家方言詩中存在著很多情歌，這些情歌有助於方言詩運動在客家方言區的傳播，也有利於方言詩運動在參軍動員裏發揮作用。因此，談論參軍動員與客家方言詩運動的歷史關係，繞不開對情歌的分析。

通常而言，客家情歌發生在「男女戀愛而要發抒其相互的情緒」「男女互相調笑罵詈而藉以挑情」「男女想激動情感以互求異性的慰藉」〔註140〕三種情形之下，「一般青年男女都以山歌為傳情送愛的媒介，每逢春秋兩季，一般已婚或未嫁的青春女子便成群結隊上山割草採樵，這就是山歌季節了。」〔註141〕客家情歌不避俚語土話，採用直抒胸臆的抒情方式，生動活潑、質樸率真。「新作田唇唔敢行，／新交情人唔敢聲。／拿枝腳頭奔郎使，／開條路子奔妹行」，客家情歌大抵都是這般基調，反而有著雅文學所缺少的坦誠直爽，「這種民間文學，真比李杜蘇黃各大家的作品要活潑多了，再動人多了，要普遍多了。他們一點亦不造作，只是自由自在地表露他們的真情」〔註142〕，因而深得客家人的喜愛。在抗日戰爭全面爆發以後，客家情歌迎來了新變化，雖然依然存在純粹抒發男女之情的山歌，但是也出現了許多戰爭主題壓倒愛情書寫的情歌。此類客家山歌以男女情感為外殼、以社會現實為內核，旨在借助廣受

〔註139〕 金帆《略談客家的民間文學》，寫於 1948 年 10 月 1 日，收入中華全國文藝協會香港分會方言文學研究會編輯《方言文學》（第一輯），香港：新民主出版社 1949 年版，第 71 頁。

〔註140〕 賀揚靈《客家的情歌》，上海《讀書雜志》1931 年第 1 卷第 2 期，第 4 頁。

〔註141〕 小鄉里《客家佬的山歌》，香港《華商報》1946 年 9 月 29 日，第 3 版。

〔註142〕 賀揚靈《客家的情歌》，上海《讀書雜志》1931 年第 1 卷第 2 期，第 4 頁。

客家人歡迎的情歌這一民間文學形式在客家方言區推廣方言詩運動,讓方言詩運動也為參軍動員奉獻力量。這恰恰體現了戰時環境對客家情歌的改造,同時也彰顯出客家情歌主動適應參軍動員的努力。

　　客家山歌並不專屬於愛情,原本有著多種發展方向,亦包含反映社會現實的可能性,只不過受制於古代社會的政教與禮教的雙重管轄,最終令情歌成為客家山歌的主導。留流指出客家山歌的產生「固然出自情愛者為多,但民間的其他喜怒哀樂也未嘗不是山歌的生命。不過因為禮教的關係,始終不能在鄉中公然高唱,所以不得不流在荒郊之外,山水之間,給樵婦牧子工人們做一種愛情使者,精神調劑的神兒」〔註143〕,道出了個中緣由。當然,「主導」絕非「全部」,客家山歌始終都有反映社會現實的作品,例如抗爭官府暴行的「山上布驚開藍花,／唔怕家官當老爺。／出門山歌總愛唱,／唔怕坐監殺頭哪」〔註144〕,只不過這類作品沒有成為客家山歌的主流。現代民族國家戰爭激發了客家山歌的現實因子,令寫實社會的藝術風格煥發出勃勃生機,而以情歌的形式表現戰爭圖景是作者們採取的一種表達策略,讓習慣了客家情歌的客家人更容易理解和接受參軍政策,引導他們積極主動地參與到戰爭進程之中。在新型客家山歌裏,談動的《勸郎上戰場》頗具代表性,鮮明地體現出參軍動員的因素,現將全文抄錄如下:

　　　　女:妹勸涯郎愛認清,獻身為民去做人,
　　　　　　為了正義唔怕做,犧牲為國有光榮。
　　　　男:涯妹在家心愛知,田園屋舍有人理,
　　　　　　哥在戰場遇不幸,冤枉涯妹怪嬌媚。
　　　　女:妹勸涯郎上戰場,為民除害係應當,
　　　　　　等候涯郎立功德,妹子半路等親郎。
　　　　男:涯妹做人愛分明,建國唔少哥一人,
　　　　　　等到民主突現了,我倆享樂在家庭。
　　　　女:妹勸涯郎莫遲疑,建功立業正當時,
　　　　　　搞好思想上前線,迎接解放還望你。
　　　　男:涯妹做人心莫恢,訣別同妹來分開,
　　　　　　涯哥獻身上前線,新民主主義快到來。

〔註143〕留流《韓江客家的山歌》,南京《文藝月刊》1936年第8卷第4期,第107頁。
〔註144〕羅可群《廣東客家文學史》,廣州:廣東人民出版社2000年版,第372頁。

女：涯郎上前愛衝鋒，為民殺敵來建功，

　　忠勇為民來解放，捨生取義是英雄。

男：涯妹在家有主張，田園家務妹擔當，

　　涯哥上前爭解放，殺身成仁愛發揚。〔註145〕

《勸郎上戰場》採取客家情歌慣用的男女對唱形式，每四句為一節，每七字為一句，唯一一處不合規範的是「新民主主義快到來」——此處作者想將「新民主主義」融入詩裏，同時又要儘量補足音節，所以不得不這樣處理。雖然這首詩還是在講述男女離別之前難捨難分的情愫（由於客家男人長年在外謀生，所以傷離別的主題在客家情歌中經常見到），但是作者運用了「建國」「民主」「爭解放」「上前線」「獻身為民」「為了正義」「犧牲為國」「搞好思想」「迎接解放」「新民主主義」等諸多的新名詞和新說法，讓《勸郎上戰場》這首情歌打上了鮮明的時代烙印。《勸郎上戰場》的主題是女人勸說自己心愛的男人參軍衛國，並且希望他在戰場上能有英勇的表現，為人民解放事業做出貢獻。看似簡單的詩性表達背後隱藏著一個複雜的歷史問題：如何動員客家人參與到戰爭之中？這個問題可謂是檢驗方言詩運動的戰時宣傳成效的試金石。

從客家傳統文化的角度來看，想要動員客家人積極參加戰爭的難度很大，因為諸如「抗戰建國」之類的宏大口號並不能解決他們的實際問題。首先，從客家男人的立場來說，參軍意味著他們必須暫時放棄自己的經濟收入和家庭生活。「嶺南近海，因為地理上的方便，客家的男子常脫離他幸福的家庭和他親愛的情人，到海外各國去討生活」，客家男人有著長期背井離鄉謀求生計的傳統，但是如果選擇投身戰爭的話，他們必須放棄支撐全家生活的經濟來源，生活的重擔幾乎被全部轉移到家裏的女人身上。參軍還代表著客家男人必須再次離開闊別已久的家鄉，「他們為著自己的生存和民族經濟的活動，不得不離開他的情人，有時常離開到十年二十年之久，甚而至於老死還不見得回來；就是回來，亦多是『少小離家老大回鄉音無改鬢毛催』了」〔註146〕，他們需要日夜忍受對家人的相思之苦。毋庸置疑，以上兩方面的困難都是不容易克服的。其次，從客家婦女的立場來說，假如她們同意家裏的男人參軍，那麼她們將不得不繼續獨自在家以勞作為生，承擔起維繫家庭生活的重任。「其他的人

〔註145〕談動《勸郎上戰場》，香港《華商報》1949年6月5日，第3版。

〔註146〕賀揚靈《客家的情歌》，上海《讀書雜志》1931年第1卷第9期，第2、3頁。

都還在睡鄉，她們已分別的出了家門，或者進山割草砍柴，或在園圃裏洗種蔬菜，或到田間耕種，或到城市裏碼頭上去賣勞力做挑工，或牧牛羊於山野」〔註147〕，客家婦女需要在如此繁重、日復一日的體力勞動裏獨自生活，其中的辛苦可想而知。除了完成平常的勞動任務以外，客家婦女還需要參與到當地的鬥爭活動之中，為前線的作戰提供後方保障。在戰時環境裏，客家婦女被賦予了很高期望，「非常時期到來時，有這撐持家庭，養活兒女，自給自足的婦女在後方，使陣上的戰士無內顧之憂，於整個民族的解放運動中，關係尤巨」〔註148〕，不僅如此，她們在某些情形下還要直接參加政治運動，以便清除阻礙戰爭進程、壓迫勞苦人民的落後勢力。「哥子出發去了，老妹在家做些什麼有利抗戰的工作呢？他們在家，除了努力農村生產工作以外，還常為過往的軍隊做戰時服務的工作」〔註149〕，家庭生活與戰時服務的雙重職責都落在了客家婦女的肩上，正是得益於她們的辛勤付出，男人們才能心無旁騖地奮勇殺敵。其中，動員客家婦女參加戰爭的難度尤甚。生活重負本就令客家婦女無暇顧及其他，而且客家婦女自身帶有一些革命的不足，「第一是智識太少，第二是有點奴性，第三是迷信鬼神」〔註150〕，動員她們參加戰爭是一項富有挑戰的工作。然而客家情歌基本都淡化或避開了這一點，直接表現客家婦女自我改造成功以後的鬥爭精神，這是一種討巧而便捷的處理辦法，卻簡化了參軍動員的歷史過程。

跟上述情形相反，以參軍動員為主旨的客家情歌往往採用「妹勸郎」的書寫模式，以女性的視角勸告心愛的男人不要貪留家中，而應前往戰場殺敵，談動的《勸郎上戰場》、失名的《客家山歌》、澄培的《五更鼓》等均是這般。如此一來，動員客家人積極參加戰爭的兩個主要障礙便被攻克了。這種模式雖然借鑒了傳統客家山歌的敘述模式，卻進行了適合參軍動員需要的全新改造，顯示出方言詩運動對客家情歌的反哺作用。

戰時環境不僅改造了客家情歌，還重塑了客家人對待戰爭的態度。在客家

〔註147〕丘式如《客家婦女》，重慶《婦女月刊》1945 年第 4 卷第 5 期，第 24 頁。
〔註148〕清水《自食其力的客家婦女》，上海《女子月刊》1936 年第 4 卷第 7 期，第 22 頁。
〔註149〕張歙坡《贛南的客家民歌》，廣州《民俗》1943 年第 2 卷第 3～4 期，第 72 頁。
〔註150〕清水《自食其力的客家婦女》，上海《女子月刊》1936 年第 4 卷第 7 期，第 22 頁。

傳統文化裏，流行著「好仔不當兵」的觀念，無論男女皆是如此——男人不屑於當兵，女人看不起當兵的男人。然而進入抗日戰爭時期以後，在巨大的民族國家危機面前，客家人的思想觀念發生了劇變，「好仔不當兵」被「當兵最光榮」所替代，客家男人一反常態踴躍參軍，客家女人則「不愛讀書郎，也不愛作田郎，而多愛嫁當兵郎」〔註151〕。「哥哥當兵去打仗／老妹在家要像樣／打得勝仗回家轉／包你就有太太當」「現今當兵最光榮／旗子頁頁過廣東／保有亞哥打勝仗／老妹半路來接風」「天靈靈來地靈靈／如今涯郎去當兵／保有打得日本轉／涯郎轉來好威風」〔註152〕，諸如此類的客家情歌體現出客家男女對參軍的熱情，而不再像之前那樣牴觸參軍。之所以產生這種變化，方言詩運動起到的參軍動員作用功不可沒。

在客家人願意參軍以後，又出現了一個新問題：為誰而戰？可人的《客家民歌》回答了這個問題。在這首詩裡男人為了六十萬元而打算加入國民黨軍隊，卻遭到了女人的強烈反對，「今日涯郎去當兵，借問你去打嗎人；先日當兵打日本，如今去打自家人。」男人的初衷不過是為了拿錢還債、補貼家用，並沒有深入思考「為誰而戰」的問題。女人以堅定的態度勸告男人加入共產黨軍隊，讚揚後者奉行的「推行民主救人民」旗號，批判國民黨軍隊是保護獨裁政治的力量，提醒男人分清形勢，「幾十萬元莫賣身，戰友仇敵要認清；涯今兩人問去轉，解說他人聽分明。」〔註153〕愛情在這首客家情歌裏所佔的比重遠遠比不上政治，從中可以管窺共產黨與國民黨之間的政治鬥爭，這是解放戰爭時期的參軍動員帶給客家情歌的新變化。

質言之，戰時環境對客家情歌進行了適當的改造，並且跟方言詩運動緊密地聯繫在一起。改造過後的客家情歌既保證了客家人對之的認可和接受，還使之更加契合參軍動員的要求。

客家山歌與方言詩運動的結合可謂是歷史的必然，此種現象有利於客家方言詩運動在參軍動員中更好地發揮作用。「客家山歌既有鼓勵和表揚，也有規勸和批評，動之於情，曉之於理，明之於義，其鼓動性極大，效果也極

〔註151〕張嶽坡《贛南的客家民歌》，廣州《民俗》1943 年第 2 卷第 3～4 期，第 72 頁。

〔註152〕張嶽坡《贛南的客家民歌》，廣州《民俗》1943 年第 2 卷第 3～4 期，第 72 頁。

〔註153〕可人《客家民歌》，香港《華商報》1946 年 9 月 30 日，第 3 版。

為顯著」〔註 154〕，因此，客家山歌在近現代史上被多次運用於參軍動員和政治宣傳。這種歷史慣性使得客家山歌在全國解放以後，繼續發揮著宣傳作用。例如中山五桂山區運用客家山歌動員人民群眾積極參與徵糧活動，為中國的徹底解放提供物質保障，「亞哥你唔使驚，／個次送糧柬出名，／厓兜動員一齊送，／英雄模範大家爭。」〔註 155〕需要特別注意的是，不僅客家山歌對方言詩運動有著重要意義，而且方言詩運動對客家山歌也具有積極作用。客家山歌在相當長的歷史時期裏主要通過口頭傳播的方式存在，此種情況導致了大量客家山歌的消失，從這個層面來看，方言詩運動的開展有助於客家山歌的搜集、整理與保存。而且方言詩運動帶來的新理念和新方法可以啟發客家山歌如何改變自己，以便適應不斷變化的戰爭局勢，爭取在參軍動員裏發揮出更大的參軍動員效用。

小結

當抗日戰爭全面爆發以後，戰爭成為中國社會的主旋律，戰時生活的方方面面都要自覺地依此展開。作為戰時動員的重要構成部分，參軍動員對戰時文藝運動產生了不可忽視的影響。方言詩運動也不能例外，它主動地匯入到參軍動員之中，最大程度地發揮參軍動員作用成為方言詩運動的首要訴求。「歌謠傳佈，具有自然、廣泛且深入之效果，歷來為求達到政治目的，假託歌謠為工具者，所在多有」〔註 156〕，因而出現了「革命文件不如革命口號，革命口號不如革命歌謠」〔註 157〕的說法，由此可見民間歌謠的參軍動員功效。正是因為民間歌謠能夠在參軍動員方面具有上佳的效力，所以它成為方言詩運動的重要借鑒資源。在反映社會生活、抒發民間聲音、動員民眾參軍上，民間歌謠具有無可比擬的優越性，「民間歌謠是社會生活最直接的反映，是人民群眾心聲最坦率的表達。社會生活出現了新的內容，民間歌謠即最為迅速、集中、概括地反映出來。」〔註 158〕於是，借鑒民間歌謠形式成為詩人的共同默契，民

〔註 154〕 胡軍華《中央蘇區客家婦女的山歌動員》，載《山西師大學報》（社會科學版）2017 年第 3 期，第 76～77 頁。
〔註 155〕 《客家山歌》，廣州《華南青年》1950 年第 35 期，第 29 頁。
〔註 156〕 臧汀生《臺灣閩南語歌謠研究》，臺北：臺灣商務印書館股份有限公司 1980 年版，第 55 頁。
〔註 157〕 王焰安《紅色歌謠》，廣州：廣東人民出版社 2011 年版，第 9 頁。
〔註 158〕 林有鈿《潮州歌謠漫談》，《潮州民間文學淺論》，潮州：潮州市文化局文藝創作基金會 1992 年版，第 16 頁。

間歌謠的形式魅影時常出現在他們的方言詩裏，成為他們進行參軍動員的重要工具。如何才能有效地改造民間歌謠形式，使之更加適合參軍動員的現實需要呢？對於這個問題，方言詩人進行了多種多樣的嘗試，也遭遇了形形色色的困難。例如林林指出過「我們也要克服一種填歌謠的缺點，學習民歌民謠是好的，但單拘守著它的韻律格式，不能在那基礎上創造提高，也是不夠」〔註159〕，從中可以看到方言詩固然需要借用民間歌謠形式，但是不應該陷入到模式化、公式化的形式困境之中，而應該運用形象生動的方言土語表現不斷變化的社會生活。雖然民間歌謠與方言詩運動之間存在著密切關係，但是這並不意味著民間歌謠應該成為方言詩運動唯一的學習對象，機械化的詩學觀念反而不利於方言詩運動發揮出原有的參軍動員功效。王任叔曾經感歎「新詩之歌謠化，確是新詩一條可走的路」，但是他隨後強調「我們也不贊成所有新詩全都歌謠化」，這是因為「新詩必需保持其多樣性的發展」，從而避免新詩一元化的極端現象；但是在有一點上他是持肯定態度的，那就是「我們所要求的新詩，卻必需是現實的，而又必需不是口號的叫喊」〔註160〕，從中可知王任叔反對的並不是新詩歌謠化，而是新詩空洞化或新詩口號化。從新詩歌謠化到新詩現實化，王任叔的看法涉及到一個重要問題：新詩從民間歌謠之中尋找形式資源的根本目的，還是為了反映社會現實、宣傳戰爭政策，這是由中國戰爭的緊迫局勢所決定的。由此再一次印證了本章反覆強調的一個觀點：民間歌謠與方言詩運動的結合從根本上說是由戰時環境所決定的，主要是為了幫助詩人在參軍動員裏發揮作用。

〔註159〕林林《白話詩與方言詩》，香港《文藝生活》1949 年第 48 期，第 31 頁。
〔註160〕屈軼《新詩的蹤跡與其出路》，上海《文學》1937 年第 8 卷第 1 期，第 22～23 頁。

第二章　農村社會動員與「面向農村」的基本方向

引言

　　農村社會動員是社會動員的一種重要形式，它在戰時動員中十分重要，從根本上制約著後者的群眾基礎。農村在中國社會裏的基礎性地位決定了各個黨派對農村社會動員的高度重視，也決定了農民必然成為戰時動員的重點對象：「中國是一個以農業和農民為主體的農業社會，這就決定了要在中國謀求革命的成功，必須得到農民大眾的支持，必須對農民群眾的歷史主體價值予以確認和尊重。」[註1] 共產黨和國民黨是當時中國的兩個主要政黨，它們對戰時動員的理解是不同的。即便如此，共產黨和國民黨都把農村社會動員視為戰時動員的重要環節，亦將廣大農民看作推動戰爭進程的強大力量。這種情況對方言詩運動產生了深刻影響，使之格外重視對農村社會動員的表現。上一章指出了向民間歌謠學習是發展方言詩運動的一種重要路徑，這一點主要是從形式上對方言詩運動提出的要求。這種形式層面的探索受制於內容層面的約束，而內容層面的表現依賴於形式層面的傳達，形式與內容互相牽制、互相影響，從根本上說取決於詩人為方言詩運動設想的發展方案。從內容與形式的辯證關係來看，方言詩運動倡導以民間歌謠作為形式資源的根本原因是為了更好

〔註1〕陳文勝《話語中的土改：解放戰爭時期〈人民日報〉中的土改宣傳與社會動員》，載《黨史研究與教學》2018年第2期，第38頁。

地表現戰爭圖景和人民情感，從而擴大方言詩運動在民間（尤其是農村）的受眾範圍，爭取獲得最佳的傳播效果和宣傳效力。為什麼要特別強調農村？這是由農村在中國革命中的重要性所決定的。當時的情形是「中國的人口百分之八十以上在農村，誰忽視了廣大農村的人民，誰就沒有把握到文化運動的核心」〔註2〕，甚至有人認為「中國革命實際上是農民革命」〔註3〕，「文藝作者走進人民，走進群眾，走進農村」〔註4〕是彼時盛行的一種主張，由此可見農村社會動員之於中國革命的重要性。受此影響，跟許多其他文藝運動相似，方言詩運動高度重視農村，甚至提出以「面向農村」作為發展的基本方向。當然，主張「面向農村」並非意味著「放棄城市」，方言詩運動在處理農村與城市的關係上也進行了理論探索，從而進一步擴大農村社會動員的影響力。恰恰因為方言詩運動把「面向農村」作為基本方向，而中國農民長期浸淫在民間歌謠之中，所以方言詩運動會主動向民間歌謠汲取形式養分，嘗試著以中國農民喜聞樂見的民間文學形式來呈現中國農村的社會歷史形態和戰時生活景象。「用具體的形象的方言，以詩人改造了思想的情感去掌握的農村的主題通過與民間歌謠形式接近或融合的形式，完整的敘事，將是今天的方言詩的一個發展」〔註5〕，從中可以看出農村社會動員（內容）與民間歌謠（形式）的結合是方言詩運動的必然趨勢，也是進一步擴大方言詩運動影響範圍的重要舉措。質言之，作為方言詩運動的基本方向，「面向農村」既對方言詩運動的內容層面做出了要求，也對方言詩運動的形式層面進行了規約：農村社會動員成為方言詩運動的現實旨歸，而中國農民喜聞樂見的民間歌謠成為方言詩運動的重要學習對象。

在創作實踐中貫徹「面向農村」的基本方向並非是一件易事，會遇見形形色色的問題，創作態度的轉變問題便是一大難題。這不是方言詩運動的獨有困難，而是文化下鄉運動的常見障礙。原有的知識結構和文人心理會妨害作家們的下鄉行為，令他們很難真正地做到深入人民群眾中間去、跟隨後者一起體驗

〔註2〕樓棲《戰後文化運動的方向》，廣州《學習知識》1945年第1卷第1期，第8頁。

〔註3〕《向人民學習，向生活學習——到農村去的幾個問題》，重慶《新華日報》1945年5月31日，第4版。

〔註4〕文協研究部《關於文藝上的普及問題》，香港《文藝叢刊》1946年第2輯，第35頁。

〔註5〕沙鷗《論方言詩之發展》，重慶《詩歌月刊》1946年創刊號，第4版。

農村生活，也很難盡心盡力地服務於當地的文化事業，他們在許多情形裏只是把下鄉運動當作一場短時間的文化交流，猶如一名前去做客的外地人。在進退兩難的尷尬處境中，「深入民間」「體驗生活」「向群眾學習」等同質化的流行口號似乎成為唯一的解救之道。然而如何實踐「深入民間」「體驗生活」「向群眾學習」等口號，之後又如何將新鮮的生命體驗轉化為具有作家個性的藝術性文字，是令作家們感到困惑的問題。方言詩運動飽受這方面問題的困擾，也進行了多種多樣的探索。比較常見的做法是詩人主動改變自己的創作態度，試著從農民的思維模式、認知方式和文化需求出發，摸索出一條被農民認可的方言詩創作道路：「我們要著重地強調寫方言詩的詩人的態度，對農人是旁觀的，無所謂的，或者把方言詩當成一個新的領域來求自己的解脫，我們不同意；我們要求嚴肅的，實事求是的，以農人的利益為自己的利益，只有這種嚴正的創作態度，我們才可能對農人理解。」〔註6〕

　　整體而言，方言詩運動很好地踐行了「面向農村」的基本方向，以農村社會動員為主旨的方言詩在所有方言詩裏佔據了主導性的比重。根據筆者目前搜集到的資料，至少有數百首方言詩契合「面向農村」的創作要求，僅僅只是方言長詩便有李季的《王貴與李香香》、樓棲的《鴛鴦子》、符公望的《二嬸絕糧——音樂舞蹈劇〈長夜〉序詩》、石余的《鄉下佬唱龍舟》、老粗的《稀奇古怪多得很》、王永梭的《矮麼姑》、王二黑的《勝利一年來》、田家的《張二嫂搬家》、獻公的《慰未婚妻》等，方言短詩更是難以計數，例如白雲的《農歌》、白薇的《農家苦》、萬年青的《死罪敢當，餓罪唔敢當！》、沉吟的《水決長橋堤》、陳殘雲的《喺我地鄉下》、苗得雨的《生產四季花》、伍螢的《老兄，請想想》、野谷的《青黃不接的時候》、野蘺的《秋風起》等。這些方言詩以農村社會動員為主要創作宗旨、以廣大農民為主要讀者對象，致力於將戰時環境裏的中國農村社會景象呈現出來，為鼓舞廣大人民的戰爭意志起到了作用。有鑑於此，闡釋方言詩運動的「面向農村」基本方向的歷史背景、文本特徵與現實意義顯得很有必要。本章將在挖掘「面向農村」的提出原因和歷史內涵的基礎上，把方言詩運動的農村書寫放在「人民翻身運動」的革命史視野裏進行考察，並且以四川農村為個案窺測方言詩運動對中國農村社會的藝術化呈現，藉此還原「面向農村」的方言詩運動的生成機制與歷史形態、闡釋農村社會動員的宣傳需要與「面向農村」的基本方向之間的複雜關聯。

〔註6〕沙鷗《關於方言詩》，重慶《新華日報》1946年11月2日，第4版。

第一節 「面向農村」的提出與方言詩運動的發展

自從抗日戰爭全面爆發以後，文藝界陸續發起過多次下鄉運動，以便適應農村社會動員的現實需要。為了順應此一時代主潮，方言詩運動提出以「面向農村」作為基本方向，致力於在農村社會動員裏發揮作用。從抗日戰爭初期開始，方言詩運動就已經沿著「面向農村」的軌轍前行，試圖推動農村社會動員的發展進程：「政治的文化的需要改革，大眾生活需要絕對改善，這很必要詩歌藝術去宣傳鼓動的。所以詩歌大眾化工作應從速展開，而大眾化工作應當加倍注意方言，街頭詩歌的製作很快地使普遍到街頭（農村牆頭）去，以期收到直接的效果來。」〔註7〕只不過當時方言詩的藝術水準比較差，甚至存在著口號化、標語化的創作傾向，但是已經表明了「面向農村」成為方言詩運動的基本方向的必要性。隨著抗日戰爭進程的不斷推進，「面向農村」的方言詩運動也不斷獲得深化，尤其是在進入解放戰爭時期以後迎來了空前盛況，在農村社會動員裏起到的作用也越來越突出：「三年來，方言詩在西南被重視而成為一個普遍的運動，不是一件偶然的事情，尤其在今天這個反內戰反獨裁反賣國的民主浪潮，應廣泛地在農村開展澎湃的時候，方言詩更有著特別的意義。」〔註8〕概言之，方言詩運動在抗日戰爭時期和解放戰爭時期都具有重要價值，為反映農村社會的歷史景象、鼓舞廣大農民的鬥爭熱情起到了作用，同時也取得了顯著的文學成就，在現代新詩的發展史上留下了濃墨重彩的印跡。農村社會動員在方言詩運動提出以「面向農村」作為基本方向中發揮了怎樣的作用？以「面向農村」作為基本方向給方言詩運動造成了哪些影響？在「面向農村」的口號下，方言詩運動應該怎樣處理農村與城市的關係？這些問題關係著方言詩運動踐行「面向農村」的實際限度，也影響著方言詩運動在農村社會動員中的現實成效。

一、下鄉運動與「面向農村」的方言詩運動

在確定了方言詩運動的合法性和必要性以後，「如何開展方言詩運動？」便成為詩人必須慎重思慮的另一個基礎性問題。農村在中國社會中的重要地位使得文藝運動的發展重心向農村傾斜，於是一些詩人提出方言詩運動應該

〔註7〕可非《大眾化與方言街頭詩歌》，廣州《中國詩壇》1937年第1卷第5期，第3頁。
〔註8〕沙鷗《關於方言詩》，重慶《新華日報》1946年11月2日，第4版。

以「面向農村」作為基本方向。「寫農民，反映農村的創作的基本方向，是可以堅持，而且應該堅持的」〔註9〕，作為方言文藝運動的重要組成部分，方言詩運動同樣堅持「面向農村」的進路。這種情況對方言詩運動的創作實踐與理論探索都產生了深遠影響，農村社會動員成為方言詩運動一大焦點。方言詩運動之所以樹立「面向農村」的基本方向，根本原因在於農村社會動員的宣傳需求，具體來說跟當時規模盛大的下鄉運動有著密切聯繫，我們甚至可以把「面向農村」的方言詩運動當作文藝工作者推行下鄉運動的一種明證和一個成果。為了深入認識方言詩運動把「面向農村」作為基本方向的形成機制及其跟農村社會動員的歷史關係，這裡有必要對下鄉運動的歷史脈絡進行一番梳理。

從抗日戰爭全面爆發開始，直到解放戰爭結束之前，中國文藝界陸續發起過多次下鄉運動，為戰爭文藝的發展和農村社會動員的開展發揮了重要作用。為了適應抗日戰爭對文藝提出的新要求、推動文藝大眾化的進程，「文章下鄉」和「文章入伍」最早在中華全國文藝界抗敵協會的成立大會上被正式提出，這兩個口號對戰時文藝產生了深遠影響，令之產生了重要的農村社會動員作用，「文藝工作者紛紛到農村去，到部隊去，到各地區，將文藝從大城市帶到內地城鄉村鎮，推動了各地文藝運動的發展。」〔註10〕在整個抗日戰爭期間，「文章下鄉」的口號被反覆提及，尤其是在毛澤東發表了《在延安文藝座談會上的講話》的演講以後，它的另一種形態——「文化下鄉」，得到了眾多文人的呼應，掀起了新一輪的下鄉浪潮。他們一方面是對《在延安文藝座談會上的講話》做出積極響應，「我們這次幫助大家下鄉，也就是為著新文藝運動的發展，實現毛主席在座談會上的指示，實現黨的文藝運動的新方針」〔註11〕；另一方面是提前為戰略反攻階段的到來進行農村社會動員，「『文章入伍』，『文章下鄉』，在抗戰的現階段，更要緊，更需要了。」〔註12〕下鄉運動之所以在抗日戰爭時期備受重視，是因為農村在中國戰爭和中國革命的歷史進程中佔有重要地位，農村社會動員對於中國社會的發展進程具有重大意義，正如陸定一所說：

〔註9〕孺子牛《方言文藝創作實踐的幾個問題》，香港《正報》1948 年第 2 卷第 42 期，第 24 頁。
〔註10〕藍海《中國抗戰文藝史》，濟南：山東文藝出版社 1984 年版，第 34 頁。
〔註11〕凱豐《關於文藝工作者下鄉的問題——在黨的文藝工作者會議上的講話》，延安《解放日報》1943 年 3 月 28 日，第 4 版。
〔註12〕林曦《切實叫文章入伍，文章下鄉》，重慶《新華日報》1943 年 3 月 27 日，第 4 版。

　　　　文化為什麼應該下鄉？人們說：因為中國人百分之九十是農民，
要在文化上喚醒他們，中國才能得救，否則一輩子也救不了國。這
是很對的，但這還不完全。二十餘年來中國革命的歷史，還說明了
一件事，就是革命運動的發展有這樣一個規律，它首先在城市中發
生，在智識份子與工人中間發生，但是隨後，它在城市裏就站不住
腳，必須要轉到鄉村中，轉到農民中，然後再由農村回到城市中去。
抗日戰爭開始到抗日戰爭勝利，也會是這樣一個過程。在這裡，就
特別顯出農村對於中國革命的重要。〔註13〕

　　在解放戰爭爆發前後，得益於共產黨的文化戰略，下鄉運動再次被提上日
程，文人紛紛深入農舍鄉野開展農村社會動員，為爭取戰爭早日勝利添磚加
瓦。只不過這次的下鄉運動又得到了一個新稱呼──「到農村去」〔註14〕。在
抗日戰爭結束之後，中國文化運動的重心再次從農村轉移到城市，曾經在抗日
戰爭期間起到過重要作用的下鄉運動暫時失去了以往的關注度。然而中國國
情決定了農村是中國文化運動不可忽視的重鎮，過於重視城市而相對忽視農
村的文化策略引發了新的文化危機。於是有人再次呼籲廣大文藝工作者投身
到農村社會動員之中：「最近有人重喊『文化工作者深入農村去』的口號，這
確是很有經驗的卓見，因為中國的人口百分之八十以上在農村，誰忽視了廣大
農村的人民，誰就沒有把握到文化運動的核心。」〔註15〕隨著解放戰爭進程的
推移，國共鬥爭日漸白熱化，為了幫助人民群眾早日獲得解放戰爭的勝利，擁
護共產黨執政建國的文藝工作者廣泛開展下鄉運動，深入民間進行農村社會
動員，幫助廣大農民認識到國民政府黑暗統治的真實面目以及掀起革命運動
的現實需要，從而動員他們參與到爭取戰爭勝利的偉大事業之中。正如華嘉所
說：「現在廣大的農村裏，人民要『吐苦水』，人民要『挖蔣根』，人民要大翻
身，正在轟轟烈烈的鬧革命。我們文藝工作者，在這時候，如果真的為人民服
務，替人民辦事，就應該到農村中去，和人民在一起生活，在一起鬥爭，然後
才產生得出為人民所樂意接受的文藝作品。」〔註16〕

〔註13〕陸定一《文化下鄉──讀〈向吳滿有看齊〉有感》，延安《解放日報》1943 年
　　　2 月 10 日，第 4 版。
〔註14〕黃藥眠《論詩歌工作者的自我改造》，廣州《中國詩壇》1946 年光復版新 1 期，
　　　第 1 頁。
〔註15〕樓棲《戰後文化運動的方向》，廣州《學習知識》1945 年第 1 卷第 1 期，第 8 頁。
〔註16〕孺子牛《輕騎隊該再出現了》，香港《正報》1948 年第 2 卷第 22 期，第 23 頁。

　　通過以上梳理可知，下鄉運動無論是被冠以何種口號〔註 17〕，它貫穿了抗日戰爭和解放戰爭兩個時期，對戰時中國文藝產生了深刻影響，農村社會動員構成無數文藝作品的創作動機，廣大農民成為眾多文藝家的隱含讀者，此種局面從形式和內容上塑造了現代中國文藝的獨特景象。方言詩運動同樣受到了下鄉運動的深遠影響，把「面向農村」的口號作為基本方向，沙鷗、李季、蒲風、樓棲、丹木、蕭野等諸多詩人創作出大量表現農村生活的方言詩，為當時的農村社會動員做出了貢獻。「面向農村」不僅是方言詩運動的基本方向，同時也是方言文藝運動的基本方向，「方言文藝創作運動的基本方向，是『面向農村』，寫農民，為農民寫，和反映農村的生活與鬥爭，這大概是沒有問題的了」〔註 18〕，而符公望的《二嬸絕糧——音樂舞蹈劇〈長夜〉序詩》、樓棲的《鴛鴦子》、文華的《教館佬五字經》、春草的《我是拖車佬》、佚名的《反包工》等方言詩被視為方言文藝運動踐行「面向農村」口號的代表作，它們都在農村社會動員裏發揮了作用。

　　毋庸置疑，下鄉運動對詩人造成了強烈的思想衝擊，讓他們的詩筆朝向廣闊而哀傷的中國農村。他們並不滿足於「蜻蜓點水」式的下鄉行為，而是要求真正做到深入到農村之中，從而保證能夠為農村社會動員實實在在地出力。例如林默涵雖然肯定了臧克家的詩集《泥土的歌》是「一本寫農村和農民的詩」，卻並不認為臧克家是一位「農民詩人」，「假如我們不是像城市的遊客一樣去看農村，而是真正深入到農村的生活內層去，那麼，我們就將看見，在即使表面上彷彿是平和靜穆的農村中，正醞釀著和進行著潛在的劇烈的鬥爭。」〔註 19〕在林默涵看來，臧克家對中國農村社會缺乏足夠的瞭解。究竟原因，主要是因為臧克家的下鄉活動沒有達到應有深度，也就沒有來得及深入地體驗和觀察農村生活。方言詩運動以「面向農村」作為基本方向便是詩人開展下鄉運動的一種產物，也是他們主動參加農村社會動員的一種明證。

　　詩人在為方言詩運動確立了「面向農村」的基本方向以後，如何闡釋「面

〔註 17〕在二十世紀三、四十年代，「文章下鄉」「文化下鄉」「到農村去」「深入民間」「向群眾學習」等口號的涵義基本等同，它們可以相互置換，都指向同一個內核——下鄉運動。茅盾《談「深入民間」》，桂林《救亡日報》1939 年 2 月 16 日，第 4 版。

〔註 18〕孺子牛《方言文藝創作實踐的幾個問題》，香港《正報》1948 年第 2 卷第 42 期，第 23 頁。

〔註 19〕默涵《評臧克家的〈泥土的歌〉》，香港《大眾文藝叢刊》1948 年第 1 輯，第 73～76 頁。

向農村」的內涵與外延成為下一個必須面對的問題，這一點關係著方言詩運動的農村社會動員實效。在說明有關「面向農村」的基本問題上，文藝工作者往往著眼於方言文藝運動的全局，而他們對方言文藝運動應該如何把握「面向農村」的闡發，實質上也回答了方言詩運動應該怎樣看待「面向農村」的問題。「對方言入詩的合法性質疑，一個突出的現象是它一直伴隨著方言文學的爭論而一路前行」〔註20〕，由此可以看出方言詩運動與方言文學運動的密切聯繫。如果把考察範圍從方言文學運動擴展至方言文藝運動，或許能夠更加全面地認識方言詩運動的歷史形態及其跟農村社會動員的歷史關係。

　　所謂「面向農村」，在華嘉看來，至少包含兩重涵義，一重是「寫給農民看，為農民寫」，另一重是「反映農民的生活與鬥爭，寫給城市讀者看」，如此一來，「面向農村」的限度便從農村擴展到城市，同時照顧到農村讀者和城市讀者，使得方言文藝家在實踐「面向農村」之時擁有更多的發揮空間。然而，方言文藝運動的主要讀者是工農大眾而非城市小資產階級，這是文人們推行方言文藝運動的基本原則。而且，城市書寫不應該跟「面向農村」的基本方向背離，「今天這裡的城市工作也是為了農村，今天的城市題材寫作業應該『面向農村』，這是必須肯定的」〔註21〕，也就是說，城市書寫與農村書寫應該統一起來，共同為「面向農村」的方言文藝運動增添助力。姚理同樣認為方言文藝運動應該為中國革命事業承擔起社會教育的職責，而農村是中國革命的主戰場，所以他強調方言文藝運動必須做到「向廣大的農村發展」。相比華嘉，姚理的特別之處在於把方言文藝運動跟中國革命運動聯繫起來，「所謂方言文藝創作運動的基本方向是面向農村，這是指方言文藝創作運動是目前革命運動的思想鬥爭的一翼，是從屬於當前的革命運動的」〔註22〕，為了推進中國革命運動的發展，姚理認為方言文藝運動必須堅持「面向農村」的基本方向，而且還將之視為文藝大眾化運動的一個分支。不同於華嘉和姚理的觀察角度，鍾敬文從讀者對象規約作品內容的層面提出必須明確方言文學運動的主要讀者對象是農民和工人，其中農民的地位更為重要，因而方言文學運動的內容、題材和主

〔註20〕顏同林《方言入詩的合法性辯難與認同焦慮》，載《現代中國文化與文學》2009年第 1 期，第 118 頁。

〔註21〕孺子牛《方言文藝創作實踐的幾個問題》，香港《正報》1948 年第 2 卷第 42期，第 24～25 頁。

〔註22〕姚理《關於〈方言文藝的創作實踐〉》，香港《正報》1948 年第 2 卷第 43 期，第 24 頁。

旨需要由農民的實際情況決定：「中國絕大多數的農民，因為長期的、多方面的壓迫，物質和一般教養都很貧乏。他們很少人能使用文字，他們對於本身和村落以外的事情知道得很少，理解得很模糊。他們除了山歌、傳說、民間故事和土戲等，也很少文學的訓練。」〔註23〕想要踐行「面向農村」的基本方向，必須考慮到農民的文化水平和審美習慣，不能依靠知識分子的想像與臆造。

通過考察華嘉、姚埋、鍾敬文三位作家對方言文藝運動的「面向農村」基本方向的闡釋，我們可以觀測方言詩運動樹立「面向農村」的基本方向的情形，從中不難看出農村社會動員是決定方言詩運動把「面向農村」當作基本方向的根本原因，而且方言詩運動在實踐「面向農村」的過程中必須考慮農村社會動員的實際情形。

如果單獨考察「面向農村」的方言詩運動，可以發現它在某些基礎性的理論問題上跟「面向農村」的方言文藝運動基本是一致的。「如果我們稍多地走過一些農村，便會看見蔣政權的殘酷與惡毒的封建剝削，給農村帶來的寒愴與貧困，使眾多的農民活在無文化與語言的隔膜中，這是今天蔣政權治下的半個中國農村的真實臉影，在這種客觀的悲慘局面下，詩歌如果要求與人民結合，用人民的語言，即方言，成了最基本的問題」〔註24〕，懷淑的這段話是對方言詩運動的「面向農村」基本方向的重要表述，傳達出來的思想觀念跟上文引述的有關方言文藝運動的「面向農村」基本方向的言論較為相似，農村社會動員同樣構成了方言詩運動樹立「面向農村」的基本方向的主要原因。從抗日戰爭初期開始，詩人便已經發起了下鄉運動，試圖通過在廣大農民中間傳播詩歌作品來進行農村社會動員：「抗戰已到了嚴重的階段，我們最後勝利的獲得，在於組織起廣大的農民的鬥爭。我們詩歌工作者目前的任務，就是怎樣推動抗戰的詩歌，向每個村落去，統一他們的感情和意志。」〔註25〕後來出現了「詩歌下鄉」的說法，而方言詩運動在「詩歌下鄉」運動裏佔有重要地位。例如沙鷗著眼於農民普遍使用方言進行日常交際的情況，提出「詩歌下鄉」運動必須妥善解決詩歌語言的問題，「在詩歌下鄉這一問題下，地方語是解決這一問題的主要的東西，地方語的運用如不熟，詩歌根本就無從下鄉」〔註26〕，其中的

〔註23〕靜聞《方言文學的創作》，香港《大眾文藝叢刊》1948 年第 3 輯，第 18 頁。
〔註24〕懷淑《廣泛開展方言詩運動》，香港《新詩歌》1948 年第 7 輯，第 7 頁。
〔註25〕夢青《關於「詩歌下鄉」的一點意見》，金華《大風》1938 年第 70 期，第 13 頁。
〔註26〕失名《關於詩歌下鄉》，重慶《新華日報》1945 年 4 月 14 日，第 4 版。

「地方語」是指方言土語，所以他想要表達的意思其實是必須依賴於以方言土語為媒介的方言詩運動，才有可能讓「詩歌下鄉」取得理想效果。也就是說，方言詩運動是開展「詩歌下鄉」運動的必然選擇，也是開展農村社會動員的重要形式。諸如此類的看法跟文藝工作者對「面向農村」的方言文藝運動的闡釋並不存在根本性分歧，方言詩運動的「面向農村」的基本方向同樣植根於二十世紀三、四十年代的「國家歷史情態」，以農村為主導的中國戰爭與中國革命規定了方言詩運動的發展進路和讀者群體，也限定了方言詩運動的表現形式和題材內容。整體而言，「面向農村」的現實要義是在廣大農村開展動員教育，幫助農民認識到貧苦生活的根源以及發起革命的必要性，從而動員他們參與到爭取戰爭勝利的歷史進程之中。「詩要有教育意義，農民的生活根本就是問題，貧困，受壓榨，說不出話來，終身勞累到死，他們不知道為甚麼原因，也不知道要怎樣才好，才會改編，因此，在寫詩的時候，詩人一定要滲進主觀的意見，在詩裏告訴他們應如何才能解決問題，如何才能好，與不合理，不好的原因又在什麼地方。」〔註27〕「面向農村」的基本方向不僅能夠幫助方言詩運動擴大農村社會動員作用，讓農民們看到參加戰爭的原因和意義；還可以助推方言詩運動增強社會傳播效果，令方言詩得到更多農村讀者的接受和認可。

二、「詩歌下鄉」與「詩人下鄉」的辯證統一

在釐清了下鄉運動與方言詩運動的關繫以及「面向農村」的基本含義以後，接下來需要追問另外一個問題：方言詩運動應該如何實行「面向農村」的基本方向，從而更好地發揮農村社會動員作用？方言詩運動早在抗日戰爭初期就已經開始踐行「面向農村」的基本方向，並且取得了初步成效，在農村社會動員中也發揮了作用。當時出現了一種名為「方言街頭詩歌」的方言詩，流行於中國的一些農村裏，「很多廣告利用簡短有力的方言歌，鼓吹他的生意經，農村的牆頭更多大眾自作自題的方言詩歌；有時，還可以看到什麼『天皇皇，地皇皇』的迷信詩歌在張貼。」〔註28〕雖然方言街頭詩歌還存在著藝術水平較為幼稚、粗俗的問題，尚未達到詩人對方言詩的詩藝要求，但是它們畢竟顯示出方言詩運動正在沿著「面向農村」的基本方向不斷向前發展、不斷接近農民、

〔註27〕失名《關於詩歌下鄉》，重慶《新華日報》1945 年 4 月 14 日，第 4 版。
〔註28〕可非《大眾化與方言街頭詩歌》，廣州《中國詩壇》1937 年第 1 卷第 5 期，第 2 頁。

不斷在農村社會動員裏發揮作用的趨勢。這是一個良好的開端，卻沒有真正解決方言詩運動怎樣實踐「面向農村」的問題，方言詩運動的農村社會動員功效也沒有被發揮出來，詩人一直在進行著這方面的探索。

在筆者看來，方言詩運動以「面向農村」作為基本方向的論斷主要包含了兩重涵義：（一）「詩歌面向農村」，即「詩歌下鄉」；（二）「詩人面向農村」，即「詩人下鄉」。前者指涉的是詩歌普及推廣的問題，後者關涉的是詩人改造自我的問題。無論是「詩歌下鄉」，還是「詩人下鄉」，都牽涉到了一個重要議題——詩人在思想情感上的轉變。如果詩人不重視思想情感轉變的問題，那麼他們創作出來的詩歌想必很難得到廣大農民的認可，也就難以實現農村社會動員的目標；如果詩人不重視思想情感的轉變問題，那麼他們也就不會注重對自我的改造，很可能繼續保持詩人與農民割裂開來的局面。無論出現哪一種情況，都會令方言詩運動的發展受阻，都會讓方言詩運動的農村社會動員作用遭到折損，所以詩人必須在思想情感上完成從知識分子到人民群眾的轉變。許多詩人去農村工作了一段時間以後依然沒有寫出受到人民喜愛的作品，這表明了淺層次的農村生活體驗並不能解決詩人在新的時代語境下所遇到的創作困難，也不能讓詩歌發揮農村社會動員功效。黃藥眠對此直言不諱：

> 我曾看見有些人，他到農村去，是抱著一定的目的和任務的，
> 為了要做工作和達成自己的任務，不能不和老百姓拉得很好，也許
> 他覺得這種生活很苦，但為了貫徹目的，不能不忍受下去，因為他
> 對於這裡面的生活，只是抱著「混過去」和「忍受過去」的態度，
> 自然他也就無從感覺到這些生活的真際，而且即使他注意到老百姓
> 的生活，那也不過是就他眼睛所見的浮面的現象而言，或則是和他
> 的任務有關的部分而言，至於對於生活裏面的感情，他是無從捉摸
> 的。〔註29〕

由此可見，方言詩運動在下鄉過程中必須重視詩人的思想情感轉變，同時做到「詩歌下鄉」和「詩人下鄉」；如果依然以既往的詩人心態開展下鄉運動，方言詩運動的推行還會繼續蒙受損失，它在農村社會動員裏的作用也會繼續有所損耗。因此，詩人完成思想情感上的轉變是方言詩運動實施「面向農村」的基本方向的一大核心要求。譬如沙鷗認為在土地革命進行得如火如荼的時

〔註29〕黃藥眠《論詩歌工作者的自我改造》，廣州《中國詩壇》1946 年光復版新 1 期，第 2 頁。

代背景下，方言詩運動的主要讀者對象是農民，為了讓更多農民閱讀和認可方
言詩，他認為「詩人的思想情感徹底搞通改造不用說，在創作方法上，方言詩
要韻，是應被強調的」〔註30〕，雖然他在這裡想要強調的問題是方言詩應該具
備音韻，但是他把詩人的思想情感轉變似乎當作了一種無須爭論的「常識」，
由此可見詩人的思想情感轉變在方言詩運動踐行「面向農村」的基本方向中的
重要性。進一步說，思想情感轉變的問題不僅是方言詩運動必須解決的問題，
也是整個下鄉運動無法逃避的難題，跟農村社會動員的實際效用有著重要聯
繫。下鄉運動雖然反覆開展了多次，卻不能每次都能收到比較理想的農村社會
動員成效，造成這種局面的原因是複雜多樣的，其中最為突出的原因之一便是
文人們沒有處理好思想情感轉變的問題。針對少有文人真正做到深入人民群
眾之中的弊病，凱豐提醒過文藝界同仁「這次下去，就要打破做客的觀念，真
正去參加工作，當作當地一個工作人員而出現」〔註31〕，號召大家擯棄「做客
的觀念」，努力成為當地村民中的一份子，從而讓「文化下鄉」運動取得應有
的宣傳效果。略微早於凱豐，陸定一也表達了類似的擔憂，「我們文化界的同
志，獻身於革命，贊成文化下鄉，甚至自己的身子已經到了鄉里，但是他們的
心，有的始終與農民格格不入」〔註32〕，他認為文人對農民不夠重視的情形阻
礙了「文化下鄉」的推行，知識分子舊有的心態在今後的下鄉運動中必須被克
服。羽陽從運用語言的角度指出了文人在面對人民群眾之時抱有的優越感，提
醒他們「放下讀書人的臭架子，好好跟群眾當個小學生罷」〔註33〕，只有這樣
才能使枯燥矯飾的「讀書人的語言」從生動活潑的「人民的語言」裏汲取營養，
改善他們的寫作現狀，創作出符合人民需求的文章，從而為農村社會動員做出
更大貢獻。質言之，下鄉運動不僅關涉文人前往農村工作的問題，還關乎他們
實現思想情感轉變的問題，這兩方面都對農村社會動員的實際效果有著影響；
而且相比下鄉的行為，自我的改造更具挑戰性。

在推行方言詩運動的過程中，詩人雖然熱忱地希望自己的作品能夠得到
廣大農民的歡迎，然而他們還是會時常遇到思想情感轉變方面的困擾，影響了

〔註30〕沙鷗《方言詩應該有韻》，香港《華商報》1948 年 3 月 21 日，第 3 版。

〔註31〕凱豐《關於文藝工作者下鄉的問題——在黨的文藝工作者會議上的講話》，延
安《解放日報》1943 年 3 月 28 日，第 4 版。

〔註32〕陸定一《文化下鄉——讀〈向吳滿有看齊〉有感》，延安《解放日報》1943 年
2 月 10 日，第 4 版。

〔註33〕羽陽《學習語言》，延安《解放日報》1942 年 12 月 9 日，第 4 版。

方言詩運動的農村社會動員效用的發揮。客家方言長詩《鴛鴦子》被公認為方言詩運動的代表性成果，可是樓棲認為它是一部失敗的詩作。「我的失敗，證明了自己沒有才能，也證明了一個知識分子出身的詩人，要為人民群眾而歌唱，除了從改造生活和感情著手，恐怕再沒有別的方法」〔註34〕，樓棲坦陳根深蒂固的文人心態在很大程度上限制了其方言詩創作，導致他很難在思想情感上做出徹頭徹尾的改變，因而難以真正地做到「人民群眾而歌唱」。雖然樓棲渴望改變以往的創作狀態，但是沒有完成思想情感轉變的他未能深入體驗農村生活，也沒有創作出令自己滿意的方言詩，這種狀況限制了樓棲想要在農村社會動員裏做出更多貢獻的主觀願望。跟樓棲相似，沙鷗也認為自己的方言詩集《化雪夜》是一部失敗的作品，根本原因在於既有的知識分子思想情感令他很難真正理解農民生活。沙鷗自己也清楚地認識到了這個問題，卻又不得不長期受制於這個問題，導致其方言詩不能發揮出更大的農村社會動員作用。正如他自己所說：「自己是一個知識分子，知識分子的思想情感很困難理解農人，對於廣大的農民的那種強烈的求生的，求解放的戰鬥意志的把握上，我是一個失敗者，只能把這本集子當作一個在摸索中的紀念物。願我自己能跨過它，能把自己喜歡穿的那一套知識分子的衣裳脫去。」〔註35〕粵方言詩人符公望的創作經歷同樣體現了詩人的思想情感轉變問題。符公望雖然被公認為「優秀的方言詩人」，但是也受到過思想情感轉變問題的困擾，「過去，他慨歎於自己跟人民的生活與鬥爭太隔膜了，因而寫不出滿意的作品來」〔註36〕，因為他沒有深入到人民群眾的日常生活和政治鬥爭之中，所以他寫出來的方言詩跟社會現實之間始終存在著較大差距。符公望對此毫不避諱，承認自己「今天不是生活在人民的生活與鬥爭的核心」，過於注重形式而相對忽視生活使得他的方言詩「容易吸引讀者興趣，但感人不深，不能深沉的引起感情的共鳴」，他也意識到「這是方言詩歌的一條很不正確的道路」〔註37〕，於是開始了自己的思想情感轉變，竭盡所能地反映人民群眾的生活鬥爭。然而由於符公望缺少生活體

〔註34〕樓棲《我怎樣寫〈鴛鴦子〉的》，寫於 1949 年 2 月 20 日，收入中華全國文藝協會香港分會方言文學研究會編輯《方言文學》（第一輯），香港：新民主出版社 1949 年版，第 93 頁。

〔註35〕沙鷗《化雪夜・後記》，重慶：春草社 1946 年版，第 64 頁。

〔註36〕黃寧嬰《談廣東的韻文創作》，中華全國文藝協會香港分會方言文學研究會編輯《方言文學》（第一輯），香港：新民主出版社 1949 年版，第 35 頁。

〔註37〕符公望《從自己的作品談起——我的方言詩歌創作的初步檢討》，香港《正報》1948 年第 2 卷第 21 期，第 23～24 頁。

驗、對人民群眾的認識不足，使得其方言詩依然存在著形式壓倒內容、內容脫離現實的問題，拉低了它們的農村社會動員實效。通過樓棲、沙鷗、符公望三位詩人的創作經歷，可以看到方言詩運動踐行「面向農村」的現實難度，如果不能妥善處理這方面的問題，那麼方言詩運動的農村社會動員效用勢必受到影響。

詩人究竟如何才能完成思想情感轉變，從而令方言詩運動真正做到「面向農村」？這個問題始終困擾著詩人，實際上從未得到徹底解決，方言詩運動的農村社會動員實效一直受此制約。詩人如果不進行思想情感上的轉變，那麼他們在作品裏反映出來的農村景象跟現實生活中的農村景象之間通常都會存在著距離，這樣的作品很難獲得農民的喜愛，也不會得到詩人的滿意，而方言詩運動的「面向農村」只能淪為一個空洞的口號，方言詩運動的農村社會動員作用也不能得到發揮。無論從何種角度來看，詩人要想進行思想情感轉變的基礎條件是身體力行地做到「到農村去」，切切實實地感受和體悟農村生活。「為了方言文藝的發展也好，為了工作者的自我改造也好，在今天的需要之下，每個方言文藝工作者，都應該有到農村去的思想準備。只有回到人民的生活和鬥爭中去，才衝開自己腦殼裏的苦悶和雲霧。」〔註38〕方言文藝工作者需要如此，方言詩人也需要如此，否則的話，他們在作品裏反映的「社會現實」很可能因為摻雜了過多的個人想像成分而出現失真的情況，也就很難在農村社會動員裏發揮出原有作用。

除了詩人的思想情感轉變問題以外，方言詩運動在實踐「面向農村」的基本方向的過程中還有許多需要注意的要點，比如在方言詩的創作實踐裏需要格外重視運用方言的方法。「所謂詩，不管國語詩，或是方言詩，應該有二要素的溶合，就是形象性和腔調性的溶合。存在民間的方言詩歌。倒是有這個美點。我們弄方言詩，首先要在方言，用一番苦工夫的，我們明白不是凡方言都可成詩，要看我們用方言，用得適當，生動，而且和諧」〔註39〕，這段話反對的是「凡方言皆可入詩」的觀念，強調在使用方言進行方言詩創作的時候必須注重對方言的提煉和甄選，盡量讓詩歌裏的方言顯得自然而協調。又如方言詩運動在下鄉過程中必須注意到絕大多數農民缺少直接進行文字閱讀的能力，

〔註38〕 符公望《從自己的作品談起──我的方言詩歌創作的初步檢討》，香港《正報》
　　　　 1948 年第 2 卷第 21 期，第 24 頁。
〔註39〕 林林《白話詩與方言詩》，香港《文藝生活》1949 年第 48 期，第 31 頁。

「大後方的農人群眾百分之九十五以上的不識字」，當時全國的總體情形並不比大後方好多少，這就決定了「朗誦應該是第一的（這裡所指的朗誦的當然是用方言）」〔註40〕，其次才是閱讀，「農人的普遍的不識字，使方言詩下鄉，開始不能不借助於朗誦」〔註41〕，這種情形使詩歌朗誦運動方言詩運動緊密結合、相互影響。再如詩人在創作方言詩的過程中需要迎合廣大農民的審美趣味和鑒賞方式，「今天的問題不僅僅在於廣大的農民能否看懂或聽懂，當然這是基本的，我們還要做到使廣大的農民喜歡看或喜歡聽」〔註42〕，由於農民長期浸淫在富有韻律性和敘事性的民間文學裏，所以方言詩應該具有音韻美，這樣才能真正地獲得農民的喜愛。這些問題都關乎方言詩運動的實際傳播效果和農村社會動員成效，受到了諸多詩人的重視。

　　不管方言詩運動在下鄉過程中遭遇到多少困難，如果詩人能夠主動完成思想情感轉變，放棄之前的高高在上、走個過場的文人心態，真心實意地體悟農村生活，他們或許會找到突圍創作困境的路徑，寫出令農民和自己滿意的方言詩，從而讓方言詩運動在農村社會動員裏起到作用。詩人進行思想情感轉變的嘗試有著重大意義，關乎方言詩運動在農村社會動員裏的實際成效，它既是方言詩運動推行「面向農村」基本方向的前提條件，也是方言詩運動實現「詩歌下鄉」與「詩人下鄉」聯合的必經之路。

三、「面向農村」口號下的農村與城市

　　之前已經提到，「面向農村」的基本方向強調把城市書寫與農村書寫結合起來，並非只看重農村而放棄城市。在此種情況下，如何在「面向農村」的統一口號下協調農村與城市的關係，成為方言詩運動的一個重要議題。雖然農村題材與城市題材各自針對的讀者群體並不相同，但是二者都被統合於「面向農村」的基本方向，都要服務於農村社會動員的宣傳目標。從這個層面上來講，我們可以把方言詩運動的城市書寫視為對農村書寫的一種補充。也就是說，城市書寫與農村書寫都是方言詩運動踐行「面向農村」的一種途徑，跟農村社會動員之間有著密切聯繫。

　　正如前文所說，中國歷史經驗表明革命運動需要經歷一個從城市到農村

〔註40〕失名《關於詩歌下鄉》，重慶《新華日報》1945 年 4 月 14 日，第 4 版。
〔註41〕沙鷗《方言詩的朗誦》，香港《華商報》1948 年 4 月 2 日，第 3 版。
〔註42〕沙鷗《方言詩應該有韻》，香港《華商報》1948 年 3 月 21 日，第 3 版。

再到城市的環形過程，這一點對於中國戰爭而言是成立的，對於方言詩運動來說也是成立的。方言詩運動的不同之處在於它之所以要從城市到農村，不僅是因為它「在城市裏就站不住腳」，還因為當時廣大人民群眾以方言作為交際工具。方言詩運動最終還是會回到城市，而且必須爭取城市讀者群體的支持，「我們的方言文學創作必須在已經到達的路站上大步向前，在內容上，要更廣泛地反映現實，從農村到城市，從戰鬥到生產，同時也要更深入地反映現實，不要停留在事物的表面上」〔註43〕，方言詩運動也需要經歷一個從農村到城市的過程，這種情況決定了方言詩運動的「面向農村」的基本方向必須兼顧農村與城市。為了盡可能擴大方言詩運動的影響範圍，而又不從根本上動搖「面向農村」的基本方向，詩人需要給「面向農村」賦予新的涵義，以便在「面向農村」的統一口號下妥善處理城市與農村的二元關係，從而讓方言詩運動起到更大的農村社會動員功效。由此便出現了這樣的特殊情況：雖然方言詩運動以「面向農村」為基本方向，卻並非是一成不變的，在某些地區（比如香港、廣州、上海、北平等現代城市）可以有所變通。香港的方言詩運動〔註44〕尤其值得關注，它在處理「面向農村」口號下農村與城市的關係上探索出可供借鑒的豐富經驗。在二十世紀四十年代中後期，沙鷗、樓棲、洪遒、丹木、杜埃、蕭野、林林、薛汕、華嘉、犁青、呂劍、李凌、邵荃麟、馮乃超、符公望、黃寧嬰、袁水拍、陳蘆荻、黃藥眠、鍾敬文等一大批「南來作家」進入香港，憑藉《正報》《華商報》《大公報》《文匯報》《華僑日報》《星島日報》等地方報紙和《新詩歌》《中國詩壇》《文藝生活》《文藝叢刊》《大眾文藝叢刊》等文藝雜誌發表了大量的方言詩以及相關的理論文章，令香港成為當時中國方言詩運動的中心之一。鑒於香港方言詩運動的重要地位，下文將以香港為例窺探方言詩運動如何在堅持「面向農村」口號的基礎上平衡農村與城市的二元關係，從而發揮出更加重要的農村社會動員作用。

在香港推行方言詩運動的過程中，首先要解決的問題是「為誰寫」，只有理清了這個問題，才能解決接下來的「寫什麼」和「怎麼寫」的問題。「在香港此

〔註43〕靜聞《方言文學運動的新階段》，中華全國文藝協會香港分會方言文學研究會編輯《方言文學》（第一輯），香港：新民主出版社1949年版，第4頁。

〔註44〕由於香港與廣州在地理位置上的鄰近關係，再加上兩地都以粵方言為主要方言類型，使得香港的方言詩運動與廣州的方言詩運動聯繫密切，二者共同構成了華南方言詩運動的主體部分。所以筆者在談論香港方言詩運動的時候，會涉及到廣州方言詩運動的一些情況，後面不再專門說明。

時此地，我們應該為誰寫呢？我以為應該為香港市民中最大多數的工人，漁民，和小市民而寫」〔註45〕，工人是方言詩運動在城市的重要讀者群體，除了工人以外，方言詩運動還需要儘量爭取城市裏的農民、漁民、小市民等其他讀者群體的支持。為了表現香港的「此時此地」，也為了適應香港的以工人為主體的讀者群體，當地的方言詩運動儘管也堅持「面向農村」的基本方向，但進行了適當調整，以便協調農村與城市的關係，從而更好地發揮農村社會動員效用。就香港方言詩運動而言，「面向農村」的基本方向與「此時此地」的寫作趨向是統一的，這是香港特有的文學景象。「表現他們此時此地的生活真實，為他們指出他們今天生活的社會根源，並為他們指出尋求解放的道路」〔註46〕，這便是「此時此地」的基本含義。反映「此時此時」的香港生活是文人們在香港方言文學運動的發展問題上普遍採納的主張，卻不能違背「面向農村」的基本方向，需要跟後者緊密結合。「今天這裡的城市工作也是為了農村，今天的城市題材寫作業應該『面向農村』，這是必須肯定的。因此生活在工廠的工人作家，長期居住於漁區的方言文藝創作者，以及熟悉勞苦大眾生活的朋友們，應該先寫他最熟悉的，但仍注意到城市生活和農村生活的密切關係，不能把城市生活孤立起來看」〔註47〕，從中可知表現「此時此地」的農村書寫與城市書寫都應該堅持「面向農村」的基本方向，而且農村與城市在「面向農村」的口號之下是相互配合、互為補充的關係——這不僅適用於當時的香港，也適用於中國的其他城市，有助於方言詩運動妥善地處理農村與城市的關係，從而在最大程度上發揮農村社會動員作用。在「面向農村」的口號之下，農村書寫與城市書寫有著各自的價值，分別主要面向農村讀者和城市讀者。「在這個運動下面，我們要求作反映農村的生活鬥爭，這是要求他們緊緊抓住革命的現實，處在農村環境的作者，當然要選取農村生活的題材，當然要以農民為自己作品的讀者對象；但處在城市環境的作者，選取農村生活的題材固然十分需要，而選取其他只要是富有戰鬥意義的題材卻也不是沒有服務當前革命運動的意義」〔註48〕，

〔註45〕孺子牛《人家聽不懂，這樣辦！》，香港《正報》1947 年第 2 卷第 6 期，第 23 頁。

〔註46〕孺子牛《人家聽不懂，這樣辦！》，香港《正報》1947 年第 2 卷第 6 期，第 23 頁。

〔註47〕孺子牛《方言文藝創作實踐的幾個問題》，香港《正報》1948 年第 2 卷第 42 期，第 25 頁。

〔註48〕姚理《關於〈方言文藝的創作實踐〉》，香港《正報》1948 年第 2 卷第 43 期，第 24 頁。

這樣便把農村書寫與城市書寫、農村讀者與城市讀者統一了起來，將之納入方言詩運動實踐「面向農村」的範疇中，令之作用於農村社會動員的現實目的。

　　得益於「面向農村」口號之下農村與城市的協調關係，香港方言詩運動在表現城市生活方面取得了突出成就，補充了以農村生活為題材的方言詩難以涉及的領域，進一步提升了方言詩運動的農村社會動員效用。香港方言詩運動植根於香港的獨特文化空間，從不同的角度呈現出香港市民的戰時生活。根據筆者的統計，在香港報刊上發表的以城市生活為題材的方言詩包括林綠萍的《九龍倉咕哩》、陳皮的《的士工潮》、海星的《擦鞋仔》、秋雲的《慶祝文工大會》、陳蘆荻的《吐苦水》、曉守華的《工人寫稿歌》、吳華軒的《工人之歌》、方麥的《長工行》、張文威的《夥頭歡新年》、山濤的《女工阿蘭》等數十首，這些詩運用粵方言、客家方言、潮州方言等多種方言寫成，採取詩歌、唱書、民謠、粵曲、木魚調等多種文藝形式，基本都以表現普通香港市民的勞苦生活、呼籲廣大民眾奮起抗爭為主題。大多數香港市民不僅工作任務繁重，基本沒有休息時間，「一早七點半鐘落糧倉／要擔要托又要扛／全身汗水點點滴／喉嚨個氣喘唔離／腰痛手軟腳又酸」〔註49〕；社會地位也往往較低，時常受到雇主的指責和壓迫，「四字寫來四四方，／事頭帶狗又擭槍，／指這指個喊唔好，／諒知工人介淒涼。」〔註50〕正是因為待遇差、地位低，所以詩人在方言詩裏號召人民群眾勇於揭竿而起、爭取合法權益，「工友們同志，／團結起來先。／打垮發的那個拍，／實行新政權。／生產又生產，／勞資要兩利。／主人誰人做，／唔駛我地先。」〔註51〕就香港方言詩運動的實際情況而言，城市題材雖然以市民為主要讀者對象，卻在客觀上補充和呼應了農村題材，幫助方言詩運動統合了城市讀者與農村讀者，讓「面向農村」的基本方向的覆蓋面得到了拓展，有利於方言詩運動在農村社會動員裏進一步發揮宣傳作用。

　　在香港方言詩運動裏，「面向農村」是必須堅守的基本方向；同時還要盡可能地兼顧農村題材與城市題材、農村讀者與城市讀者，以便擴大方言詩運動的實際傳播範圍和農村社會動員效力。這種景象雖然生長於香港獨特的文化土壤，帶有鮮明的地域色彩，但是對其他地區的方言詩運動也有著啟發意義。「面向農村」是全國各地的方言詩運動普遍堅持的基本方向，處理農村與城市

〔註49〕林綠萍《九龍倉咕哩》，香港《華商報》1949 年 7 月 23 日，第 6 版。
〔註50〕黎功仁《泥工苦》，香港《華商報》1949 年 7 月 30 日，第 6 版。
〔註51〕突擊《打工仔》，香港《華商報》1949 年 7 月 12 日，第 5 版。

的關係成為詩人無法逃避的時代課題，香港方言詩運動的發展軌跡為之提供了寶貴的經驗和難得的案例。由此也可以看出方言詩運動在落實「面向農村」的口號之時，不僅僅是面向農村的生活與讀者，而且還要面向城市的生活與讀者。協調農村題材與城市題材的二元關係，同時爭取農村與城市的群眾支持，儘量在農村社會動員裏發揮效用，這是當時多種語言類型的方言詩運動都需要面對的難題。

　　概言之，「面向農村」植根於二十世紀三、四十年代中國社會的實際情形，它是方言詩運動普遍堅持的基本方向，從形式和內容上規約了方言詩運動的發展軌跡，塑形了方言詩運動的歷史風貌，直接關乎方言詩運動在農村社會動員裏的宣傳作用。「面向農村」的方言詩運動被視為中國戰爭和中國革命的一個環節，為農村社會動員做出了重要貢獻，這是時代賦予方言詩運動的宏大意義，也是方言詩運動為時代肩負的歷史重任。戰爭帶給中國社會的複雜影響是生活在和平年代的公民難以想像的，「戰時生活」與「平時生活」是兩個天差地別的概念，戰爭語境下的文學不再是一門獨立的文藝類別，它在大多數情況下需要主動地融入到戰爭的洪流之中，成為幫助國人奪取戰爭勝利的文化武器。方言詩運動鮮明地體現出戰爭給文學造成的深刻影響，在巨大的民族國家危機面前，古典抒情式的詩藝追求暫時讓位於革命文件式的戰時動員，鼓舞廣大人民群眾的戰爭意志成為方言詩運動的首要目標。而彼時中國社會以農村為主體，於是「面向農村」順理成章地成為方言詩運動的基本方向（在「面向農村」口號下處理農村與城市的關係也很重要），農村社會動員則成為方言詩運動的現實指向。這種情況不僅對方言詩運動造成了深遠影響，而且在一定程度上改變了人民群眾看待新詩、鑒賞文藝的方式。以「面向農村」為基本方向的方言詩運動是特定時代的歷史產物，不可能長久地存在，卻如流星般絢爛，在中國現代新詩史的長空裏留下了璀璨奪目的印痕。

第二節　「人民翻身」的號角：方言詩運動的農村書寫

　　受制於中國戰爭的特殊歷史情境，方言詩運動把「面向農村」作為發展的基本方向，這一點從多個方面規約了方言詩運動的歷史形態，使得它在形式和內容上跟農村社會動員之間有著密切關聯。之前已經說過農村與城市被統攝在「面向農村」的口號之下，方言詩運動的農村書寫與城市書寫都很重要。相

比之下，方言詩運動的農村書寫更加值得討論。作為詩人踐行「面向農村」基本方向的具體實踐，方言詩運動的農村書寫凝聚著對現代民族國家戰爭和中國農村社會的深層次思考與文學性想像，吹響了「人民翻身」的時代號角，表現了廣大農民的普遍情感，為當時的農村社會動員起到了作用。那麼我們不禁要問：方言詩運動的農村書寫與「人民翻身」觀念之間有著怎樣的關係？它是如何表現中國農村社會的歷史場景的？應該如何看待方言詩運動建構出來的「中國農村」和現實生活裏的「中國農村」之間的異同？想要回答這些問題，需要將方言詩運動的農村書寫置於現代戰爭史的座標系裏進行綜合性考察，將文本細讀與歷史視野結合起來，以便盡可能地還原方言詩運動的農村書寫所蘊含的豐富歷史信息以及它所棲息的複雜文學生態，從而窺探農村社會動員與方言詩運動的多重聯繫。

一、「人民翻身」與農村社會動員

　　方言詩運動的農村書寫是對「面向農村」基本方向的具體實踐，也是對農村社會動員的主動靠攏，它跟當時風靡一時的「人民翻身」觀念有著千絲萬縷的聯繫。「人民翻身」與農村社會動員在方言詩運動的農村書寫裏交相輝映、難以割裂，表徵著共產黨在戰時環境裏所實行的文化戰略的基本特質。想要考察方言詩運動的農村書寫，需要回到戰爭史與革命史的歷史現場，仔細辨析「人民翻身」與農村社會動員帶給方言詩運動的複雜影響。

　　整體而言，「抗戰建國」和「民主建國」分別是抗日戰爭時期、解放戰爭時期的主導性國家宣傳口號，而「人民翻身」則是貫穿了兩次戰爭的關鍵性標語，對兩個時期的文學生產造成了深刻影響。從二十世紀四十年代開始，「人民翻身」的重要性逐漸凸顯，成為共產黨爭取人民群眾的政治支持、動員他們參與到戰爭之中的宣傳旗號。尤其是在進入解放戰爭階段以後，「人民翻身」給解放戰爭打上了「人民」的標識，將之塑造成「人民的戰爭」，那麼廣大民眾的確有可能積極投身其中。早在解放戰爭發生以前，國共兩黨對於國家掌控權的爭奪便以多種形式進行著，文化上的政治造勢表現得尤為突出。對於共產黨而言，打出「人民翻身」的宣傳旗號，試圖建設屬於「人民」的「新中國」是其對現代民族國家的宏觀設想，這種政治規劃在理論上可以保障廣大民眾的切身利益，在現實中幫助共產黨成功獲得後者的堅定支持。雖然「人民翻身」並不等同於農村社會動員，但是二者多有疊合，對於鼓舞

廣大農民的參戰熱情都產生過重要作用。「人民翻身」不僅影響了現代戰爭史的軌轍，而且塑形了現代文學史的風貌，最突出的表現之一便是「人民文藝」〔註52〕的興盛。與之相應的，「人民藝術家」「人民歌手」「人民詩人」等象徵著至高榮光、跟「人民」息息相關的文藝家稱謂層出不窮。「民貴君輕」「民為邦本」「民為主，君為客」等「人民本位」的思想觀念在中國綿延不絕，這是「人民文藝」的現實根基和根本出發點，所以郭沫若呼籲「現時代的青年如有志於文藝，自然是應該寫作這樣以人民為本位的文藝」〔註53〕，周揚指出「現在擺在一切文藝工作者面前的主要任務就是創造無愧於這個偉大的人民革命時代的有思想的美的作品」〔註54〕，聞一多認為「中國新文藝發展的事業與民主事業同樣艱巨，我們需要加倍努力，我們相信，只有廣大的群眾是主人」〔註55〕等。類似的觀點不勝枚舉，簡言之，號召作家應該回到人民當中去、反映他們的現實生活、創造他們喜愛的文學作品是「人民文藝」在中國現代文學領域裏的基本導向。「人民文藝」主動走近「人民」，自然是為了獲得「人民」的關注、理解和支持，它是政治角力下的特殊產物，其生成機制迥異於「五四」新文學，對中國現代文學乃至當代文學的運行軌跡造成了深刻影響。

　　作為創造「人民的詩篇」的一種嘗試，方言詩運動跟「人民」之間存在著天然聯繫，在客觀上匯入到「人民文藝」的洪流之中，並且成為散佈「人民翻身」觀念的詩性號角，亦成為農村社會動員的重要工具。郭沫若指出詩歌在「人民世紀的時代」裏必須同「人民」保持密切聯繫，努力做到「以人民為本位，用人民的語言，寫人民的意識，人民的情感，人民的要求，人民的行動」〔註56〕。方言詩運動是踐行此種理念的合適路徑，它與「人民翻身運動」的結合是時勢使然，也是農村社會動員的要求。在「人民翻身運動」的影響下，大量與之相關的文學作品應運而生，「人民的翻身運動是產生像《佃戶話》這樣的

〔註52〕羅崗《「人民文藝」的歷史構成與現實境遇》，載《文學評論》2018年第4期，第13〜20頁。

〔註53〕郭沫若《走向人民文藝》，重慶《新華日報》1946年6月24日，第4版。

〔註54〕周揚《新的人民的文藝》，原載《人民文學》1949年創刊號，收入《周揚文集》（第一卷），北京：人民文學出版社1984年版，第532頁。

〔註55〕聞一多《五四與中國新文藝——現在是群眾的時代，讓文藝回到群眾中去！》，原載《五四特刊》1945年5月4日，收入《聞一多全集》（第二卷），武漢：湖北人民出版社1994年版，第231頁。

〔註56〕郭沫若《開拓新詩歌的路》，香港《中國詩壇》1948年第1期，第2〜3頁。

人民文藝的基礎」〔註 57〕；方言詩運動表現得尤為突出，而且它對「人民翻身」的表現與對「面向農村」的貫徹是一致的，都是為了實現農村社會動員的宣傳目標。也就是說，方言詩運動的農村書寫在絕大多數情況下都包含著「人民翻身」的革命理念，農村社會動員的現實目標也是為了實現「人民翻身」，幫助廣大人民群眾擺脫苦難、走向光明，所以「人民翻身」與農村社會動員在方言詩運動那裡自然而然地結合在一起。

一般認為，在二十世紀三、四十年代，中國農民飽受四重經濟鐐銬的折磨，包括地租（地主階級）、糧租（地主階級）、賦稅（國民政府）、徭役（國民政府）。於是，「挖蔣根」和「斷窮根」成為開展農村社會動員的兩個關鍵詞，也成為戰時文學創作的兩種重要題旨。所謂「挖蔣根」，主要針對國民政府，指代的是以民主鬥爭為載體的「人民的戰爭」；所謂「斷窮根」，主要針對地主階級，指代的是以土地革命為載體的農村階級鬥爭。與之相應的，「挖蔣根」和「斷窮根」構成了方言詩運動的農村書寫的兩個基本要素。因此，如果要對方言詩運動的農村書寫進行內容層面上的闡釋，可以從民主鬥爭和土地革命兩個方面展開，分別說明方言詩運動對「人民的戰爭」與農村階級鬥爭的反映及其跟農村社會動員之間的內在關聯。

從方言詩運動的歷史情形來看，農民與帝國主義之間的民族戰爭、農民與地主之間的階級鬥爭、農民與國民政府之間的「人民戰爭」從抗日戰爭時期開始便一直是詩人著力描述的對象，這也吻合史學界對近現代中國社會三組主要矛盾的劃分。進入解放戰爭時期以後，國民政府曾經帶給農民的美好希望轉變成深沉憤恨，「蔣管區」下的農民悲慘生活成為方言詩的主要題材，農民與地主、農民與國民政府之間的衝突相互交織、共同構成了農民悲慘生活的現實來源，農民對帝國主義（以扶持國民政府統治的美國為主）的仇視情緒依然是許多方言詩的表現內容，方言詩運動的農村社會動員作用得到了進一步彰顯。想要實現「人民翻身」的目標，需要格外重視上述三組矛盾，而且後者構成了方言詩運動的主要書寫對象，直接指向了農村社會動員。

那麼，為了發揮在農村社會動員裏的宣傳作用，方言詩運動的農村書寫究竟應該如何表現「人民翻身」的時代主題？總的來說，在方言詩運動的農村書寫裏，「訴苦」與「翻身」構成了踐行「人民翻身」觀念、進行農村社會動員

〔註57〕陳湧《〈佃戶話〉和我們的詩歌創作》，延安《解放日報》1946 年 8 月 21 日，
　　　　第 4 版。

的基本模式。「訴苦」是話語革命，指向農民過去和現在所遭受的悲慘生活，旨在建構農村社會動員的歷史合法性；「翻身」是政治革命，指向農民未來將會迎來的美好生活，旨在明確農村社會動員的現實目標。「訴苦」與「翻身」緊密地結合在一起，構成了「人民翻身」與農村社會動員的主要表達邏輯。當時流行著一種名為「翻身詩歌」〔註58〕的詩歌體式，它是「訴苦」模式與「翻身」模式結合的產物，對鼓舞廣大農民的戰鬥意志起到了作用。具體而言，正如之前所說，以民主鬥爭為載體的「人民的戰爭」、以土地革命為載體的農村階級鬥爭是方言詩運動的農村書寫的兩個基本質素，跟農村社會動員之間存在著重要聯繫。想要討論方言詩運動的農村書寫對「人民翻身」與農村社會動員的表現，需要從「人民的戰爭」和農村階級鬥爭兩個方面分別探進。

二、以「挖蔣根」為旨歸的「人民的戰爭」

　　從創作動機的角度來看，方言詩運動的農村書寫旨在動員廣大農民參與到戰爭進程之中，為國內和平的盡快到來、「新中國」的早日建立貢獻力量。「人民翻身，土地革命，反美帝，拔蔣根……詩歌必須以歌頌這些行動而詛咒反人民者的一切為自己的任務」〔註59〕，方言詩運動的農村書寫很好地貫徹了這一點，「人民的戰爭」便是其選擇的主要題材之一。「人民的戰爭」可以調動廣大農民在內的人民群眾的戰爭熱情，同時可以表現反對國民政府欺壓貧苦百姓、抵制帝國主義干涉中國內政、通過土地革命合理分配土地等多種國家發展問題，因而它能夠成為方言詩運動的農村書寫的重要組成部分，亦可以在農村社會動員裏起到宣傳作用。

　　「人民的戰爭」以民主鬥爭為載體，以「挖蔣根」為旨歸，揭示出中國農民與國民政府之間不可調和的多重矛盾，農村社會動員的宣傳目標由此得以實現。「人民的戰爭」突顯於抗日戰爭中後期，當時官僚資本主義與中國農民之間的階級衝突日趨尖銳，廣大農民的生活狀況愈發惡劣，而國民政府實行的「三徵」政策令局勢進一步惡化，導致農民對國民政府統治的強烈不滿和離心離德。詩人也看到了這一點，「時至今日，潮州人民在蔣政府的壓榨逼害下，已無法忍受，人們已經憤怒到了極點，潮州人民的怒火，已經在熱烈的燃燒著了」〔註60〕，

〔註58〕馮乃超《談翻身詩歌》，香港《中國詩壇》1948 年第 1 期，第 10～12 頁。
〔註59〕郭沫若《開拓新詩歌的路》，香港《中國詩壇》1948 年第 1 期，第 3 頁。
〔註60〕丹木《飢餓‧迫害‧抗爭：潮州人民的控訴和抗爭》，香港《現代華僑》1948
　　　　年第 1 卷第 10 期，第 11 頁。

這段話是對國民政府黑暗統治的直接控訴，也是對「三徵」政策的猛烈抨擊，點明了中國農民參加「人民的戰爭」的必要性。「一年辛苦白化了，／眼看人家搬著穀子跑，／可憐的天……這日子，怎麼過得了」〔註61〕，「完糧怕見官，／見官真可憐。／可憐血汗供官家，／官只問糧不問她」〔註62〕，「是在守犯娃子吧！／從開頭的忙日子起，／老太爺的少爺們，／就像追山狗似的在曬場的樹下，／望著我們氣吼吼地挑穀子」〔註63〕，農民的生活狀況在國民政府的壓榨下愈發惡化，農民與地主、官員、鄉紳、富商等的階級矛盾愈發尖銳，「人民的戰爭」成為農民改善自身處境的唯一途徑。「人民的戰爭」並沒有隨著抗日戰爭的結束而畫上休止符，接踵而至的解放戰爭成為「人民的戰爭」的頂峰，人民群眾公開向國民政府宣戰，爭取每個公民與生俱來的民主權力，試圖推翻國民政府的黑暗統治，從而實現「民主建國」的政治理想。這場跨越了兩個歷史時期的「人民的戰爭」最終成功地實現了「挖蔣根」的目標，並且幫助「人民翻身」觀念在這片飽受戰火襲擾的土地上開花結果，讓人民群眾真正地成為這個國家的主人。跟抗日戰爭時期的方言詩運動有所不同，解放戰爭時期的方言詩運動毫不避諱地將鬥爭的矛頭指向蔣介石領導的國民政府，直言不諱地表達出農民通過參加戰爭來「挖蔣根」的政治訴求，方言詩運動由此完成了農村社會動員的時代重任。

對於中國農民而言，「人民翻身」含有多重現實意義，參加推翻國民政府統治的「人民的戰爭」便是其中之一，「人民翻身」在這一層面上跟農村社會動員表現出高度的一致性。綜合來看，「人民的戰爭」既是廣大農民與國民政府之間的戰爭，也是共產黨與國民黨之間的鬥爭；「人民的戰爭」不僅包含著廣大農民的戰鬥意志，而且蘊含著共產黨的政治導向。引導農民自覺參與到保衛其既得利益的解放戰爭之中，並且在政治立場上主動地向共產黨傾斜，這是農村社會動員的重要組成部分。正如莎蕻所說：「他們（中國農民——筆者注）把苦水、眼淚，變成了力量，他們參加了人民解放軍，在共產黨的領導下，戰勝了敵人。」〔註64〕因此，方言詩運動的農村書寫在反映「人民的戰爭」之時，總是充斥著對國民黨的痛斥憤恨（主要表現為上文提到的「訴苦」模式，重在

〔註61〕白薇《農家苦》，重慶《新華日報》1945年4月2日，第4版。
〔註62〕無名士《民歌》，重慶《新華日報》1946年2月20日，第4版。
〔註63〕失名《農村的歌》，重慶《新華日報》1944年8月16日，第4版。
〔註64〕莎蕻《序》，莎蕻、沉沙《紅旗·紅馬·紅纓槍》，上海：上海雜誌公司1949年版，第1頁。

描述以前的苦難）、對共產黨的擁戴歡迎（主要表現為「翻身」模式，重在刻畫將來的幸福），詩人把農民過去的悲慘境遇歸咎於國民黨的腐敗罪惡，同時把農民未來的生活希望寄託於共產黨的英明領導，由此為廣大農民積極參加「人民的戰爭」找到了無可辯駁的現實依據。

在詩人的筆下，以蔣介石為首的國民黨是中國農民的苦難製造者，「開頭就話徵糧徵購，／監硬將我地嘅穀糧搶走；／埋口又話兵員唔夠，／監硬要將壯丁抽，／更兼苛捐什稅乜都要收，／迫到我地有氣冇碇抖，／哼蝦勒搭勢唔到你講嚇理由」〔註65〕，繁多苛重的稅收徭役、欺壓平民的官僚體系令農民苦不堪言，農民對國民黨自然滿是敵意。在方言詩運動的農村書寫裏，國民政府不僅暴虐成性，而且貪得無厭，連海外華僑從暹羅想方設法運到國內救助災民的救濟米都不放過，棄廣大農民的生死於不顧。丹木的潮州方言長詩《暹羅救濟米》專門以之為題材：「在這個故事中，正可以看出抗戰前後，南洋華僑，特別是暹羅華僑對家鄉饑荒的關切和捐輸的熱情，但他們克勤克儉捐來的錢米，卻永遠不能達到飢餓的鄉親面前，而全部落在土劣貪官的腰包，甚且更因此造成類似這故事的悲劇的，真不知多少，這是我們所共同憤恨和痛心的事！」〔註66〕眾多災民沒有死在水災、荒災之中，反而喪命於國民政府之手，此種貪污腐敗的官僚機構勢必遭到廣大農民的抗爭和唾棄。與之截然相反的是，以毛澤東為首的共產黨被視為中國農民的幸福締造者，「對住毛主席莊嚴個幅淚。／大家一齊都拍掌。／高聲叫句毛主席朱總司令。／救苦救難慈悲菩薩嘅化身」〔註67〕，農民從國民黨那裡收穫的失望與憤怒轉化為對共產黨的期望與支持，「人民的戰爭」與解放戰爭在此處重疊合一，農民與共產黨的敵人和目標具有高度的一致性。正是因為這個原因，農民在這場戰爭裏不僅扮演著「被動員者」的角色，還承擔起「動員者」的身份。想要實現從農民到戰士的身份轉變，農民需要逐漸去除「落後意識」，慢慢成長為一名合格的革命者。如此一來，他們不但能夠自己參加戰爭，而且可以鼓動他人上陣殺敵，從而漸漸形成一個良性的循環。所謂的「落後意識」包含多個方面，參戰熱情不高便是其中之一。這一點在和平年代並無過錯，但是在巨大的民族國家危機面前，它自然成為農民的一種「落後意識」。只有主動地破除此種觀念的束縛，才會

〔註65〕石余《鄉下佬唱龍舟》，香港《正報》1948年第2卷第22期，第26頁。
〔註66〕丹木《暹羅救濟米・後記》，香港：潮書公司1949年版，第2頁。
〔註67〕廣州人《解放軍歌》，香港《華商報》1949年8月29日，第6版。

有更多的農民參加戰爭,「掌牛仔呀掌牛奴,／風吹日炙背囊鳥。／揑今擄槍翻身去呀,／惹姐喊揑新丈夫」〔註68〕,這種情形才是戰時社會的正常狀態。當農民自覺清除類似的「落後意識」之後,他們能夠在戰爭裏發揮出更大作用,並且主動參與到農村社會動員之中。

在方言詩運動的農村書寫裏,農村社會動員的直接目的是推翻國民政府的腐朽統治,終極目的是幫助農民獲得應有的政治地位和公民權力,唯有如此才算是真正實現了「人民翻身」,這恰恰是詩人著力捕捉和表現的時代訊息,正如林林所言:「現在的新詩、方言詩,應是廣大群眾的表現;五四的白話詩,只是唱歌個性的解放,現在的新詩、方言詩,應是唱歌中國民族、工農階級的尊嚴了!」〔註69〕方言詩運動對農村社會動員的表現蘊含著政治立場,折射出共產黨的文化戰略在其中所起到的歷史作用,而「政治之力的幫助」〔註70〕恰恰是方言詩運動能夠興盛一時的重要原因。

三、「租穀」模式、土地革命與農村階級鬥爭

就方言詩運動的農村書寫而言,如果說以民主鬥爭為載體的「人民的戰爭」主要是為了幫助中國農民實現「政治翻身」,那麼以土地革命為載體的農村階級鬥爭則主要是為了幫助中國農民實現「經濟翻身」,兩者都是農村社會動員的重要方面。只有同時實現「政治翻身」與「經濟翻身」,才有可能讓「人民翻身」在中國農村真正地成為現實,也才算是全面地實現了農村社會動員的宣傳目標。

對於世世代代依靠土地謀生的農民而言,「人民翻身」的初級目標是「人人有地種」,終極目標是「人人有地」,所謂的「人民的江山從此歸人民」便是指土地歸屬問題。只有「新的人」(即「新農民」)在「新的土地」(即「新農村」)獲得應有的土地使用權或土地所有權,農村社會動員才算是取得了真正的勝利。因此,共產黨在抗日戰爭時期和解放戰爭時期都廣泛地進行過土地革命,試圖改善農村社會的土地分配狀況。整體而言,在建國前的農村社會裏,「占鄉村人口 8%的地主富農,佔有全部土地的 70～80%,其餘 20～30%的土地為占

〔註68〕民壘《客家山歌》,香港《華商報》1948 年 4 月 22 日,第 3 版。
〔註69〕林林《白話詩與方言詩》,香港《文藝生活》1949 年第 48 期,第 31 頁。
〔註70〕魯迅《文藝的大眾化》,《魯迅全集》(第七卷),北京:人民文學出版社 2005 年版,第 368 頁。

鄉村人口 90% 以上的中農、貧農、雇農和其他人等所佔有。」〔註71〕雖然其中的數據在不同時期有所不同，但是從中可以大致看出農村土地歸屬的基本情況。從土地所有者的角度出發，有人將土地所有制劃分為三類：國家土地所有制（國家機器）、大土地私有制（豪家權家）、小土地私有制（中農貧農）。〔註72〕在中國農村實行土地改革，實際上是將大土地私有制盡可能多地轉化為小土地私有制，即把土地所有權從地主轉移到農民手裏，而國家土地所有制在「新農村」與「舊農村」都佔有重要地位。此外，「舊農村」土地分配的不合理性還體現在土地的好壞上，地主階級佔有的土地多為良田，農民擁有的土地則往往產量較低，這種狀況進一步加劇了農村兩極分化的趨勢。所以，無論是在「舊農村」還是在「新農村」裏，無論是對「舊農民」還是對「新農民」而言，土地革命都是國家治理方略的「重頭戲」，也是農村社會動員的重要內容。

　　綜合而論，民族戰爭與階級鬥爭在農民那裡是二位一體的，都是農村社會動員所無法繞開的。私有財產是區分社會階級的主要標尺，作為一種社會階級，農民的私有財產主要由土地構成。讓農民重新獲得對土地的合法使用權乃至所有權，是恢復其私有財產的根本性手段。想要讓農民參與到戰爭之中，需要幫助他們從地主階級手裏獲得土地；想要讓農民獲得土地，需要引導他們進行農村裏的階級鬥爭。「土地，在階級社會，是私有財產最主要的構成之一」〔註73〕，因而農民對於土地革命有著天然的好感，並且由此表現出高度的參戰熱情：「我們不能坐等別人來解放我們自己，我們必須參加到人民解放的鬥爭中去，參加到徹底推翻封建制度的土地改革運動中去，用我們自己的手去解放我們自己。」〔註74〕詩人同樣重視土地革命的歷史進程，土地革命構成了方言詩運動以「面向農村」作為基本方向的一個原因，也構成了方言詩運動參與農村社會動員的一個窗口，「方言詩卻不然，它的主要對象是工農兵，而在目前這個翻天覆地的平分土地的革命運動中，無疑的更主要對象是農民。」〔註75〕想要在農村順利地進行土地革命，必須妥善地處理農民與地主之間的階級矛

〔註71〕張永泉、趙泉鈞《中國土地改革史》，武漢：武漢大學出版社 1985 年版，第 7 頁。

〔註72〕趙儷生《中國土地制度史》，濟南：齊魯書社 1984 年版，第 57 頁。

〔註73〕趙儷生《中國土地制度史》，濟南：齊魯書社 1984 年版，第 7 頁。

〔註74〕藍玲《姊妹們，到農村去吧！》，香港《正報》1948 年第 2 卷第 26～27 期，第 32 頁。

〔註75〕沙鷗《方言詩應該有韻》，香港《華商報》1948 年 3 月 21 日，第 3 版。

盾：「作為階級來說，地主階級是革命的對象，不是革命的動力。」〔註76〕因此，在農民與地主之間展開階級鬥爭是大勢所趨、人心所向的一套革命方案，也是農村社會動員的一個組成部分。

假如方言詩運動想要表現農村階級鬥爭，那麼詩人需要深入地認識農民與地主之間的階級矛盾，以便取得最佳的農村社會動員效果。農民與地主之間的階級矛盾不是一朝一夕的短暫局勢，而是長期積累的社會問題。整體而言，地主對農民的主要做法是剝削、欺壓，農民對地主的主要態度是仇恨、敵視，「這種人民的憤怒和憎惡，是植根在人剝削人的社會制度裏面的。農民是最確切地知道地主階級的罪惡的人」〔註77〕，理解此種階級對立關係是在詩歌裏表現農村階級鬥爭的基礎性認知裝置。農民參加戰爭的根本動力來自改善物質生活水平的生存訴求，「豐衣足食」是他們的最為原始、最為渴望的希冀，然而這種希冀在舊社會裏被農村的不合理經濟體制擊成碎片，地主階級的無休止壓榨令農民的生存空間愈發逼仄。農村階級鬥爭想要取得勝利，必須破除既有的農村經濟體系。農村經濟體系以土地為主導，所以農村經濟改革實質上就是土地管理制度改革。

在方言詩運動對土地革命的表現裏，租佃關係出現的次數相當頻繁，它可以說是農村階級鬥爭的焦點所在，反映出農民與地主兩個階級在經濟利益上的根本分歧。對於農民而言，正常的田租已經是沉重的負擔，然而真正導致農民破產的，往往是所謂「租穀」的高利貸盤剝模式。「租穀」通常發生在飢饉年月，農民在支付高額的田租以後，無力維持日常生活所需，不得不向地主貸款，借貸和還貸的物品多為糧食，少為錢財，所以此種商業模式被稱作「租穀」。「租穀」屬於高利貸，利息很高，一般在50%以上，有可能多達100%，甚至更高。更加可怕的是，「租地」與「租穀」經常是捆綁式的，農民想要租賃土地，則先要租借穀糧，不然的話很難租地成功。然而「租穀」的成本太高，歸還的利息往往是本金的數倍，再加上高昂的地租，即便遇到豐收年月，佃戶的生活也很艱難。「租地」與「租穀」是地主強加在佃戶身上的兩把枷鎖，將他們牢牢掌控在租來的土地上。田間的長詩《戎冠秀》對此有過催人淚下的敘述。〔註78〕

〔註76〕毛澤東《中國革命和中國共產黨》，寫於1939年12月，收入《毛澤東選集》（第二卷），北京：人民出版社2008年版，第638頁。
〔註77〕馮乃超《戰鬥詩歌的方向》，香港《大眾文藝叢刊》1948年第1輯，第26頁。
〔註78〕田間《戎冠秀》，東北畫報社1948年版，第8頁。

跟《戎冠秀》相似，不少方言詩以「租地」與「租穀」的捆綁式關係為題材表現地主對農民的經濟剝削，白雲的《農歌》便是一個典型例子：「放牛仔，／唱牛歌，／阿爸耙田，／阿媽鋤禾，／去年借下老爺五六斗，／本息共埋七八籮。／可恨天公不做好，／總是天潦日子多，／頭造割來唔夠兩斗，／尾造收埋唔夠兩籮，／還得債來人要餓，／一家大小淚滂沱。」〔註79〕此種狀況嚴重加劇了農民貧困的程度，導致大量農民被迫通過變賣土地或者化身長工的方式來償還高額的貸款。類似的書寫能夠引發農民的共鳴、觸動他們的內心，所以方言詩運動的農村書寫對之常有表現，也取得了較好的農村社會動員成效。

　　「租穀」模式之所以能夠被廣泛推行，離不開行政力量的大力支持。地方官員與地主階級的力量聯合孕育出「租穀」模式這一斂財利器，它用政治和經濟「兩隻大手」牢牢扼住農民的咽喉，令農民滑向絕望的深淵。在必要的時候，軍事力量也會成為「租穀」模式的保護傘。例如「革命嘅年你該死／閻王殿上不饒你／請倒白軍來洗劫／造下幾多子孫孽」，這裡的「白軍」是指國民黨軍隊，他們構成了助長地主階級氣焰的幫兇，扮演了壓榨貧苦農民的惡人。此類描寫表現出當時詩人普遍抱有的政治思想：站在共產黨的政治立場上抨擊國民黨統治下的黑暗現實。即便農民遭受到經濟破產的打擊，他們身上的財務剝削依然不會結束，因而只能用明天的血汗借貸今日的殘喘，「三爺租穀一定完／今年唔完有明年／明年再係完唔出／爛屋還有一兩間」〔註80〕，道出了「租穀」模式對農民的戕害。由於「租穀」而欠下的債務是連坐式的，一人欠租全家償還，借貸關係不會因為貸款人的破產或逝世而自動解除，這種情況擊碎了農民最後的希望。地方官員與地主階級結合的腐化現象使得地方政府不僅不能保護人民的正常權益，反而淪為地主階級的幫兇。概言之，地方官員成為「租穀」模式的捍衛者和獲益者，「租穀」模式則是地方官員貪污腐敗的明證。得益於地方官員的強勢介入，「租穀」模式的執行力驟增，它帶給農民的傷害更大。「我本係廣東嘅耕田人，／不撈都安份，／一直靠耕田為業，／種地謀生，／而家流落到呢度香港地，／都係因為遭逢不幸，／被個的貪官污吏，／攪到我，／蕩魄失魂」〔註81〕，這首方言詩裏的主人公因為地方官員的貪婪與地主階級的壓迫而失去土地，不得不選擇背井離鄉另謀生計。類似的情形屢見不

〔註79〕白雲《農歌》，香港《華商報》1947 年 7 月 1 日，第 3 版。
〔註80〕樓棲《鴛鴦子》，香港：人間書屋 1949 年版，第 123、72 頁。
〔註81〕石余《鄉下佬唱龍舟》，香港《正報》1948 年第 2 卷第 22 期，第 26 頁。

鮮，體現出地方官員與地主階級的結合對農村社會秩序的嚴重破壞。官員貪腐是國民政府歷來被人詬病的一大弊病，人民群眾對之感到失望而憤慨：「先前，我還希望目前的政治的貪污只是一時的現象，政府三令五申的懲治貪污必然有了決心，現在看完了這場壓軸戲，卻連這一點希望也漸漸渺茫了。」〔註82〕詩人將這種失望和憤慨寫進了方言詩裏，再現了廣大農民在國民政府統治下的悲涼處境，在農村社會動員裏起到了作用。

因為「租穀」模式的極度不合理，所以農民一般不願意觸碰。然而在當時的農業生產條件下，農民沒有足夠的能力應付荒年饑月，當風雨不順、莊稼歉收之時，農民難以維繫日常開銷，只能向地主借貸。一旦開始借貸，農民的現實處境很可能會越來越嚴峻，他們極難還清不斷累加的巨額債務，地主和官員還可以通過多種方式持續壓榨農民的農業收入以及其他個人財富。簡言之，在「租穀」模式裏，地主階級在明面上發揮作用，操辦壓榨農民的各項具體事務；地方官員在暗地裏發揮作用，為地主階級的敲骨吸髓提供法律保護和武力支持。因此，在開展農村社會動員的時候，必須強調農民應該同時反抗地方官員和地主階級，只注重其中的一個方面都有招致失敗的風險。國民黨實行的國家管理制度很難允許其肩負起打擊政府官員和地主階級的歷史重任，於是這個任務自然落在了共產黨的身上。相比漸失民心的國民黨，共產黨能夠不斷獲得農民的政治支持，這種情形離不開土地革命的功勞。進一步說，「減租減息」政策在其中起到了重要作用。「減租減息」是共產黨在抗日戰爭時期和解放戰爭時期實行的土地改革政策，雖然不得不有所妥協，但是這項政策對改善農民的生活狀況、爭取地主和富農的政治支持發揮了重要作用。因為「減租減息」政策在很大程度上滿足了農民對土地的需求，能夠清除「租穀」模式的歷史遺毒，所以他們願意站在共產黨的立場上參加農村階級鬥爭。「厓兜嘅窮根在那裡？／厓兜愛向那人去報仇？／厓兜愛跟那人走？／厓兜才會有春光？……那人主張分田又廢債？／那人反對窮人來翻身？／那人替窮苦人家做牛馬？／那人高高騎在窮人頭頂上？」〔註83〕，從中可以看到農民清楚國共兩黨的不同土地政策，共產黨發動的土地革命更加符合他們的根本利益，而國民黨的腐敗統治被他們視為自身窮苦的根源所在，這恰恰體現出共產黨在土地革命政策和農村社會動員戰略上的成功。

〔註82〕樓棲《演不完的好戲》，廣州《文藝新聞》1946年第7期，第13頁。
〔註83〕漫地《查比之歌》，香港《正報》1948年第2卷第49期，第25頁。

四、兩種「想像的農村」的歷史建構

　　正如上文所說，方言詩運動的農村書寫對「人民翻身」的表現主要體現在以民主鬥爭為載體的「人民的戰爭」、以土地革命為載體的農村階級鬥爭兩個方面上，二者跟農村社會動員之間都有著密切聯繫。在詩人的筆下，如果真正實現了「人民翻身」，那麼農村應該是怎樣的景象？跟之前的農村相比存在哪些差異？方言詩裏的農村書寫跟現實生活中的農村景象之間又是何種關係？這些問題其實都指向一個共同話題，那就是詩人對「想像的農村」的歷史建構。這種想像成分濃厚的歷史建構著眼於當時中國農村社會的實際情形，試圖通過刻意誇大的文學書寫來擴大方言詩運動的農村社會動員作用。

　　通常而言，參加戰爭不僅意味著廣大農民獲得了改善現狀的機會，還意味著他們需要做出多方面犧牲，所以開展農村社會動員並沒有想像中的那般容易。為了解決這方面的問題，必須牢牢抓住農民最關心的話題——附著於土地的農業文明生存方式，以便取得更好的農村社會動員效果。「歷史總是歷史，終究殘酷地會燒毀了逆行的行頁，把一部新的世界日程，完全交給該做主人的來做主人，讓他們用自己的鐮頭，墾殖自己的土地，建築自己的家園，辛勞的收實，全歸自己所有——這就是今天的解放區，明天的新中國的農民生活」〔註84〕，詩人憑藉著接連不斷的「農村的想像」得以建構起兩種不同類型的「想像的農村」，一種是延續了數千年的中國農村，被置於以貧窮、壓迫、血腥澆築而成的農民血淚史之中（不妨稱之為「舊農村」）；另一種是未來的、理想的中國農村，「翻身做主」「國家主人」「衣食無憂」成為農民生活的普遍寫照（可以稱之為「新農村」）。無論是「舊農村」還是「新農村」，它們都植根於中國農村社會的歷史形態，同時還包含了詩人刻意進行藝術變形的想像成分。隨之而來的結果是：詩人筆下的「想像的農村」既是中國農村的時代剪影，又跟歷史真實中的中國農村存在差異。「寫實」或者「失真」並非問題的關鍵，能夠使詩歌作品在多大程度上受到廣大農民的歡迎、發揮動員後者參加戰爭的效果才是詩人的主要著眼點。

　　「想不到時間已經過去了三四年，荒亂與飢餓不但沒有過去，而且在內戰白熱化與徵兵徵實的虐政下，整個的農村已經不僅是饑荒，而且是大崩潰，大動變的開始了」〔註85〕，這是詩人眼裏的解放戰爭期間的中國農村社會景象。

〔註84〕方徨《紅日初升‧後記》，山東新華書店 1946 年版，第 50 頁。
〔註85〕胡裏《鄉下人的歌‧前記》，匯文出版社 1947 年版，第 1 頁。

解放戰爭以前的中國農村同樣破落衰敗，也面臨著農村社會結構崩潰的危機。不妨將彼時的中國農村稱之為「舊農村」，生活在其中的中國農民自然被叫做「舊農民」。有感於「舊農村」和「舊農民」的實際狀況，眾多詩人以之為思考問題的起點，在詩歌裏描繪他們對於「新農村」和「新農民」的現代性想像，只是這種想像依然會受到中國農村社會超穩定結構的潛在制約。艾青在 1944 年 4 月 26 日為其以中國農村為書寫對象的詩集《獻給鄉村的詩》作序，裏面有這麼一段自述：「新的農村，新的農民正在中國生長，這是值得中國的詩人拭目注視的。我的這個集子，寫的是舊的農村，用的是舊的感情。我們出身的階級，給我很大的負累，使我至今還不可能用一個純粹的農民的眼光看中國的農村。」〔註86〕雖然艾青明確提到了「新農村」和「新農民」，但是他的《獻給鄉村的詩》依然是主要描寫「舊農村」和「舊農民」，沒有跟上時代發展的步伐，柏江對此進行了委婉地批評：「這是艾青一部關於農村的詩，比起他今天所歌唱的，這些也許是屬於過去的了。」〔註87〕艾青的《獻給鄉村的詩》沒有完成對「新農村」和「新農民」的書寫，而方言詩運動在這方面取得了成績，也起到了農村社會動員作用。

　　以「面向農村」為基本方向的方言詩運動在反映「想像的農村」方面表現得格外突出，兩種「想像的農村」在方言詩裏有著深入描寫和鮮明對照，共同構成了農村社會動員的一部分。方言詩運動之所以要突顯「舊農村」與「新農村」的差別，是為了引發中國農民的情感共鳴，喚醒他們的革命主體意識，引導他們積極參與到戰爭進程之中。越是要凸顯「新農村」的光明，越是要強調舊的「舊農村」的黑暗，未知的挫折和歷史的柔光被人為地遮蔽，戰爭的曲折歷程被刻意地簡化，「只要戰鬥便會勝利」的信念由此被逐漸建構起來，不斷散發出從「新生活」那邊飄溢出來的誘人馨香。「耕人地，／租人牛，／交左租穀，／捱芋頭」，在「舊農村」裏，少有農民擁有屬於自己的土地和生產工具，繁重的賦稅令他們的生活黯淡無光；「到如今，／轉潮流，／分田分地，／合要求」，在「新農村」裏，多數農民通過土地革命分到了土地和生產工具，他們的生活因此煥然一新：「有田地，／有耕牛，／豐衣足食，／唔駛憂。」〔註88〕在「新

<hr />

〔註86〕艾青《獻給鄉村的詩·序》，昆明：北門出版社 1945 年版，第 1 頁。
〔註87〕柏江《〈獻給鄉村的詩〉——艾青著，北門版》，重慶《新華日報》1945 年 8 月 22 日，第 4 版。
〔註88〕阿牛《家鄉信》，香港《正報》1947 年第 2 卷第 18 期，第 11 頁。

農村」與「舊農村」的強烈對比之中,「新農村」的巨大吸引力顯露無遺,引導農民認識到推翻「舊農村」社會秩序的重要性,從而動員他們參加「人民翻身」的革命戰鬥。「所有耕田佬起來,/大小蔣介石攬屍」〔註89〕,「無錢就是『匪』/有錢長衫闊褲拜上門/唔止害俺今日雙艱苦/還有害人食藥弔頸死了舌長長」〔註90〕,「保長啊保長/貓貓唔食/狗狗唔搶/專門做壞事/一定嫌命長」〔註91〕,此類方言詩從不同方面揭示了「舊農村」社會秩序的不合理之處,反映了造成農民悲慘處境的多種社會因素,這是方言詩運動進行農村社會動員的一種重要思路。

在方言詩運動的農村書寫裏,兩種不同的「農村的想像」交織雜錯,不僅構成了農村社會動員的一個環節,而且匯聚成「新中國」建設方案的一部分。這是因為兩種不同的「農村的想像」被當作表現「反封建」主題的一種形式,通過此種對比可以彰顯出「新中國」不同於中國傳統社會的優越性——高度重視和堅決保護農民的政治權利與經濟利益。在「新中國」的建設理念裏,由於中國社會以農村為主體,那麼農村建設自然成為國家建設的關鍵組成部分。這跟忽視農民的歷史推動作用的「君主史」或「帝王史」書寫傳統大相逕庭,在新的歷史書寫傳統裏,農民被「重新發現」,並且成為被書寫的主要對象。先秦時期「詩可以興,可以觀,可以群,可以怨。邇之事父,遠之事君」的詩學傳統被現代戰爭激活,農民成為詩歌言說的「模特」,也成為詩歌表達的「畫家」,他們既在被詩人描繪,也在用詩歌發聲。只是由於文化水平的限制,詩人替農民發聲的情況更為常見,也更容易受到文學史的認可。「君主史」或「帝王史」的書寫傳統引起了現代知識分子的警惕和反思。例如在民國初期,新式史學家與舊派史學家對於「何者為有用史料」發生過一場論爭,顧頡剛認為:「我們應當看諺語比聖賢的經訓的要緊;看歌謠比名家的詩詞要緊;看野史筆記比正史官書要緊。為什麼?因為謠語野史等出於民眾,他們肯說出民眾社會的實話,不比正史,官書,賢人,君子的話,主於敷衍門面。」〔註92〕梁啟超明確表達過「邊緣勝於正統」的史學觀念:「雜史、傳志、劄記等所載,常有有用過於正史者。何則?彼等常載民間風俗,

---

〔註89〕歐文《呢次新年》,香港《正報》1948年第2卷第19～20期,第37頁。
〔註90〕春草《老四歎》,香港《正報》1948年第2卷第21期,第25頁。
〔註91〕甘牛《一定嫌命長》,香港《正報》1948年第2卷第25期,第27頁。
〔註92〕顧頡剛《中學校本國史教科書編纂法的商榷》,上海《教育雜誌》1922年第14卷第4號,第4頁。

不似正史專為帝王作家譜也。」〔註93〕即便如此,「君主史」或「帝王史」的書寫傳統沒有被改變,依然得到了延續。「邊緣勝於正統」的史學觀念反映在詩歌領域,便是廣大農民對民間歌謠的格外青睞:「我們如果想瞭解農民的靈魂和生活,與其看正史,不如看野史;與其看野史,不如讀他們自己所創作的歌謠和詩篇。」〔註94〕從這個角度來看,方言詩運動的農村書寫正是對「君主史」或「帝王史」的書寫傳統的一種反撥,也是對《詩經》開創的詩教傳統的一種接續,它對農村社會動員的表現具有重要的歷史意義。恰恰因為此種原因,「面向農村」的方言詩運動成為傳達「新中國」這一現代民族國家想像的重要途徑,「舊農村」與「新農村」、「舊農民」與「新農民」、「舊生活」與「新生活」等革命話語在其中交錯相間,而「想像的農村」也成為詩人開展農村社會動員、思考民族國家命運的一種路徑。

農村社會動員需要信念的支撐,也需要想像的力量,遠方的「風景」既是一種帶有設計性的想像,也是一種含有規定性的信念。「革命的狂熱」導致了決絕的二元對立,兩種「想像的農村」的比照傳統在十七年文學裏達到了高潮。在「新農村」裏,傳統的農民已經無法適應,「新農民」被自然而然地建構起來。「新農民」將迎來期盼已久的「新光景」,並且創造出「新生活」。「新農民」為了建設「新農村」、創造「新生活」,無論性別都願意參加戰爭,並且為之做出犧牲。性別差異導致分工不同,男人順理成章地上陣殺敵,女人則留在家裏從事農業生產。「哥呀,/今日你去打仗我在家耕種,/呢番土地解放咯世界就大不同」〔註95〕,這種分工模式不同於「男耕女織」的傳統農業文明生產方式,卻契合了戰時農村社會的實際需要,因而能夠被普遍施行。「新農民」不僅自己具有爭取正當權益、抗爭反動勢力的戰鬥勇氣,而且樂意將之傳遞給身邊的人,從而動員更多人投入到「新農村」的建設裏。「表兄哥/你真正傻/你唔怕窮嚟我怕餓/你有志氣/就咪望我/除非你有決心攞番條槍/睬住的耕田佬連埋我/翻身份田將窮根挖左/個陣大家過好日子/我日日夜夜/挨向你身邊一齊坐」〔註96〕,在《表兄哥》一詩裏,是否擁有參加戰爭的勇氣成

〔註93〕梁啟超《新史學》,《飲冰室合集》(飲冰室文集之九),北京:中華書局1989年版,第5頁。

〔註94〕李岳南《中國的農民和詩》,《午夜的詩祭》,知更出版社1947年版,第53頁。

〔註95〕蘆荻《粵謳二首》,中華全國文藝協會香港分會方言文學研究會編輯《方言文學》(第一輯),香港:新民主出版社1949年版,第144頁。

〔註96〕符公望《表兄哥》,香港《正報》1948年第2卷第24期,第27頁。

為影響親友之間親疏遠近的決定性因素。在這樣的農村氛圍裏，即便是缺乏革命信念的農民，也會在不經意間受到他人的鼓動，慢慢迎來革命意識的覺醒，從而投身到戰爭之中。

五、「勞動」的合法性與「創作」的主體性

正如上文所說，「想像的農村」是「人民翻身」在方言詩運動的農村書寫中的具體呈現，承載著對現代民族國家命運的想像與思考，也包含著動員廣大農民參加戰爭的宣傳目標。如果說「舊農村」是幫助農民「訴苦」的一個窗口，那麼「新農村」可以被稱為動員農民「翻身」的一種希望。在方言詩運動的農村書寫裏，「新農村」的可能性風景被反覆描摹，而身處其中的「新農民」也被賦予了多種希冀。其中，「勞動」的合法性與「創作」的主體性分別是「新農民」在物質層面、精神層面上的突出特質，既構成了詩人進行農村社會動員的重要方面，也構成了他們對建設「新中國」的深層思考。

一般而言，勞動是農民謀求生活物資和生產資料、獲得個體價值認同的主要途徑。所謂勞動的合法性，是指農民享有參加勞動生產的正當權利和法定義務，任何人不得對之進行非法侵害。在絕大多數歷史時期裏，保護勞動的合法性都是保證農民生活水平的基本條件。在「舊農村」裏，農民的勞動合法性不能受到應有的法律保護，不斷遭受地主、官員、鄉紳等勢力的齧噬，導致了農民生活的悲慘狀況。那麼如何才能在農村保證勞動的合法性呢？開展土地革命，讓農民獲得屬於自己的田地，這是保證勞動合法性的必備前提。「天頂一條虹，／地下浮革命，／革命革做呢？／革命分田地」〔註97〕，這首方言詩肯定了土地革命之於農民的重要性，把土地革命視為解放農民的基本條件。需要特別指出的是，土地革命針對的是經濟壓迫和人身戕害，農民並不希望農村沒有管理制度和行政官員，他們需要公正、民主、平等的法律體系來保障其基本權益。也就是說，農民願意接受合乎情理的法律管控，以便為他們提供安全而穩定的生存環境。「他們要安靜的生活，要平等的待遇，要自由的去，來，做活」「要有良心的公正的鄉鎮保甲長及官吏」「他們對土豪劣紳，貪官污吏的巧取豪奪，敲詐勒索，懷著盛大的憤怒」〔註98〕，這就是農民對理想生活的定

〔註97〕黃雨《天頂一條虹》，香港《正報》1948年第2卷第25期，第26頁。

〔註98〕莊稼《人民事業萬歲——寫在前面》，《人民萬歲》，重慶：漢字書出版社1946年版，第1頁。

義，而確保「做活」（即「勞動」）的合法性是農民實現理想生活的前提條件。之所以要高度肯定勞動的價值和意義，另外一個重要原因便是常年戰爭導致農村勞動力銳減〔註99〕，進而造成糧食總產量急劇下降，使得農民的生活愈發困難。「想起戰前著鄉里／亦有二坵薄田園／日本鬼仔搶了一大半／俺個『國軍』更來收洗到光光／掠了壯丁勒田稅／日日『剿匪』清鄉村／趕到全鄉無半個人影／有田有地亦著伊荒」〔註100〕，這首方言詩描繪了人煙稀少、田地荒蕪、民不聊生的農村景象，侵華日軍和國民黨軍隊都是製造農民悲劇的兇手。除了上述兩點原因以外，方言詩運動的農村書寫強調勞動合法性還有其他多種緣由，例如勞動是幫助下鄉知識分子實現思想改造的重要途徑〔註101〕、勞動與家務都是革命工作的組成部分〔註102〕、表現「勞動英雄」有助於塑造革命典型〔註103〕等。綜合考慮多種因素，勞動合法性會成為方言詩運動的農村書寫著重表現的一種話題，也會成為方言詩運動進行農村社會動員的一個方面。

在理想的狀態裏，「新農民」不僅構成國家勞動力的主力軍，而且還會推出能夠為他們發聲的作家，這既代表著農民重新獲得「使用文學的可能」，也象徵著農村建立起科學合理的社會制度。確立勞動的合法性地位，是為了從物質層面培養「新農民」；引導農民進行文學創作，是為了從精神層面培養「新農民」。概言之，勞動與創作組成了「新農民」的日常生活需求的兩大方面，幫助他們從物質生活與精神生活上進行「新農村」的建設。而且勞動與創作往往是密不可分的，勞動甚至成為創作的前提條件。這是由勞動與文化的關係決定的，此時勞動成為文化歸屬權的判定標準。在《街頭詩》雜誌創刊以後，艾青寫下了這麼一段賀刊詞：「勞動者是文化的創造人；革命的目的之一，就是要把文化從特權階級奪回來，交還給勞動者，使她永遠為勞動者所有。」〔註104〕就方言詩

〔註99〕今天《從「農村勞動力過剩」到「農村勞動力不足」》，延安《解放日報》1944年6月26日，第4版。

〔註100〕春草《老四歎》，香港《正報》1948年第2卷第21期，第25頁。

〔註101〕王抗《知識分子在勞動中改造自己》，延安《解放日報》1944年3月25日，第4版。

〔註102〕《建立革命家務的劉順清》，延安《解放日報》1944年3月8日，第4版。

〔註103〕田方《勞動人民的旗幟——記警區模範黨員勞動英雄劉玉厚同志》，延安《解放日報》1943年5月18日，第4版。

〔註104〕艾青《展開街頭詩運動——為〈街頭詩〉創刊而寫》，延安《解放日報》1942年9月27日，第4版。

運動而言，引導農民進行詩歌創作其實是落實「面向農村」口號、開展農村社會動員的突出表現，也是引導農民萌發主體精神和革命意識的重要途徑。得益於此，農民從方言詩運動的接收者轉變為方言詩運動的傳播者，方言詩運動的實際影響範圍和農村社會動員效力得以進一步擴大。「閩南方言作品寫作者的普遍與深入是值得重視的，如村女、牧童、樵夫、女工、店員、農民等都經常投稿，這說明知識分子寫工農兵利益給工農兵看，已引起工農兵興趣漸漸發展為工農兵自寫自看了」〔註105〕，而民歌在閩南方言文學裏佔據著主導地位，由此可見農民創作閩南民歌的情況應該並不罕見。「出自農民口中的山歌民謠，漂亮優美，聽得懂，受感動」〔註106〕，當農民以文字的形式將這些山歌民謠記錄下來，並且公開登載在報刊上之時，它們便成為自然流暢的方言詩。「睇見國內的解放區，好多唔識字嘅工人都寫起詩嚟，好多耕田佬唱嘅山歌都有發表嚟機會，的詩人重話要向佢地學，我正恍然大悟」〔註107〕，這段文字進一步印證了農民創作方言詩的熱情，還指出了詩人主動向農民學習方言詩創作的現象。從「為農民而寫」到「農民自己寫」的創作轉變，可以說是方言詩運動貫徹「面向農村」口號的必然趨向，也符合農村社會動員的理想狀態──廣大農民在農村社會動員裏扮演的角色從原先的「被動員者」轉向後來的「動員者」。

除了勞動的合法性與創作的主體性以外，「新農民」在方言詩運動的農村書寫裏還具有其他多種特質，他們展現出跟魯迅筆下的「閏土式農民」截然不同的風貌，從多個方面契合了「新農村」對農民的要求。這從側面反映出想要在農村裏真正地實現「人民翻身」和農村社會動員的目標，不僅需要國家機器的強力干預，還需要廣大農民的主動參與。方言詩運動所傳達出來的農村社會動員理念也是如此，農民的主體性精神被持續不斷地強調和激活。

質言之，方言詩運動的農村書寫蘊含著有關現代民族國家戰爭與中國農村社會的多重思考與豐富想像，是對「人民翻身」與農村社會動員的文學性再現，還承載了詩人對「新中國」建設方案的現代性設想。如此豐富的歷史信息、這般複雜的文學生態，恰恰使得方言詩運動的農村書寫搖曳多姿，擁有廣闊的研討空間。進一步說，方言詩運動的農村書寫有著多副「面孔」，也有著多種

〔註105〕 楚驥《閩南方言文學運動》，香港《文藝生活》1949 年第 49 期，第 45 頁。
〔註106〕 陳皮《談客家山歌的唱法》，香港《華商報》1948 年 6 月 24 日，第 3 版。
〔註107〕 華嘉《詩人節講詩》，寫於 1949 年詩人節，收入《論方言文藝》，香港：人間書屋 1949 年版，第 73 頁。

劃分方法。解放區、國統區、淪陷區、孤島區是基礎性分類,各自生長在以上地區的方言詩運動對於農村社會動員有著不盡相同的表現;即便是來自同一地區的詩人對於農村社會動員也持有不同的看法,多種多樣的看法各有其獨特的價值。唯有努力地呈現出此種豐富性與複雜性,才有可能使我們不斷地逼近那段歷史的原貌。

第三節 戰時農村生活的「百醜圖」:方言詩運動對四川農村的藝術化呈現

眾所周知,四川〔註108〕是抗日戰爭時期國民黨最重要的統治地區,即便在進入解放戰爭時期以後,四川依然受到國民黨的高度重視,重慶甚至被制憲國大規定為「永久陪都」,由此可見四川在 1937～1949 年間之於國民黨的重要性。這個原因使得四川農村在國統區農村裏頗具代表性,通過分析四川農村可以觀察國統區農村的某些共同特徵,進而窺探農村社會動員的歷史情景。眾多詩人在方言詩裏表現過四川農村的戰爭景象,這種四川農村書寫構成了以「面向農村」為基本方向的方言詩運動參加農村社會動員的具體實踐。方言詩運動的四川農村書寫可謂是戰時農村生活的「百醜圖」,集中暴露了當時國統區農村的破敗境況,反映了廣大農民的艱難處境和反抗意願。除了四川之於國民黨的特殊行政地位以外,根據筆者目前掌握的資料來看,本時期的方言詩運動以重慶、延安、香港三個地區表現得格外突出,分別聚集了一大批方言詩人,稱之為方言詩運動的三個中心似乎也並不為過,重慶的《新華日報》、延安的《解放日報》、香港的《華商報》堪稱當時發表方言詩最多的三份地方報紙。所以,本文選擇考察方言詩運動對四川農村的藝術化表現,深入挖掘方言詩運動的四川農村書寫的歷史內涵與現實意義,從而進一步理解農村社會動員與方言詩運動的複雜關係。

一、四川農村的「腐敗政權」與「醜惡現實」

羅泅在評價沙鷗的方言詩創作道路之時,指出後者在 1945～1946 年間經歷了一次創作轉變:「由『自我陶醉』的崎嶇山路走向了與群眾同呼吸的康莊

〔註108〕 需要專門說明的是,根據行政區域的劃分,二十世紀三、四十年代的「四川」涵蓋了今天的四川和重慶,因此本文所說的「四川農村」實則包括如今的四川農村和重慶農村。後文不再專門解釋。

大道的起點，從美化『醜惡現實』轉變到了暴露『腐敗政權』，並且能極端詛咒一切不合理的社會現象。」〔註109〕方言詩集《農村的歌》便誕生於這個特殊時期，透過這部詩集可以看到方言詩運動的四川農村書寫的某些特質。就方言詩運動的四川農村書寫而言，「腐敗政權」與「醜惡現實」是兩個被頻繁表現的主題，也是農村社會動員的兩個重要方面，而且二者之間有著密切關係：「腐敗政權」是「醜惡現實」的根源，而「醜惡現實」是「腐敗政權」的體現。四川農村的「腐敗政權」與「醜惡現實」在方言詩運動裏相互交織，共同呈現出四川農民在國民黨統治下的悲慘境況，為當時的農村社會動員做出了貢獻。例如沙鷗的方言詩集《化雪夜》《林桂清》《農村的歌》以及方言長詩《燒村》，野谷的方言組詩《青黃不接的時候》《農村秋景》《清明祭》，以及泥淋的《趕場》、柳沙的《吃飯——農村小輯》、樹青的《糧官麻雀和耗子》、柳一株的《莊稼漢》、青倫的《童謠》、相田的《血和淚》、川北的《五想五恨》、南泉的《小蓮花》等方言短詩，都是反映四川農村景象的作品，起到了農村社會動員作用。

正如之前所說，四川在國民黨的統治體系裏有著重要地位，這跟國民政府遷都重慶有著密切聯繫。在抗日戰爭全面爆發以後，南京國民政府岌岌可危，於1937年10月遷都重慶。在接下來的八年時間裏，「山城重慶一躍成為全國的政治、經濟、文化、軍事中心，成為抵禦日軍的後方總基地。」〔註110〕1946年5月，國民政府遷回南京。1948年5月，國民政府改組為總統府，「國民政府」從此退出中國歷史舞臺〔註111〕。雖然如此，四川在解放戰爭時期依然處在國民黨統治之下，並且在國民黨的政治版圖中繼續佔有重要位置，直到1949年年底中國人民解放軍陸續解放四川各地，國民黨才徹底喪失對四川的控制權。

正是因為四川之於國民黨有著特殊意義，所以我們可以通過分析方言詩運動對四川農村的藝術化呈現來窺探同時期國統區農村的大致風貌，從而進一步理解農村社會動員與方言詩運動的歷史關係。毫無疑問，農村之於四川而

〔註109〕羅泅《沙鷗與方言詩》，貴陽《西南風》1943年第1期，第60頁。

〔註110〕蘇智良、毛劍鋒、蔡亮等編著《去大後方——中國抗戰內遷實錄》，上海：上海人民出版社2005年版，第1頁。

〔註111〕需要專門說明的是，雖然「國民政府」在1948年5月以後不再存在，但是為了方便論述，本文將1937～1949年國民黨的最高官僚機構通稱為「國民政府」。後面不再對之進行專門說明。

言具有重要地位。「四川農民，據國民政府主計處統計局發表的人口為三千八百九十五萬七千人，以全省之六千一百零六萬七千九百八十一人計算，則占全人口的百分之六三點七」〔註112〕，從中可知農民佔據了四川的大多數人口，再加上當時四川工業的欠發達，使得農村問題在四川建設裏佔據著突出位置。雖然四川農村對於國民政府有著重要意義，然而國民政府的統治並沒有令四川農民受惠，反而使他們的生活愈發困難。「保長又來了，／是又帶了那兩個狗子，／披著灰鼠皮的鄉兵，／像鉤命鬼一樣，／陰梭梭地從小胡同口躥進來了」〔註113〕，國家權力被貪腐官員用來謀私，使得四川農村的經濟秩序每況愈下，土地集中現象和糧食統制政策便是由此帶來的兩大惡果。

　　土地集中現象在國統區並不少見，只是在四川表現得格外嚴重。進入抗日戰爭時期以後，淪陷區的農村土地面臨著地主階級和日寇漢奸的兩方面吞噬壓力，大後方的農村土地被人們當作保值增價的恆產而爭相購買。再加上蔣、宋、孔、陳四大家族及其他勢力的土地投機行為，使得大部分土地集中在少數人手裏。土地集中現象使得大量農民失去自己的土地，不得不成為佃農或者雇農。根據相關調查結果顯示，「自耕農耕地面積占百分之而是點九三；佃農耕地面積占百分之七十九點零七」〔註114〕，雖然這是通過抽樣調查得出的結論，卻可以在一定程度上說明土地集中現象帶來的社會惡果。土地集中現象導致農村兩極分化的加劇和社會結構的浮動，中農、富農的數量迅速減少，佃農、雇農的數量急劇增加。進入解放戰爭時期以後，這種情況進一步惡化：「在國民黨統治區，土地集中的趨勢繼續發展，如四川及其他一些地區，地主階級約佔有 80%的土地。」〔註115〕四川早在「防區時代」就已經出現了土地集中趨勢，後來的國民政府統治使之嚴重惡化。土地集中現象致使越來越多的農民迎來破產，不得不依靠租佃過活，而越來越多的土地被聚集在少數權貴階層（尤其是政府官員）手裏：

　　　　四川的地主，擁有數百畝，數千畝乃至數萬畝耕田者是非常普
　　遍，而在少數特殊區域，一個地主竟有田地八十萬畝乃至百萬畝以

〔註112〕趙宗明《四川租佃問題》，重慶《四川經濟季刊》1947 年第 4 卷第 2～4 期合刊，第 46 頁。

〔註113〕默之《保長又來了》，上海《新詩歌》1947 年第 3 號，第 15 頁。

〔註114〕郭漢鳴、孟光宇《四川租佃問題》，重慶：商務印書館 1944 年版，第 15 頁。

〔註115〕張永泉、趙泉鈞《中國土地改革史》，武漢：武漢大學出版社 1985 年版，第 6 頁。

上的。所以說，在川省最肥沃的主要農業區域，佃農及半自耕農要
占到農戶總數的百分之九十左右，或地主所有的土地，要占到耕田
面積的百分之八十左右，是不會離事實太遠的。從而說，四川的土
地集中，是我國各省中最嚴重的省份之一，尤以抗戰以來的發展，
最為顯著。〔註 116〕

　　土地集中現象在方言詩運動的四川農村書寫裏佔有突出位置，反映了四
川農民的生活慘狀。土地集中現象使得眾多四川農民淪為佃農，被迫忍受地主
的經濟剝削，必須繳納高額的佃租，「站在人家田頭薅秧，／看到自己田頭長
草；／窮到不剩一顆口糧，／莊稼朗格做得好！？／老闆大發脾氣：／『莫□
田拖荒□：／你去□外寫地方，／欠租——在押佃上宰。』」〔註 117〕地主為了
實現利益最大化，想方設法地榨取佃農的剩餘價值，因為有著行政庇護的特
權，所以他們可以根據自身需求隨意地更改或廢棄土地租約條款，「老么當兵
無音信，／主人嫌我人手稀，／頭場還說要換佃，／罵我租子未繳清，／再把
老三抽起去，／剩我一人幹不贏。」〔註 118〕再加上國民政府忙於戰爭、疏於
農事，農田水利設施長年失修，導致自然災害發生的次數大為增加，災荒飢饉
使得農民的現實處境更加艱難，「首先是農村破了產，／遍地災荒□不完。／
家家變成窮光蛋，／草根樹皮都吃完，／投河上弔尋短見，／農民個個喊皇天。
／最近偕在催糧款，／徵實只有挖心肝，／壯丁普遍在徵辦，／逼起大家上梁
山。」〔註 119〕四川農民的生活慘狀從根本上說取決於土地集中現象，沒有屬
於自己的土地使得他們不得不接受地主階級的經濟壓榨，也就沒有改變自身
處境的現實路徑。正是因為土地集中現象對四川農民造成的嚴重危害，使之在
方言詩裏時常有所表現，成為方言詩運動引導四川農民參加戰爭的一個著力
點。

　　土地集中現象已經使四川農民苦不堪言，國民政府的糧食統制政策令後
者的生活雪上加霜。為了保證軍糧供應，國民政府強行在四川農村推行以最大
限度地獲取糧食實物為主要目標的「三徵」政策。四川人民的抗戰熱情當然是
毋庸置疑的，他們心甘情願地為抗戰獻糧，但是他們的這份寶貴情感沒有受到

〔註 116〕李紫翔《四川的土地改革問題》，重慶《西南實業通訊》1948 年冬季號，第
　　　　　3 頁。
〔註 117〕樹青《薅秧時節》，重慶《新華日報》1946 年 7 月 13 日，第 4 版。
〔註 118〕柳一株《莊稼漢》，重慶《新華日報》1946 年 10 月 22 日，第 4 版。
〔註 119〕王二黑《勝利一年來》，重慶《新華日報》1946 年 8 月 27 日，第 4 版。

應有的尊重，反而迎來國民政府的進一步壓榨，他們被迫繳納大量糧食，以至其基本生存保障受到了嚴重威脅。雖然四川農民支持戰爭的熱情值得欽佩，但是四川之所以成為「全國提供糧食最多的省份」〔註120〕，主要原因在於國民政府強制推行的徵糧政策。此項政策催生出數量驚人的饑民，用「餓殍遍地」來形容當時的慘狀也並不為過：「1944 年四川已有一支 2000 萬人的災民大軍，成都、重慶平均每日餓死於街頭者在 15 人以上。」〔註121〕作為全國重要的產糧區，四川為抗日戰爭做出了巨大的物質貢獻。根據相關統計，全國在 1941 年至 1945 年間總共徵得 24490 萬市石的糧食，其中「四川出糧最多，中央所得達 8436.67 萬市斤，占全國總數的 31.6%」〔註122〕。然而過度徵實帶來的負面影響也是顯而易見的，它不僅製造了大量饑民，還導致了糧價飛漲。相比於 1937 年，重慶、川西平原在 1941 年的米價分別上漲了 31 倍、26 倍。〔註123〕糧價飛漲使得投機商賈屯糧居奇，加劇了糧食短缺的情形，進而令國民政府加大向農民群眾徵實的力度。簡言之，過渡徵實嚴重傾軋了四川農民的生存空間，導致他們的生活狀況愈發艱難。因此，批判糧食統制政策的現實危害成為方言詩運動進行農村社會動員的一個重要方面。以徵實、徵購、徵借為主幹的糧食統制政策超出了農民的承受範圍，使得他們的現實處境十分糟糕，「秋風起呵好風涼，／田裏莊稼黃又黃。／辛苦一年收成好，／收割起來全家忙。／撻的糧食收滿倉，／送了老闆送軍糧；／上糧納稅全算盡，／剩下窮人肚皮光。」〔註124〕農民明知糧食統制政策的負擔過重，卻又無計可施，他們缺少反抗國民政府壓迫的武裝力量，「憑張墨畫的紙條，／蓋上紅巴巴的印，／說是上頭的『命令！？』……／／喊開門，／撮乾淨，／掃乾淨！／渣渣也不留給你淘神。／／耗子在牆腳眼睜睜的望著，／最後喳喳的叫了幾聲，／她曉得這屋子就要餓死人！？」〔註125〕農民雖然辛勤勞作、省吃儉用，但是他們的

〔註120〕 蘇智良、毛劍鋒、蔡亮等編著《去大後方——中國抗戰內遷實錄》，上海：上海人民出版社 2005 年版，第 390 頁。

〔註121〕 蘇智良、毛劍鋒、蔡亮等編著《去大後方——中國抗戰內遷實錄》，上海：上海人民出版社 2005 年版，第 390 頁。

〔註122〕 《重慶遷都史書系》編委會撰述《國民政府重慶陪都史》，重慶：西南師範大學出版社 1993 年版，第 373 頁。

〔註123〕 《重慶遷都史書系》編委會撰述《國民政府重慶陪都史》，重慶：西南師範大學出版社 1993 年版，第 369 頁。

〔註124〕 野葦《秋風起》，香港《新詩歌》1948 年第 7 輯，第 4 頁。

〔註125〕 泥淋《收糧》，重慶《新華日報》1946 年 6 月 21 日，第 4 版。

勞動果實被迫交給政府，所以他們很難解決一家人的溫飽問題，「田頭的螺螄曬成面面。／人們呀，／就靠一點紅苕種葉救命。／一家人夜夜守在地邊邊，／紅苕葉子好多匹，／大人細娃都數得清清楚楚。」〔註126〕因為糧食統制政策具有法律效應，受到國家行政機構的強力保護，所以農民對於糧食統制政策只能選擇逆來順受。但是他們內心的強烈不滿終將爆發，方言詩運動的四川農村書寫對之進行適時地牽引，從而實現農村社會動員的現實目的。

　　除了土地集中現象和糧食統制政策以外，「腐敗政權」還在四川農村製造出多種其他的「醜惡現實」，這裡不再贅述。綜合而言，國民政府頒布的多項政策給四川農村的經濟秩序造成了巨大破壞，嚴重損害了廣大農民的切身利益，這是方言詩運動能夠起到農村社會動員作用的現實基礎。

二、四川農村與延安農村的鮮明對照

　　有黑暗就會有光明，四川農村越是黑暗，延安農村越是光明，方言詩運動的兩種農村書寫背後隱藏著國共兩黨各自的建設國家方案和農村社會動員策略，詩性的表述底下蘊含著政治的角力。在方言詩運動的農村書寫裏，四川農村與延安農村猶如負正兩極、陰陽兩面，代表著中國農民的兩種不同現實處境，也決定了農村社會動員策略的兩種不同內涵。由國民黨統治的四川農村腐敗而醜惡，實為國統區農村的縮影，身處其中的中國農民苦不堪言、前路無望，這裡通行的農村社會動員策略是竭盡所能地向廣大農民索取作戰資源（包括物力、財力和人力）；由共產黨領導的延安農村民主而明朗，實為解放區農村的剪影，身處其中的中國農民自由平等、滿懷希望，這裡通行的農村社會動員策略是因時制宜地引導廣大農民積極參與到戰爭進程之中。由於中國農民在國統區農村和解放區農村的處境大相徑庭，所以他們對待共產黨與國民黨的態度自然相去甚遠。「蔣介石二流子，／害的窮人苦難說，／一心想逃來晉西北，／又有穿來又有吃」「學會紡學會織，／救命大恩人毛主席，／一切的困難都解決，／早些死了蔣介石」〔註127〕，反對國民黨、支持共產黨的政治立場已經昭然若揭。之所以會出現此種情形，跟國共兩黨採取的不同農村政策息息相關。

〔註126〕野谷《青黃不接的時候》，重慶《新華日報》1946 年 8 月 8 日，第 4 版。
〔註127〕牛吉文《周元保為什麼編歌子》，延安《解放日報》1945 年 8 月 6 日，第 4版。

「兩黨的爭論，就其社會性質說來，實質上是在農村關係的問題上」〔註128〕，從中可知國民黨之所以失敗，主要是因為在處理農村關係上的失敗；共產黨之所以成功，主要是因為在處理農村關係上的成功。不同農村政策導致了共產黨與國民黨在處理農村關係上所取得的不同結果，並且影響了它們的農村社會動員策略在廣大農民中間所取得的實際成效。

雖然國民黨宣稱堅持「以農立國、以工建國」的建設方針，但是沒有真正地實行類似於「減租減息」的為農民減輕賦稅負擔的惠民政策，農民的生活狀況日益困難，農村關係日漸緊張，農村社會動員策略的收效自然並不理想。自從太平洋戰爭爆發以後，原本已經脆弱不堪的國民政府經濟狀況日漸困窘，為了緩解財政危機，國民政府從 1940 年初期開始實行「田賦徵實」的增收政策，使得廣大農民的現實處境愈發艱辛。抗日戰爭結束以後，國民政府意識到了農民的賦稅過重，於是宣布免去 1945、1946 兩年的田賦，然而人民群眾被強制要求進行「獻金」「獻糧」「勸售」等經濟行為，他們由此損失的財物其實超過了原先的田賦。〔註129〕方言詩運動的四川農村書寫多次以之為主題，表現農村關係愈發緊張的情形，動員廣大農民投身到反抗國民政府統治的戰爭之中。「風車□糾糾的立在地壩頭，／張起像簸箕樣大的口，／呼呀！呼的吼，／像個挨餓的人在哭。／趙老爺在旁邊咕噥：／『你不肯打重；／三斗我照兩斗收……』／車屁股堆起穀殼像山坡，／十幾年的主客咯，／佃客硬是沒有便宜過！」〔註130〕，地主從佃租、收租、借貸等多個環節壓榨農民血汗，缺少法律保護的農民只能忍氣吞聲，然而他們與地主之間的矛盾日漸激化。隨著農民的生活狀況越來越惡劣，他們對地主階級的仇恨自然是與日俱增的，農村關係愈發得不穩定，「叮咚！／叮咚！……／像個重病的老農，／一聲二聲的呻吼，／整天的『酒、肉、飯、工……』／起碼要繳一萬多，／五六天的叮咚！／三十石穀才撻得脫，／繳清老爺的租，／剩下自己有幾顆，／繳出八萬多。／賣石穀，／本錢也換不進手，／拉的賬，／自己朗格有法登得脫？」〔註131〕在

〔註128〕毛澤東《論聯合政府》，寫於 1945 年 4 月 24 日，收入《毛澤東選集》（第三卷），北京：人民出版社 2008 年版，第 1077 頁。

〔註129〕陸仰淵、方慶秋主編《民國社會經濟史》，北京：中國經濟出版社 1991 年版，第 843 頁。

〔註130〕泥濘《□租——農村生活速寫之一》，重慶《新華日報》1946 年 10 月 6 日，第 4 版。

〔註131〕泥濘《撻穀——農村生活之一》，重慶《新華日報》1946 年 8 月 23 日，第 4 版。

這種情形下，農民為了謀求生存的希望，勢必會揭竿而起，發動集體性的武裝
鬥爭，反抗既有的農村社會體制，「世道亂得很，／到處出搶案。／鄉長說就
是窮人在造反。／要照哨！／要提倒殺！」〔註132〕農民覺醒革命意識是由多
種因素造成的，方言詩運動的農村社會動員功效在其中起到了作用。

　　相比之下，共產黨高度重視農村關係，為了盡量爭取可以團結的社會力
量，適時推出「減租減息」的土地政策，以便緩和農民與地主之間的矛盾，「這
個讓步是正確的，推動了國民黨參加抗日，又使解放區的地主減少其對於我們
發動農民抗日的阻力。」〔註133〕在複雜的農村關係中，共產黨首要看重的是
農民，把後者視為「中國工人的前身」「中國工業市場的主體」「中國軍隊的來
源」「現階段中國民主政治的主要力量」「現階段中國文化運動的主要對象」等
〔註134〕。這種指導思路使得共產黨始終以農民的根本利益為出發點，因而能
夠獲得農民的支持，其農村社會動員策略也可以獲得不錯的效果。這一點在方
言詩運動裏同樣時有體現，旨在將共產黨的農村社會動員策略傳播開去。「三
坰洋芋九坰穀，／畝半棉花要種足，／再把公糧揹種上，／超過計劃二坰五」
「今年的生產大號召，／那一個百姓不說好；／又利公來又利家，／日子愈過
愈美紫」〔註135〕，共產黨在政黨利益與農民利益之間實現了巧妙的平衡，根
本利益得到了保障的農民自然會熱情稱頌共產黨的領導。長此以往，共產黨不
但會成為農民利益的「代言人」，也會成為組織廣大農民進行戰爭的領導力量。
「羊群走路靠頭羊，／陝北起了共產黨」「草堆上落火星大火燒，／紅旗一展
窮人都紅了」〔註136〕，這首詩便表現出農民對共產黨的信任和支持。相比農
民食不果腹的四川農村，延安農村不僅能夠滿足農民的物質生活要求，還可以
滿足他們的精神文化需要。「張鎖帶著婆姨娃／三人邊走邊拉話／棉苗就是搖
錢樹／棵棵能結銀圪墶」「張鎖帶著婆姨娃／三人邊走邊拉花／狗娃狗娃不要
鬧／長大念書學文化」〔註137〕，這種情形在國民黨統治下的四川農村幾乎是
不可想像的。正是因為農民的物質生活要求和精神文化需要都得到了滿足，所

〔註132〕野谷《農村秋景》，上海《新詩歌》1947年第3號，第8頁。
〔註133〕毛澤東《論聯合政府》，寫於1945年4月24日，收入《毛澤東選集》（第三
　　　　卷），北京：人民出版社2008年版，第1076頁。
〔註134〕毛澤東《論聯合政府》，寫於1945年4月24日，收入《毛澤東選集》（第三
　　　　卷），北京：人民出版社2008年版，第1077～1078頁。
〔註135〕寒楓《農民謠》，延安《解放日報》1943年7月24日，第4版。
〔註136〕李季《王貴與李香香》，延安《解放日報》1946年9月23日，第4版。
〔註137〕羽明《勤快的張鎖夫婦》，延安《解放日報》1946年8月8日，第4版。

以農民更加支持共產黨的戰時方針政策，共產黨的農村社會動員策略也能夠取得理想的成效。

上文已經提到共產黨與國民黨之間的分歧的實質是農村關係，而農村關係實際上要落實到土地問題上。金德群的《民國時期農村土地問題》一書指出共產黨與國民黨在 1920 年代到 1940 年代之間，「曾有兩次合作、兩次分裂的經驗教訓，深究其源，都與農民土地問題有密切的關係」〔註138〕，由此可見土地問題之於國共鬥爭的重要性。進而言之，共產黨與國民黨各自頒布的土地政策決定了它們之間的相處狀態以及中國農民對待它們的不同態度，也決定了它們的農村社會動員策略能否取得令人滿意的效果。「國民政府的戰時土地政策，打的雖然是孫中山平均地權、耕者有其田、實行民生主義的旗號，實質上，這些綱領政策的著眼點僅僅是為了增加地價稅的收入，以充實戰時財政，沒有、也不可能真正解決民生問題」〔註139〕，國民黨在國統區施行的土地政策沒有保障農民的合法權益，反而使他們陷入到無窮無盡的賦稅、田租、欠款之中，方言詩運動對於這一點有著深入觀察。「這間破屋不需要你了，／耗子早已餓得搬了家，／你主人欠租又欠款，／進了又濕又臭的卡。／白天看不到一絲太陽，／三天五天不見茶水，／耗子當他是死屍，／啃著他底手腳，頭髮」〔註140〕，野谷的方言詩《貓》表現出四川農民的生活慘狀，來自政府和地主的雙重經濟壓力使得他們一貧如洗，甚至是負債累累，最終被迫走上絕路。此種情形下的農村關係十分緊張，導致國民黨的農村社會動員策略收效甚微。跟國民黨迥然不同，共產黨在解放區推行的土地政策真正捍衛了農民的根本利益，「減租減息政策主要表現為一項社會改良措施，沒有徹底改變農村的社會性質，但它所造成的農村土地佔有狀況的變化也是很大的，呈現出從地主富農手中向貧雇農手中轉移的趨向」〔註141〕，即便是看似較為溫和的「減租減息」政策也在很大程度上保障了農民的合法權益，方言詩運動對於這一點也有著細緻描述。「春耕裏，開荒地／一堆糞來一堆金／夏裏草，多鋤耘／一陣雨水一陣銀／村上村，親上親／變工扎工一條心／學習吳滿有／學習申長林／多

〔註138〕金德群《民國時期農村土地問題》，紅旗出版社 1994 年版，第 5 頁。
〔註139〕虞寶棠編著《國民政府與民國經濟》，上海：華東師範大學出版社 1998 年版，第 323 頁。
〔註140〕野谷《貓》，重慶《新華日報》1946 年 6 月 4 日，第 4 版。
〔註141〕徐建國《減輕封建剝削：抗日戰爭時期的減租減息》，石家莊：河北人民出版社 2015 年版，第 310 頁。

生產呀為自己為邊區」〔註142〕，延安農民受到的經濟壓力遠遠小於四川農民，因為他們表現出更高的勞動積極性，農村關係也較為和諧，共產黨的農村社會動員策略自然可以取得更好的成效。

　　整體而言，國民黨雖然早已提出「平均地權」「耕者有其田」等口號，卻在二十世紀三、四十年代裏沒有真正實行過，農民對土地的渴望從未得到正視，農民的基本權益也沒有得到保護，使得其農村社會動員策略始終沒有受到農民的歡迎。雖然共產黨在抗日戰爭時期實行的是「減租減息」的過渡性政策，卻也在很大程度上減輕了農民的經濟負擔，進入解放戰爭時期以後不久便開展「耕者有其田」的土地革命更是幫助廣大農民實現了擁有土地的理想，所以其農村社會動員策略能夠發揮宣傳作用。「耕者有其田」的古老夢想是支撐著中國農民參加戰爭的精神信仰，順之者得道多助，逆之者失道寡助，共產黨的勝利、國民黨的慘敗便根源於此。

　　共產黨與國民黨在處理農村問題上採取的不同策略，造成了四川農村與延安農村的不同景象，也導致了中國農民對它們的不同態度，亦致使了兩種農村社會動員策略的不同成效。相比延安農村的祥和平靜，四川農村則顯得危機四伏。希昭在《中國經濟殖民地化的一年》一文裏描述了國統區農村的歷史景象，四川農村的動亂局勢在其中顯得格外突出：

　　　　徵糧徵兵以外，農村中固有的封建剝削，如地租、高利貸，商業資本、苛捐雜稅，都一齊在加緊，種種壓迫，使農民不得不鋌而走險。據報載材料，卅五年五六月來，僅浙江、安徽、廣東、湖南、四川、貴州、雲南、山東、綏遠等九省，參加民變的農民已達二十萬人以上。四川民變所及達三十多縣，——川東、川南、川北、甚至重慶和成都附近都發生民變；廣東民亦有二十七縣，遍及全省三分之二的地區；湖南民變起於政府強迫徵糧；浙江民變都在沿海一帶，除了當地農民外，甚至還有軍人參加，並附有美式武器。〔註143〕

　　方言詩運動對四川農村的動亂景象也有所反映，以便幫助廣大農民認識到自身苦難的根源，動員他們積極參與到戰爭進程裏。例如在《血和淚》一詩裏，王二一家飽受官員和地主的欺凌，看著家人陸續慘遭毒手，王二最終選擇

〔註142〕清娃《生產謠》，延安《解放日報》1943 年 10 月 21 日，第 4 版。
〔註143〕希昭《中國經濟殖民地化的一年》，《群眾》1946 年第 13 卷第 11〜12 期，第19 頁。

奮起反抗。「王二轉家理喪情，／腰中菜刀悄帶定，／一心要去殺仇人，／張
保長一刀喪了命，／文三爺刀下了殘生，／然後抽刀來自刎，／鮮血染紅地埃
塵，／雖然一命拼二命，／心中怨氣總算申」〔註144〕，雖然王二最後恐怕難
逃一死，但是他的悲慘故事顯示出農民的革命意識已經覺醒。在延安農村裏，
農民不但不會發動反對共產黨的革命運動，反而會聽從共產黨的指揮進行武
裝鬥爭，由此可見共產黨在農村社會動員方面的成效。武裝鬥爭是中國民主革
命的主要鬥爭形式，也是克敵制勝的三大法寶之一。在二十世紀上半葉的中
國，武裝鬥爭的實質是農民戰爭，農民在其中起著主導性作用。爭取農民的廣
泛支持，動員農民的參戰熱情，是共產黨領導中國革命的安身立命之本，也是
國民黨從（中國大陸）政治舞臺黯然退場的根本癥結。方言詩運動對延安農村
的革命氛圍也有所呈現，例如在《農民謠》一詩中，共產黨深受廣大農民的熱
情擁戴。「石榴樹上開紅花，／邊區就是咱的家；／誰敢動它一星土，／咱拿
性命保衛它」〔註145〕，農民把自己的安穩生活跟共產黨的領導緊密聯繫在一
起，所以他們願意為了維護共產黨的領導而投入到戰爭之中。

　　概言之，方言詩運動所呈現出來的四川農村與延安農村的歷史景象之所
以有著如此顯著的差別，主要是由共產黨與國民黨在處理農村問題上採取的
不同政策所決定的，這一點從根本上影響了它們的農村社會動員策略能否取
得預期效果。無論是在農村關係問題上，還是在農民土地問題上，抑或是在其
他農村問題上，農民往往成為國民黨頒行大政方針的犧牲品，共產黨卻能保護
農民的根本利益，所以出現了四川農村動盪不安、延安農村平靜和諧的迥異景
象，兩個政黨在農村社會動員上的實際收效也大有不同。方言詩運動的農村書
寫所表現出來的兩種不同農村景象既表徵著國共兩黨的意識形態爭奪，也象
徵著它們各自的國家建設思路和農村社會動員策略，從中可以觀察到豐富的
歷史信息。

三、呈現四川農村的藝術技巧

　　方言詩運動在明確了四川農村書寫的大體方向和基本立場以後，接下來
要面對的問題是運用何種形式將設想中的四川農村進行藝術化呈現，以便在
四川農民中間獲得認可，從而在農村社會動員裏發揮作用。這不僅僅是形式上

〔註144〕相田《血和淚》，重慶《新華日報》1947年2月7日，第4版。
〔註145〕寒楓《農民謠》，延安《解放日報》1943年7月24日，第4版。

的問題，也是內容上的問題，直接關係到方言詩運動的實際傳播效果和農村社會動員成效。詩人對之進行了多番探索，試圖找到一條表現四川農村生活、宣傳農村社會動員政策、受到四川農民歡迎的方言詩創作道路。

暫且不論寫作手法，方言詩運動的四川農村書寫想要獲得四川農民的認同，首要條件是保證情感的真切、景象的真實。能否保證這一點，直接關乎方言詩運動的農村社會動員成效。「有些朋友說，『這樣的詩，也許四川人讀了，倍覺親切，但下江人就讀不下，如果把這冊詩搬到其他的地方怕問題就大了！』其實問題並不在這裡，主要的是看作者能否用四川方言表現了四川農民的生活，農村的真實情景，以及農民在患難困頓生活中的苦痛，憤恨，希望等。」〔註146〕只有做到了這一點，然後才有討論寫作手法的必要。然而想要在方言詩裏表達四川農民的真切情感、反映四川農村的真實景象，並非是一件容易的事情，需要詩人經歷艱辛曲折的探索。「作者的態度是以一個旁觀者身份在寫這些詩的。詩裏面看不到詩人的情緒是與農民的情緒有什麼互通或互感的地方。這也許由於作者在生活的理解上距離農民生活太遠的原故」〔註147〕，類似的批評並不鮮見，從中可以看出知識分子出身的詩人在感受與書寫四川農村生活上的難度和挑戰。這方面的困難限制了方言詩運動的讀者認可度和農村社會動員功效。為了保證方言詩運動的四川農村書寫可以達成情感的真切、景象的真實，詩人需要主動放低姿態，暫時懸置既往的思維模式和知識結構，深入體驗四川農村的生活，切實感受四川農民的情感：「只要我們肯把自己的架子放下來，到農村去，去熟悉各種人，熟悉這些人的事情，去研究各種人，研究這些人的事情，與他們在一起，為他們作事情，或進而參加他們的勞動，跟他們熟起來，由熟到友愛，由友愛到深厚的感情，再在這一過程中，檢討自己，批判自己，這樣，農人一定會被我們理解的。」〔註148〕唯有如此才能在方言詩裏表達四川農民的真切情感、反映四川農村的真實景象，從而讓方言詩運動取得令人滿意的農村社會動員效果。

概言之，在思想情感上實現從知識分子到農民的轉變，從而確保作品裏情感的真切、景象的真實，這是方言詩運動的四川農村書寫取得四川農民認可、

〔註146〕王亞平《方言、歌謠與新詩：兼評沙鷗〈農村的歌〉及索開〈荒原的聲音〉》，重慶《青年知識》1946年第2卷第1期，第22頁。

〔註147〕葉逸民《方言詩的創作問題——評沙鷗著〈化雪夜〉》，重慶《新華日報》1946年8月15日，第4版。

〔註148〕沙鷗《關於方言詩》，重慶《新華日報》1946年11月2日，第4版。

發揮農村社會動員效用的前提條件。只有做到了這一點，寫作技巧才能成為方言詩運動的一種助力。這是從創作心理上對詩人提出的前提性條件，也是從藝術技巧上對詩人提出的基礎性要求。除此之外，詩人在方言詩裏呈現四川農村的時候還應該運用哪些藝術技巧呢？在眾多四川方言詩人裏，沙鷗對此一方面的探索用力最勤，不但發表了一系列與之相關的理論文章，而且推出了一大批頗受好評的方言詩。通過分析沙鷗的創作經歷，可以管窺當時四川方言詩人是如何表現四川農村的，也可以觀察農村社會動員與四川方言詩運動的歷史關係。

　　沙鷗大概從 1940 年代中期開始創作以四川農村生活為題材的方言詩，他在《關於方言詩》裏有過這方面的自述：「一九四四年的暑假，我去離重慶不遠的馬王坪農村舅父家裏。這年和第二年的寒假，又去了萬縣白羊坪的山區農村。農民的窮苦生活和悲慘命運，把我帶到一個全新的題材的天地。我開始用四川農民的語言來寫農民的苦難。」〔註 149〕沙鷗以四川方言詩的形式來描寫農村生活在當時中國詩壇可謂是一種創舉，同時也為農村社會動員起到了意想不到的作用。整體而言，沙鷗雖然是一名知識分子出身的詩人，然而他對四川農村的藝術化呈現得到了認可。譬如在吳視看來，正如馬凡陀為反映市民生活的詩歌創作開拓出了一種新的可行路徑那樣，沙鷗的一大功績便是為反映農民生活的詩歌創作探索出了一條新的發展道路，「沙鷗替方言詩，——窮苦的中國農民自己的詩，開闢了一條大道於前」〔註 150〕，得益於沙鷗的創作經驗，此後詩人在進行同類題材的詩歌創作時有了可供參考的詩歌範本，尤其是在處理知識分子的思想情感問題方面具有特殊價值。這種觀點在當時頗具代表性，《新華日報》在為沙鷗的方言詩集《農村的歌》製作的預售通告裏介紹「這是作者以農村為題材的創作詩集，用農村特有的語言，寫出了廣大人民的痛苦，歡愉，以及在地主、惡吏鞭笞下抗鬥的情景，他給新詩開創了一條新的道路」〔註 151〕，這段話同樣指出了沙鷗在反映農民生活的詩歌創作方面的開創性貢獻。邵子南持有相似的觀點，他在《沙鷗的詩》一文提出「沙鷗是一個

〔註 149〕沙鷗《關於我寫詩》，寫於 1980 年 8 月，收入止菴編《沙鷗談詩》，北京：首都師範大學出版社 1996 年版，第 92 頁。
〔註 150〕吳視《暗夜裏——〈生命的零度〉讀後》，上海《新詩歌》1947 年第 5 號，第 9 頁。
〔註 151〕《春草詩叢第三種：農村的歌》，重慶《新華日報》1945 年 12 月 22 日，第 1 版。

知識分子，但他勇敢地採取了用方言寫農民的方向」〔註152〕。值得注意的是，沙鷗格外注重描繪四川農村的冬日景象。對於農民而言，冬天是一年之中最為難熬的季節，不僅受到飢餓的威脅，還要面對寒冷的折磨，因此沙鷗經常描寫寒冬裏的四川農村。「她望住天，天上灰普普的在落雪，／她眼睛水流在臉上又流進嘴裏，／鬼也莫得一個來問一聲這老婆婆呵」〔註153〕，「劉老么在洞裏死了，／單薄衣裳熬不住冷，／大太陽天他邊打抖抖」〔註154〕，「是去年冬天一個夜晚，這夜好冷！／風吹在臉上像刀刀在刮，／十根指拇都像雪條一樣冷冰冰」〔註155〕，冬日的農村不斷齧噬著農民最後的生存希望，然而逼死農民的並不只是寒凍，更是令他們日漸困苦的國民政府統治。沙鷗的詩集《農村的歌》和《化雪夜》可謂是方言詩運動踐行「面向農村」口號的代表作，起到了農村社會動員作用。沙鷗於北風凜冽的四川農村裏放歌，將批判的矛頭對準農民悲劇的製造者，將農民的慘狀公布於世，為農村社會動員貢獻力量，所以沙鷗堪稱是「四川農村的歌者」。沙鷗之所以能夠在表現四川農村上取得被世人公認的成就，其中的一個重要原因是他從四川農民的實際情況出發，汲取了四川民間文學的養分，努力以四川農民「喜聞樂見」的藝術形式呈現出四川農村的歷史形態。沙鷗曾經坦陳其方言詩創作受到過民間歌謠的影響，「我寫的有短的抒情詩和小敘事詩，有的也受到四川及西南民歌的影響」〔註156〕，除了民間歌謠以外，其他四川民間文學也對之起到過作用。不僅如此，沙鷗的方言詩並非沿襲四川民間文學傳統，而是在繼承的基礎上有所損益，儘量做到貼合當時四川農民的審美需求，因而能夠被視為文學形式試驗的代表性成果〔註157〕，同時還能受到普通讀者的廣泛歡迎，在農村社會動員裏發揮作用。

通過分析沙鷗的創作經歷，可以看到四川民間文學之於方言詩運動的深刻影響，也可以看到農村社會動員與方言詩運動的歷史關係。綿延千年的四川民間文學傳統對四川農民的審美趣味和鑒賞方式有著根深蒂固的影響，敘事性、抒情性、音樂性是最被看重的三個質素，這種狀況在很大程度上影響了四

〔註152〕邵子南《沙鷗的詩》，重慶《新華日報》1946年8月19日，第4版。

〔註153〕失名《化雪夜》，重慶《新華日報》1945年4月25日，第4版。

〔註154〕沙鷗《冬日詩抄》，重慶《新華日報》1947年1月18日，第4版。

〔註155〕沙鷗《一個老故事》，《化雪夜》，重慶：春草社1946年版，第36頁。

〔註156〕沙鷗《關於我寫詩》，寫於1980年8月，收入止菴編《沙鷗談詩》，北京：首都師範大學出版社1996年版，第92頁。

〔註157〕陳湧《三年來文藝運動的新收穫》，延安《解放日報》1946年10月19日，第4版。

川作家選擇的寫作策略。「在四川，能深入民間，抓住廣大觀眾的是高腔戲；而最能抓住更廣大的讀眾和聽眾的則是故事唱本」，周文著眼於此，指出發展方言文學運動才是在四川推行文藝大眾化的正確路徑：「文學大眾化這口號已提出多年了，但實際能夠做到的實在有限得很，這是不可否認的事實。我看只有方言文學，地方文學的提出，才能實際得到解決。」〔註158〕作為方言文學運動的重要組成部分，方言詩運動在統籌敘事性、抒情性與音樂性，推進文藝大眾化方面有著得天獨厚的優勢，因而被賦予了很高的期望：「一篇詩要緊的是有故事性，農村是受地方戲，唱本的影響很深的地方，在鄉場上有時辦什麼會，農人都切望著有戲或『團飯』出現。他們更受著口頭文藝的傳統影響，因此，一篇詩內有故事，他們是比較容易接受。」〔註159〕實際上，方言詩運動的確推動了文藝大眾化的發展進程，譬如林燕認為「作為大眾化的創作方法的實踐，化雪夜的作者沙鷗所選擇的方向是正確的」〔註160〕，從中可見方言詩運動在文藝大眾化裏起到的作用。在敘事性、抒情性、音樂性的關係網絡裏，敘事性被四川方言詩人擺在了首要位置，「在方言詩的發展中，小情節的歌唱應該是次要的，敘事的是應該屬於第一，但這是的敘事不是千萬行的大部頭，而是不太長的，農人便於背誦的」〔註161〕，從中還可以看出為了方便農民吟誦，方言詩的篇幅不宜過長。這表明方言詩運動雖然強調敘事性，但是並不主張連篇累牘式的大部頭敘述，以便令之更易於被農民接受。詩人在有限的篇幅裏以帶有抒情性與音樂性的文字講述一個相對完整、生動的故事，想要真正做到這一點並非易事。眾所周知，詩歌與小說是兩個不同的現代文體，詩歌側重於抒情，而小說偏重於敘事，雖然有時出現錯位越界的情形，生出「敘事詩歌」和「詩化小說」之類的名目，但是此種區分方法大抵可行。中國民間文學歷來注重敘事技巧，四川民間文學也是如此，這種文學傳統不可避免地影響到四川詩人的方言詩創作，使得方言詩運動呈現出敘事化傾向。為了讓方言詩運動受到廣大農民的歡迎，從而在農村社會動員裏起到更大作用，「唱本」「小調」「謠歌」「活報詩」「金錢板」「四川花鼓」等四川民間文學形式被運用到方言

〔註158〕周文《唱本‧地方文學的革新》，漢口《文藝陣地》1938年第1卷第6期，第176、178頁。

〔註159〕失名《關於詩歌下鄉》，重慶《新華日報》1945年4月14日，第4版。

〔註160〕林燕《新的內容與新的形式——論沙鷗的化雪夜》，慈北《新文藝》1947年第2期，第25頁。

〔註161〕沙鷗《論方言詩之發展》，重慶《詩歌月刊》1946年創刊號，第4版。

詩的創作實踐當中，使得方言詩帶有敘事特徵。其中，「金錢板」尤其值得關注。「金錢板」又被稱為「金劍板」「金簽板」「三才板」等，是流行於四川的一種民間曲藝形式，通常使用三塊竹板配合著演唱，「解放前，由於反動統治階級的輕視、歧視，金錢板不能登大雅之堂」〔註 162〕，卻頗受當地人民的歡迎。由於金錢板在底層人民裏比較流行，所以它被運用到方言詩創作之中也是順理成章的事情。王二黑的《勝利一年來》、田家的《張二嫂搬家》、相田的《血和淚》、寒松的《怪新聞》、老粗的《稀奇古怪多得很》等方言詩在發表之時都被明確地冠以「金錢板」或「時事金錢板」的名號，而老粗的「金錢板」風格特異，頗受時人關注，「重慶惟一通俗化雜誌《活路》，其中老粗的金錢板，有《李有才板話》之風。」〔註 163〕老粗的《稀奇古怪多得很》《我們不能打了》《十八怪》等方言詩都可以被冠以「金錢板」的稱謂，都帶有敘事性，也起到了農村社會動員作用。例如《我們不能打了》一詩以第一人稱視角講述一位四川農民在戰爭中的悲慘經歷，他原本是一名農民，被國民政府強行徵兵入伍，在部隊裏過得苦不堪言，留在故鄉的家人飽受當地官員和地主的侵凌，不得不靠乞討度日，因此他只希望戰爭早點結束，然後回家務農，可惜接踵而來的內戰打碎了他的幻想，他卻不願再為國民政府持槍上陣，並且警示大家「這個仗火不能打，兄弟快把槍放下，／白送命，／那才傻瓜。／那才傻瓜」〔註 164〕。整首詩以講故事的口吻娓娓道來，呈現出四川農民在國民黨統治下的淒涼處境，飽含著他們的生存熱望與反抗情緒。然而有人認為老粗金錢板的敘事性還是不足，並且影響了四川農民對它們的閱讀和接受，「老粗君的時事金錢板，我是把它和詩等量齊觀的。它最大的特色就是有豐富的民間語言，我相信，假如它進一步把那些題材故事化，那一定更是『老百姓喜聞樂見』的東西」〔註 165〕，從中可以看到詩人對方言詩的敘事性是何等的看重，也可以看得到方言詩運動主動適應農村社會動員的努力。〔註 166〕

〔註 162〕鄒忠新《金錢板表演與寫作》，成都：四川文藝出版社 1985 年版，第 2 頁。

〔註 163〕《通信》，上海《新詩歌》1947 年創刊號，第 18 頁。

〔註 164〕老粗《我們不能打了》，重慶《新華日報》1946 年 8 月 7 日，第 4 版。

〔註 165〕燕君《關於詩》，重慶《新華日報》1946 年 6 月 7 日，第 4 版。

〔註 166〕除了金錢板之外，在四川民間文學裏，民間歌謠對四川詩人的影響同樣顯著，他們主張運用民間歌謠形式來創作方言詩，以便儘量爭取四川農民的認可。「今天的方言詩的形式，還是知識分子的，它與謠歌的距離太遠了，農人在農村中，他們常常與小調唱本，歌謠接觸的，而他們又時時創造著歌謠之類的東西，這說明了，這一民間文藝的形式在他們的意識上有著很深的傳統的

　　概言之，四川民間文學對方言詩運動的四川農村書寫產生過重要影響，舊的文學傳統被賦予了新活力，多種多樣的民間文學形式被詩人創造性地運用，使得方言詩運動深入到四川農民中間，起到了農村社會動員作用。從方言詩運動的學習對象來看，不僅有四川民間文學在內的中國本土文學資源，還有外國文學資源在發揮作用。「四十年代中期，我用四川方言寫農民的苦難與貧窮。當時，我正在探索如何寫得更深沉、更動人，找著了涅克拉索夫的《在俄羅斯誰能快樂而自由》和《嚴寒，通紅的鼻子》。我如獲至寶」﹝註167﹞，從中可以看出包括涅克拉索夫在內的外國詩人對沙鷗創作農村題材的方言詩起到過重要作用。沙鷗的這種情況並非特例，不少四川詩人的方言詩創作都受到了外國文學的影響，所以外國文學資源與方言詩運動的四川農村書寫之間的內在關係也是一個值得關注的話題，兩者的結合同樣源自農村社會動員的現實需要。

　　綜上所述，四川在二十世紀三、四十年代國民黨的政治版圖裏始終佔據著重要位置，處在高密度的國家行政力量之中並沒有給四川農民帶來應有的「盛世氣象」，反而令四川農村成為戰時農村生活的「百醜圖」，亦成為當時國統區農村衰敗景象的縮影。方言詩運動在四川興盛一時，並且以多種藝術技巧呈現出四川農村的歷史面貌，不僅踐行了方言詩運動向來堅持的「面向農村」的基本方向，而且表現了四川農民對國民黨黑暗統治的強烈不滿，還讓方言詩運動在農村社會動員裏發揮了作用。在四川農民怨聲載道的歷史情形裏，可以感受到共產黨的農村社會動員策略在發揮積極作用，也可以預料到國民黨的農村社會動員策略終將迎來徹底破產。此外，從當時中國社會的實際情形來看，不僅四川的農業深受國民政府統治的危害，而且四川的工業同樣不能幸免，甚至是有過之而無不及，「四川中小工業聯合會原有會員 1200 家，已關閉 80%；工業協會渝分會的 470 餘家會員廠，停工了 2／3；遷川工聯會原有 390 家，

影響，我們的方言詩，只有在形式上與民間的謠歌的形式融氣，才能得到他們的喜愛」，從中可以看到詩人對民間歌謠的重視，試圖把四川農民喜愛的民間歌謠形式運用到方言詩創作之中，而且這種創作思路被視為方言詩運動未來的發展道路，「用具體的形象的方言，以詩人改造了思想的情感去掌握的農村的主題通過與民間歌謠形式接近或融合的形式，完整的敘事，將是今天的方言詩的一個發展。」（沙鷗《論方言詩之發展》，重慶《詩歌月刊》1946 年創刊號，第 4 版）民間歌謠與方言詩運動的歷史關係非常複雜，上一章已經專門討論過此一話題，這裡只是點到為止。

﹝註167﹞沙鷗《我與外國詩》，寫於 1992 年 1 月，收入止菴編《沙鷗談詩》，北京：首都師範大學出版社 1996 年版，第 473 頁。

現僅存 100 家，開工者僅 20 家；製革業原有 432 家，停工達 200 家；機器業原有 372 家，僅存 182 家，且均係半生產狀態」〔註 168〕，這是截止到 1946 年底的基本情形，此後三年的四川工業可謂每況愈下。四川工業的蕭條嚴重拉低了四川人民的生活水平，還阻礙了四川農業的發展進程。四川工業與四川農業的關係在方言詩運動的四川農村書寫裏同樣有所體現，進一步彰顯出國統區農村的頹敗景象，這方面的藝術化呈現也幫助方言詩運動在農村社會動員裏起到了作用。

小結

　　在二十世紀三、四十年代裏，由於農村在中國社會裏佔據著的主導性地位，所以農民必然成為戰時動員的重點對象。與之相應的，農村社會動員成為戰時動員的重要組成部分，直接關係著後者的群眾基礎。為了方便農村社會動員的開展，下鄉運動在這片戰爭紛飛的土地上反反覆覆上演。受此影響，方言詩運動提出以「面向農村」作為發展的基本方向，一直探索著如何才能創作出更加契合廣大農民需要、更具農村社會動員效用的方言詩，從而在戰時動員裏起到更大作用。然而「認識」與「實踐」是兩個大不相同的環節，種種因素始終困擾著詩人的方言詩創作，阻礙著方言詩運動在農民中間的進一步傳播。「我們這類城市裏的知識分子的生活方式與他們之間有很深的鴻溝，在思想上也有很大的差異，我們去熟悉他們，首先要在自己的思想情感及生活習性上作殘酷的自我鬥爭，這鬥爭勝利完成，便與他們的思想與生活一致，否則，他們會害怕我們，懷疑我們，或者來迎合我們，以下望上的來『尊重』我們」〔註169〕，從中可以窺探方言詩運動在踐行「面向農村」之時所遇到的現實難題，此種困難制約了方言詩運動的農村社會動員實效。雖然如此，詩人從未放棄過對擴大方言詩運動的實際影響範圍和農村社會動員作用的理論探索，他們從各自的生命體驗出發進行著多種多樣的詩學實驗，試圖找到將方言詩運動與讀者對象聯繫得更為緊密的創作方法，從而幫助方言詩運動在農村社會動員裏發揮出更大作用。「不僅僅需要各種不同的方法使方言詩大批地迅速地達到

〔註 168〕陸仰淵、方慶秋主編《民國社會經濟史》，北京：中國經濟出版社 1991 年版，第 834 頁。

〔註 169〕失名《關於詩歌下鄉》，重慶《新華日報》1945 年 4 月 14 日，第 4 版。

農村，而且，我們還希望有無數的『方言朗誦詩人』出現，配合方言詩的寫作者，在各個不同的地域，用各種不同的方言，使廣大的為分土地而戰鬥的千萬農民得到鼓舞，得到安慰，使千萬的農人更英勇，更積極地毀滅蔣政權的最後的統治」〔註 170〕，這段話蘊含了豐富的信息，一方面點明了方言詩運動在解放戰爭時期的主要政治任務之一是批判國民黨的反動統治、反映農村社會的現實情景，動員廣大農民參與到戰爭之中；另一方面指出了「面向農村」的方言詩運動應該嘗試多種多樣的表現形式，以便讓更多的普通民眾閱讀和認可方言詩，從而讓方言詩運動在農村社會動員中發揮出更加顯著的作用。為了實現此一目標，詩人進行了多方位、多角度的理論探究，由此得來的經驗教訓進一步助推了方言詩運動的發展和戰時動員的進行。

〔註 170〕懷淑《廣泛開展方言詩運動》，香港《新詩歌》1948 年第 7 輯，第 7 頁。

第三章 文化動員與「把詩聽懂」的認同難題

引言

　　文化動員對於戰時動員而言具有特別意義，它影響著後者的實際成效。文化動員旨在通過向廣大人民群眾普及文化知識，提高廣大人民群眾的文化水平，進而向他們宣傳戰時動員政策，引導他們積極投身到戰爭進程之中。受此影響，方言詩運動被視為文化動員的一個組成部分，文化動員對方言詩運動的發展軌跡產生了重要影響。上文已經提到詩人一直在進行著如何擴大方言詩運動的影響範圍和宣傳作用的理論探索，而這種理論探索主要著眼於讀者接受問題。方言詩運動為解決讀者接受問題所進行的種種理論探索跟當時文化動員的政策導向息息相關，而文化動員的主要目標是把文化產品傳播給廣大人民群眾，並且竭盡所能地爭取他們的認同，從而在最大程度上發揮出方言詩運動的戰時動員作用。因此，方言詩運動格外重視人民群眾的閱讀體驗和接受效果。為了解決方言詩的讀者接受問題，詩人對方言詩的形式和內容進行了多重面相的理論研討，包括對人民生活的體驗、在音韻上的追求、詩歌的「民族形式」的建構、創作主體的延展、記錄方言的方式、運用方言的方法、是否添加注釋等多個議題，其最終目的都是為了盡量擴大方言詩運動的實際傳播範圍、提升方言詩運動的文化動員效應。因此，方言詩運動的理論探索雖然呈現出多副不同的「面孔」，但是幾乎都可以匯入到同一個話題之中：「把詩聽懂」。

　　為了在文化動員中發揮作用，方言詩運動對「把詩聽懂」的認同難題進行了多番理論探索。從讀者接受的角度來看，「把詩聽懂」問題主要分為「聽得懂」與「聽得進」兩個方面，「聽得懂」即受眾能否理解方言詩的內容，而「聽得進」即受眾是否喜歡方言詩。之所以強調「聽得懂」而非「看得懂」，是因為當時大多數人民的文化水平極為低下，甚至不具備文字閱讀能力，他們往往通過別人的詩歌朗誦來接觸現代新詩，所以「看詩」變成了「聽詩」、「看得懂」變成了「聽得懂」。「首先要理解的是大後方的農人群眾百分之九十五以上的不識字的特點，這在詩歌下鄉中，說明了朗誦應該是第一的（這裡所指的朗誦的當然是用方言）」〔註1〕，這段話雖然說的是大後方的情況，實際上也反映出中國的普遍情形。正是因為人民群眾文化水平低下的國情，方言詩運動應該把詩歌朗誦擺在首要位置，其次才是文字閱讀。但是這並不意味著「看」與「聽」是可以被分割開來的，只有將之結合起來，讓方言詩兼具「看的文學」與「聽的文學」的特性，方言詩運動才能取得最佳的傳播效果和文化動員功效：「只有透過看懂與聽懂，才能談到他們是否樂見與喜愛，才能談到更高的結合。」〔註2〕從實際效果來看，方言詩能夠解決「聽得懂」的問題，卻不能解決「聽得進」的問題；方言詩所存在的「聽得進」的問題其實也是現代新詩長期以來都在面對的一種困境。「詩對於他們的確太新了，他們聽得懂而不喜歡聽，這確是一個極其嚴重的問題」〔註3〕，廣大中國民眾更願意接觸傳統的民間文藝，對新興的現代新詩並沒有那麼濃厚的興趣。新詩的這種困局增加了方言詩運動解決「聽得進」問題的難度，也限制了其文化動員作用的發揮，迫使詩人不得不嘗試各種突圍方法。

　　出於對「聽得懂」與「聽得進」兩方面的考慮，方言詩運動格外重視人民群眾的閱讀需要和意見反饋，這既符合文化動員對方言詩運動提出的要求，也符合方言詩運動興起的初衷。在方言詩運動為解決「把詩聽懂」的讀者接受問題所進行的種種理論探索中，以下三點格外值得關注：首先，如何處理「普及」與「提高」的辯證關係始終是詩人在發展方言詩運動之時必須正面應對的難題，二者跟文化動員的實際效果息息相關，「在普及基礎上提高」和「在提高指導下普及」是大部分詩人認同的辦法，然而想要真正做到這兩點卻實屬不

〔註1〕失名《關於詩歌下鄉》，重慶《新華日報》1945年4月14日，第4版。

〔註2〕懷淑《廣泛開展方言詩運動》，香港《新詩歌》1948年第7輯，第7頁。

〔註3〕失名《關於詩歌下鄉》，重慶《新華日報》1945年4月14日，第4版。

易。其次，為了滿足人民群眾對音韻性的審美需求，方言詩運動尤其重視方言詩的音韻問題，並且從現代新詩對音韻的一般性規定演化為對音樂的特殊性訴求，由此呈現出音樂化傾向，從音韻性到音樂性的詩學追求轉換讓方言詩運動的文化動員效用得到了進一步提升。最後，為了解決方言詩運動的讀者接受問題，詩人採取了一系列舉措，從詩歌形式、語言形式、創作主體、思想情感等多個方面展開試驗，而這些寫作策略對方言詩運動的發展軌跡產生了深刻影響，有助於方言詩運動在文化動員裏起到更大作用。本章將圍繞以上三個方面闡述方言詩運動為解決「把詩聽懂」問題所使用的主要方法及其跟文化動員之間的歷史關係。需要特別注意的是，從實際情形來看，方言詩運動與方言文藝運動在文化動員方針、讀者接受策略、實際創作傾向等諸多方面表現出高度的一致性，而且兩者的關係本就十分緊密，很難將之切分開來。因此，筆者將嘗試著在方言詩運動與方言文藝運動交織雜錯的歷史情境中，審視方言詩運動為解決「把詩聽懂」的讀者接受問題所進行的理論探索，這樣或許能夠幫助我們進一步認識文化動員與方言詩運動的複雜關係。

第一節　「普及」與「提高」在方言詩運動中的糾纏：以方言詩《個柳手》在《正報》上引發的方言文藝論爭為中心

在文化動員的歷史進程裏，「普及」與「提高」的關係問題一度引起過熱議。無論是「普及」還是「提高」，雖然各自的側重點有所不同，但是它們都服務於文化動員，都旨在幫助人民群眾獲取文化知識、瞭解戰時政策。「普及」與「提高」的關係問題在解放區裏曾經得到了廣泛研討，周揚、胡喬木、毛澤東等人均有過表態，而毛澤東提出的「我們的提高，是在普及基礎上的提高；我們的普及，是在提高指導下的普及」﹝註4﹞更是為這方面的討論奠定了基調。解放區有關「普及」與「提高」的爭論突破了地域限制，傳播到重慶、桂林、香港、廣州、檳榔嶼等多個地方，引發了關於文化動員方針的又一輪論辯。本次針對「普及」與「提高」的辯論以方言文藝運動為主要載體，多以方言詩為具體考察對象，其中《個柳手》在香港《正報》上引發的方言文藝論爭尤為引

﹝註 4﹞毛澤東《在延安文藝座談會上的講話》，延安《解放日報》1943 年 10 月 19 日，第 2 版。

人矚目。而這方面的討論又不限於《正報》，還有《華商報》《大公報》《華
僑日報》《新詩歌》《中國詩壇》《文藝生活》《大眾文藝叢刊》《群眾》《風
下》《現代週刊》等諸多地方報紙和期刊雜誌參與其中，從不同的角度闡發方
言文藝運動的理論問題。直到 1949 年下半年，本次方言文藝運動依然餘音不
絕。在這場文藝討論裏，方言詩《個柳手》在《正報》上所引發的方言文藝論
爭堪稱關鍵性的一個環節，本文將以之為討論中心，把「普及」與「提高」在
方言詩運動裏的糾纏關係放置在當時方言文藝運動的宏觀背景之中，藉此考
察文化動員與方言詩運動的歷史關係。目前雖然已有一些學者關注過香港方
言文學運動〔註5〕，也有人專門研究過香港方言詩運動〔註6〕，然而方言詩《個
柳手》在《正報》上所引發的方言文藝論爭並沒有受到應有的重視。這場方言
文藝論爭具有重要的歷史意義，值得被深入探討。還要特別說明的是，本次方
言文藝論爭溢出了方言詩運動的範疇，討論的是整個方言文藝運動的讀者接
受問題，然而它多以方言詩文本作為解讀案例，取得的諸多理論成果在方言詩
運動那裡同樣富有闡釋力。所以通過分析方言詩《個柳手》在《正報》上引發
的方言文藝論爭，可以更加深入地理解「提高」與「普及」在方言詩運動裏的
糾纏狀況以及方言詩運動的文化動員方針，進一步認識方言詩運動為解決「把
詩聽懂」問題所進行的理論探索，進而辨識方言詩運動的歷史生成機制與文化
動員作用。

一、文化動員與方言文藝運動

　　想要理解方言詩運動在處理「普及」與「提高」的辯證關係上採取的理論
方略及其現實意義，需要從方言文藝運動裏有關「普及」與「提高」的討論談
起。將方言詩運動置於方言文藝運動的宏觀背景之下，能夠更加清晰地辨析其
在戰爭語境下所執行的文化動員策略，也可以更加全面地認識方言詩《個柳
手》能夠引發方言文藝論爭的社會文化原因。

〔註 5〕陳頌聲、鄧國偉：《中國詩壇社與華南的新詩歌運動》，載《學術研究》1984 年
　　　　第 3 期，第 92〜96 頁。顏同林《〈華商報〉副刊與 1940 年代港粵文藝運動》，
　　　　載《廣東社會科學》2019 年第 2 期，第 104〜112 頁。侯桂新《戰後香港方言
　　　　文學運動考論》，載《山西大同大學學報》（社科版）2014 年第 3 期，第 43〜
　　　　48 頁。
〔註 6〕顏同林《「講話」散播與「非解放區」方言詩潮的勃興》，載《福建論壇》（人
　　　　文社會科學版）2017 年第 1 期，第 140〜147 頁。

　　文化動員與方言文藝運動有著千絲萬縷的聯繫，這種情形使得方言文藝運動在處理「普及」與「提高」的關係問題上，往往更為看重「普及」，對「提高」的關注則相對不足。黃繩在《方言文藝運動幾個論點的回顧》裏提綱挈領地寫道「方言文藝的提出，毫無疑問首先是為了文藝普及的需要」〔註7〕，而文藝普及歷來是實現文化動員的一種通行途徑。黃安思在《看什麼對人民有最大的益處》裏指出絕大多數中國人並不熟悉白話文，他們對方言感覺更加親切，為了在「不識字、愚昧、無文化」的工農兵之中開展文化動員和政治宣傳，必須倡導方言文藝運動：「如果談真正的普及（根據毛澤東所嚴格規定下來的普及），一定要提倡方言創作、方言文藝、方言寫法。」〔註8〕黃安思的這段話點明了文化動員與方言文藝運動的密切關係，但是他並沒有忽視「提高」，而是強調在「普及」的基礎之上按照人民群眾的實際需求進行提高，這種觀點仍然延續了毛澤東對「普及」與「提高」的基本認識。姚理認為方言文學運動以人民群眾的實際文化水平為出發點，這就決定了「通過語言反映生活的人民自己的萌芽狀態的文學，必定是方言文學的形式的基礎」，文化動員必須建立在這個基礎之上；與此同時，「普及」與「提高」是一體兩面的：「普及就是提高的開始，我們所要求的方言文學不該停留在萌芽狀態的文藝形式上面，而必須有改造，有創作。」〔註9〕由此可見，文化動員與方言文藝運動存在著緊密聯繫，然而一些人刻意忽視了這一點，使得他們對方言文藝運動的批評很少切中要害。

　　方言文藝倡導者一度被貼上了「時髦」「出風頭」「特殊分子」的異類標籤，這些標籤的標出性跟方言的「土裏土氣」是格格不入的。之所以會出現這種的誤解與偏見，或許是因為辯論雙方沒有達成一個基本共識——發起方言文藝運動的現實目的是為了更好地開展文化動員。「我們非常歡迎能在正確的理論批評中改正我們的缺點，但我以為對這些作品的批評，首先要肯定普及的方言文藝的意義，同時要舉出具體的例子來給予正確的理論上的指導，這

〔註7〕黃繩《方言文藝運動幾個論點的回顧》，寫於1949年2月28日，收入中華全國文藝協會香港分會方言文學研究會編輯《方言文學》（第一輯），香港：新民主出版社1949年版，第13頁。

〔註8〕黃安思《看什麼對人民有最大的益處》，香港《正報》1947年第2卷第16期，第21頁。

〔註9〕姚理《方言文學的實質：方言文學問題管見之一》，香港《華商報》1948年5月10日，第3版。

才是幫助了他們的創作實踐，也才是幫助了普及的方言文藝運動」〔註10〕，跟其他種類的文學運動一樣，方言文藝運動同樣需要批評意見，從中得出可以改善方言文藝創作現狀的理論成果，但是所有論爭必須建立在一個基本共識的前提之上——方言文藝運動對於文化動員而言有著重要意義，否則的話，對方言文藝運動的批評很難帶來真正的進步。

針對方言詩《個柳手》的批評意見似乎便陷入了上面所說的怪圈裏。藍玲曾經拿著方言詩《個柳手》去請教自己的朋友們，得到的結果是「讀不懂」，連這首方言詩題目的意思都是不甚了了。〔註11〕針對此種言論，華嘉結合方言文藝運動的讀者定位進行了反駁：

> 方言文藝作品，原是為了那些沒有「讀了十來年書的人」，甚至根本沒有讀過書的工農大眾而寫的。而且不純然是為了來給人民群眾看，尤其著重寫出來之後讀給人民群眾聽，或唱給人民群眾聽的，一個「讀了十來年書的人」，因為習慣了看現在流行的白話文，等他去看那些方言寫作的文章時，免不了有點刺眼，就算本來認識的也覺得不認識了，這是我們知識分子所容易發生的事，但在人民群眾卻不一定這樣想的，他們一方面要瞭解這些作品所表現的生活內容以至思想情緒，另一方面也要瞭解這些作品的表現方法，是不是為他們聽得懂和懂得進。如果我們一定要以小資產階級知識分子的眼光去看方言文藝作品，那自然會對這些作品瞭解成「時髦的東西」了。但，方言文藝作品並不是向「讀了十來年書的人」普及，而是向工農大眾普及的啊！〔註12〕

上面的一段話不只是為方言文藝運動的合法性辯護，也是在思索如何提高戰時文藝作品在人民群眾裏的接受度。跟華嘉相似，何尺也看到了方言文藝運動的地域侷限性及其對文化動員的必要性：「因為方言文藝也許不能普及方言區域之外，但卻能普及於整個方言區域識字與不識字的大眾；也許它不能提高群眾的文化水平，使他們能『慢慢地接收更高藝術性的文藝作品』，但卻能提高群眾的政治覺性，武裝他們的頭腦，使他們要求真正屬於自己的文化和藝

〔註10〕孺子牛《舊的終結，新的開始——再論普及的方言文藝二三問題》，香港《正報》1947 年第 2 卷第 15 期，第 14 頁。

〔註11〕藍玲《談方言與普及》，香港《正報》1947 年第 2 卷第 10 期，第 17 頁。

〔註12〕孺子牛《方言文藝創作的二三問題》，香港《正報》1947 年第 2 卷第 13 期，第 18 頁。

術。」〔註13〕在馮乃超、荃麟一同執筆的《方言問題論爭總結》裏，也出現了類似的觀點，他們認為方言文藝的流傳雖然受到地域限制，但是能夠深入到人民中去，從而完成文化動員的工作，「它一般說只能流傳在這個方言地帶，但是它卻可以深入到這地帶的人民群眾。這才是真正普及的工作。過去我們白話文雖然普遍於全國知識分子中間，但很難為大多數的人民群眾所接受，文字和言語脫節問題始終沒有解決。現在有些方言文學可以印數萬份，而所謂白話文學則只不過數千份，可知要做到真正普及，還非得建立方言文學不可。」〔註14〕

　　毋庸諱言，包括方言詩《個柳手》在內的方言文藝作品存在著地域侷限性，大量的方言詞彙給外來者造成了閱讀障礙。然而方言文藝作品的作者最初設定的隱含讀者便是熟悉方言的本地人，他們並沒有要求自己的作品在全國範圍裏流傳，「普及第一」觀念才是他們擺在首要位置的創作因素。何謂「普及第一」？「普及第一，就是向廣大的人民普及。中國最廣大的人民，就是占全人口百分之九十以上的農人和工人，以及工農出身的為工農利益作武裝鬥爭的士兵。我們的普及文藝工作，就是以他們做基礎，普遍提高他們的文化水準。」〔註15〕為了更好地開展文化動員，文藝必須運用人民習以為常的語言（即「人民的語言」），這樣才能令作品顯得通俗易懂、吸引更多讀者。方言文藝作品從一開始就是針對某個（些）地域的人民而創作的，它們只能在那個（些）地域取得良好的傳播效果，在其他地域很難被理解，也就不足為奇了。這不僅關涉讀者接受的問題，還關乎讀者範圍的問題。

　　簡言之，既然戰時文藝的主要目的之一是為了進行文化動員，而文化動員的對象是人民群眾，人民群眾分散在各個不同的地域、使用著各自不同的方言，雖然國家極力推廣普通話，但是民間生活的歷史慣性和現實需求決定了方言在短時間內不可能被普通話徹底取代，漢語雙方言的語際實踐還將長久地持續下去，這就使得方言文藝的興起是歷史的必然趨勢。進一步說，「普及第一」是方言文藝運動必須堅持的理念，「提高」只能在此基礎上進行，方言文藝運動始終以文化動員為現實指向。「普及的方言文藝」是對毛澤東提出的「普及的文藝」的直接響應和具體實踐，它始終以「普及第一」觀念作為行動指南，

〔註13〕何尺《方言文藝的現實意義》，香港《正報》1947年第2卷第13期，第22頁。

〔註14〕馮乃超、荃麟執筆《方言問題論爭總結》，香港《正報》1948年第2卷第19～20期，第33頁。

〔註15〕孺子牛《普及第一》，桂林《文藝生活》1948年第36期，第9頁。

致力於在文化動員中發揮作用。作為方言文藝運動的一個組成部分，對方言詩運動的討論離不開對方言文藝運動的評價。方言文藝運動的創作實踐和理論研討往往率先表現為方言詩運動，這是因為方言詩採用的是人民群眾習以為常的語言，更貼近民間文藝的吟誦傳統，而且形式短小、易於操作。圍繞符公望的方言詩《個柳手》所展開的方言文藝論爭便是一個明證。

二、反方與正方的分歧和共識

1947 年 10 月 18 日，符公望的粵方言詩《個柳手——一件街頭故事》（以下簡稱「《個柳手》」）發表在香港《正報》第 2 卷第 7 期上，而後迅速引起了強烈反響，討論的話題從方言詩運動擴展至整個方言文藝運動，藍玲、林洛、華嘉、琳清、高陽、楊洋、何尺等作家以及黃偉明、陳華添、鄭海、即興等工農群眾紛紛加入到論爭之中，為方言文藝運動如何在文化動員裏更好地發揮作用提供了理論經驗。現將《個柳手》全文抄錄在此：

> 一個細佬哥
> 踎響街頭嗌肚餓
> 有擔牛腩粉
> 向佢身邊過
> 佢順手偷左的咁多
> 有過警察岩行過
> 一手執住隨街拖
> 第個警察睇見左
> 走到跟前指鼻哥
> 佢話：「今日拉丁真倒運
> 我吼左成日未拉過
> 你賣呢個勤務兵
> 一定分番一份我」〔註16〕

跟符公望的其他方言詩相比，《個柳手》並沒有太多亮點，然而它為何能夠引起那麼多的關注呢？這需要從當事人對《個柳手》的關注點說起。他們真正看重的不是《個柳手》這個方言詩文本，而是《個柳手》背後所牽扯到的有

〔註16〕符公望《個柳手——一件街頭故事》，香港《正報》1947 年第 2 卷第 7 期，第 25 頁。

關方言詩運動（乃至方言文藝運動）的一系列理論問題，這些理論問題最終都指向了「普及」與「提高」相互纏繞的文化動員策略。

　　圍繞符公望的方言短詩《個柳手》而展開的爭論，其焦點在於短詩裏的方言字是否為民眾所熟悉。藍玲的《談方言與普及》與《再談方言與普及》、林洛的《普及工作的幾點意見》與《方言文學商榷》等文章認為《個柳手》裏的方言字是生僻的，不利於開展文化動員；而華嘉的《方言文藝創作的二三問題》、琳清的《「談方言與普及」讀後》、高陽的《我對於方言創作的意見》、楊洋的《發展方言才能統一文語》等文章則認為藍玲等人所說的問題並不存在，而且把《個柳手》當作一首成功的方言詩，認為它能夠在文化動員裏發揮作用。其實，即便是批判《個柳手》的作家群體（本文簡稱「反方」）內部也並非鐵板一塊。林洛在《普及工作的幾點意見》一文裏並沒有直接點名批評《個柳手》，他只是含糊地指出「這類寫作很多，篇幅關係，恕不一一舉例」，但是他明確指謫了方言文藝運動的一種不良趨勢：「把方言當作時髦的貨色，不經選擇便搬來應用，因此搬了許多可口而壞胃的東西，許多內容有毒而不經淘汰的東西。而且，寫出許多廣東方言來，和現在應用的文字完全脫離，連讀了幾十年書的人，也摸索不通，僅能認字的人就更不必說了。」〔註17〕林洛的此種看法跟藍玲較為相近，所以他被藍玲拉入統一陣營，身處在這個統一陣營裏的文人通過批評《個柳手》來呼籲有選擇性的運用方言，還要兼顧「文字的統一性」，實現方言與國語的結合。相比之下，在支持《個柳手》的作家群體（本文簡稱「正方」）裏，整體意見則比較統一，高度肯定方言文藝運動之於文化動員的重要性。華嘉在《方言文藝創作的二三問題》一文裏指出方言文藝產生的主要原因之一是開展文化動員的現實需要，這是因為方言在「人民的語言」裏佔有重要地位：「為了各地方的適應當時當地的需要，所以有了地方性的方言文藝的產生。用方言寫作，這毋寧說是為了廣泛的提高各地人民群眾的文化水準所必需的普及工作。」〔註18〕琳清在《「談方言與普及」讀後》裏指出藍玲的《談方言與普及》在對《個柳手》的評價問題上犯了「主觀主義的錯誤」，認為藍玲所列舉的「跙」「嗌」等「生造字」其實「略識之無的廣東人，也一看便懂」，進而指責後者「對方言文字的作用和它在普及文化工作中所應盡的任務，還沒

〔註17〕林洛《普及工作的幾點意見》，香港《正報》1947 年第 2 卷第 8 期，第 8 頁。
〔註18〕孺子牛《方言文藝創作的二三問題》，香港《正報》1947 年第 2 卷第 13 期，第 17 頁。

有真正瞭解」〔註19〕。跟琳清的《「談方言與普及」讀後》相似，楊洋的《發展方言才能統一文語》同樣駁斥了藍淋對《個柳手》運用「生造字」的批評，反而認為這是《個柳手》成功踐行「大眾化」口號的具體表現：「符公望先生的《個柳手》和那『特殊的字眼』——『踎』、『嗌』等字樣，便是廣東工農兵的『口語』，便是『從群眾中來』，用這種語彙寫的並且表達了工農兵的思想感情的文章，便是工農兵文藝，老百姓們自己的文藝，怎能說『拿去給老百姓讀，不是更費工夫嗎』這個話呢？」〔註20〕高陽的《我對於方言創作的意見》也反駁了藍玲對《個柳手》的批評，但是更加關注作家與讀者在思想情感上的差異，該文指出「現在藍玲先生對於《個柳手》的生疏和隔膜，這就說明了我們知識分子生活的廣度不夠，深度不夠」〔註21〕，為了彌合作者與讀者之間的縫隙、推動文化動員的進程，作者認為必須大力推行方言文學運動，而需要討論的問題是如何開展方言文學運動的創作實踐。概言之，雖然正方的具體看法和關注點不盡相同，但是他們在對《個柳手》的評價問題以及對方言文藝運動的支持態度上是一致的。

　　此次論爭由一個方言詩文本——《個柳手》出發，探討的範圍從方言詩運動擴展至整個方言文藝運動，《個柳手》因此被賦予了獨特的文學史意義。不知是出於有意還是無意，論爭雙方的邏輯起點存在著錯位，反方主要是從方音記錄和方言提煉的角度來談論方言文藝運動的弊端，而正方是從文化動員的角度來肯定方言文藝運動的價值，他們的對話並沒有在同一個話語層面上進行。反方批判的並不是所有的方言文藝運動，而是過於地方化、方言化的方言文藝運動，這是從讀者接受的立場來考慮的，可以構成方言文藝運動向前發展的一個合理面相。而正方並沒有全盤肯定方言文藝運動，更沒有固執地認為《個柳手》之類的方言文藝作品不存在任何缺點，他們也在探索著方言文藝運動的正確發展方向。雙方的觀點都是有著積極意義的，無論是方音記錄和方言提煉的問題，還是方言文藝的合法性問題，都是方言文藝運動的重要話題，也都有助於推動文化動員的進程。況且藍玲一行人也沒有明確提出要反對方言

〔註19〕琳清《「談方言與普及」讀後》，香港《正報》1947年第2卷第13期，第21～22頁。

〔註20〕楊洋《發展方言才能統一文語》，香港《正報》1947年第2卷第16期，第22頁。

〔註21〕高陽《我對於方言創作的意見》，香港《正報》1947年第2卷第14期，第17頁。

文藝寫作，而是強調應該重視對方言的甄選，「從方言中提煉出精粹的文學語言來運用，淘汰其有害和低級趣味成分」〔註22〕，這也是方言文藝運動的一種共識。歷史是複雜的，雖然在《個柳手》的認識問題上存在著正方、反方兩個陣營，然而他們其實並不是水火不容、非此即彼的關係，他們在某些具體問題的認知上反而出人意料的一致。而且他們的觀點也不是一成不變的，因此很難以「二元對立」的認知模式來看待這場方言文藝論爭。

實事求是地講，由《個柳手》所引發的方言文藝論爭是廣受好評的，即便是持批判立場的文人也公開承認這場爭論對今後方言文藝運動的健康發展是有好處的。所以何尺才會響應藍玲的觀點，號召進一步擴大方言文藝運動的影響：「過去對於方言文藝談得太不夠了，希望文藝界能夠多注視這方面的問題，多坦白的談。否則，如藍玲先生所指出的危機『在今天很像變成時髦的東西』和『似乎方言的寫作在今天已是沒有存在著什麼問題了』等等，恐怕會非常嚴重地妨害了這部門的工作的。」〔註23〕但是在客觀上，反方對《個柳手》以及方言文藝運動的批評很容易被誤解成抵制和反對方言文藝運動的一種努力，雖然他們在文章裏並沒有明確表達出這方面的意思。後來反方開始重視這個問題，並且嘗試著化解他們所受到的壓力。譬如林洛專門撰寫了《還待解決的幾個問題》一文來回應質疑的聲音，該文可被視為他主動放出的和解信號：「其實，我所提出的運用方言的兩項原則，正是為了方言文學取得適當的形式來發展，要糾正時下的一些偏向，探求方言創作的正確的道路，因此更衷心的，誠意的，把我的意見當做一個發凡，來祈待大家熱烈的討論和研究。」〔註24〕林洛還公開呼籲「誠意的坦白的討論」，從而讓爭論的問題得到「完善的解決」，試圖將他們受到的輿論壓力悄然消解，從中可見他想要盡快從這場論爭之中抽離出來的主觀意願。除此之外，林洛還寫下了《方言文學商榷》一文，該文首先聲明「我希望大家消除『否定』的誤會，然後才能把問題作更深入的研討」〔註25〕，並且集中筆墨談論方言文學創作的語言錘鍊問題，避開了有關方言文學運動合理性的富有爭議性的話題。再如藍玲也寫下了《再談方言與普及》，為自己此前的言論進行辯護和澄清：「我

〔註22〕林洛《普及工作的幾點意見》，香港《正報》1947年第2卷第8期，第8頁。
〔註23〕何尺《方言文藝的現實意義》，香港《正報》1947年第2卷第13期，第22頁。
〔註24〕林洛《還待解決的幾個問題》，香港《正報》1947年第2卷第14期，第19頁。
〔註25〕林洛《方言文學商榷》，香港《正報》1947年第2卷第16期，第16頁。

在第六十期裏提出關於方言寫作的問題，完全是為了使方言運用更加恰當，求得更好的方法，避免一些不良傾向來發展方言文學，而孺子牛先生卻誤解了這意思，以為我是否定方言文學，甚至以為我是『給一班方言文藝工作者以諷刺』，這不是我的原來動機，我以為，為了要探求方言寫作的方法，自然就應該檢討缺點，如果感到有問題不提出，這才是妨礙了方言文學的發展。」〔註26〕跟林洛相比，藍玲雖然也做出了讓步和妥協，但是他的語氣依然強硬，字裏行間有著無法掩飾的不服，對正方的觀點很是不以為然：

> 我不熟悉香港工人的生活是事實，但我卻來自農村的，對於農村的生活，也不是絕對沒有一點的緣分，我不懂得《個柳手》，我的來自農村的許多朋友，都不懂得《個柳手》，這也是千真萬確的事實，我坦白地提出這樣的疑問，但這裡也就產生了一個問題，普及者認為《個柳手》婦孺皆懂，我覺得懷疑。又如「踎」、「嗌」兩字，一眼看來是不懂，經一會思索後才瞭解，因此我就要想到：其他的人容易讀懂嗎？？因此這個普及的程度就要虛心的調查研究，在用字原則上，不妨儘量顧慮到大多數人懂得的，不然，不經選擇隨便運用一些不常見到的方言字，那就很可能使人讀不懂了。」〔註27〕

上述情形就跟方言文藝爭論剛開始的境況頗為相似，林洛在不知情或非自願的情況下加入了反方戰線，在爭論的熱度不斷攀升之時，林洛選擇主動跟對方握手言和，也即退出了反方陣營，惟有藍玲在始終堅守，成為這場爭辯裏的「孤膽英雄」。雖然很難證實反方的心底深處是否潛藏著解構方言文藝的合法性、確立國語文學的主導地位的傾向性，但是他們對方言文藝運動之缺陷的論述是有價值的，也有助於改進方言文藝運動的文化動員效力。只可惜對《個柳手》的批評以及對方言文藝運動現狀的針砭遮蓋了反方對方言文藝運動理論的推進，讓方言文藝運動錯失了一次提升文化動員作用的機會。這也是可以理解的，畢竟對於當時的方言文藝工作者而言，最重要、最迫切的任務是確立方言文藝運動的合法性地位，對方言文藝運動的討論必須建立在這個基礎之上，任何表現出瓦解方言文藝運動之存在根基的批評聲音都是不被允許的。

〔註26〕藍玲《再談方言與普及》，香港《正報》1947年第2卷第15期，第16頁。
〔註27〕藍玲《再談方言與普及》，香港《正報》1947年第2卷第15期，第16頁。

三、創作與閱讀的互動和縫隙

除了論辯雙方之外，《正報》的普通讀者以及《個柳手》的作者也參與到由方言詩《個柳手》引發的方言文藝論爭之中，本次論爭的規模和深度得到了進一步的拓展，文化動員與方言文藝運動的歷史關係也得到了更為深入的闡發。只不過讀者內部的意見並不統一，讀者與作家（包括反方、正方、符公望在內）的看法也是有同有異。

黃偉明、陳華添、鄭海、即興等工農出身的普通讀者參與到討論之中，這恰恰是本次方言文藝論爭的特別之處，整體而言，他們的看法可以被劃分為兩種主要類型。許多讀者都表示明確支持正方的意見、駁斥反方的指謫。例如一群船塢工人在《替方言詩抱不平》一文裏坦陳自身的文化水平低下，平時主要依靠讀書看報來學習文化知識，他們對《正報》上刊登的方言詩《個柳手》可謂是稱讚有加，認為這首詩「詩句極為通俗，我們對於呢種詩裏詞句，覺得它能運用舊瓶新花，確是對於我們沒有多大知識的工人們，有莫大的輔助」，並且對批評《個柳手》的看法進行了反駁：「貴刊第六十期裏藍玲先生批評到廣東方言詩裏的『踎』『嗌』『吼』字他看不懂，而又說到會向黃色文字投降，在我們工友看來似乎有點刻薄了……在我們看來，藍玲先生一定不是廣東人吧，所以才不知道我們廣東的方言文字。若果談到向黃色文字投降，我們覺得太沒理由了，字根本沒有黃色不黃色，只有內容運用得正確不正確。」〔註28〕從中可見普通讀者對《個柳手》的認可和支持，他們在《個柳手》的評價問題上跟反方存在顯著差異，反映出知識分子出身的文人跟工農兵出身的讀者在方言文藝作品的評判標準上的裂隙與背離。再如即興在《一定要提倡方言文學》裏也對反方的意見進行了辯駁，他結合自身戰時下鄉的經歷指出大眾化、通俗化的文藝作品才是人民群眾真正喜聞樂見的，所謂「方言的粗俗」不過是知識分子的自我判斷，並不一定出自人民群眾的真實觀感：「藍玲先生說拿劇本對詞時可以說出粵語，知識分子當然是可以的，可是現在不止是知識分子演戲呢？不能夠把自己的尺度量人家的，工作有上下層之分，藍玲先生未免太機械了吧？」〔註29〕

另外還有一些讀者在總體上對論辯雙方抱持曖昧態度，既不認為反方的

〔註28〕黃偉明、陳華添、鄭海等《替方言詩抱不平》，香港《正報》1947年第2卷第12期，第25頁。
〔註29〕即興《一定要提倡方言文學》，香港《正報》1947年第2卷第16期，第23頁。

觀點一定錯誤，「我們以為林洛先生提出問題，可能是好的，也可能是壞的。好的就是探求方言寫作更好的方法，使普及工作做得更好。壞的就是否定方言寫作，取消普及」；也不認為正方的看法一定正確，「孺子牛和琳清先生的意見，也可能是好的，也可能是壞的。好的就是共同來研究更好的方法，壞的舊詩打擊別人，抬高自己，替一些出風頭、好奇立異的方言作辯護，來做投機生意。」〔註 30〕這些讀者最為關心的問題不是方言文藝論爭本身，而是作家們能否創作出令人滿意的方言文藝作品。有一點是可以確定的，正方的華嘉、琳清分別認為「不懂《個柳手》就是思想搞不通」「不懂就是低能」，讀者對於此類說法表現出強烈不滿，並報以諷刺之語，直言「我們這小組有海軍船塢工人，有理髮店學徒，有電力工人，有店員，有從敵後農村來的，只有一個人懂得。這樣我們得請兩位先生可憐可憐我們這班低能、思想不通的人」〔註 31〕。雖然這段話包含著過激的情緒，不一定反映出讀者的真實想法，但是從中可以窺見在方言詩運動乃至整個方言文藝運動中讀者與作家之間的分離與隔閡。也就是說，作家對方言文藝運動的理論設想跟讀者對方言文藝運動的實際期望有時會出現相互牴牾的情形，這跟方言文藝運動的最初目標是背道而馳的，不利於文化動員的開展。與此同時，我們應該看到創作與閱讀之間的縫隙固然是有的，二者的契合也是存在的，它們在互動與交流之中把方言文藝運動不斷向前推進，幫助方言文藝運動改善文化動員成效。後來符公望出面回應針對《個柳手》的多種意見，更是進一步印證了這一點，雖然創作與閱讀的齟齬在方言文藝運動中始終存在，但是至少時人沒有放棄過彌合此種矛盾的努力。

　　《個柳手》的作者——符公望親自參與到此次方言文藝論爭，不僅回應了反方、正方的某些看法，而且答覆了普通讀者的部分疑問，令本次論爭的熱度和深度攀升到一個新境地。符公望為此專門寫下了兩篇文章，《建立方言文腔的文學》直接回應批評的聲音，《從自己的作品談起——我的方言詩歌創作的初步檢討》則以自我批評為主，這兩篇文章的著眼點都是讀者的閱讀能力和閱讀心理，希望方言文學運動能夠得到廣大讀者的真正接受，從而在文化動員裏起到更大作用。對於《建立方言文腔的文學》一文，《正報》提前打過廣告：

〔註 30〕　集體意見，吳明執筆《讀者來信》，香港《正報》1947 年第 2 卷第 15 期，第 17 頁。
〔註 31〕　集體意見，吳明執筆《讀者來信》，香港《正報》1947 年第 2 卷第 15 期，第 17 頁。

「關於《方言與普及》討論，下期發表最熱心於方言創作的符公望論文：《建立方言文腔的文學》，請讀者留意。」〔註32〕從中可以看出《正報》對符公望的想法的重視，也可以看出《個柳手》作者的自我評價是眾多作家和讀者關心的話題。符公望在《建立方言文腔的文學》裏透露在此之前他寫過一篇文章來回應反方的意見，只是當時沒有想到林洛、藍玲的文章會造成那麼大的影響，甚至引發了一場頗具聲勢的方言文藝論爭，於是他決定再作一文，澄清有關方言文藝運動的基本問題，從而避免讀者被錯誤的觀點誤導，影響到他們的閱讀行為。符公望從讀者的實際文化水平和文化需求出發，認為反方所期望的「淺近的白話文」並沒有在廣東地區得到普及，反方所牴觸的「方言的特殊字眼」其實才是人民群眾熟悉的語言，「廣東的白話文僅僅流傳在少數知識分子和少數老百姓之間，大多數粗通文字的老百姓，因為文腔跟口語不同，就算念會得出字音，還是聽不懂文章，更大多數的文盲，更無法聽得懂。如果糊裏糊塗把提高的基礎放在這游離在廣大工農兵以外的『白話文』上面，將來的後果怎樣？敢想像嗎？」〔註33〕因此，符公望正式提出「建立方言文腔的文學」的倡議，以此來表現人民群眾的思想感情，從而推進文化動員的開展。

在《建立方言文腔的文學》發表了一個半月之後，符公望在《正報》上又刊發了一篇文章——《從自己的作品談起——我的方言詩歌創作的初步檢討》。在這篇文章裏，符公望把自己的方言詩創作經歷大致分為兩個階段，第一個階段的主要創作傾向是「用通俗的口語灌進口號的內容」，這麼做的目的為了令方言詩得到更多讀者的喜愛，《矮仔落樓梯》《亞龍送殯》《火燒燈心》《幡杆燈籠》《黃踵腳》等都是本時期的作品。值得注意的是，這些作品既是方言詩歌，也是方言歌曲，經由草田、伍胡、ANIX 等人譜曲，在當時有著一定的傳唱度。在符公望看來，這些方言詩雖然通俗易懂、容易引起讀者的興趣，卻因為脫離了人民群眾的日常生活與政治鬥爭而缺少深切的思想情感，所以他把第一階段的方言詩創作傾向定性為「一條很不正確的道路」。在第二個階段裏，符公望試圖在自己的方言詩創作裏融入人民群眾的日常生活與政治鬥爭，《二嬸絕糧》《太婆上祠堂》《檢查》《八月桂花滿樹黃》等均誕生於本時期，它們可以被視為符公望主動向時代主題靠攏、進一步接近廣大讀者的一

〔註32〕編輯室《預告》，香港《正報》1947 年第 2 卷第 13 期，第 20 頁。
〔註33〕符公望《建立方言文腔的文學》，香港《正報》1947 年第 2 卷第 14 期，第 15頁。

種嘗試，卻依然存在著不少問題，最大的問題是缺少「感情味」與「生活味」，究其原因是詩人的現實生活體驗不足，使得其方言詩的想像成分過重，跟社會實情相去較遠。雖然符公望把反方的批評作為了潛在的對話對象，自我檢視的一些問題便是對後者的一種回應，然而他關注的焦點是自己的方言詩創作是否受到了廣大讀者的歡迎、如何能夠在方言詩裏表現人民群眾真正關心的社會話題、怎樣讓方言詩在文化動員扮演更為重要的角色，「我今天因為生活空虛，以耳朵代替眼睛，拿抽象的想像代替具體的實踐，想超越口號式的作品，更進一步寫有生活感情的作品，就碰到不可突破的困難。」〔註34〕從中分明可以感受到符公望在面對自身創作與讀者閱讀出現衝突的時候所萌生的無力感和挫敗感，雖然他已經竭力改變自己的思想情感，在方言詩創作中由重視傳播效果轉向注重表現時代，然而生活體驗不足的致命缺陷導致他很難完成理想中的創作轉變，也限制了他的方言詩在文化動員裏起到的實際作用。

按照符公望的自我檢討，他的方言詩沒有切實反映人民群眾的鬥爭生活，亦未能真正滿足人民群眾的閱讀需要，因為未能在文化動員裏起到應有作用。客觀來說，符公望的這種檢討是真誠而深刻的，他把握住了自己方言詩創作的最大缺點——作品內容脫離了社會現實——符公望的創作缺陷其實表徵著一個時代的作家們普遍面對的創作困境。針對符公望的自我評價，有的讀者做出了回應，予以肯定和支持。例如周田木在《發揮自我批評的精神》裏高度評價了符公望的《從自己的作品談起——我的方言詩歌創作的初步檢討》所展現出來的自我批評精神，「符先生對自己的作品，有如此嚴厲的批評，使我很感動，給我起了很大的教育作用」〔註35〕，認同符公望強調思想情感轉變之於作家創作的重要性的做法，並且指出符公望的這種自我批評精神對於當前方言文藝運動的發展具有積極意義。得益於讀者與作家的交流與互動，雖然創作與閱讀的縫隙在方言文藝運動中始終存在，但是其中的矛盾不斷得到縫合，文化動員與方言文藝運動的關係也是愈發緊密。無論最終效果有多麼的不如人意，這種努力都是彌足珍貴的，它至少反映出這樣的一種事實：作家願意聽取讀者的意見，並且據之修改自己的創作趨向；讀者願意指出作家的問題，並且參與到文藝發展的歷史進程之中。

〔註34〕符公望《從自己的作品談起——我的方言詩歌創作的初步檢討》，香港《正報》1948 年第 2 卷第 21 期，第 24 頁。
〔註35〕周田木《發揮自我批評的精神》，香港《正報》1948 年第 2 卷第 23 期，第 27 頁。

四、方言文藝論爭的內在演變邏輯

　　只從方言詩《個柳手》在《正報》上所引發的方言文藝論爭內部進行考察，或許不足以全面呈現這次方言文藝論爭的歷史價值和形成原因，因而需要將之放置在歷史發展的因果鏈條裏，以便進一步審視文化動員與方言文藝運動的歷史關係。方言詩《個柳手》引發的方言文藝論爭並非是突如其來、一蹴而就的，而是有著一系列的前期理論準備，它是整個文藝討論的一個組成部分。從「聽不懂怎麼辦？」爭論到「高低論辯」，再到表現「此時此地」問題的提出，最後到方言詩《個柳手》引發的方言文藝論爭，這是本次文藝討論的內在演變邏輯。這條邏輯線索並不嚴格遵循時間秩序，存在著兩種甚至數種爭論同時進行、同一篇文章談論數個話題的「多聲部」情形。

　　「聽不懂怎麼辦？」爭論源自讀者「聽不懂」新音樂的現狀，而「聽不懂」是新音樂運動難以被推廣的主要原因之一。新音樂運動與方言詩運動看似沒有多少關係，事實並非如此。方言詩運動呈現出音樂化傾向，許多方言詩被譜曲成為新音樂作品，從而提升方言詩運動在人民群眾中間的認可程度和文化動員效用。因此，這裡有必要簡明分析「聽不懂怎麼辦？」爭論的大致情形。方遠的文章《聽不懂，怎麼辦？》是「聽不懂怎麼辦？」論爭的起點，該文以香港歌詠運動為例指出「你與其想唱《黃河大合唱》來博得香港市民的拍掌，不如唱《頂硬上》；唱《山在虛無縹緲間》，不如唱符公望的《二嫂絕糧》」，導致這種現象的主要原因包括語言發音和生活體驗兩個方面，「唱地方言語的歌，讓地方人聽得明白，固然重要，而頂重要的還是與生活有關的東西，唱出他們生活的困苦，唱出他們對生活的要求，唱出他們的希望和力量，這就一定得他們深愛。倘若僅僅在語言上？兜圈子，的字換了嘅字，我們改作我地，而思想感情還是知識分子的，歌頌大海河流，讚頌清春、生命之類，那麼，人家倒不如聽聽街頭賣白欖者的獨唱好了」〔註36〕，這不但指出了方言之於文化動員的必要性，還點出了音樂性之於方言詩運動的重要性。由方遠的《聽不懂，怎麼辦？》一文引發有關「聽不懂怎麼辦？」的爭論，趙渢的《人家聽不懂呢！怎們辦？》、梁冰的《要決心走群眾的路——關於「聽不懂」問題的一點意見》、阿凌的《從本質上區分》等文章進一步討論「聽不懂怎麼辦？」的問題，由此導致了「高低論辯」。

〔註36〕方遠《聽不懂，怎麼辦？》，香港《正報》1947 年第 2 卷第 2 期，第 17～18 頁。

　　「高低論辯」跟「聽不懂怎麼辦？」存在著不少的共同點，它們的出發點都是新音樂運動的接受現狀，跟方言詩運動都有著聯繫，所以它們有時被一起提及。早在方遠的《聽不懂，怎麼辦？》一文裏「高低論辯」已經被提了出來，「高」是指知識分子欣賞的「高超藝術」，「低」是指人民群眾習慣的「低級趣味」，這裡所說的「高超藝術」和「低級趣味」只是相對的說法，並不帶有針砭之意，方遠認為新音樂運動應該捨棄「高超藝術」轉而學習「低級趣味」，以便獲得人民群眾的歡迎，「是要我們『降低身份』去接近他們，不是要他們『提高身份』來接近我們。」〔註37〕此外，麥漢的《「高」「低」論辯》和《高低的涵義》、金文的《對「高低論辯」的一點意見》、林洛的《論高低之間》等多篇文章令「高低論辯」得到不斷深化。

　　因為香港文壇缺少批評的聲音，甚至有人公開呼籲香港需要批評〔註38〕，所以「聽不懂怎麼辦？」爭論、「高低論辯」看似破壞了暫時的寧靜，卻被認為是難能可貴的。《正報》便樂於刊發此類文章，縱使文中的觀點不無偏激之處，《正報》的編輯部在《「懂不懂」問題的討論》一文裏指出「高低論辯」雖然只是「名詞概念之爭，沒有能夠很好的結合實際，然而在『一團和氣』的沒有批評討論以探求真理的濃厚空氣的香港文化界，有一點火星，也仍然是可喜的」〔註39〕。

　　為了解決「聽不懂怎麼辦？」爭論、「高低論辯」所帶出的問題，反映「此時此地」的香港生活的創作主張被提了出來，並且得到了一些人的關注。例如宋芝在《表現「此時此地」》裏強調文藝運動應該結合具體實情來反映「此時此地」的戰時生活，這對於文藝工作者和普通民眾都具有重要意義，「寫為自己所熟悉暸解的生活，要容易成功得多了，寫自己所不熟悉暸解的生活，就一定失敗，這不但對年青的文藝工作者是如此，對一切文藝作家莫不如此。」〔註40〕華嘉的《人家聽不懂，這樣辦！》從「聽不懂怎麼辦？」出發，把問題引向「聽得懂讀得懂」的更深層次。表現「此時此地」是華嘉長期關注的一個問題，香港特殊的人文地理環境決定了香港文學應該以「香港市民中最大多數的工人，漁民，和小市民」為主要讀者對象，而表現香港的「此時此地」的現實

〔註37〕方遠《聽不懂，怎麼辦？》，香港《正報》1947年第2卷第2期，第18頁。
〔註38〕沙鷗《需要批評》，香港《華商報》1948年6月12日，第3版。
〔註39〕編者《「懂不懂」問題的討論》，香港《正報》1947年第2卷第5期，第16頁。
〔註40〕宋芝《表現「此時此地」》，香港《正報》1947年第2卷第2期，第14頁。

意義在於「表現他們此時此地的生活真實，為他們指出他們今天生活的社會根源，並為他們指出尋求解放的道路」〔註41〕，跟解放區的「真人真事」模式有著異曲同工之妙。在另外一篇文章——《可以不可以為小市民寫？》裏，華嘉把表現「此時此地」的問題可以被歸結為「此時此地為誰寫？寫什麼？怎樣寫？」，「為誰寫？」和「寫什麼？」已經在《人家聽不懂，這樣辦！》裏得到了解決，剩下的問題是「怎樣寫？」。華嘉提出了三類代表作，分別是「方言歌曲」「龍舟、木魚、鹹水歌、講古（說書）的創作和表演」「獅舞」，從中可知華嘉認為想要解決表現「此時此地」的問題，必須從香港市民喜聞樂見的傳統民間文藝形式中汲取營養。

　　在探索如何表現「此時此地」的過程中，跟方言文藝運動相關的理論問題被提了出來，以針對方言詩《個柳手》的不同看法為開端，逐漸演變為一場蔚為可觀的方言文藝論爭。這便是本次文藝討論的發展脈絡。值得注意的是，工農讀者也參與了「高低論辯」以及後來的方言文藝論爭，這是因為他們認為「現在方言文藝的討論，這是有關我們的切身問題，我們不得不直率參加意見」〔註42〕，他們的加入令本次文藝討論煥發出別樣的活力，有利於方言文藝運動進一步改善其文化動員效用。

　　通過梳理這場文藝討論的內在演變邏輯，可以更加清晰地看到方言詩《個柳手》能夠在《正報》上引發方言文藝論爭的歷史動因及其跟文化動員之間的內在關聯，從而更加準確地評價本次方言文藝論爭的文學史意義。整體觀之，當方言詩《個柳手》在《正報》上引發了方言文藝論爭以後，這場論爭的輻射範圍從《正報》擴散到《華商報》《文藝生活》《大眾文藝叢刊》等報刊，參與其中的作家越來越多，討論的話題越來越深入，而且在客觀上跟抗日戰爭時期的方言文學辯論接續起來，將《新華日報》《解放日報》《文化雜誌》等報刊上湧現的相關思考繼續向前推進。方言詩《個柳手》引發的討論從一開始就不只是針對方言詩運動，而是面向整個方言文藝運動，其主要著眼點是確立文化動員與方言文藝運動的歷史關聯，把文化動員作為方言文藝運動的要義，卻在事實上討論和解決了方言詩運動的某些基礎性理論問題，對於其今後的發

〔註41〕孫子牛《人家聽不懂，這樣辦！》，香港《正報》1947年第2卷第6期，第23頁。

〔註42〕集體意見，吳明執筆《讀者來信》，香港《正報》1947年第2卷第15期，第17頁。

展大有裨益。尤其是對《個柳手》《榕樹上》《二嬸絕糧》等方言詩文本的具體研討，使得方言詩運動的創作實踐問題得到了深入闡釋。況且從實際情況來看，有關方言詩運動的討論與有關方言文藝運動的討論很難被剝離開來，二者之間存在著密切聯繫，所以將之放在一起進行論述似乎更為契合歷史的本來面貌。

五、「到處都是『光說不練』的嘴巴戲」

正如之前所說，工農讀者也參加了本次文藝討論。《正報》格外重視讀者的真實反饋，曾經公開表態「無論是歌曲，戲劇，詩歌，小說……那一門都好，能不能普及，大眾化不大眾化，一定要聽工農大眾的說話，才能得到正確的結論」〔註43〕，所以這份地方報紙多次刊發讀者的來信，展示後者對方言文藝運動的看法。不僅如此，《正報》給予了各種意見以足夠尊重，在此基礎上既表現出對方言文藝運動的堅定支持，也展示出盡可能統合文藝力量共同為文化動員出力的宏大氣魄。同時也要明白一點，那就是《正報》不可能沒有立場。雖然《正報》儘量表現出公正、客觀、理性的姿態，對反方、正方、讀者、符公望的觀點都表示出「瞭解之同情」，但是其總體立場還是傾向於正方的，從「帶有部分普遍性的偏見」（針對反方的觀點）與「完全是好的，沒有什麼壞」（針對正反的觀點）兩種表述的對比之中就可以察覺出來。《正報》甚至還主動為正方的爭議性說法進行辯護，「孫子牛說的『思想搞不通』用的係藍玲的原文，琳清說的『低能』指的是智識分子，並無嘲諷勞苦大眾的意思」〔註44〕，而反方則沒有受到這樣的待遇，由此可知《正報》的真實態度。

《正報》對此次論爭還進行了階段性的總結，在《關於論辯態度答讀者》一文裏對帶有火氣的反方、正反、讀者分別進行了安撫和提醒，「我們認為參加討論的朋友們，其動機都是好的，因此也不會有如你們所擔心的『打擊別人，抬高自己』的錯誤」〔註45〕，他們準備藉此為本次方言詩《個柳手》在《正報》上引發的方言文藝論爭劃上一個句號。由《個柳手》引發的方言文藝論爭並沒有就此結束，於是《正報》後來又刊登了馮乃超、邵荃麟聯合撰寫的《方言問

〔註43〕編者《編者按》，香港《正報》1947 年第 2 卷第 12 期，第 25 頁。

〔註44〕編者《關於論辯態度答讀者》，香港《正報》1947 年第 2 卷第 15 期，第 18～19 頁。

〔註45〕編者《關於論辯態度答讀者》，香港《正報》1947 年第 2 卷第 15 期，第 17～19 頁。

題論爭總結》,「方言文藝問題將於下期(新年號)刊出一篇初步的總結」〔註46〕便是指的這篇文章。該文詳細地梳理了本次方言文藝論爭中的各種主要觀點及其產生原因,明確了方言文藝論爭的範疇、對象、重點和前提,把「如何發展方言文藝運動」而非「要不要發展方言文藝運動」作為核心議題,並且指出今後的方言文藝運動應該加強對中國語文運動和新文學運動的學習、研究與運用。〔註47〕總地來說,《方言問題論爭總結》可被視為本次方言文藝論爭的完結標誌,此後的相關討論雖然尚未斷絕,卻沒有再次引發如此廣泛的關注。

　　《正報》編輯之所以急於結束這場方言文藝論爭,是因為他們希望大家把關注點從理論探索轉向創作實踐,他們認為當時的理論爭辯已經很多,優秀的方言文藝作品卻較少,理論探索與創作實踐的發展不平衡嚴重制約了方言文藝運動的歷史發展進程和文化動員實效。為此,《正報》的編者們還專門發布過一則啟事:「前此收到的此項論辯文章,除妥為保存,留供研究上的參考外,不擬再行在本刊發表(今後特別歡迎方言文藝的示範作品,以及貢獻寫作方言文藝的經驗等類文章)。凡屬上述稿件的作者,如有意將其原稿退回,請來函聲明並賜地址,以便奉還。」〔註48〕這段話是《正報》向投稿者放出的一個信號:今後《正報》將繼續關注方言文藝運動,但是不再像之前那樣大量刊發討論方言文藝運動的理論文章,而是著重登載方言文藝作品以及談論方言文藝創作經驗的文章。《正報》在緊接著的一期裏如是聲明:「我們更希望朋友們在研討理論原則之同時,多寫作一些方言作品以及交換方言寫作的經驗,使理論與實踐密切地配合起來。」〔註49〕就方言文藝運動而言,理論先於創作、理論多於創作是一種常態,「今天,在方言文藝運動中,創作實踐顯然較重於理論建設,實際的材料搜集合研究的工作顯然較重於一般原則性的論列」〔註50〕,而《正報》恰恰想要改變此種情況。

〔註46〕編輯室《啟事》,香港《正報》1947年第2卷第18期,第28頁。
〔註47〕馮乃超、荃麟執筆《方言問題論爭總結》,香港《正報》1948年第2卷第19～20期,第30～35頁。
〔註48〕編輯室《啟事》,香港《正報》1947年第2卷第18期,第28頁。
〔註49〕編者《編者按》,馮乃超、荃麟執筆《方言問題論爭總結》,香港《正報》1948年第2卷第19～20期,第31頁。
〔註50〕黃繩《方言文藝運動幾個論點的回顧》,寫於1949年2月28日,收入中華全國文藝協會香港分會方言文學研究會編輯《方言文學》(第一輯),香港:新民主出版社1949年版,第12頁。

　　「今天的普及的方言文藝的確是創作實踐遠落在理論上的爭論的後頭」〔註51〕，造成這種局面的原因是複雜的，方言文藝作家缺少發表作品的文藝陣地，不容易受到文壇的認可，也缺乏理論上的指導意見，這些因素都加劇了方言文藝創作的艱難性，造成了方言文藝運動的創作實踐落後於理論探索的情形。「重理論而輕創作」是方言文藝運動長期存在的一種弊病，林曦早在1943年就指出過「最近，又有提倡『方言的文學』的了，我熱切地期望著能得到很大的反應，誰知道過了半年，卻仍然只見過一篇四川話的短篇小說和一篇短劇本兒。實行，總是趕不上主張；『作』，老落在『說』後面，到處都是『光說不練』的嘴巴戲」〔註52〕。

　　縱覽中國現代文學史，關於文學語言問題的理論探討經常先於或者多於創作實踐，「述先於作」「述多於作」或者「述而不作」都是常態，方言文藝運動也是如此。相比之下，方言詩運動的這種問題並沒有那麼嚴重，關於方言詩運動的理論探討固然不少，方言詩也有許多，創作實踐並沒有明顯地落後於理論探討，此種狀況使得方言詩運動能夠更好地發揮出本身的文化動員作用。當然，這並不是說方言詩運動不存在理論探討與創作實踐相脫節的情況，只是比方言文藝運動的整體情形要好一些。按照通常的文體四分法，在小說、詩歌、散文、戲劇四種文體之中，詩歌是最靈巧、最簡短、最富音韻的一種文體，這是方言詩運動往往成為方言文藝運動的「先鋒軍」、其理論探討與創作實踐上能夠保持相對一致的原因之一。例如潮州方言詩人丹木在醞釀方言長詩《暹羅救濟米》的過程中，最初是準備將之寫成一部小說，後來考慮到普及的問題，才轉而寫成一首方言詩，「這個故事是去年秋天，同鄉陳君在痛陳郭某在南山的『德政』中，插入講出來的，我當時原想把它寫成小說，但覺得這種題材，如能寫成潮州老百姓看得懂或聽得懂的詩歌，是更有意義的。」〔註53〕正是因為這個原因，方言詩運動得以在堅持「普及第一」觀念的基礎之上，較多地關注「提高」的問題，從而在最大限度上推動文化動員的進程。對方言詩《個柳手》的討論其實已經比較深入，涉及到了方言詩創作的多方面問題，尤其是在運用方言詞彙方面。除了用語以外，方言詩運動還是重視取材。這次被選中的

〔註51〕 孺子牛《舊的終結，新的開始——再論普及的方言文藝二三問題》，香港《正報》1947年第2卷第15期，第15頁。
〔註52〕 林曦《肅清不像話的文字》，重慶《新華日報》1943年3月3日，第4版。
〔註53〕 丹木《暹羅救濟米・後記》，香港：潮書公司1949年版，第2頁。

文本不是《個柳手》，而是另外一首方言詩——出自黃河流之手的《榕樹上》。
該詩發表在 1947 年 12 月 15 日《華商報‧熱風副刊》上，全文如下：

> 有條死屍弔喺榕樹上，
> 重有個牌仔寫明「王保長」，
> 人人行過都睇嚇，
> 睇完依開個口笑洋洋。
> 太婆睇完大聲講：
> 「舊時呢個王保長，
> 迫我交餉催擺糧，
> 亂拉『掛紅』嘅子孫，
> 監硬要拆祠堂牆，
> 而家睇佢變咗乜嘢樣，
> 邊個有柴唔想打佢一大場？」
> 有個睇牛亞狗仔，
> 指住死屍對佢講：
> 「而家我地翻身變曬樣，
> 任你舊時點樣凶夾狼，
> 睇嚇有田你耕定我耕，
> 睇嚇有福你享定我享！」〔註54〕

《華商報‧熱風副刊》的每期篇幅不過半版，收到的來稿數量卻很大，僅僅在 1947 年 12 月的上半個月就整理出大約一百篇稿件，「來稿以詩為最多，這兒我們想推薦今天發表的《榕樹上》，編者以為這是一首好詩」〔註55〕，由此可見《華商報‧熱風副刊》對《榕樹上》的欣賞。刊發在《正報》上的《值得討論的取材方法問題——關於〈榕樹上〉一詩的意見》一文卻對《榕樹上》持有截然不同的看法，指出「這首詩的取材方法，值得檢討」。對《榕樹上》的兩種不同評價反映出人們對方言詩創作方法的不同見解。在客安看來，《華商報‧熱風副刊》推薦《榕樹上》主要是出於兩點原因，一是恰逢方言文藝論爭，二是該詩以農民翻身運動為題材。客安認為《榕樹上》在取材方法上犯下了嚴重錯誤，指出該詩「取材於弔死在榕樹上的王保長死屍開端……這是脫離

〔註54〕黃河流《榕樹上》，香港《華商報》1947 年 12 月 15 日，第 3 版。
〔註55〕編者《讀者與編者》，香港《華商報》1947 年 12 月 15 日，第 3 版。

了實際鬥爭的『概念』出發的想像，而且是有害的概念想像；首先要承認當農民進行暴風雨翻身鬥爭，我們決不鼓勵片面的狹隘報復觀念，同時堅決反對舊時代統治階級『暴屍示眾』那種殘酷野蠻行為」，並且提出如果《榕樹上》能夠改善原先的取材方法，那麼它有可能成為「試作方言詩中的一首好詩」〔註56〕。

方言詩《榕樹上》並沒有像《個柳手》那樣引起作家們的熱議，只是受到了少數幾個人的關注，但是與之相關的論述將方言詩運動在處理「普及」與「提高」的關係問題上推向了一個新境地，並且再次印證了方言文藝運動常見的「到處都是『光說不練』的嘴巴戲」的弊病在方言詩運動那裡的情況要好得多。無論是《個柳手》引發的討論，還是《榕樹上》引起的爭論，都顯示出方言詩運動對「普及」的默認態度以及對「提高」的格外關注。這種對待「普及」與「提高」的做法使得方言詩運動能夠源源不斷地推出方言詩，創作實踐給理論探索帶去了充足的方言詩文本，而理論探索使得方言詩創作能夠不斷修正發展方向。由此，方言詩運動的理論探索與創作實踐形成了良性循環的互動關係，這為方言詩運動發揮文化動員功效打下了基礎。

六、「普及」與「提高」在方言詩運動中的糾纏

透過《個柳手》引發的方言文藝論爭，可以看到方言詩運動為了提升文化動員效用而採取默認「普及」、關注「提高」的做法。當時的方言詩運動之所以能夠這樣處理「普及」與「提高」的關係，離不開之前的理論鋪墊與創作準備。

在抗日戰爭全面爆發以後，方言詩運動逐漸興起，「普及」與「提高」的辯難從那時起便緊緊纏繞著方言詩運動。一般認為，方言詩運動興起的主要原因是中國民眾的文化水平極低，他們一般只能通過「聽」的方式來接觸現代新詩，而國語在中國多地尚未普及，習慣使用本地方言的人民群眾聽不懂用國語朗誦出來的詩歌，所以出現了諸如「朗誦底語言應當以該地方為大多數人所易懂的方言才達到主要的作用」〔註57〕的看法，導致詩歌朗誦運動逐漸呈現出方言化趨勢，方言詩運動隨之慢慢發展壯大。為了實現文化動員的宣傳目標，方言詩運動不斷鑽研詩歌朗誦方法，這種情況直到解放戰爭時期都沒有結束。

〔註56〕 客安《值得討論的取材方法問題——關於〈榕樹上〉一詩的意見》，香港《正報》1948年第2卷第19～20期，第36～37頁。
〔註57〕 朱白水《關於詩歌朗誦》，廣州《救亡日報》1938年3月18日，第4版。

「在今天，在蔣管區的廣大農村，農人的普遍的不識字，使方言詩下鄉，開始不能不借助於朗誦……城市裏我們常見的一般朗誦方式，在農村卻不盡適用，這由於農人的具體生活與城市的又顯著的差異，硬搬是不行的」〔註58〕，所以方言詩運動在下鄉過程中要考慮農村的實際情況和農民的生活習慣，以便保證文化動員效果。

　　方言詩運動對朗誦技巧的關注，主要是出自對「普及」與「提高」的考慮，以便幫助廣大人民群眾「聽懂」或「看懂」方言詩。「朗誦方言詩的先生們，我覺得不必要再到知識分子的大會場中，把它當作一個時髦的表演工具吧。方言詩應該真正的朗誦給老百姓聽，不要被圈在沙龍裏」〔註59〕，恰恰因為方言詩運動一度過於看重「提高」，導致方言詩只在城市知識分子中間流行，未能在廣大人民群眾裏實現「普及」，因此「普及」顯得格外要緊。然而在關注「普及」的同時又不能忽視「提高」，方言詩運動出現口號化、標語化的粗製趨向絕不是詩人想要看到的局面，李季的《王貴與李香香》在這方面堪稱典範。《王貴與李香香》自問世以後，被眾多評論家打造為「人民詩篇的第一座里程碑」，成為諸多詩人從事新詩創作的標尺。《王貴與李香香》的成功有著豐富的歷史意義，譬如它表明了「普及」與「提高」在方言詩運動中是可以兼容的，「現在我們已經有了從小調發展出來的唱本《王貴與李香香》，說文雅一點就是敘事詩，這說明詩歌已經從普及基礎上提高了」〔註60〕，這個範例不僅給方言詩人帶去了創作上的信心，而且給他們提供了協調「普及」與「提高」的經驗。

　　「普及」與「提高」的糾纏深刻地影響了方言詩運動的發展走勢，使得詩人不斷探索著創作出為人民群眾所喜聞樂見的方言詩、讓方言詩運動在文化動員裏起到更大作用的前行路徑。在抗日戰爭末期，出現過「要有韻的，音樂性強烈的詩」的呼籲，這種呼籲便著眼於方言詩運動應該如何處理「普及」與「提高」的關係，「因為農民是深受唱本，小調，及歌謠的影響，而他們又不斷地在創造著歌謠，所以，有韻的，音樂性強烈的詩，他們才容易接受，當然，這是一個過渡的普及的階段，但詩歌要在普及上提高才有意義，我們把它架空起來，農人是不懂得的。」〔註61〕在一些詩人眼裏，方言詩是「知識分子詩」

〔註58〕沙鷗《方言詩的朗誦》，香港《華商報》1948年4月2日，第3版。
〔註59〕田苗《方言詩與朗誦》，重慶《新華日報》1946年8月1日，第4版。
〔註60〕馮乃超《戰鬥詩歌的方向》，香港《大眾文藝叢刊》1948年第1輯，第28頁。
〔註61〕失名《關於詩歌下鄉》，重慶《新華日報》1945年4月14日，第4版。

的替代品，是詩歌主動接近人民群眾的一種進步表現，從這個層面來講，「方言詩代知識分子詩在今天取得了第一的地位，也應該是肯定的」；與此同時，方言詩既可以實現「普及」的目標，也能夠達成「提高」的理想，「普及」與「提高」在這裡並不矛盾，二者共同服務於文化動員。但是，詩人必須轉變原先的創作態度，才能妥善地處理「普及」與「提高」的關係，「詩歌要在普及上提高才有意義要普及，必得要方言，但只是方言問題，也是不能解決的，這，在主題上須得研究的並不多，只是一個詩人，它的情感與思想的改造造成為比較困難的問題但在方言詩的發展中，我們要求的不僅僅是農村的物象的現實的描寫，而是活生生有著強烈的生命力的東西，這生命力在詩裏的滲透與飽和，正是依靠著詩人自己的知識分子的思想情感向農人那一方向的轉移與改變，只有完成這一轉移與改變詩人強烈的生命力才能透入詩人的作品裏。」〔註62〕方言詩運動被視為把詩歌從知識分子那裡轉移到人民群眾手中的一種詩學嘗試，處理「普及」與「提高」的關係顯得格外重要。「不能有這樣的想法，認為方言是詩的水準的下落。我們要認清普及的重要」，而且「普及」與「提高」在方言詩運動中都是需要的，「方言並不等於是詩，這是首先應被瞭解的，它必需經過提煉，經過加工，經過潤色」〔註63〕，從中可見方言詩運動在「普及」的基礎之上還要求著「提高」。

通過上述分析可以看到方言詩運動從抗日戰爭全面爆發之初就重視「普及」與「提高」的關係問題，一直嘗試著在戰時宣傳與藝術追求、文化動員與詩藝提升之間尋找平衡點。及至《個柳手》在《正報》上引發方言文藝論爭之時，方言詩運動在處理「普及」與「提高」的關係上已經積累了豐富經驗，默認「普及」、關注「提高」已經成為詩人共同的默契。這種情況幫助方言詩運動在理論探索與創作實踐上形成了良性循環的互動關係，也有利於方言詩運動在文化動員中發揮出更加顯著的功用。譬如沙鷗的方言詩、馬凡陀的市民山歌時常被放在一起討論，它們分別代表著詩歌運動朝向農村讀者、城市讀者的兩種發展途徑，雖然都在「普及」方面做出了顯著成就，卻依然被指出在「提高」方面有著廣闊空間，「不論是方言詩，是城市市民的山歌，在當今都還是一個開始，一個痛苦的起頭；都還不是一個健美碩壯的發展，而存著的問題還多，大致的問題，是作者的創作表現所顯示著的生活實踐的單純，沒有突入藝

〔註62〕沙鷗《論方言詩之發展》，重慶《詩歌月刊》1946 年創刊號，第 4 版。
〔註63〕沙鷗《關於方言詩》，重慶《新華日報》1946 年 11 月 2 日，第 4 版。

術的真實世界，突入血淋淋的令人亢奮，令人慾醉的戰鬥的大汪洋裏。」〔註64〕從中可以看出時人對方言詩運動的「提高」有著較高的期待，其「普及」已經成為一種不言自明、無需論證的前提。再如方言詩運動被當作通往詩歌大眾化的一種途徑，所謂「大眾化」其實已經包含了「普及」的旨歸，方言詩運動的「普及」在這裡變成了一種公論，「方言可以入詩，可以寫出好詩，可以助使詩歌大眾化的完成，那已是不成問題了」，而如何才能「提高」成為方言詩運動必須面對的難題，「目前這一點點成績太不夠，太貧乏了。方言的豐富，像無邊大海裏藏著這無限的珠寶，我們才只撈到了一珠一粒，難道就會滿足嗎？對於寫方言詩的朋友，我更有著又遠又大希望呵！」〔註65〕

　　在《個柳手》引發方言文藝論爭以後，方言詩運動依然進行著文化動員策略方面的理論探索，嘗試著更好地根據人民群眾的實際需求和方言詩運動的發展規律來妥善處理「普及」與「提高」之間的辯證關係。例如在樓棲看來，方言詩運動之所以向民間文學傳統汲取養分，主要原因是為了更好地實現「普及」與「提高」的雙重目標，「『詩人的革新創造精神』，應該從民間歌謠的基調出發，那樣才是『普及』裏面的『提高』」〔註66〕，單純的「普及」或一味的「提高」都是不可取的，所以他在創作客家方言長詩《鴛鴦子》之時，決定「根據這個原則來動筆：要普及，也要提高；使用舊形式，也要給舊形式以改造」〔註67〕。樓棲的這種探索使得《鴛鴦子》創造出一種介乎於客家山歌與客家唱本而又別具特色的文體形式，在處理「普及」與「提高」、「舊形式」與「新形式」、文化動員與詩歌藝術的關係問題上積累了寶貴經驗。除了樓棲的個人創作經歷之外，閩南方言詩運動也能說明方言詩運動在處理「普及」與「提高」的關係問題上進行的理論探索。正如之前所說，以民間歌謠為主體的方言詩運動是閩南方言文學運動的「主力軍」，它代表著閩南方言文學運動的最高成就。雖然閩南方言詩運動取得了一定的成績，但是詩人依然感到不滿，指出「年來已發表的方言創作在量上原不算少，但為了政治環境的關係，在表現上受到了很大的限制，所以在表現主題上最高是

〔註64〕潔泯《詩的戰鬥前程》，上海《新詩歌》1947年第4號，第16頁。

〔註65〕王亞平《方言詩的創造》，漢口《詩壇》1947年第1卷第2～3期，第11頁。

〔註66〕樓棲《論人民詩歌的「詩腔」》，香港《中國詩壇》1949年第3期，第10頁。

〔註67〕樓棲《我怎樣寫〈鴛鴦子〉的》，寫於1949年2月20日，收入中華全國文藝協會香港分會方言文學研究會編輯《方言文學》（第一輯），香港：新民主出版社1949年版，第93～94頁。

反徵兵，徵糧，表現農村農民耕作與被剝削的慘痛、仇恨，至於寫減息減租土改鬥爭那是極隱淡的」〔註68〕，作者以《永定山歌》《湖雷民謠》《寧洋民歌》等運用閩南民歌形式寫成的方言詩作為反面例子，希望方言詩運動能夠擺脫「封建」「淫穢」「粗野」的弊病，推出更多諸如《王智敏的情歌》之類的受到廣大讀者歡迎的優秀作品。對於閩南方言文學運動的發展前路，卓華的看法跟楚驥較為相似，他也把民間歌謠作為閩南方言文學運動的「先頭部隊」，認為閩南方言文學運動的成敗得失在很大程度上取決於閩南方言詩運動的發展情況，並且指出閩南方言文學運動的一大現實目標是在人民群眾中間開展文化動員，引導後者接受戰時宣傳的影響。「方言文學是否搞得好，問題不在作品的產量的多少，而是在於人民的需要和接受程度如何：我們知道這文字的不夠方言的應用已經是一個嚴重的問題了，加以在目前教育未普及人民的聽覺，為最宣傳而有力的工具，而適合應用這一工具的又莫如民歌」〔註69〕，從中能夠看出以民間歌謠為主體的方言詩運動對於方言文學運動的發展、文化動員的進行有著重要意義。凡此種種都表明了方言詩運動在文化動員策略方面所進行的持續性理論探索，「普及」與「提高」的辯證關係始終是詩人重點討論的一個議題，也是關乎方言詩運動的文化定位、讀者對象、發展方向等諸多關鍵問題的一大話題。通過《個柳手》在《正報》上引發的方言文藝論爭可以清楚地看到「普及」與「提高」在方言詩運動中的糾纏，這種情形從抗日戰爭全面爆發到解放戰爭結束前夕是一直存在著的。

以方言詩《個柳手》在《正報》上引發的方言文藝論爭為中心，綜合考察這場方言文藝論爭的歷史形成原因及其前後歷史脈絡，可以看到「普及」與「提高」在方言詩運動中相互糾纏的特殊歷史景象，也可以看到方言詩運動為處理「普及」與「提高」的關係、解決「把詩聽懂」問題所進行的種種理論探索，凡此種種都是為了讓方言詩運動能夠在文化動員裏起到實際作用。無論在具體表述上有何差異，方言詩運動對以下問題的基本認識都是始終如一的：方言詩運動把「普及」作為第一要務，「提高」必須建立在這個基礎之上，甚至為了保證「普及」的效果，可以暫時擱置「提高」的訴求。林林的《談詩歌的用詞》一文裏有這麼一段文字：「人民的用詞，有時也許我們覺得不夠雅致，但這是知識分子的舊根未除，偏愛還在的緣故，如廣州

〔註68〕楚驥《閩南方言文學運動》，香港《文藝生活》1949年第49期，第45頁。
〔註69〕卓華《閩南民歌探討》，香港《華商報》1949年5月2日，第3版。

說共車，說成『八叔』，潮汕一帶說成『二點』，也許不美，但不能這麼看法，那是他們用慣了的方言，這方言，他們就感到親切。我們要寫他們的事，就得學他們的話。寧可把『提高』的意念放低些。」〔註70〕就方言詩運動的發展情形而言，「普及」與「提高」固然都很重要，正如沙鷗在《方言詩應該有韻》裏所言「今天的問題不僅僅在於廣大的農民能否看懂或聽懂，當然這是基本的，我們還要做到使廣大的農民喜歡看或喜歡聽」，但是「普及」處於首要位置，「提高」只有在「普及」完成以後才能進行，這一點卻不是馬上就可以達成的，「也許他們會喜歡流傳在知識分子群中的詩，或者要求更『自由』，那麼該是普及之後，普及有了很好的基礎，而他們的文化已大大提高了的事情，決不是今天。」〔註71〕懷淑的《廣泛開展方言詩運動》發表在香港《新詩歌》1948年第7輯上，該文從《正報》上的方言文藝論爭以及馮乃超、邵荃麟的《方言問題論爭總結》入手，對方言詩運動的「普及」與「提高」的關係問題進行了辨析。懷淑首先提出「方言詩的好壞高低的區分，老百姓的是否喜愛接受是唯一的尺度」，為此方言詩人應該摒棄知識分子的思想情感、忠實表現「人民的情意」，最後指出了「普及」與「提高」在方言詩運動裏的理想狀態：「今天提倡方言詩，當然不單純是要求普及，同樣要求提高，但普及在今天無意識最迫切最必要，因此，在完成初步的普及的任務，注重如何才能使我們要求的對象喜歡，是創作時的要緊的課題。」〔註72〕在林林、沙鷗、懷淑等詩人看來，「普及」與「提高」在方言詩運動的推廣中都很重要，但是「普及」應該被擺在首要位置，這是由文化動員的現實需要所決定的。這種看法在二十世紀四十年代頗具普遍性，代表了不少詩人的共同看法。「普及」之所以被如此看重，既跟方言詩運動執行的文化動員策略存在著關聯，也跟方言詩運動最初興起的原因保持著一致——方言詩運動之所以能夠在戰爭語境下逐漸興起，主要是因為它有助於文化動員工作的開展，它在宣傳效用上跟國語詩運動之間構成了互補關係，彌補了後者在某些方言區的天然缺陷，使得新詩可以在文化動員中發揮更大作用。如果方言詩運動不把「普及」看得如此重要，那麼它就違背了最初的功能設計，也就很難再獲得國家層面的力量支持。

〔註70〕林林《談詩歌的用詞》，香港《文藝生活》1949年第50期，第16頁。
〔註71〕沙鷗《方言詩應該有韻》，香港《華商報》1948年3月21日，第3版。
〔註72〕懷淑《廣泛開展方言詩運動》，香港《新詩歌》1948年第7輯，第7頁。

第二節　從音韻性到音樂性：方言詩運動的音樂化傾向

在方言詩運動的演變歷程裏，發生過一次從音韻性到音樂性的詩學追求轉變，這種變化源於爭取讀者認同、開展文化動員的實際需要。自從現代新詩誕生之日開始，音韻性便是詩人關注的一個質素，它甚至一度成為判定新詩的一種標尺。在抗日戰爭全面爆發以後，詩歌朗誦運動異軍突起，並且很快出現方言化的趨向，漸漸興起的方言詩運動跟詩歌朗誦運動相互協作、共同助力文化動員工作。由於新詩的主要受眾從知識分子變成了人民群眾，而絕大多數中國民眾並不識字，「把詩聽懂」的問題橫亙在詩人與民眾之間，於是新詩的音韻性問題得到進一步彰顯，最終引發了從音韻性到音樂性的詩學追求轉變。音樂性的詩學追求使得方言詩運動表現出音樂化傾向，而音樂化傾向影響了方言詩運動的發展進程和文化動員成效。當前已有學者以《華商報》為研究對象，指出過方言詩運動的音樂化傾向，認為方言詩運動在 1948 年出現了「以方言歌曲的寫作與演唱為核心，如《這年頭》的歌，用浙江土話寫成，歌曲《官謠》，用粵語寫成，配上曲子，易於傳唱」〔註73〕，只可惜沒有深入分析方言詩運動追求音樂性的深層原因和歷史意義，也沒有將考察對象從《華商報》擴散開去。本文將以方言詩運動的音樂化傾向為考察對象，將方言詩運動置於詩歌朗誦運動的發展歷程中進行觀察，發掘方言詩運動的音樂化傾向跟文化動員的政策導向之間的複雜關係，指出音樂化傾向之於方言詩運動的歷史利弊。

一、詩歌朗誦運動與方言詩運動

之前已經提到詩歌朗誦運動與方言詩運動之間存在著聯繫，它們都重視詩歌的音韻性問題，這是因為當時絕大多數中國民眾沒有文字閱讀能力，他們只能聽詩而不能讀詩。為了讓文化動員取得更好的效果，詩人將詩歌朗誦運動與方言詩運動結合起來，摸索著「把詩聽懂」認同難題的解決辦法。

在抗日戰爭全面爆發以後，救亡歌曲風行一時，詩歌朗誦運動隨之興起。在戰爭語境下，詩歌朗誦運動具有重要意義，它直接作用於和服務於文化動員，「無可否認的，詩歌朗誦在目前有著她偉大的抗敵救亡的任務和作用，它將是鼓舞並指導廣大的不願做奴隸的中國群眾的精神和行動的號角；同時更

〔註73〕顏同林《〈華商報〉副刊與 1940 年代港粵文藝運動》，載《廣東社會科學》2019
　　　　年第 2 期，第 110 頁。

是代表中國大眾向世界人群的正義的呼願。」〔註74〕為了貫徹詩歌大眾化的理論主張，詩歌朗誦運動跟人民群眾的日常生活用語越來越近，「詩人們把詩儘量口語化，把口語儘量吸入詩中。詩人們不怕阻礙，不怕難為情，到處做著朗誦工作。」〔註75〕詩歌朗誦運動不同於以往的其他詩歌運動，它不僅對朗誦技巧進行了特別的規定，而且對詩歌創作提出了一些特殊的要求，比如詩人在詩歌創作過程中應該重視詩歌語言的通俗化、口語化、形象化，「因為通俗化與朗誦是極相關連的，由於朗誦，我們創作可以更口語化，形象化，更適合於當前抗戰的需要。」〔註76〕在此種情形下，方言問題被提了出來，成為詩歌朗誦運動的一個重要議題：

> 　對於朗誦的方言的問題，我們覺得這是不可忽略的，誰也知道，指定某種方言來作為朗誦的標準語音，這是絕對不可能的，也好像新文字不能指定某種方言來作標準語音一樣。因此，我們以為詩歌朗誦者不要漠視這個問題，因為這對於我們朗誦的效果是占著主要地位的。比如，用廣東語言在武漢朗誦，我們可以斷定要遭失敗的。同樣，用武漢語言在廣東朗誦也不會收到效果。固然，我們希望有一個統一語，可是現階段是不可能的，因此，一個能幹的詩歌朗誦者必須能使用幾種較普遍的方言，他才可以走遍各地深入民間。〔註77〕

中國方言種類繁多、情況複雜，只用國語進行詩歌朗誦不符合歷史實情，很難在全國範圍內取得令人滿意的效果。所以詩歌朗誦運動的倡導者開始重視方言問題，認為詩歌朗誦者應該具備使用方言的能力，而且應該儘量運用所在地區的方言進行詩歌朗誦，從而減少受眾的語言隔閡，讓詩歌朗誦運動在文化動員裏發揮作用。正是在此種情形之下出現了一些比較特別的詩歌，它們是用白話文寫成的，卻要用方音來朗誦，以便讓詩歌朗誦運動取得更好的傳播效果。例如亞京的《春耕三部曲》全詩分為三節，其中一節如是：「荷著鋤！／荷著鋤！／趁住春天雨水多，／田土輕鬆，／正好鋤，／鋤呀⋯⋯鋤！／起勢

〔註74〕劉丹、易河《關於詩歌朗誦的幾點意見》，廣州《中國詩壇》1938年第2卷第4期，第27頁。

〔註75〕韓北屏《試論詩朗誦與朗誦詩》，桂林《抗戰時代》1940年第2卷第5期，第2頁。

〔註76〕蘆荻《一年來的〈中國詩壇〉》，廣州《中國詩壇》1938年第2卷第5～6期，第1頁。

〔註77〕劉丹、易河《關於詩歌朗誦的幾點意見》，廣州《中國詩壇》1938年第2卷第4期，第27～28頁。

鋤──／鋤鬆田土做春耕！／你又耕時──我又耕，／春耕──春耕，／盡力做春耕，／不偷半日閒！」〔註78〕這首詩基本上沒有運用方言詞彙，其標題下面用括弧注明「用鄉土方言朗誦」，這大大增加了詩歌朗誦者的難度，他需要在進行詩歌朗誦的時候把該詩從白話文翻譯成方言土語。之所以會出現此種特殊情況，還有一個重要原因，那就是當時有一些人主張在開展詩歌朗誦運動之時儘量運用方言、兼以國語，「第四、談到朗誦的方法。多數主張用方言，輔以普通話，這樣可以收效大些」〔註79〕，「我們在這五次朗誦中，實驗老師告訴了我們幾個訓條：（一）利用舊瓶裝新酒，比較容易收效（最好是方言），因為朗誦的對象大部是落後的群眾」〔註80〕，「來朗誦，最好多量的朗誦合唱詩，減少聽眾單調的感覺，最要緊的是採用所在地的方言來朗誦」〔註81〕，方言之於詩歌朗誦運動的重要性由此可見一斑。隨著方言越來越受到詩人的重視，方言不僅在詩歌朗誦裏佔有重要地位，而且在詩歌創作裏有著突出位置。詩人慢慢發現原先倡議的、通俗化、口語化、形象化的詩歌語言並不能滿足詩歌朗誦運動的實際發展需要，於是方言土語開始漸漸湧入現代新詩的創作之中，不斷擠壓國語的既有陣地，「詩歌土話化以後才能更接近群眾，在通俗化這方面才能獲得更大的效果，是不僅僅對於朗誦有利的。」〔註82〕陶行知、馮玉祥的新詩創作在詩歌語言通俗化、口語化、形象化方面取得了突出成績，但是他們的新詩主要運用國語寫成，而中國南方地區的方言跟國語差別甚大，此種局面限制了陶行知、馮玉祥的詩歌作品在南方的傳播，於是有人提出「在這樣的特定環境中，不得不利用當地最流行的方言，創作易於傳送的口頭語歌謠」〔註83〕。

　　從實際效果來看，方言化有利於詩歌朗誦運動在人民群眾中間的開展，也有助於其進一步提升文化動員效用。當詩歌朗誦運動的方言化趨勢強盛到一定程度，方言詩運動便逐漸興起，但是它並沒有跟詩歌朗誦運動割裂開來，而是在相互配合中共同向前發展，一起推進文化動員的開展。在實際情形中，詩

〔註78〕亞京《春耕三部曲》，廣州《中國詩壇》1938 年第 2 卷第 3 期，第 12 頁。

〔註79〕臧克家《詩歌朗誦運動展開在前方》，漢口《新華日報》1938 年 8 月 30 日，第 4 版。

〔註80〕蘇文《詩歌朗誦在廣州》，漢口《新華日報》1938 年 3 月 30 日，第 4 版。

〔註81〕黃寧嬰《詩歌運動的現階段》，廣州《救亡日報》1938 年 1 月 21 日，第 4 版。

〔註82〕呂驥《從朗誦說起》，漢口《戰地》1938 年第 1 卷第 1 期，第 6 頁。

〔註83〕雷石榆《開展大眾詩歌活動》，廣州《中國詩壇》1937 年第 1 卷第 4 期，第 3 頁。

歌朗誦運動與方言詩運動並不是彼此之間完全獨立的兩種詩歌運動，譬如許多方言詩原本就是為了詩歌朗誦的現實目的而創作出來的，所以它們同時涉及到詩歌朗誦運動與方言詩運動。「上次說過的二千人的會場中的朗讀不外是方式之一種，今後，由於方言詩的發展，我們間不難有人在街頭做出朗讀工作的罷」〔註84〕，配合詩歌朗誦運動的發展是方言詩運動的興起原因之一，而方言詩運動的發展離不開詩歌朗誦運動的支持。「朗誦工作是不能忽略的，我們如果忽視了這一工作，方言詩就很難於發展」「常常，一首好詩，由於朗誦的失敗，被農人搖頭不納」〔註85〕，從中可以清楚地看到詩歌朗誦運動與方言詩運動的緊密聯繫。

儘管詩歌朗誦運動與方言詩運動的關係頗為密切，然而它們的結合也會遭遇一些困難，在方言土語的運用、朗誦技巧的改進、思想情感的轉變等方面都存在問題，不利於文化動員的開展。詩人為此積極探索著應對之策，譬如有人針對受眾群體的問題指出「朗誦方言詩的先生們，我覺得不必要再到知識分子的大會場中，把它當作一個時髦的表演工具吧。方言詩應該真正的朗誦給老百姓聽，不要被圈在沙龍裏」〔註86〕，諸如此類的問題並沒有妨礙詩歌朗誦運動與方言詩運動在相互協作中共同為文化動員服務，更沒有將二者分裂開來。

二、詩學追求的轉變與文化動員的規約

上文之所以梳理詩歌朗誦運動方言詩運動的內在關係，主要是為了論證方言詩運動的興起原因之一是配合詩歌朗誦運動的發展需求，其最終指向的是對新詩聽覺層面的探索。由於抗日戰爭全面爆發，現代新詩被自然而然地納入到文化動員事業之中，於是新詩的主要受眾從知識分子變為人民群眾，而當時的絕大多數中國民眾不識文字，想要讓新詩在他們中間得到普及，必須重視「把詩聽懂」的問題，新詩的音韻性話題因此被突顯了出來。

事實上，音韻性始終是現代新詩關注的一個重要話題。從現代新詩登上中國文壇的舞臺開始，新詩的音韻性問題便成為眾多詩人的詩學自覺和理論焦慮。周作人在分析小詩的歷史遭遇時說過：「小詩在中國文學裏也是『古已有之』，只因他同別的詩詞一樣，被拘束在文言與韻的雙重束縛裏，不能自由發展，所

〔註84〕編者《我們在最近六月》，廣州《中國詩壇》1938 年第 1 卷第 6 期，第 26～27 頁。

〔註85〕沙鷗《方言詩的朗誦》，香港《華商報》1948 年 4 月 2 日，第 3 版。

〔註86〕田苗《方言詩與朗誦》，重慶《新華日報》1946 年 8 月 1 日，第 4 版。

以也不免和他們一樣同受到湮沒的命運。」〔註87〕自從新詩誕生之日起，文言與音韻的兩方面問題既是新詩想要極力擺脫的「雙重束縛」，也是新詩不得不慎重考慮的兩種形式要素，其中尤以音韻為甚，詩人對音韻的探索從未中止。詩人儘管清楚音韻會構成新詩創作的一種桎梏，卻又不約而同地追求詩歌在音韻上的美感（即音韻性）。胡適在評價自己的《嘗試集》說過：「我最初愛用詞曲的音節，例如《鴿子》一首，竟完全是詞。《新婚雜詩》的（二）（五）也是如此。」〔註88〕重視新詩音韻性的表述俯拾即是，例如穆木天提出「我們要求的詩是數學的而又音樂的東西」〔註89〕，王獨清指出「『色』『音』感覺的交錯，在心理學上就叫做『色的聽覺』；在藝術方面，即是所謂『音畫』。我們應該努力要求這類最高的藝術」〔註90〕，成仿吾認為「詩的本質是想像，詩的現形是音樂，除了想像與音樂，我不知詩歌還留有什麼」〔註91〕等，諸如此類的觀點都表現出現代詩人對音韻性的自覺追求。音韻性之所以是新詩發展的基本問題之一，不只是因為它對於詩歌本身的重要性，還在於它是幫助新詩從舊體詩詞手裏爭奪讀者的必備工具。朱自清曾經說過：「新詩不能吟誦，因此幾乎沒有人能記住一首新詩。固然舊詩中也只近體最便吟誦，最好記，詞曲次之，古體又次之；但究竟都能吟誦，能記，與新詩懸殊。新詩的不能吟誦，就表面看，起初似乎因為行不整齊，後來詩行整齊了，又太長；其實，我想，是因為新詩沒有完成的格律或音節。」〔註92〕魯迅發表過類似的見解：「詩歌雖有眼看的和嘴唱的兩種，也究以後一種為好；可惜中國的新詩大概是前一種。沒有節調，沒有韻，它唱不來；唱不來，就記不住，記不住，就不能在人們的腦子裏將舊詩擠出，佔了它的地位。」〔註93〕對於朱自清、魯迅所說的事實，冰心也是深有體會的，於是把音韻性確立為判定詩歌的一大標準，不管是古典詩詞還是現代

〔註87〕周作人《論小詩》，《自己的園地》，上海：北新書局1930年版，第54頁。

〔註88〕胡適《嘗試集・再版自序》，上海：亞東圖書館1920年9月版，第4頁。

〔註89〕穆木天《譚詩——寄沫若的一封信》，上海《創造月刊》1926年第1卷第1期，第84頁。

〔註90〕王獨清《再譚詩——寄給木天伯奇》，上海《創造月刊》1926年第1卷第1期，第94頁。

〔註91〕成仿吾《詩之防禦戰》，上海《創造週報》1923年第1號，第12頁。

〔註92〕佩弦《論中國詩的出路》，北平《清華中國文學會月刊》1933年第1期第4期，第70～71頁。

〔註93〕魯迅《341101致竇隱夫》，《魯迅全集》（第十三卷），北京：人民文學出版社2005年版，第249頁。

新詩都必須具備一種音韻上的美感。冰心對音韻的重視，源自當時對詩歌鑒賞標準的討論，即內容與形式的討論。「我以為詩的重心，在內容而不在形式。同時無韻而冗長的詩，若是不分行來寫，又容易與『詩的散文』相混」〔註94〕，在冰心看來，新詩的判斷標準是內容而非形式，分行與否並不起決定性作用，這種觀點代表了在二十世紀二、三十年代裏盛行的鑒定新詩的一種方法。

概言之，自從現代新詩誕生以後，音韻性始終是詩人的一種詩學追求。進入抗日戰爭時期以後，為了讓新詩在文化動員中發揮作用，詩人對音韻性的追求有過之而無不及。為了讓詩歌盡可能地在人民群眾之中擴散開來，詩人不得不根據人民群眾的文化水平和審美習慣來傳播詩歌，從而為文化動員創造條件。原本「詩」與「歌」是兩種不同的文體，二者的區別主要在於音樂性〔註95〕，這是公認的「常識」。然而隨著方言詩運動的不斷發展，詩人越來越重視現代新詩的音韻性。這是因為當時絕大多數中國民眾並不識字，並且長期浸淫於富有音樂性的民間文學傳統，普通群眾很難欣賞過於書面化的新詩。為了讓新詩在文化動員發揮作用，詩人不得不格外關注音韻性問題。在此種情況下，有一些報刊發布類似「本詩刊歡迎民謠，兒歌，方言詩和可以譜歌的詩篇」〔註96〕的稿約條例，也就顯得理所應當了。詩歌藝術不再是詩人的首要訴求，「把詩聽懂」才是他們最為看重的一點，意在讓更多的讀者接觸、接受新詩。「把詩聽懂」（包括「聽得懂」與「聽得進」兩個方面）的口語文學傳統壓過「把詩看懂」的白話文學傳統，導致新詩的音韻性變得更加重要。新詩音韻性地位的提升導致方言詩在相當程度上成為一門朗誦藝術，甚至有一些方言詩被音樂家譜曲，成為傳唱一時的歌曲（此種情形在華南地區尤為普遍，方言詩被改成粵曲的情形較為常見），現代詩人的詩學追求因此從音韻性轉化為音樂性（方言詩與音樂結合的可能性）。這種詩學追求的轉變體現出方言詩運動的音樂化傾向，而文化動員的規約在其中起到了重要作用。

三、音樂化傾向的演變線索

受到文化動員的規約作用，方言詩運動的詩學追求經歷了從音韻性到音樂性的轉變，此種變化令方言詩運動表現出音樂化傾向。縱觀中國現代新詩史

〔註94〕冰心《自序》，《冰心詩集》（第四版），上海：開明書店1948年版，第10頁。
〔註95〕安娥《詩與歌的區別》，重慶《詩歌月刊》1946年創刊號，第1版。
〔註96〕編者《稿約》，重慶《詩歌月刊》1946年創刊號，第8版。

的發展歷程，方言詩運動的音樂化傾向可謂是音韻性的詩學追求發展到極致的一種產物，也是新詩向廣大中國民眾「下移」、主動配合文化動員的一種嘗試。

進入抗日戰爭時期以後，由於文化動員的實際需要，音樂化傾向不僅存在於方言詩運動中，也存在於其他新詩運動裏，它甚至一度被視為建立詩歌的「民族形式」的一種路徑：「舊的韻律是最音樂化的，最有節奏，在今天可以增加我們詩歌方面的民族化的有力根據。」〔註97〕新詩與音樂結合的可能性早在抗日戰爭初期就被提了出來。「所謂詩歌大眾化的形式與內容，就是在於詩歌製作商，儘量採用舊形式（批判地），也創造新形式，並將其口語化簡潔化；同時多利用音樂和木刻作輔助」〔註98〕，這段話強調把音樂和木刻作為新詩運動的輔助手段。如果可以將音樂與詩歌結合起來的話，音樂不止能夠起到輔助作用，還能夠成為新詩運動的一部分。進入解放戰爭時期以後，新詩與音樂的結合問題依然受到關注，成為推進文化動員的一種嘗試。有人以「西洋詩」為參照對象，認為「中國詩有一個普遍的缺陷，就是音樂性的單調與缺乏」，音樂性恰恰是「中國詩」不如「西洋詩」的地方，所以它應該被高度重視，「讓我們學著去認識與把握詩的節奏，韻和旋律；這樣波狀的線，規則的點和調色的面便會在我們腦海構成美麗的圖案，激起靈魂的共鳴。」〔註99〕丹木把詩歌創作視為配合解放戰爭形勢的一種宣傳手段，因而主張詩歌應該跟音樂結合，從而推出人民群眾所需要的作品，以便實現文化動員的現實目標，「在香港，做詩歌工作個朋友，或是對潮州音樂有研究或是有興趣個鄉親，應該大量來編簇潮州話歌，用舊弦詩來填新詞也好，用潮州弦詩個格調來創造新歌曲也好。」〔註100〕郭沫若甚至認為詩歌與音樂的結合是三十年以來人民群眾的長久願望，也是把詩歌、音樂交還給人民群眾的必然選擇，「就這樣，我們服從著人民的呼召，我們要創生新音樂與新詩歌，新音樂與新詩歌的大合抱和一切藝術的大合抱，以奉獻於我們至高無上的主——人民。」〔註101〕新詩的音樂化傾

〔註97〕楊路《論民族形式的學習寫作》，梅縣《文藝生活》1940年第1卷第2期，第5頁。

〔註98〕可非《新詩歌運動在現階段的四個特點》，廣州《中國詩壇》1938年第1卷第6期，第1頁。

〔註99〕張道真《西洋詩之音樂性》，上海《觀察》1946年第1卷第11期，第22頁。

〔註100〕丹木《寫乜個？》，香港《華商報》1949年6月25日，第3版。

〔註101〕郭沫若《詩歌與音樂》，延安《解放日報》1946年7月15日，第4版。

向當然也受到過類似「你那不是在朗誦，你那是在做歌」〔註102〕的質疑，諸如此類的看法對新詩的理解過於偏狹，人為地割裂了新詩與音樂的天然聯繫。況且新詩對音樂性的詩學追求是大勢所趨，符合文化動員的實際要求，因而很難從根源上對之進行遏制。

　　新詩的音樂化傾向在方言詩運動裏表現得尤為明顯，大量方言詩呈現出音樂性，甚至有為數不少的方言詩經過譜曲以後成為傳唱度較高的歌曲。早在抗日戰爭初期，便有人提出過新詩運動應該把朗誦、合唱、方言結合起來，從而推動文化動員的開展。「來朗誦，最好多量的朗誦合唱詩，減少聽眾單調的感覺，最要緊的是採用所在地的方言來朗誦」〔註103〕，這已經顯示出讓方言詩具備音樂性的現實可行性。等到1940年代初期，又有人針對民歌演唱的方法提出應該重視方言土語的發音。「許多自然發出的單音，常常是變成歌曲裏表情力最強的呼嘯，和陪親的樂句，甚至有些詞句用土語方言唱出來，會很自然的傳達出一種特殊美的音韻，和與歌曲最融洽的大眾的感情」〔註104〕，方言詩運動與音樂運動相互滲透的趨向在這裡已經有所顯露。及至1940年代中期，有人明確主張發展方言歌曲：

> 　　在數次笨拙的演唱中，我發覺一個重大的問題，就是我們音樂工作者探究著的民族形式的歌曲，那旋律是給鄉民們接受的，可是他們——鄉民老百姓卻不曾與歌詞起共鳴作用。這其間，顯然有問題存在著，這問題一直纏繞著我，答案是在鄉下教了幾個鐘頭音樂後找出來了，這就是我們唱的是什麼他們完全聽不懂，這不懂不單是在歌詞的不大眾化，而且在語言的隔閡上，這也許不是不能為老百姓接受的全部原因，但我們相信，至少是原因之一。〔註105〕

「語言的隔閡」嚴重影響了人民群眾對歌曲的接受，所以很有必要推行方言歌曲，這也是實現「音樂地方化」的一種方式。此時已經出現了一些方言歌曲，顯示出方言詩運動的音樂化傾向。由於文藝大眾化的不斷深化，文藝工作者嘗試著創作出一批大眾化的文藝作品，「這一部分的作品，在這一年的上半年，還不怎麼被大家所重視，只有一部分的方言詩歌已和音樂結合起來，而且

〔註102〕李雷《論詩歌朗誦的技巧》，重慶《抗戰文藝》1939年第4卷第5～6期，第143頁。
〔註103〕黃寧嬰《詩歌運動的現階段》，廣州《救亡日報》1938年1月21日，第4版。
〔註104〕寫白《怎樣演唱民歌》，重慶《新華日報》1942年12月18日，第4版。
〔註105〕友聲《提倡方言歌曲》，廣州《新音樂》1946年第1卷第3期，第28頁。

流行在廣大的工人群眾和學生群眾中」〔註106〕，從中可以看到方言詩運動的音樂化傾向在 1947 年前後所取得的歷史成就，《黃腫腳》《難民詞》《小蓮花》《血和淚》《五想五恨》《鄉村小調》《矮仔落樓梯》《大地主和窮苦人》等方言詩都創作於此一階段，它們被視為踐行了文藝大眾化主張的典型作品，在文化動員裏起到了作用。此後不久出現了「廣泛開展方言詩運動」的口號，「方言詩與音樂合作，方言詩與街頭活報劇合作，應被重視」〔註107〕被當作「廣泛開展方言詩運動」的必要舉措，此時方言詩運動的音樂化傾向已經蔚然成風，取得了累累碩果，《官謠》《這年頭》《兜督將》《乞米龍》《捉烏龜》《龍舟歌》《歡天喜地》《愛護新中國》《慶祝文工大會》《新點燈籠歌》《青年，祖國解放需要你》等富有音樂性的方言詩均誕生於本時期。

　　從共時性的角度來看，在文化動員的整體性影響下，多個地區、多種語言的方言詩運動都表現出音樂化傾向，這裡主要結合潮州方言詩運動的相關情況展開具體論述。潮州方言詩運動在華南方言文學運動中佔據著重要位置，不僅成立了專門的組織機構，而且推出了大量的方言詩與方言詩論，為文化動員做出了貢獻。在方言詩運動的音樂化傾向出現以後，潮州方言詩運動順勢而為，提出了方言詩應該具備音樂性的理論主張。「俺要創造族家鄉人聽慣唱慣個歌曲，準備一道解放時，就可以大量搬出來用」〔註108〕，隨著解放戰爭臨近尾聲、戰場形勢愈發明朗，潮州方言詩運動跟文化動員的聯繫越來越密切，所謂的「為著配合形勢」就是指主動迎合爭取解放戰爭早日勝利的文化動員需求，而方言詩人與音樂家的結合是為了適應方言詩運動的音樂化傾向，讓方言詩具備人民群眾喜聞樂見的音樂性，從而令方言詩運動取得更好的文化動員效果。

　　　自從去年文協香港分會提倡方言文學運動，我便參加了潮州
　　組，和熱心方言文藝工作同鄉研究潮州方言文藝的創作問題，半年
　　來對潮州戲劇及歌謠音樂，曾作過多次的探討；對潮州方言詩也曾
　　作許多次的嘗試。但把自己寫的以及朋友們所寫的方言詩讀出來，
　　意思固然有，但總覺生硬不易上口，自己便沒有信心，於是把這些

〔註106〕孺子牛《一年來的香港文藝運動》，香港《正報》1948 年第 2 卷第 26～27 期，
　　　　　第 39～40 頁。
〔註107〕懷淑《廣泛開展方言詩運動》，香港《新詩歌》1948 年第 7 輯，第 7 頁。
〔註108〕丹木《寫乜個？》，香港《華商報》1949 年 6 月 25 日，第 3 版。

東西，去朗誦給同鄉的工人朋友們聽，他們是聽懂拿了但卻沒有學
唱的興趣，問他們是什麼原因，有一位女工說：「X 先生，我覺得
這些歌仔都比不上從前家鄉的歌好唱聽好唱」，她說著便順口唱幾
句出來：「叔伯嬸母聽我言，做人切勿當漢奸，漢奸賣國當走狗，
隨人指使隨人牽……」這是多麼好唱好聽呀，我們雖然不識字，但
學幾次就會了。〔註109〕

　　上述引文指出了方言詩運動難以被人民群眾接受的尷尬處境，即便是解
決了「聽得懂」的問題，然而「聽得進」的問題依然橫亘在方言詩運動的作者
與讀者之間。那麼如何才能解決「聽得進」的問題呢？就潮州方言詩運動的具
體情形而言，方言詩與音樂的結合是解決「聽得進」問題的必然選擇，這是因
為潮州歌謠在潮州人民的日常生活裏佔有重要位置，影響了後者的審美趣味
和審美習慣，使得他們看重文藝作品的音樂性。春草的《老四歎》、蕭野的《老
剝皮》、丹木的《抗徵》等潮州方言詩之所以不被潮州人民賞識，就是因為它
們缺少「潮州的詩腔」以及「潮州民間歌曲那種韻腳和諧的旋律」〔註110〕。
為了讓方言詩具備「潮州的詩腔」以及「潮州民間歌曲那種韻腳和諧的旋律」，
詩人必然會主動向音樂靠攏，甚至是將一部分方言詩變為歌詞，它們因此擁有
了音樂性。整體而言，潮州方言詩運動對音樂性的詩學追求並非特例，粵方言
詩運動、客家方言詩運動、四川方言詩運動等其他語言類型的方言詩運動在這
方面也表現得較為突出。受到文化動員的規約作用，音樂化傾向可謂是多個地
區、多種語言的方言詩運動的共同特徵。

四、音樂化傾向的利弊得失

　　在二十世紀三、四十年代，音樂化傾向是方言詩運動在內的新詩運動的一
大特徵，在現代新詩的發展史上具有重要意義。對於方言詩運動而言，音樂化
傾向不僅讓方言詩運動對音樂性的詩學追求達到了一個頂峰，而且令方言詩
運動在人民群眾中間的推廣程度達到了全新高度，為文化動員的進行創造了
有利條件。因為長久存在的民間文學傳統使得人民群眾看重文學作品的音樂
性（可吟可唱），所以新詩在普通民眾那裡不僅關乎「聽得懂」的問題，而且
也涉及「聽得進」的問題，語言文雅、偏重抒情、音樂性相對不足的新詩很難

〔註109〕丹木《潮州方言詩和潮州腔》，香港《華商報》1948 年 7 月 5 日，第 3 版。
〔註110〕丹木《潮州方言詩和潮州腔》，香港《華商報》1948 年 7 月 5 日，第 3 版。

俘獲廣大人民的青睞。「你與其想唱《黃河大合唱》來博得香港市民的拍掌，不如唱《頂硬上》；唱《山在虛無縹緲間》，不如唱符公望的《二嬸絕糧》」〔註111〕，香港民眾更願意傳唱《頂硬上》《二嬸絕糧》等方言歌曲，而不願意接受《黃河大合唱》《山在虛無縹緲間》等國語歌曲，由此可見方言詩運動的音樂化傾向對於現代新詩的推廣普及有著重要意義。概言之，音樂化傾向在一定程度上解決了「把詩聽懂」的問題，幫助方言詩運動獲得了更多的社會關注，有利於其文化動員作用的發揮。

在方言詩運動的實際發展狀況裏，方言詩人跟音樂工作者有過多次親密合作，推動了方言詩運動在音樂化道路上的發展，提升了方言詩運動在文化動員方面的效力。經過眾人的不斷努力，方言詩與音樂的結合取得了令人矚目的成就：

> 方言詩的勃興，當然是由於詩人們的努力改造，另方面也由於環境的需要，而對於這方面給予最大的助力的，是音樂工作者的合作，這半年來，在李凌先生主持下的中華音樂學院香港分院的音樂家們，可以說是切切實實地和詩人們合作在一起，一個方言詩或是普通話詩一出爐，他馬上便把它譜成音樂，這是對詩人們一個最大的鼓勵。這半年來，以方言詩譜成音樂，而且為群眾所傳誦的詩稿實在很多，而以最巨型的長篇敘事詩出現的《唱春牛》，就完成了三個之多，這實在是難能可貴的事實。〔註112〕

華嘉、林予、沙鷗、丹木、黃寧嬰、符公望等方言詩人跟草田、郭杰、胡均、李凌、蘇林、右戈兒等音樂工作者一同協作，不斷試驗方言詩與音樂結合的操作方法，成功推出了許多膾炙人口的方言歌曲。音樂性不僅對方言詩運動有著非凡意義，而且在方言戲劇運動裏也佔有重要位置，「怎樣用方言來代替原用國語寫成的臺詞，是很值得一個鄉村演員研究的。因為只有能夠把握了方言特殊的音樂節奏的變化，把握著方言意義的複雜性，和它與地方性的姿態動作的聯繫，才能做出一次好的方言演劇。」〔註113〕方言詩運動對音樂性的詩學追求並非是「一時興起」，而是有著複雜的社會歷史原因，文化動員在其中起到了重要作用。進而言之，方言詩與音樂的結合不僅對方言詩運動產生了深

〔註111〕方遠《聽不懂，怎麼辦？》，香港《正報》1947年第2卷第2期，第17頁。
〔註112〕丹木《詩歌活動在香港》，檳榔嶼《現代週刊》1948年光復版第105期，第12頁。
〔註113〕夏白《鄉村演劇的語言問題》，重慶《新華日報》1943年3月12日，第4版。

刻影響，而且對新音樂運動也有著重要作用：「由於方言詩歌和音樂的結合，在音樂部門也起了很大的變化。『聽不懂怎樣辦』的責難，引起了音樂工作者的思想反省，跟著就產生了大批新的年青的作曲家，和大量的產生了方言歌曲，而且很快的流行開去了。通過這些適合此時此地歌唱的方言歌曲，由於容易聽得懂，便很快的被群眾接受了，同時也就在這歌聲的周圍團結了起來，開展了群眾性的新音樂運動。」〔註 114〕進一步說，方言詩運動與新音樂運動的融合不但推動了各自的發展進程，而且助推了方言文藝運動的歷史進程。方言歌曲可謂是一種兼具方言詩與音樂作品之特性、受到人民群眾歡迎的方言文藝類型，因而能夠獲得缺乏音樂性的方言詩或運用國語寫成的音樂作品所難以具備的文化動員效果。

　　辯證地看，方言詩運動的音樂化傾向固然具有重要意義，同時也必然存在一些問題。例如黃寧嬰以符公望的方言詩創作為例，指出了在方言詩運動中存在著的公式化、概念化、空泛化的創作現象。在黃寧嬰看來，雖然符公望的方言詩受到了讀者的歡迎，「可是，這一連串的東西，不斷寫下去漸漸就變成公式化了，好些地方側重於廣州話中的相關語底搜羅與配備。」〔註 115〕出現此種情形的原因主要有兩個，一是連續性的同質寫作使得詩人有「章」可循，容易按照「套路」進行方言詩創作；二是詩人本身缺少深切、豐富的社會生活體驗，使得其方言詩創作不得不依靠表達技巧來掩蓋思想內容的不足。例如方言詩《幡杆燈籠》共有兩節，「幡杆燈籠紅又紅，／高高掛響半空中，／越遠照得越清楚，／越近照得越朦朧，／越遠照得越清楚，／照得美國好興隆，好興隆，好興隆，／老闆變曬大富翁」「幡杆燈籠紅又紅，／高高掛響半空中，／越遠照得越清楚，／越近照得越朦朧，／照得中國烏朦朧，烏朦朧，烏朦朧，／十個行埋九個窮」〔註 116〕，兩節的整體架構基本一樣，只是更改了一些字彙，其中蘊含的思想情感頗為有限，折射出公式化、概念化、空泛化的創作現象。再如方言詩運動的音樂化傾向跟廣大人民群眾的審美習慣之間有時並不是一致的。《白毛女》在香港演出以後，引發了有關「洋唱法」與「土唱法」的爭論，

〔註 114〕 孺子牛《一年來的香港文藝運動》，香港《正報》1948 年第 2 卷第 26～27 期，第 40 頁。

〔註 115〕 黃寧嬰《談廣東的韻文創作》，中華全國文藝協會香港分會方言文學研究會編輯《方言文學》（第一輯），香港：新民主出版社 1949 年版，第 34 頁。

〔註 116〕 符公望詞，華田曲《幡杆燈籠》，香港《華商報》1947 年 1 月 14 日，第 3 版。

在陳皮看來,「出自農民口中的山歌民謠,漂亮優美,聽得懂,受感動,許多政工隊下鄉唱新歌曲,農民稱之為『鳳琴』、『百鳥歸巢』。《白毛女》的演出,很多觀眾覺得『唔知話也』,如果音樂是為了人民屬於人民的話,為什麼不把民間的唱歌方法研究出一個道理來,把它提高一步呢?」〔註117〕知識分子創作出的方言歌曲畢竟不同於出自人民群眾之手的民間歌謠,如何才能保證方言詩運動所追求的音樂性契合人民群眾所欣賞的音樂性?究竟是「洋唱法」更好,還是「土唱法」更佳?以上問題都伴隨著方言詩運動的音樂化傾向。在實際情形中,方言詩運動的音樂化傾向並非總是貼合了廣大人民群眾的審美習慣,「方言歌曲在今天還沒有群眾,還沒有做到普遍的不斷的演唱去爭取群眾。工作者們沒有把方言歌曲在群眾面前加以考驗,在連歌詠團也不屑唱的情形底下,來談創作路線正確與否,即使不是閉門造車,也決談不出結果來」〔註118〕,這裡所說的方言歌曲同時屬於新音樂運動、方言詩運動的創作成果。方言歌曲跟人民群眾的脫節,反映出新音樂運動、方言詩運動跟人民群眾的審美習慣之間存在著偏差,這種情形使得它們的其文化動員效用有所折損。

五、理論與創作的輻射作用

　　無論音樂化傾向帶有怎樣的意義或者問題,它都是方言詩運動的突出特點,在塑造方言詩運動的歷史面貌、推動文化動員的現實進程中起到了重要作用。儘管如此,我們不能從一開始就把方言詩運動的音樂化傾向當作一個不言自明、廣為認同的「真理」,而要看到與之相關的音樂性理論是由沙鷗、樓棲、符公望、丹木、華嘉、李季、黃藥眠、黃寧嬰等一批詩人辛勤建構起來,然後再逐漸輻射至其他詩人身上的。而這些詩人的方言詩創作則是對音樂性理論的具體實踐,也產生了示範作用。只有理解了這一動態的歷史過程,才能更深入地理解方言詩運動的音樂化傾向究竟是如何形成影響力的,也才能進一步認識文化動員的政策導向跟方言詩運動的音樂化傾向之間的歷史關係。

　　因為長期從事「詩歌下鄉」方面的文化動員工作,所以深諳四川農民審美偏好的沙鷗對方言詩運動的音樂性理論有著比較系統的看法。「因為農民是深受唱本,小調,及歌謠的影響,而他們又不斷地在創造著歌謠,所以,有韻的,

〔註117〕陳皮《談客家山歌的唱法》,香港《華商報》1948 年 6 月 24 日,第 3 版。
〔註118〕梁冰《要決心走群眾的路──關於「聽不懂」問題的一點意見》,香港《正報》1947 年第 2 卷第 8 期,第 19 頁。

音樂性強烈的詩，他們才容易接受」〔註119〕，在沙鷗看來，民間文學傳統使得廣大農民看重文學作品的音樂性，所以方言詩運動必須提高對音樂性的重視，讓方言詩像民間歌謠那樣可誦可唱，唯有如此才能讓農民們接受方言詩運動，亦才能讓方言詩運動更好地發揮文化動員作用。沙鷗在另外一篇文章《關於方言詩》裏進一步闡明了音樂性在方言詩運動中的重要地位：

> 農人深受著唱本，謠歌，小調之類的民間文藝的影響，如果我們創作的方言詩，太冗長，排列太自由，太參差，他們都會感到陌生，難於接受，今天為我們知識分子賞識的詩，對他們是太新，是一個不容否認的事實，我們用這形式顯然不適宜，由於方言詩是以具體生動的農民生活為內容，而對象又是農民大眾，圍著對象易於接受，使詩歌的效果擴大，學習民間歌謠小調的簡短與整齊，是很要緊的。至於音節的響亮，韻腳的合諧，也應特別指出，只有這樣對詩的音樂性的強調，才可能增加農民對詩歌的快感，才可能幫助他們對詩歌的記憶，才可能使一首好詩，很快地流傳開去，在他們勞動與休息的時候，隨意地唱出來。〔註120〕

沙鷗的這種看法直到1940年代末期都沒有發生太大變化，他在《方言詩應該有韻》一文裏再次談到方言詩運動的音樂化問題，「我們的方言詩創作，希望它能夠普及，很快地為農民接受，從而提高他們的戰鬥熱情，尊重他們這一個對於詩歌應有強烈音樂性的習慣與要求，是完全必要的」〔註121〕，於是沙鷗直接聲明「方言詩應該有韻」，彰顯了音樂性對方言詩運動的必要性。沙鷗有關方言詩運動的音樂性理論並沒有停留在理論層面，而是進一步體現在他的方言詩創作之中，《怪事》《風車》《瞎子》《池塘》《收穫期》《黃桷樹》《望太平》《農村的歌》《鄉村人物》《勝利散章》等都是篇幅簡短、富有音樂性的方言詩，適合四川農民隨口吟唱。沙鷗在四川方言詩運動裏的表現可謂最是突出，他的成功激勵和啟發了其他四川詩人參與方言詩運動的熱情，「現在他（沙鷗——筆者注）所作的是有成績的，證明了方言可以寫詩，對農民瞭解深入可以寫很好的詩；同時，更證明了要瞭解農民是可能的。」〔註122〕

〔註119〕失名《關於詩歌下鄉》，重慶《新華日報》1945年4月14日，第4版。
〔註120〕沙鷗《關於方言詩》，重慶《新華日報》1946年11月2日，第4版。
〔註121〕沙鷗《方言詩應該有韻》，香港《華商報》1948年3月21日，第3版。
〔註122〕邵子南《沙鷗的詩》，重慶《新華日報》1946年8月19日，第4版。

通過沙鷗可以看到四川方言詩運動的音樂化傾向，與之相似的，通過樓棲能夠觀察客家方言詩運動的音樂化傾向。「詩歌則依靠洗練的語言之豐富的暗示性，和語言本身的音樂美。特別是當廣大的鄉村農民都習於流行的唱本的時候，詩歌語言的音樂性便必須特別強調」，樓棲的客家方言長詩《鴛鴦子》被當作詩歌語言具有音樂性的代表作，使得黃藥眠驚歎「在我一個能懂客家話的人看來，它的語言的美使我迷住了」〔註 123〕。雖然《鴛鴦子》沒有被直接改編成歌曲，但是它借鑒了客家山歌與客家唱本的民間文學形式，表現出音樂性，可以成為客家人嘴裏的動人曲目，也能夠成為文化動員的有力工具。通過《鴛鴦子》可以看到另外一個頗為重要的問題，那就是運用民間歌謠形式寫成的方言詩一般都帶有音樂性，把它們改編成樂曲並不是一件特別困難的事情。這種情況不止發生在客家方言詩運動之中，也常見於其他語言類型的方言詩運動。一些方言歌曲正是來自運用民間歌謠形式寫成的方言詩，例如閩南方言詩運動的音樂化傾向便離不開閩南民歌的作用，「在內地山區的歌謠特別粗野、樸素而富原始性，作品分類上是以民歌民謠為最多，方言創作最少，方言創作以林間的《王智敏的情歌》，得到許多讀者的重視，該作之情歌立刻有無我君配調為閩南人誦唱著」〔註 124〕，從中可以見到在閩南方言詩運動中民間歌謠與音樂化傾向的密切聯繫。

就粵方言詩運動的實際情況而言，符公望堪稱其中的代表性詩人，而且他對粵方言詩運動的音樂性理論有著建構之功。目前已經有學者指出過符公望方言詩的音樂性問題〔註 125〕，但是並沒有進一步探討音樂性之於符公望的方言詩創作的影響和意義，這其實是值得深入分析的一個話題。「在廣州話區域，最普遍深入的民間文藝，要算唱書龍舟和南音了。普遍的程度，凡是屬於廣州語系的各地區都有流傳；深入的程度，真是家喻戶曉，人人懂唱，不識字的老太婆都可以隨口哼唱幾句」〔註 126〕，龍舟、南音在內的多種形式的粵調說唱民歌在粵方言區是最為盛行的民間文藝形式，此種情況使得當地人民格外重

〔註 123〕 黃藥眠《論詩歌工作上的幾個問題》，香港《中國詩壇》1948 年第 2 期，第9 頁。
〔註 124〕 楚驥《閩南方言文學運動》，香港《文藝生活》1949 年第 49 期，第 45 頁。
〔註 125〕 顏同林《從粵語入詩到填詞為曲——論粵語詩人符公望》，載《中國現代文學研究叢刊》2014 年第 7 期，第 31 頁。
〔註 126〕 符公望《龍舟和南音》，寫於 1948 年 10 月 10 日，收入中華全國文藝協會香港分會方言文學研究會編輯《方言文學》(第一輯)，香港：新民主出版社 1949年版，第 42 頁。

視文藝作品的音樂性。符公望著眼於此，一方面致力於嘗試改造粵調說唱民歌形式進行方言詩創作，另一方面大力推動方言詩運動的音樂化進程，從而提升方言詩運動的文化動員作用。只不過在試驗之初，符公望沒有足夠的信心，並不確定可否取得成功，這也是當時眾多詩人共有的心態。出人意料又在情理之中的是，符公望的一首方言短詩《個柳手》在《正報》上引起了眾多關注，甚至由此引發了一場方言文藝論爭。本次方言文藝論爭始於對《個柳手》的討論，這並非出自偶然，而是在很大程度上源於符公望的方言詩創作對於方言詩運動乃至方言文藝運動的示範意義。除了《個柳手》以外，符公望還在《正報》上發表了《表兄哥》《檢查——一件街頭故事》《二嬸絕糧——音樂舞蹈劇〈長夜〉序詩》等方言詩，在《華商報》上發表了《抗議》《古怪歌》《咪上當》等方言詩，還在《新歌》《新音樂》《方言文學》等刊物上發表了《家鄉月》《分別進行曲》《唔好做飛鱔》等方言詩〔註127〕，這些數量頗為客觀、質量堪稱上乘的作品產生了廣泛影響，而且其中的許多方言詩被改編成樂曲，受到了人民群眾的喜愛。再加上符公望在文學組織裏擔任領導職務，符公望的方言詩創作以及音樂性理論對其他詩人產生了啟發作用，「首先是由文協研究部建立了廣東方言文學研究組，由龐岳負總責，下分廣州話組，潮州話組，客家話組。詩人們都大膽的作方言詩的嘗試，這中間創作最努力和產量最多的，首推符公望，他在《熱風》及《正報》上陸續發表的方言詩，起了一個很大的示範作用，廣州話方言詩在這期間固產生了許多難得的作品」〔註128〕，這段話裏的「龐岳」和「符公望」是同一個人。

除了沙鷗、樓棲、符公望以外，還有丹木、華嘉、李季等詩人對方言詩運動的音樂性理論有過貢獻，這裡不再一一論述。這些詩人可謂是各自所在地區的方言詩運動裏的佼佼者，他們對音樂性理論的看法不盡相同，卻都以自己的方言詩創作踐行了音樂性理論，使得方言詩運動在音樂化道路上馳騁縱橫，並且在文化動員裏持續發生著作用。他們影響了其他詩人的方言詩活動，讓後者自覺或者不自覺地提升了對音樂性的重視程度。

在音樂性頂替音韻性成為方言詩運動的詩學追求以後，接下來還需要面對新的恐怕更為棘手的問題：方言詩運動的音樂化傾向應該沿著哪個方向前

〔註127〕符公望《符公望作品集》，廣州：花城出版社1997年版，第3～75頁。
〔註128〕丹木《詩歌活動在香港》，檳榔嶼《現代週刊》1948年光復版第105期，第12頁。

行？詩人對此給出的答案是緊貼戰時生活與政治鬥爭。姑且不論知識分子出身的詩人能否真正滿足文化動員的要求，即便他們真的做到了這一點，由此創作出來的方言詩是不是像之前那樣受到人民群眾的歡迎呢？事實並非總遂人願，詩人讓帶有音樂性的方言詩儘量呈現出戰爭圖景，他們不但因為缺少生活體驗而未能很好地做到這一點，而且這方面的努力反倒不利於擴展已有的讀者群體，也有損於文化動員效用。通過多位詩人的創作經歷可以看到方言詩運動的音樂化傾向在發展道路上的艱辛摸索，也可以看到詩人與讀者、詩歌創作與生活體驗、文化動員與閱讀需求之間的裂隙。音樂性已經是方言詩運動的音樂化傾向的終極形態，也是方言詩運動對音韻性的詩學追求發展到極致的產物，方言詩已經成為樂曲的歌詞，方言詩運動在音樂化的道路上似乎很難再迎來質變，至多是將更多的方言詩譜曲傳唱，這只是數量上的增減問題而已。不可否認的是，音樂化傾向讓方言詩運動收穫了更多讀者，然而如何才能在順應文化動員的規約作用之時向前更進一步，這似乎是一道並不容易被攻克的難題。

第三節　「為人民群眾寫作」：方言詩運動的寫作策略

　　從方言詩運動的興起原因來看，「為人民群眾寫作」的理念契合了文化動員的要求，是詩人必須堅持和執行的寫作策略。所謂「為人民群眾寫作」是指詩人應該考慮人民群眾的文化水平、閱讀需求和審美習慣，努力創作出令後者感到滿意的方言詩。如果脫離了人民群眾來談寫作策略，那麼方言詩運動的讀者接受問題將會越來越嚴重，文化動員的目標也很難實現。也就是說，方言詩運動的寫作策略根植於讀者接受問題，其根本目的在於擴大影響範圍、提升文化動員效應。對於方言詩運動而言，寫作策略具有重要意義，一方面拉近了方言詩運動跟人民群眾的距離，另一方面影響了方言詩運動的發展走勢和宣傳作用。無論是「普及」與「提高」在方言詩運動中的糾纏關係，還是音樂性的詩學追求所催生的方言詩運動的音樂化傾向，抑或是本節將要著重討論的方言詩運動的寫作策略，都可以被視為方言詩運動試圖解決「把詩聽懂」問題、助推文化動員的具體表現。前文已經詳細論證了「普及」與「提高」、音樂化傾向兩個話題在方言詩運動裏的歷史情態，接下來筆者將集中筆墨分析方言詩運動為解決「把詩聽懂」的讀者接受問題所採取的寫作策略及其跟文化動員之間的歷史關係。

一、讀者接受、文化動員與寫作策略

　　方言詩運動的寫作策略雖然有著多種多樣的表現形式，但是都以文化動員為現實旨歸，並且都指向了「把詩聽懂」的讀者接受問題。根據接受美學的觀點，我們可以如是看待文學活動：「文學史是一個審美接受和審美生產的過程。審美生產是文學本文在接受者、反思性批評家和連續生產性作者各部分中的實現。」〔註129〕方言詩運動很好地體現了這一點，大部分方言詩在創作過程中就有著明確的「隱含讀者」，而且有不少方言詩的創作與修改是在朗誦與傳播的過程中由作者、讀者以至編者、批評家、作曲家共同完成的。整體而言，「把詩聽懂」的讀者接受問題對方言詩運動的寫作策略產生了重要影響，而且跟方言詩運動的文化動員成效有著密切關聯。

　　自從方言詩登上中國現代文學的歷史舞臺以後，讀者接受問題便如影隨形、從未消歇。如果把土白詩（運用地方土白寫成的新詩）也視為方言詩的一種形態，那麼對方言詩的考察可以上溯至 1920 年代中期。徐志摩可謂是較早嘗試土白詩創作的中國現代詩人，詩集《志摩的詩》收錄了用硤石土白寫成的新詩《一條金色的光痕》，引發了有關「土白能否入詩」的討論。饒孟侃專門撰文說明「土白入詩」的可能性，認為土白詩將是現代新詩的一種重要類型，並且高度評價徐志摩的《一條金色的光痕》，「土白詩大概最先是在《志摩的詩》裏看到。作者對新詩最大的一個貢獻就是冒大譅來嘗試土白詩，而且土白詩在他集子的位置比重還高，這的確是一個很可以紀念的成績。」〔註130〕跟饒孟侃相似，胡適也認為徐志摩的《一條金色的光痕》是富有價值的，並且以之為例論證方言文學對國語文學的重要意義，「國語的文學從方言的文學裏出來，仍須要向方言的文學裏去尋它的新材料、新血液、新生命。」〔註131〕蹇先艾雖然沒有撰寫文章直接評論《一條金色的光痕》或者其他土白詩，但是他以遵義土白創作了一首名為《回去》的新詩，以實際行動支持了土白詩合法性的確立。〔註132〕雖然有饒孟侃、胡適、蹇先艾等人為之辯護，然而以徐志摩的《一

〔註129〕（德）H.R. 姚斯、（美）R.C. 霍拉勃《接受美學與接受理論》，周寧、金元浦譯，瀋陽：遼寧人民出版社 1987 年版，第 26～27 頁。

〔註130〕饒孟侃《新詩話・土白入詩》，北京《晨報副刊・詩鐫》1926 年 5 月 20 日，第 47 頁。

〔註131〕胡適《序一》，寫於 1925 年 9 月 20 日，收入顧頡剛等輯、王煦華整理《吳歌・吳歌小史》，南京：江蘇古籍出版社 1999 年版，第 9 頁。

〔註132〕蹇先艾《回去》，北京《晨報副刊・詩鐫》1926 年 4 月 1 日，第 2～3 頁。

條金色的光痕》為代表的土白詩還是引發了不少爭議。差不多是在徐志摩創作土白詩的同時期，劉半農進行著方言詩的創作試驗。在完成了《瓦斧集》以後，劉半農已經預料到詩集裏的方言詩會引起強烈的質疑和批評，他的《代自序》一文或多或少帶有一些自我勉勵的意味：「其實這是件很舊的事。凡讀過 Robert Burns, William Barnes, Pardrie Gregary 等人的詩的，都要說我這樣的解釋，未免太不憚煩。不過中國文學上，改文言為白話，已是盤古以來一個大奇談，何況方言，何況俚調！因此我預料《瓦釜集》出版，我應當正對著一陣笑聲，罵聲，唾聲的雨！但是一件事剛起頭，也總得給人家一個笑與罵與唾的機會。」〔註133〕通過劉半農的自白可以看到方言詩在初始興起時的艱難處境，方言詩的文體合法性並沒有迅速建立起來。進一步說，此時方言詩受到的質疑主要來自中國文壇，中國民眾的真實態度並沒有被重視，此種情形可能會導致方言詩迎來嚴重的讀者認同危機。

　　進入 1930 年代以後，經過一段時間的沈寂，方言詩隨著文藝大眾化浪潮的興盛而逐漸引發關注，尤其是在抗日戰爭全面爆發之後，作為文化動員的一種有效途徑，方言詩運動受到越來越多的關注。文藝大眾化論爭始於 1930 年代初期，在 1930 年代後期再次煥發活力，「大眾化」成為文化動員的一個關鍵詞。方言詩運動被視為實現文藝大眾化的一種途徑，因而收穫了空前的熱度。「我們應該以大眾能理解的形式去從事創作，漸漸的以新的形式而代替舊的形式。我們不防採用民歌俗話的方式去作詩或者以接近國語的方言去寫小說」〔註134〕，從中可以看見方言詩運動之所以推行多種多樣的寫作策略，歸根結底還是為了解決讀者接受問題，儘量爭取人民群眾的理解與支持，從而實現文化動員的預期目標。

　　在方言詩運動通向人民群眾的道路上，粵方言詩運動在抗日戰爭初期便嶄露頭角，吸引了讀者的廣泛關注，起到了文化動員作用。其中，《喺前線》和《保衛大廣東》尤其值得注意。可非的粵方言街頭詩小冊子《喺前線》應該是中國現代文學史上的第一部粵方言詩集，同時也是方言詩運動的較早成果之一。雖然暫時無處尋覓《喺前線》的原本，但是可以通過其他文獻確定《喺前線》的創作動機和讀者定位。「擯棄了過去那種雕琢精研的形式與艱深奧妙

〔註133〕劉半農《瓦斧集・代自序》，北京：北新書局 1926 年版，第 4 頁。
〔註134〕子超《「文藝大眾化」的問題》，保定《望益》1937 年第 2 卷第 10 期，第 3～4 頁。

的內容的直奔通俗，明朗的大路，為了更接近大眾，更求大眾的瞭解，還廣泛地採取了各地的方言，各地的鼓詞時調而創作」〔註135〕，《喺前線》是詩人主動接近人民群眾的一種嘗試，其中的《月光光》《傾世事》《耕田人》《八路軍》《新文字歌》等方言詩試圖將方言土語與「鼓詞時調」結合起來，以便獲得更多讀者的認可。除了詩集《喺前線》以外，陳炳熙所作的粵方言詩集《保衛大廣東》也被視為接近人民群眾的代表作品，「在我們過去一年所出版的詩集，雖然有十多廿種，然而，真正流行到民間而為大眾所能瞭解，所能閱讀，實在很少，比較的引起大眾愛好的，只有《保衛大廣東》，這是我們本身努力的不夠。」〔註136〕按照陳蘆荻的說法，在最近一年出版的將近二十部詩集裏，只有運用粵方言寫成的《保衛大廣東》能夠受到讀者的歡迎，從中可知方言詩運動的寫作策略在解決讀者接受問題、提升文化動員效用方面的有效性。

　　質言之，「把詩聽懂」的讀者接受問題從抗日戰爭初期開始就成為方言詩運動制定發展方針的一大要素，在很大程度上影響了方言詩運動的演變軌跡和文化動員成效，造就了蒲風的《魯西北個太陽》、李季的《王貴與李香香》、樓棲的《鴛鴦子》、丹木的《暹羅救濟米》等一大批「大眾詩歌」。為了解決讀者接受問題、推動文化動員進程而實行寫作策略，這不僅是方言詩運動的做法，也是方言文學運動的選擇。從方言文學運動的角度來看，讀者接受問題和文化動員方針也很重要，「很多新文藝作家，為人民群眾而寫作，他們就分別體認中國各地不同的地域和社會體制，親身體驗各種人民的生活、習慣、思想和興趣，而用他們親切的語言去做表現的媒介，做這種新文學的工作，就是一種新的方言文學」〔註137〕，這種情況再次印證了方言詩運動推行寫作策略的合理性與必然性。

二、「擁抱人民」的創作要求

　　為了解決「把詩聽懂」的讀者接受問題、改善文化動員的實際效果，方言詩運動勢必採取多種多樣的寫作策略。落實這些寫作策略的首要前提是詩人

〔註135〕寧嬰《〈喺前線〉讀後感》，廣州《中國詩壇》1937 年第 1 卷第 5 期，第 20 頁。

〔註136〕蘆荻《一年來的〈中國詩壇〉》，廣州《中國詩壇》1938 年第 2 卷第 5～6 期，第 1 頁。

〔註137〕建人《從白話文學說到方言文學》，福建《南風》1949 年第 2 卷第 4 期，第 7 頁。

必須跳出原有的生活圈層和思維模式，深入體驗人民群眾的日常生活，深刻認識到知識分子與人民群眾在生活經驗和思想情感上的差異，從而真正做到「擁抱民眾」。否則的話，很可能出現詩人對民眾生活體驗不足的情形，導致他們創作的方言詩難以激發廣大讀者的情感共鳴，也就難以發揮出原有的文化動員作用。簡言之，詩人在思想情感上做到「擁抱人民」是方言詩運動踐行寫作策略的基礎條件，也是影響方言詩運動能否獲得廣大讀者歡迎、發揮文化動員效力的關鍵要素。

進一步說，「擁抱人民」可謂是時代對詩人提出的必然要求，因為知識分子與人民群眾在生活經驗和思想情感上的差異導致了二者在審美趣味與言說方式上的隔閡，限制了方言詩運動的傳播效應和文化動員功效。這一點在報刊編者編輯人民群眾來稿之時體現得尤為明顯，他們有時會改錯稿件的字彙，工農讀者對此表達過不滿。〔註138〕報刊編者不夠諳熟方言固然是導致他們改錯字彙的原因之一，知識分子與人民群眾在思想情感上的差別也是不容忽視的一個因素。詩人與人民群眾針對《個柳手》的不同評價更是體現了這一點。作家指謫《個柳手》「方言的寫作有時反而更不能普及，這是一個很好的例子。在《個柳手》首先《個柳手》，這題目的意思我就弄不清楚，拿去問過許多朋友，他們也弄不明白」〔註139〕，讀者卻認為「我們是一群在船塢裏工作的人，文化水準極為幼稚，所以我們多數靠著看書報來輔助學習。我們在貴刊第五十七期見有一首廣東方言詩《個柳手》，詩句極為通俗，我們對於呢種詩裏詞句，覺得它能運用舊瓶新花，確是對於我們沒有多大知識的工人們，有莫大的輔助」〔註140〕。如果看不到其中的分歧與裂隙，那麼方言詩運動的寫作策略很難被落到實處。「擁抱人民」不僅是對方言詩運動提出的要求，也是對方言文學運動提出的要求，「今後，我們將配合著新中國的需要，廣大工農群眾的需要，更有計劃地、更有效地發揮我們的力量，寫出更多更好的作品來」〔註141〕，這就是方言文學運動未來的前進方向。對於方言詩運動，知識分子的思想情感

〔註138〕 老賴《對〈方言文學專號〉的意見》，香港《華商報》1949 年 7 月 9 日，第5 版。

〔註139〕 藍玲《談方言與普及》，香港《正報》1947 年第 2 卷第 10 期，第 17 頁。

〔註140〕 黃偉明、陳華添、鄭海等《替方言詩抱不平》，香港《正報》1947 年第 2 卷第 12 期，第 25 頁。

〔註141〕 黃寧嬰《談廣東的韻文創作》，中華全國文藝協會香港分會方言文學研究會編輯《方言文學》（第一輯），香港：新民主出版社 1949 年版，第 41 頁。

轉變橫亙在創作實踐的大道上，令詩人感到頭痛不已。想要創作出令人滿意的方言詩，首要工作是在心理上完成從知識分子到人民群眾的情感轉向，從「靈魂深處的小資產階級的王國」裏跳脫出來，深入到農村、工廠、戰場之中，親身參與到工農兵的實際工作裏，成為其中的一員。這對於吮吸著「五四精神」長大的知識分子而言既陌生又困難，他們只能摸著石頭過河，誰也不知道未來的路在哪裏。詩人想要從之前的創作慣性力掙脫出來，但是舊有的知識結構和思維習慣還在潛移默化地起著制約作用，他們一面渴望向前靠攏時代，一面被拽著往後疏離時代。此種情形下的創作探索是困難的。雖然方言詩運動的寫作策略要求秉持「人民本位」的文藝觀念，然而在實踐過程中詩人還是時常執持「作家本位」的舊有思想。究竟如何才能在方言詩創作里貫徹「人民本位」的文藝觀念，進而做到「擁抱人民」呢？

　　對於「如何擁抱民眾」這一問題的回應，大多數詩人採取的方式是實地接觸工農兵，切身感受他們的生活、工作和言語，然後將之融入到詩歌裏。「從今以後，要向呢的工人鄉下嘅真正人民詩人學寫詩，要拜佢地做老師，同佢地生活工作喺一起，同佢地一齊寫詩，然後正可以使得我地嘅詩同佢地詩一齊進步」〔註142〕，作為一名方言詩人，華嘉深知要想寫出令人民群眾滿意的方言詩，就必須深入體驗人民群眾的日常生活。但是，就思想情感轉變而言，少有詩人能夠達到預期的境地，李季是這方面的佼佼者。李季並非文藝工作者出身，他的本職工作是教員和幹部，豐富的實踐經歷使得他在思想情感轉變上遇到的困難要比其他詩人小得多。李季積累了其他詩人鮮能匹敵的生活經驗，令他在方言詩的創作實踐中得心應手，他的《王貴與李香香》還成為方言詩的典範作品。李季只是個例，大多數詩人在進行思想情感轉變時都會碰到比較嚴重的問題，往往陷入到類似於符公望所經歷的創作困境之中。符公望創作的方言詩雖然傳播甚廣，但是被詬病「跟人民的生活與鬥爭太隔膜了」〔註143〕，他也認為自己存在著「拿普及的方言的工具，傳達小資產階級的感情」〔註144〕的問題。雖然符公望想要改變現狀，試圖在方言詩裏表現人民群眾的日常生活

〔註142〕華嘉《詩人節講詩》，寫於 1949 年詩人節，收入《論方言文藝》，香港：人間書屋 1949 年版，第 75 頁。

〔註143〕黃寧嬰《談廣東的韻文創作》，中華全國文藝協會香港分會方言文學研究會編輯《方言文學》（第一輯），香港：新民主出版社 1949 年版，第 35 頁。

〔註144〕符公望《從自己的作品談起——我的方言詩歌創作的初步檢討》，香港《正報》1948 年第 2 卷第 21 期，第 24 頁。

與政治鬥爭，然而缺少這方面生命體驗的他並沒有實現最初的設想，亦沒有完成思想情感轉變。雖然如此，詩人並沒有放棄進行思想情感轉變的嘗試，更沒有停止「擁抱人民」的努力。他們繼續竭盡所能地書寫人民群眾正在經受的戰爭景象，希望藉此獲得人民群眾的認可，同時為文化動員貢獻力量，「為了要配合形勢個需要，今日，努力於潮州文化個朋友，就著來做呢配合寫作，一簇適合今日最需要個對象，親像過去俺寫反三徵反暴惡個對象，今日就要寫迎解放軍南來個對象了，甚至應該寫簇準備解放後配合大眾生產勞動軍傳個文字，好在將來，汕頭一解放，就好挈出來用。」〔註 145〕只有不斷嘗試著表現民眾生活，才有可能慢慢接近真實的民眾生活，從而真正做到「擁抱人民」。如果因為表現民眾生活存在難度就要放棄這方面的努力，那麼詩人很難在方言詩創作裏真切地描繪出人民群眾的日常生活體驗，也難以真正完成自身的思想情感轉變。從知識分子到人民群眾的思想情感轉變固然困難重重，然而如果不想辦法解決這方面的問題，那麼方言詩運動的寫作策略只能淪為一紙空文，方言詩運動的文化動員作用也不能得到發揮。

三、建立詩歌的「民族形式」

在思想情感上完成從知識分子到人民群眾的思想情感轉變是方言詩運動貫徹寫作策略的首要前提，而採取怎樣的詩歌形式是詩人接下來需要面對的問題，這一點跟方言詩運動的文化動員作用也有著緊密聯繫。在方言詩運動為解決「把詩聽懂」的讀者接受問題而進行的種種詩歌形式探索之中，方言詩運動與詩歌的「民族形式」之間的歷史關係頗為值得注意。

方言詩運動跟詩歌的「民族形式」討論有著重要關係，關注的焦點話題還是讀者接受問題。詩歌的「民族形式」討論源於文學的「民族形式」論爭，在當時引起了廣泛關注，甚至有人認為「詩歌的民族形式的問題，是當前詩歌的最具體最實際的問題」〔註 146〕。詩歌的「民族形式」之所以被提出來，最初並非源自方言詩運動，而是對新詩命運的一種設想：「不管是抗戰詩歌，或詩歌的民族形式、詩歌的大眾化等問題，都離不開革命的浪漫主義和新現實主義的範疇，反之抗戰詩歌、詩歌的民族形式等問題的提出，正是站在詩歌藝術這兩個基本方法上，來要求詩歌的主題和思想內容形式的創作上，更能表現出民

〔註 145〕丹木《寫乜個？》，香港《華商報》1949 年 6 月 25 日，第 3 版。
〔註 146〕石楠《論新詩》，重慶《新華日報》1941 年 7 月 9 日，第 2 版。

族革命戰爭的現實，和現階段多彩的民族生活以及大眾豐富生動戰鬥的語言。」〔註147〕在巨大的民族國家危機面前，新詩被納入到文化動員事業之中，如何利用新詩來推動文化動員的實際進程、激發人民群眾的戰爭意志成為新詩必須肩負的時代使命，「新詩發展到目前已踏進一個新階段，我們是負有繼往開來的使命的，今天大家都熱烈地討論著詩的形式與詩的內容諸問題，特別是詩的民族形式問題。」〔註148〕在《中國詩壇》舉行的第二次詩歌座談會上，林秀璧指出討論詩歌的「民族形式」問題主要有兩點原因，一個原因是詩歌需要參與到文化動員之中，另一個原因是詩歌的內容和形式尚不能適應文化動員的需要，「我們為了要求詩歌切實地適應當前中國民族客觀的需要，才提出了詩歌的民族形式問題。」至於如何才能建立詩歌的「民族形式」，林秀璧認為應該「絕對地把握現實主義的創作方法，徹底的採用大眾的語言，同時並消化我們民族的遺產，接受外國詩歌的影響，去創造我們詩歌的民族形式」〔註149〕，只是這種努力還在不斷進行之中。

　　什麼是詩歌的「民族形式」？當時出現了「民族形式是一些民間形式的復活，如小調山歌大鼓詞等等」之類的論調，後來都被駁斥了，「新詩歌的民族形式是新形式」的看法是許多詩人的共識，「戰勝了語言，新詩的民族形式的問題就可以解決一大半了」〔註150〕的觀點顯示出語言問題在建立詩歌的「民族形式」中的重要地位。「新近文壇上所提出的文藝民族形式的討論，雖然現在還沒有正確的結論，但我以為主要的必須解決『語彙』的問題。我們的詩必須運用，吸取大眾語，這是向更高階段發展的正確道路」〔註151〕，從中可知「大眾語」是建立詩歌的「民族形式」的必備條件，而所謂的「大眾語」離不開對方言土語的吸納。於是，方言詩運動與詩歌的「民族形式」之間慢慢產生了關聯。

　　那麼方言詩運動應該如何建立詩歌的「民族形式」？又或者說，具有詩歌的「民族形式」的方言詩究竟是什麼樣的呢？有人把沙鷗的方言詩和袁水拍的城市市民山歌都視為帶有詩歌的「民族形式」的典範作品，認為這兩種不同類

〔註147〕周鋼鳴《詩歌創作的幾個問題》，桂林《中國詩壇》1940 年新 5 號，第 6 頁。
〔註148〕蘆荻《二十年來中國新詩發展的回顧》，桂林《中國詩壇》1940 年新 4 號，第 29～30 頁。
〔註149〕林秀璧《關於詩歌的民族形式》，桂林《中國詩壇》1940 年新 4 號，第 6 頁。
〔註150〕石楠《論新詩》，重慶《新華日報》1941 年 7 月 9 日，第 2 版。
〔註151〕力揚《談詩底形象和語言》，重慶《新華日報》1940 年 2 月 24 日，第 4 版。

型的新詩是「具有劃時代的藝術鬥爭的獨特的精神擴展的意義的,是在人民的普及基礎上深深種植著而發展起來的,是到達民族藝術的大道上的一階一石」〔註152〕。沙鷗的方言詩在1940年代中後期引起了廣泛關注,對許多詩人的方言詩創作都產生了程度不一的影響。從沙鷗的方言詩中可以大致方言詩運動建立詩歌的「民族形式」的總體方向,除此之外,雖然「馬凡陀的山歌」並不都是嚴格意義上的方言詩,但是它們存在著方言化傾向,袁水拍的成功對於方言詩的創作探索有著啟發作用,模仿民間文學形式所帶來的「中國氣派」和「民族氣派」正是詩人極力想要在方言詩裏呈現出來的形式特徵,「馬凡陀的山歌的所以流行,形式是通俗和比較的具有中國氣派,是一個重要原因。」〔註153〕因此,有人提出了應該遵循「馬凡陀的山歌的方向」來建立詩歌的「民族形式」,「馬凡陀的山歌的方向,就是用了通俗的民間的語彙和歌謠的形式,來表現人民所最關心的事物,來歌唱廣大人民的感想和情緒。」〔註154〕沿著此種思路,建立詩歌的「民族形式」要求同時詩歌具備「民間的語彙」(即詩歌語言)和「歌謠的形式」(即詩歌形式)。於是方言詩運動順理成章地成為建立詩歌的「民族形式」、助推文化動員的一種途徑,並且跟民間文學形式產生了千絲萬縷的聯繫。方言詩運動在被視為建立詩歌的「民族形式」的一種途徑之時,也有著建立詩歌的「民族形式」的訴求,這是因為「今天的方言詩的形式,還是知識分子的,它與謠歌的距離太遠了」「我們的方言詩,只有在形式上與民間的謠歌的形式融氣,才能得到他們的喜愛」〔註155〕,包括民間歌謠在內的民間文學長期以來受到人民群眾的喜愛,對人民群眾的審美趣味和閱讀方式造成了深刻影響,因而是方言詩運動建立詩歌的「民族形式」的重要資源。向民間文學學習如何進行方言詩創作,不僅需要改變方言詩先前的形式,而且需要調整方言詩既往的內容,從形式和內容兩個方面向「民間」靠攏。要實現此一目標,學習、改造和運用民間文學的形式資源是不可缺少的一個步驟,這種做法成為建立詩歌的「民族形式」、推動文化動員的現實進展的一種路徑。

方言詩運動既是詩歌在「民族形式」上的要求,也是詩歌在「民族內容」上的努力。運用方言進行詩歌創作不單單是一個語言形式的問題,而且還是一

〔註152〕潔泯《詩的戰鬥前程》,上海《新詩歌》1947年第4號,第16頁。
〔註153〕默涵《關於馬凡陀的山歌》,重慶《新華日報》1947年1月25日,第4版。
〔註154〕默涵《關於馬凡陀的山歌》,重慶《新華日報》1947年1月25日,第4版。
〔註155〕沙鷗《論方言詩之發展》,重慶《詩歌月刊》1946年創刊號,第4版。

個思想內容的問題。詩人既需要使用「人民的語言」，也需要反映「人民的情感」，單純運用「人民的語言」而沒有表達「人民的情感」的方言詩仍舊是不受群眾賞識的「文人詩」，依然很難發揮文化動員作用。所以，方言詩創作是一個兼涉形式與內容、語言與情感、讀者與作者的綜合性話題，純粹的語言學闡釋是對該話題的簡化。事實上，不僅方言詩運動被視為建立詩歌的「民族形式」的一種途徑，而且方言文藝運動也被視為建立文藝的「民族形式」的一種方式，正如杜埃在《方言文藝的實踐》裏所寫：「在文藝領域說來，方言文藝就是民族形式的一個具體的實踐課程。」〔註156〕在這種背景下，方言詩運動被視為建立詩歌的「民族形式」的一種途徑，也就不足為奇了。

四、從「人民參與」到「人民創作」

　　雖然詩人想方設法地滿足「擁抱人民」的時代要求、發揮文化動員的宣傳功用，但是方言詩運動依然會在社會現實中遭遇到雙重認同尷尬：它既受到來自文壇正統的質疑，也受到來自人民群眾的冷遇。文人對方言詩運動的牴觸情緒始終存在，實際上也不可能要求所有文人都支持和參與方言詩運動，相比之下，讀者認同是方言詩人更加關心的問題。為了讓更多的讀者認可方言詩運動，從而令方言詩運動在文化動員裏起到更大作用，詩人主動引導人民群眾參與創作過程或者發表批評意見，他們根據人民群眾的真實想法及時修正自己的創作方向。

　　毋庸置疑，讀者意見對方言詩運動有著重要意義，它們能夠幫助詩人瞭解人民群眾的實際需要和真實想法，使得方言詩運動不斷向人民群眾靠攏，從而增強其文化動員效用。胥樹人在《多徵求群眾意見》一文裏指出了人民群眾的意見在文學創作中的關鍵性作用，「文學從來就是群眾的創造的。這是全部文學史所證明了的真理；也是解放區文學運動所證明了的真理。一個寫作的人，不僅要學習如何從群眾中間取得材料；而且要向群眾學習如何選擇和表現這些材料。」〔註157〕鍾敬文在《方言文學運動的新階段》裏指出方言文學創作的進步不僅需要作者的努力，還需要讀者和批評家的配合，「要使一般創作堅實地進步，除了作家本身外，有兩種人的存在是很必要的。第一種是廣大的讀者或聽者。這些讀者或聽者，是新文學的合作者，不是完全被動的看客。他們

〔註156〕杜埃《方言文藝的實踐》，香港《華商報》1949 年 3 月 13 日，第 3 版。
〔註157〕胥樹人《多徵求群眾意見》，香港《華商報》1949 年 6 月 19 日，第 5 版。

能夠給作家以鼓舞，給作家以寶貴的意見……第二種是優秀的批評家。我們知道在文藝史上有許多批評家誣衊傑作和偉大作家嘲笑批評家的軼話。」〔註158〕沙鷗的文章《需要批評》從香港與解放區的不同文藝氛圍出發，細緻闡述了廣大讀者的批評意見在香港詩歌運動裏扮演的重要角色，「香港是一個特殊的地方，我對於一首詩的高低好壞的測定尺度，恐怕不能用解放區的標準，解放區的詩人可以自由自在地與人民群眾一起呼吸，一起鬥爭，那裡有太好的條件考驗詩人的感情思想，和鍛鍊詩人的感情思想，而不必憂心於生活，這裡卻不能，或者說這裡很困難與工農兵，尤其是與農人接近。這種生活上的過分懸殊，我覺得這樣的批評應該有這裡的尺度。」〔註159〕在沙鷗看來，身處香港的詩人嚮往解放區的文藝創作環境，香港的文藝氛圍決定了其詩歌創作實踐的不足，所以在評價它的文學成就時，不能用解放區詩歌創作的評判標準，而應該用香港本地的評價尺度。這樣做的目的是為了給香港詩歌運動營造出一個更為寬鬆、寬容、自由的環境，避免對詩歌創作實踐的評價問題上綱上線、「政治掛帥」的「非文學」做法，從而減少詩人的創作顧忌和政治顧慮，同時也是為了讓廣大讀者參與其中，在讀者與詩人的互動之中推動香港詩歌運動的發展。

從實際情況而言，讀者意見受到了高度重視，對詩人的方言詩創作起到了重要作用，使得人民群眾也參與到方言詩運動的歷史進程之中，方言詩運動得以在詩人與人民群眾的積極互動裏摸索前行，並且在文化動員裏持續產生作用。例如香港《正報》編者在收到黃偉明、陳華添、鄭海等船塢工人的來信以後，感到興奮，隨即將之刊登出來，「我們接到這封信，真覺得寶貴，馬上發表出來，給文藝朋友們做個重要的參考。無論是歌曲，戲劇，詩歌，小說……那一門都好，能不能普及，大眾化不大眾化，一定要聽工農大眾的說話，才能得到正確的結論。」〔註160〕工農讀者由此參與到方言文藝論爭之中，傳達出他們對方言詩《個柳手》的看法。他們明確表示出支持符公望的方言詩創作，並且提出了不同於作家們的看法，「孫子牛和琳清先生的意見，也可能是好的，也可能是壞的。好的就是共同來研究更好的方法，壞的舊詩打擊別人，抬高自己，替一些出風頭、好奇立異的方言作辯護，來做投機生意。這試金石就有她

〔註158〕靜聞《方言文學運動的新階段》，中華全國文藝協會香港分會方言文學研究會編輯《方言文學》（第一輯），香港：新民主出版社1949年版，第4～5頁。
〔註159〕沙鷗《需要批評》，香港《華商報》1948年6月12日，第3版。
〔註160〕編者《編者按》，香港《正報》1947年第2卷第12期，第25頁。

對目前的壞傾向，是否肯虛心檢討。如孺子牛說，不懂《個柳手》就是思想搞不通，琳清說，不懂就是低能，這點我們要抗議。我們這小組有海軍船塢工人，有理髮店學徒，有電力工人，有店員，有從敵後農村來的，只有一個人懂得。」〔註161〕這種現象接續了方言詩運動歷來重視讀者意見的傳統，之前就有人指出過「方言詩必須讓老百姓承認這是方言才能算，否則就是自己的方言。同樣，詩的內容，是不是就是老百姓所熟悉喜歡的呢？這就得讀給老百姓聽，聽聽他們的意見」〔註162〕，由此可見讀者意見在方言詩運動的發展進程裏擔任著重要角色。「擁抱人民」從來不是一句空洞的口號，不能單靠詩人的書齋想像而成為現實，必須引導人民群眾參與其中，讓他們不斷發出屬於自己的聲音，這樣的話，方言詩運動才能持續擴大受眾範圍。當然，人民群眾參與到詩人的創作之中並非全是益處，也會造成一些問題。譬如思想情感向人民傾斜會在一定程度上蠶食詩人的創作主體性，程度嚴重者如艾青在創作與修改《吳滿有》的過程中，吳滿有本人參與其中，令艾青失去了對作品的絕對掌控權。這種「轉變」是不成熟的、不合理的，破壞了詩人慣常的創作節奏。雖然《吳滿有》並不是一首嚴格意義上的方言詩，但是艾青的創作經歷具有普遍性，能夠說明存在於方言詩運動裏的類似問題，沙鷗、李季、蒲風、野谷、符公望、陳蘆荻等詩人都遇到過這方面的苦惱。即便如此，「人民參與」對於方言詩運動而言依然是不可或缺的一個環節，讀者意見在詩人的方言詩創作裏仍舊發揮著重要作用。

然而僅有「人民參與」似乎是不夠的，怎樣才能進一步體現「為人民群眾寫作」的實際成效？那便是在「人民參與」的基礎之上出現「人民創作」的情形。這種情形不僅能體現出「為人民群眾寫作」的實際成效，還能反映出文化動員的宣傳效果。當人民群眾自己進行文學創作之時，他們既是文化動員的接收者，也是文化動員的傳播者。黃藥眠在《香港文壇的現狀》一文裏指出了人民群眾自己進行方言文學創作的情形：

> 大家都知道，在廣東福建這一帶，是方言最複雜的地區，過去在太平洋戰爭前夜，香港的文壇雖然也曾熱鬧過一個時期，可是大家都還沒有注意到如何使文藝在該地區生根的問題，對於普及於下

〔註161〕 集體意見，吳明執筆《讀者來信》，香港《正報》1947 年第 2 卷第 15 期，第17 頁。

〔註162〕 田苗《方言詩與朗誦》，重慶《新華日報》1946 年 8 月 1 日，第 4 版。

層人民的方言、口語，根本就是忽視。可是這一次不同了，由文藝大眾化更具體化為方言文藝，這是一個很大的進步。這使得許多有才能的本地作家下層群可以獲得更多機會以他們自己的熟悉的語言來表現自己。到了最近，這個運動已由理論提倡，和青年作家的試作走到下層人民自己動手寫作的時候了。〔註163〕

「人民創作」的情形在方言詩運動裏也是屢見不鮮，湧現出一批人民群眾自己創作的方言詩，包括張革的《燈街腳下》《返鄉下分田》，老賴的《海豐民歌》，吳有貴《當兵的》，孫萬福講、孔厥記的《勞動英雄的詩》，李老婆婆講、曉英記的《「心裏的實在話」》，拓開科的《鬧官》，牛仔的《印報紙的詩》等。這些作品都被公開發表了，還有不少作品則沒有得到這種機會。可以肯定的是，方言詩運動時常出現人民群眾自發投稿的情況。「閩南方言作品寫作者的普遍與深入是值得重視的，如村女、牧童、樵夫、女工、店員農民等都經常投稿，這說明知識分子寫工農兵利益給工農兵看，已引起工農兵興趣漸漸發展為工農兵自寫自看了」〔註164〕，在這些閩南方言文學作品裏以閩南方言詩的數量最多，它們多出自人民群眾之手。在人民群眾創作的方言詩裏，方言組詩《印報紙的詩》尤為值得注意。該組詩在發表之時，報紙編者特地撰文說明，「本報六十五期提出『響應槍桿詩運動』，立刻就得到排字工友的反應，並寄來了這五首《排字房的槍桿詩》，他們還自己命名做《印報紙的詩》，這些詩雖然粗糙了一點，但它是真實的，所以，也應該說是很好的詩。現在一字不改的發表在這裡，我們的詩人應該可以從這裡得到新的啟示。其實，這運動如得再各產業部門迅速展開，只要識字的工友幫忙一下，就是不識字的工友也一樣可以寫出很好的詩來的」〔註165〕，顯示出編者對該組詩的看重與期望。《印報紙的詩》包括《排字》《版權》《打版》《澆鉛》《車房》五首方言短詩，除了《車房》的最後一句「民主勝利嘅來到」〔註166〕是七個字以外，其他所有詩句都為三字一行，用字通俗簡易，反映出印刷工人在經過一段時間的學習文化之後開始進行方言詩創作的學步樣態，也體現出人民群眾描寫自身生活情景的表達訴求。

〔註163〕 黃藥眠《香港文壇的現狀》，北平《文藝報》1949 年第 4 期，第 7 頁。

〔註164〕 楚驥《閩南方言文學運動》，香港《文藝生活》1949 年第 49 期，第 45 頁。

〔註165〕 編者《編者按》，香港《正報》1948 年第 2 卷第 28 期，第 26 頁。

〔註166〕 牛仔《印報紙的詩》，香港《正報》1948 年第 2 卷第 28 期，第 27 頁。

　　從創作者身份的角度出發，我們可以把方言詩大致分為兩類：一類是詩人創作的方言詩，另一類是人民群眾創作的方言詩。《華商報》《正報》《中國詩壇》等報刊發表了一些出自人民群眾之手的方言詩，他們借助於方言詩這一詩歌形式描繪自己的日常生活和思想情感，代替詩人進行了文藝大眾化的創作實踐，這可謂是「為人民群眾寫作」和文化動員的重要成果。由此引發了一個矛盾——人民群眾與報刊編輯之間的矛盾。報刊編輯根據自己的詩學觀念和知識結構修訂人民群眾創作的方言詩，有時候會引起後者的不滿。例如 1948年 12月 1日，老賴的《海豐民歌》在《華商報》的《茶亭》副刊上發表，這時的《海豐民歌》經過了編輯的修改，老賴對其中的改動頗有微詞，他在《華商報》上發表了《對〈方言文學專號〉的意見》一文，專門對編輯擅自修改《海豐民歌》的事情進行評論。老賴指出了數個修改不當的地方，並且提醒「編者在刪我們的作品時加以揣摩，切莫武斷，往往我們（工人）以為是滿意的句子，如果編者改用知識分子的口氣，那就欠真了。尤其是方言，如果編者是『本地人』諒必全諳『客家』『潮州』的了」；為了盡量保持方言詩的原汁原味，老賴還建議「在這《華南方言雙週刊》建立一個編委會之類的形式的必要，可在本港有過方言學習研究組織等小組，選出各個單位的代表來取錄各地作品」〔註167〕。老賴的語氣貌似謙遜，實則帶有怒氣，並且對《華商報》的《方言文學專號》編者提出了數點意見。《方言文學專號》編者對老賴的指責不但沒有生氣或者逃避，反而誠懇地承認錯誤：「老賴先生對編者改稿的指謫，這是很正確的，以後關於方言創作，必請熟諳該種方言的朋友斟酌，刪改亦必慎重，盡可能做到少犯錯誤。但仍請讀者隨時來信提出意見，用大家的力量來辦好這個副刊。」〔註168〕通過工人老賴與《方言文學專號》編者之間的故事可以窺探人民群眾的方言詩創作的獨特存在形態，這在中國現代文學史上都是比較少見的。人民群眾在方言詩運動中掌握了一定的主動權，他們不僅參與到詩人的方言詩創作之中，而且會自發地進行方言詩創作。由此，人民群眾不再只是被動地文化動員，他們也積極參與其中，為文化動員貢獻出自己的力量。

　　從興起之初開始，方言詩運動便以人民群眾作為主要受眾群體，來自文壇的批評意見固然也發揮了作用，然而人民群眾的看法才是詩人所真正看重的，

〔註167〕老賴《對〈方言文學專號〉的意見》，香港《華商報》1949 年 7 月 9 日，第5 版。

〔註168〕編者《編者答》，香港《華商報》1949 年 7 月 9 日，第 5 版。

這種情況有助於方言詩運動在文化動員裏發揮出更大作用。從「隱含讀者」的確立到思想情感的轉變，再到運用、記錄、解釋方言的方法，都是為了引導人民群眾參與到方言詩運動之中，進一步適應文化動員的現實需要。「人民創作」情形的出現最能彰顯出方言詩運動的寫作策略的實際成效，這也契合「人民文藝」的時代要求。然而，這些方面並不構成方言詩運動為解決「把詩聽懂」問題所採取的寫作策略的全部內容，方言詩運動為之需要進行多種多樣的理論探索，一是因為此前並沒有可以借鑒的相關案例，二是因為人民群眾在審美趣味上的內部差異。方言詩運動的寫作策略不僅留下了豐富的理論經驗，對其他詩歌運動有著啟發意義；而且對創作實踐也產生了深刻影響，推出了一大批受到人民群眾歡迎的作品。

小結

　　就方言詩運動而言，文化動員的實際成效與「把詩聽懂」的讀者接受問題之間存在著密切聯繫。「把詩聽懂」的讀者接受問題看似簡單明瞭，解決起來卻困難重重。想要創造出令人民群眾滿意的方言詩，需要有詩人、讀者、編者、批評家、作曲家等的共同配合，把希望完全寄託在其中任何一個群體身上都不利於方言詩運動的長遠發展，都會影響到方言詩運動的文化動員實效。方言詩運動曾經陷入了這樣一個誤區裏：詩人以為把修改作品的部分權利交給讀者就能夠解決「把詩聽懂」的問題，就可以讓方言詩運動起到更好的文化動員效果。事實果真如此嗎？當然不是。諸如「請工人同志修改」〔註169〕之類的口號主張引導人民群眾參與到詩歌創作過程之中，這種做法固然是有著積極意義的，卻不能幫助詩人從根本上解決方言詩運動的認同難題，亦不能幫助詩人在文化動員裏起到更大的宣傳作用。這樣說並不是為了證明讀者意見無關緊要——與之相反的，讀者反饋對方言詩運動的發展進程具有重要意義——而是為了強調從事方言詩創作的現實難度。在抗日戰爭全面爆發之前的中國現代新詩史上，方言詩的創作實踐並不多見，歷史經驗的不足使得方言詩運動的發展方向顯得晦暗不明，只能靠詩人以「盲人摸象」的精神摸索未來的前行道路。這就注定了詩人的方言詩創作是一項富有挑戰性的工作，樓棲的寫作經歷很能說明問題。樓棲從 1948 年春天開始寫作《鴛鴦子》，初稿完成以後進行

〔註169〕禾禾《請工人同志修改》，香港《華商報》1949 年 6 月 16 日，第 3 版。

反覆修改，甚至嘗試著重寫，但是傚果一直令他感到很不滿意：「初稿寫好了後，一看再看，一改再改，還是很失望，只好承認失敗了。事前沒有計劃，人物性格和故事結構，都沒有好好的照顧到。結果，我又硬著頭皮，花了將近半個月的時間，從頭寫過。然而，這一次，恐怕又是失敗了。」〔註170〕樓棲在創作過程中多次改弦易轍、重塑思路，連文體都作了變動（從模仿客家唱本到借鑒客家山歌，再到創造出一種介乎客家唱本與客家山歌之間的新形式），甚至數次想要放棄，經過斷斷續續的艱苦嘗試才最終將《鴛鴦子》寫成。如何才能創造出受到人民群眾歡迎的、具有較好文化動員效用的、令詩人自己也感到滿意的方言詩，這個問題困擾著樓棲，也困擾著其他方言詩人。在尋找答案的過程中，樓棲不得不翻來覆去地修改《鴛鴦子》，即便如此，他依然沒有突破自己的寫作困境，由此可見在戰爭語境下進行方言詩創作的難度。反反覆覆修改作品並非是樓棲的獨有經歷，丹木、沙鷗、符公望等詩人都有過類似的遭遇。他們之所以會經歷這種體驗，主要是因為他們對自己的方言詩創作沒有足夠的信心，擔心讀者不會認可甚至是不加理睬他們的方言詩，而作品的反覆修改過程其實折射出詩人的讀者認同焦慮。在筆者看來，當詩人產生此種焦慮情緒，並且為之嘗試著改變自己的創作慣性時，說明他們已經走在了文化動員的道路上，他們跟人民群眾之間的距離被不斷地拉近。隨著詩人對人民群眾的瞭解不斷加深，方言詩運動距離文化動員的目標也就越來越近，詩人或許能夠創作出令人民群眾滿意的作品。

〔註170〕樓棲《我怎樣寫〈鴛鴦子〉的》，寫於 1949 年 2 月 20 日，收入中華全國文藝協會香港分會方言文學研究會編輯《方言文學》（第一輯），香港：新民主出版社 1949 年版，第 93 頁。

第四章　政治動員與「大眾詩歌」的創作成就

引言

　　政治動員在戰時動員裏扮演著重要角色，對於激發人民群眾參加戰爭的積極性與主動性有著顯著作用。政治動員是戰時動員裏的一種特殊類型，主要是指共產黨與國民黨站向人民群眾宣揚各自的政治主張，它在抗日戰爭時期就已經出現，在解放戰爭時期達到高潮。政治動員能夠在動員人民群眾參加戰爭之時，還把政黨各自的意識形態散播出去，因而同時受到共產黨與國民黨的高度重視。上一章談到為了解決「把詩聽懂」的讀者接受問題，方言詩運動進行了多番理論探索，其歷史價值是毋庸置疑的，然而只有理論探索是不夠的，方言詩運動的歷史地位還需要創作實績作為支撐。「如果有了成績，『方言文學』不難在文壇上獨樹一幟」〔註1〕，方言詩運動也是如此，它只有取得切切實實的成就才有可能在文學史上佔據一席之地。方言詩運動的創作成就又跟政治動員的時代使命之間有著密切關聯，鮮明地體現了共產黨與國民黨的意識形態鬥爭。在二十世紀三、四十年代裏，無論「抗戰」「救亡」「解放」「建國」之類的口號富有多大的民眾統合力，共產黨與國民黨的政黨爭鬥始終以或明或暗的方式存在著，因而政治動員備受重視。此種情況對文藝運動產生了重

〔註1〕陳逸飛《由〈駱駝祥子〉談到方言文學》，北京《立言畫刊》1940年第96期，
　　　第15頁。

大影響，方言詩運動同樣如此，對國共鬥爭的政治話語時有表現。具體到每一首方言詩上來，實現方言詩運動跟政治動員的結合主要依靠在方言詩裏運用政治術語來反映戰時政治局勢。從實際效果來看，通過加入流行的政治術語能夠讓方言詩運動更加貼近國共鬥爭的實際情形，從而發揮出更大的政治動員作用。胡繩早在1930年初期就已經指出類似的問題，他以「帝國主義」一詞為例，指出「這些專門術語，土話裏雖然沒有，文學創作中，卻應該擺進去的。——正因這樣，文學對於大眾才能有積極的教育的意義」〔註2〕。與此同時，這種情形也會造成一些意想不到的結果。大量的政治術語被運用到方言詩創作之中，在一定程度上導致了方言詩的去方言化，這種現象顯示出政治動員對方言詩運動的語言消解性。政治動員令方言詩運動獲得了空前的發展良機，也使得方言詩運動損耗了一部分的方言特性，這種說法看似自相矛盾，實則反映出方言詩運動在中國現代歷史上的真實處境。與此同時，運用政治術語固然有助於方言詩表現政治鬥爭，然而方言詩的政治動員效用卻並非純粹依靠對政治術語的使用。如若忽視這一點，選擇機械地理解政治動員的內涵，那麼有可能由此造成方言詩運動出現口號化、標語化的傾向，「以為只要把革命的政治內容放進一定的民間形式裏面，就是方言文學。這個看法一有，就要產生新式標語口號。這樣的文學，絕不是我們所要求的方言文學。」〔註3〕因此，方言詩運動在進行政治動員之時，還注重對詩歌藝術的探索，這就涉及到了「大眾詩歌」的創作成就問題。

自從抗日戰爭全面爆發以後，舉國上下投入到抗敵禦侮的偉大戰役裏，詩人也不例外，紛紛加入到以詩歌進行政治動員的行列中來，創作出大量反映戰時政治形勢、面向廣大人民群眾的通俗作品。「抗戰起來了，民族運動的高潮，開始了普遍全國，這正因為有了這一個廣泛的政治運動，於是詩歌才開始有了機會同廣大的群眾接觸。在這裡詩歌的大眾化的問題就被實際上提出來了」〔註4〕，自此之後，詩歌大眾化便處於探索與嘗試之中，試圖讓新詩運動跟政治動員聯繫得更為緊密。蒲風、樓棲、何芷、野曼、黃寧嬰、雷石榆、陳蘆荻、陳殘雲、李育中、黃藥眠、鷗外歐等中國詩壇社成員們在試驗詩歌大眾化方面堪

〔註2〕胡繩《文學創作上的用語——大眾語：方言：拉丁化》，北京《清華週刊》1934年第42卷第9～10期，第7頁。

〔註3〕姚理《防止形式主義的偏向：方言文學問題管見之二》，香港《華商報》1948年5月11日，第3版。

〔註4〕黃藥眠《中國詩歌運動》，香港《大公報》1940年5月8日，第8版。

稱不遺餘力，為政治動員做出了歷史貢獻，「中國詩壇社的基本成員多是廣東人，他們的作品具有比較鮮明的地方特色……隨著詩歌大眾化和方言詩運動的發展，許多詩人利用和改造廣東流行的龍舟，白欖，粵謳和客家山歌等形式，寫出了人民喜聞樂見的作品，既加強了它的地方特色，又豐富了詩歌的表現力。」〔註5〕這些詩人把《中國詩壇》雜誌當作主要陣地，不僅創作了大量的詩歌作品，而且發表了不少闡釋詩歌大眾化理論的文章，為推行詩歌大眾化做出了重要貢獻。詩歌大眾化與方言詩運動結合的觀點始於抗日戰爭初期，一直延續到解放戰爭時期仍未斷絕，引發了廣泛關注，推動了政治動員的開展。例如穆木天提出戰時詩人必須跟人民群眾打成一片，推行詩歌大眾化便是這方面的努力，為了實現此種目的必須創造出一種「地方詩歌」，它們「所反映出來的，是地方的具體的現實，是地方的抗戰的真實情感，用語就是地方的活的口語了」〔註6〕，這裡所說的「地方的活的口語」其實便是各個地區的方言土語。貝貝的觀點跟穆木天近似，他提出想要實現詩歌大眾化的目標，詩人必須「跟大眾學習，充實語彙，用最通俗的大眾所理能解的話去創作」〔註7〕，而方言土語是人民群眾最為熟悉、最能理解的話語系統。可非將穆木天和貝貝的看法更進一步，直接將詩歌大眾化跟方言街頭詩歌聯繫起來，認為方言街頭詩歌是對詩歌大眾化的最好實踐，「街頭詩歌是最大眾化的（由於容易製作，容易閱讀，便於張貼流行的緣故）。惟因其直接切近於大眾，它的製作，最好是用方言。我以為用方言寫作，是通俗化口語化之最高的形式，是大眾化最具體的表現了。」〔註8〕詩歌大眾化與方言詩運動的融合造成了一大批頗具特色的「大眾詩歌」，其中有許多以政治動員為主旨，折射出國共兩黨的政治策略，並且起到了政治動員作用。這些「大眾詩歌」雖然也運用了許多國共鬥爭的政治話語，但是在一定程度上緩解了方言詩運動的口號化、標語化傾向。就筆者目前掌握的資料來看，大部分方言詩都表現出支持共產黨、反對國民黨的政治立場，它們主動把解放戰爭的勝利意義、人民群眾的根本利益、共產黨的政治

〔註5〕陳頌聲、鄧國偉《論中國詩壇社及其〈中國詩壇〉》，載《中山大學學報》（哲學社會科學版）1984 年第 4 期，第 105～106 頁。

〔註6〕穆木天《現階段的中國詩歌運動》，廣州《中國詩壇》1938 年第 2 卷第 1 期，第 7 頁。

〔註7〕貝貝《新啟蒙運動與詩歌》，廣州《廣州詩壇》1937 年第 1 卷第 1 期，第 8 頁。

〔註8〕可非《大眾化與方言街頭詩歌》，廣州《中國詩壇》1937 年第 1 卷第 5 期，第 2 頁。

理想視為一體，國民黨被塑造為「人民的公敵」。為了深入分析「大眾詩歌」的內蘊意義，本章將選取蒲風的客家方言長詩《魯西北個太陽》、李季的陝北方言長詩《王貴與李香香》、樓棲的客家方言長詩《鴛鴦子》、丹木的潮州方言長詩《暹羅救濟米》四部作品，以此來窺探方言詩運動的「大眾詩歌」跟政治動員之間的複雜聯繫，並且評判方言詩運動的創作實踐在中國現代新詩史上所處的地位。

第一節　《魯西北個太陽》:「抗戰熱」與「政治熱」的結合體

　　1938 年 1 月，蒲風擔任國民黨陸軍一五四師一六二旅九二二團的團部書記室主官。1939 年春，蒲風辭去該職務。同年 4 月，母親賴秋傳去世，於是蒲風重回故鄉。1940 年 8 月，蒲風攜同妻子謝培貞離開廣東梅縣。在滯留故鄉的一年多時間裏，蒲風沒有停止詩歌活動，不僅出版了《兒童親衛隊》《取火者頌集》《魯西北個太陽》等詩集，而且創辦或編輯了《七日詩刊》《中國詩壇嶺東刊》《戰時文藝》等刊物，繼續身體力行地推動詩歌大眾化的發展進程，借之進行抗戰宣傳和政治動員，引導廣大人民群眾積極參與到戰爭之中。客家方言長詩《魯西北個太陽》和《林肯，被壓迫民族的救星》[1]〔註 9〕均誕生於本時期，目前暫時無處尋見這兩本詩集的初版本。《魯西北個太陽》完稿於 1939 年 8 月 18 日，原載於 1939 年《中國詩壇嶺東刊》第 2 卷第 2～3 期，曾由詩歌出版社在廣東梅縣出版單行本。《魯西北個太陽》根據真人真事寫成，「歌頌了魯西北聊城的抗日民族英雄范築先英勇抗敵，以身殉職的動人事蹟。」〔註 10〕根據陳松溪的記敘，無論是 1938 年加入國民黨陸軍，還是 1939 年回到故鄉任教，蒲風都受到過共產黨的指示，就職期間都參加過共產黨的活動。〔註 11〕結合到蒲風在第二次國內革命戰爭時期的政治立場，我們會自然而

〔註 9〕《林肯，被壓迫民族的救星》（原名為《林肯，弱小民族救星》）完稿於 1939年 8 月 13 日，僅比《魯西北個太陽》早五天，由詩歌出版社在廣東梅縣出版單行本，以美國第十六任總統林肯解放黑人奴隸為主題，跟中國抗日戰爭並無直接聯繫。
〔註10〕黃安榕、陳松溪《蒲風年譜》，黃安榕、陳松溪編選《蒲風選集》（下冊），福州：海峽文藝出版社 1985 年版，第 1412 頁。
〔註11〕陳松溪《蒲風最後的歲月》，載《新文學史料》2002 年第 4 期，第 100 頁。

然地將《魯西北個太陽》跟政治動員聯繫一起。「反蔣抗日」是研究蒲風的重要視點，它構成了其詩歌創作和詩歌理論的基本特質。有學者把 1936～1942 年看作蒲風的創作高峰期，並且認為蒲風在本時期創作的諸多詩歌以「抒寫詩人自我和民眾的愛國熱情，批判日帝的兇殘無恥，揭露國民黨的腐敗無能，歌頌抗日戰士英勇鬥爭和不怕犧牲的精神」〔註12〕為主要內容。「雖然從大眾化的角度來說，方言詩影響了詩歌的傳播和接受，但也足見他積極謀求詩歌形式創新的努力與嘗試」〔註13〕，之所以要重新解讀客家方言長詩《魯西北個太陽》，不僅因為它體現了蒲風在詩歌形式創新方面的大膽試驗，也因為它反映了蒲風的戰時動員理念（尤其是政治動員思想）。通過審視《魯西北個太陽》這部「大眾詩歌」的典範作品，既可以增進對蒲風詩歌創作的理解，也可以推動對蒲風抗戰活動的認識，還可以深入觀察政治動員與方言詩運動的關係。

一、「抗戰熱」、抗戰宣傳與詩歌大眾化

　　談到蒲風的詩歌創作，必然會提及他對社會現實的關注以及對詩歌大眾化的倡導。以上兩點構成了蒲風詩歌的基本質素，同時也是解讀《魯西北個太陽》的重要依據。這裡所說的「對社會現實的關注」相對較為抽象，不僅包括對廣大中國農民生存苦難的描繪，還包括對民族救亡的反映，亦包括對政治局勢的觀察；至於「詩歌大眾化」則比較容易理解，蒲風素來把詩歌視為作用於社會現實的一種文藝武器，為了儘量發揮出詩歌的宣傳效果，他主張詩人必須讓詩歌的形式和內容契合大眾的實際需求。需要補充說明的是，蒲風之所以密切關注中國政治的風雲變幻，也是出於團結禦侮、共同抗敵的戰時目標，跟他自己所說的「抗戰熱」〔註14〕（既指抗戰的熱潮，也指對抗戰的熱情）息息相關。由於蒲風始終強調爭取民族獨立的偉大意義，所以他對信奉不抵抗主義的國民黨滿是惡感，對堅持對外作戰的共產黨心生好感，這恰恰也是蒲風選取范築先這位抗日名將作為《魯西北個太陽》主人公的重要原因。

　　縱觀蒲風在二十世紀三、四十年代的詩歌創作，關注社會現實、倡導詩歌

〔註12〕陳紅旗《國防詩歌的擁躉與抗日戰爭的歌者（1936～1942）——客籍詩人蒲風詩歌創作論（下）》，載《嘉應學院學報》2014 年第 12 期，第 53 頁。

〔註13〕楊俏凡《論蒲風詩歌中的客家文化元素》，載《嘉應學院學報》2013 年第 7 期，第 67 頁。

〔註14〕蒲風《由〈鋼鐵的歌唱〉說起——代自序》，《抗戰三部曲》，上海：詩歌出版社 1937 年版，第 2 頁。

大眾化是無法繞開的兩個關鍵點，而且二者通常是融為一體的。客家方言長詩《魯西北個太陽》便是其中的代表作，它不僅被傾注了蒲風一以貫之的政治動員思想，成為其抗戰活動的重要組成部分；而且踐行了蒲風長期堅持的詩歌大眾化，成為「大眾詩歌」的一個典範作品。想要評判《魯西北個太陽》在蒲風詩歌創作歷程中的歷史位置，需要從他對社會現實的關注、對詩歌大眾化的倡導兩方面談起。

　　眾所周知，蒲風對社會現實始終報以密切的關注和殷切的希冀，在抗日戰爭全面爆發以後，這種關注和希冀具化為對抗戰的熱情，即上文所說的「抗戰熱」。由於蒲風慣有的政治立場，他的「抗戰熱」跟中國政治之間有著千絲萬縷的聯繫。從詩歌內容來看，《魯西北個太陽》可被視為表現「抗戰熱」的突出作品，它所敘述的范築先英雄事蹟極為契合抗日救亡的時代主潮，同時從中還可以看到作者的政治動員意圖。為了讓詩歌更好地表現「抗戰熱」，蒲風提出「打起熱情來」的口號，在多篇文章裏對之進行了闡發。例如《打起熱情來》一文解釋了「打起熱情來」的主要含義，認為詩人應該「為當前懂得淒慘但除此別無出路的英勇的抗敵戰鬥，為天災人禍而流失所的萬千同胞，為一切走向勝利的新生力量……而打起同情的熱情的歌唱來」〔註15〕；《感情·理智與意志》結合當時的抗戰形勢，提出詩人「應該是靈敏的感覺者，為一切社會現實而打起熱情來」〔註16〕；《抗戰以來的新詩歌運動觀》梳理了「打起熱情來」在「七七事變」前後被提出來的經過，「那時候洶湧澎湃著的正是新浪漫主義思潮配合『打起熱情來』的實際需要，而產生出了熱情奔放一瀉千里的文學作品，尤其是在最能表露人類心情的詩歌方面。」〔註17〕那麼究竟應該怎樣用詩歌「打起熱情來」呢？蒲風認為詩歌是「抗敵的唯一武器」，必須使之適應戰時動員的實際需要。正是在這種思想觀念的牽引下，蒲風創作了《魯西北個太陽》，藉此作用於當時的「抗戰熱」。抗戰把所有中國民眾都捲入其中，詩人也不能例外，向來關注社會現實的蒲風更是主動肩負起時代賦予的責任，義無反顧地投身到戰時動員之中，「在抗戰聲中，全人類為和平、為自由、幸福而戰鬥的炮火進行裏，我誠然敢毅然不顧惜自

〔註15〕蒲風《打起熱情來》，廣州《廣州詩壇》1937 年第 1 卷第 3 期，第 2 頁。

〔註16〕蒲風《感情·理智與意志》，廣州《廣州詩壇》1937 年第 1 卷第 3 期，第 3 頁。

〔註17〕蒲風《抗戰以來的新詩歌運動觀》，原載《風雲》1939 年創刊號，收入黃安榕、陳松溪編選《蒲風選集》（上冊），福州：海峽文藝出版社 1985 年版，第 746 頁。

己的業已存在的生命了。」〔註18〕《魯西北個太陽》正是「抗戰熱」的典型
產物，也是蒲風進行戰時動員的重要工具，它同時具備抗戰宣傳和政治動員
的功效。該詩以范築先的個人經歷折射出聊城保衛戰的歷史場景，具有激發
讀者抗戰熱情的鼓動作用。由於國民政府執行不抵抗政策，再加上韓復榘的
棄城外逃，使得聊城岌岌可危，隨時可能被日軍侵佔，「幾回失敗個羞辱，日
本鬼子呀，／今朝要來盡意在聊城伸報！」〔註19〕然而以范築先為首的將士
並沒有臨陣脫逃，而是堅守「中國抗戰到底！／萬歲！萬歲喲！中華」的信
條，繼續率領當地民眾抗擊日軍。范築先的犧牲不但沒有令眾人的抗戰意志
減弱，反而使之更加堅定地繼續抗爭下去，「范將軍死了，崖等繼續幹／鬥爭
會給與魯西北，／真是個太陽，／光亮！」《魯西北個太陽》以人物志的敘述
形式表現了那個時代中華民族奮勇抗爭的激蕩風雲，范築先是其中的代表性
人物，激勵了廣大人民群眾繼續為抗日救亡的目標為不懈努力。

　　為了讓詩歌創作跟社會現實（尤其是「抗戰熱」）之間更為緊密地聯繫在一
起，蒲風致力於推廣詩歌大眾化，試圖在現代新詩與人民群眾中間搭建一座橋
樑。《魯西北個太陽》是蒲風實踐詩歌大眾化的典型性產物，也是「大眾詩歌」
的代表作。討論蒲風對詩歌大眾化做出的歷史貢獻，不能不談到一個詩人社團─
─中國詩壇社（原名「廣州詩壇社」）。從實際情形來看，蒲風的詩歌大眾化主張
跟中國詩壇社密切相關，很難真正分割開來。在 1937～1938 年間，蒲風在中國
詩壇社主辦的詩刊《中國詩壇》（原名《廣州詩壇》）〔註20〕裏擔任主編，對後者

〔註18〕蒲風《寫在第十冊詩集後》，《在我們的旗幟下》，上海：詩歌出版社 1938 年
　　　　版，第 56 頁。

〔註19〕蒲風《魯西北個太陽》，寫於 1939 年 8 月 18 日，收入黃安榕、陳松溪編選《蒲
　　　　風選集》（上冊），福州：海峽文藝出版社 1985 年版，第 559 頁。本文所引《魯
　　　　西北個太陽》原文均出自此版本，後面不再一一標注。

〔註20〕1937 年 2 月，黃寧嬰、陳殘雲、鷗外鷗等詩人在廣州藝協詩歌組的基礎上成
　　　　立廣州詩壇社，並且在同年 7 月 1 日創辦《廣州詩壇》雜誌。在蒲風的提議
　　　　之下，《廣州詩壇》在出版第 1 卷第 1～3 期以後，從 1937 年 11 月 15 日起正
　　　　式更名為《中國詩壇》，辦刊地址依舊在廣州，陸續出版第 1 卷第 4～6 期、
　　　　第 2 卷第 1～6 期；而廣州詩壇社隨之變為中國詩壇社，雷石榆、童晴嵐、蔣
　　　　錫金等詩人也加入其中，詩社成員逾百人。1939 年 5 月 1 日，《中國詩壇》在
　　　　香港復刊，出版新 1～3 號。1940 年 6 月 1 日，《中國詩壇》從香港搬到桂林，
　　　　出版新 4～6 號。1946 年 1 月 15 日，《中國詩壇》在廣州復刊，出版光復版第
　　　　1～4 期。1948 年 3 月 15 日，《中國詩壇》在香港復刊，以叢書形式出版《最
　　　　前哨》《黑奴船》《生產四季花》。

起到了重要作用。以蒲風為首，中國詩壇社成員在推動詩歌大眾化上可謂不遺餘力，他們以《中國詩壇》為主要陣地，發表了大量相關的詩論，從不同方面闡釋詩歌大眾化的理論問題。例如雷石榆的《開展大眾詩歌活動》一文指出過去大眾化詩歌基本都是運用國語寫成的，在南方地區並不能得到廣泛傳播，「我們在這樣的特定環境中，不得不利用當地最流行的方言，創作易於傳送的口頭語歌謠。」〔註21〕林林的《關於新酒舊瓶》認為想要實現詩歌的大眾化，必須首先實現語言的大眾化和形式的大眾化，「要作得使大眾聽得來，唱得來，就必須運用大眾的言語……反映新的大眾的意識和感情，需要新的言語，因此，必然需要新的大眾形式的。」〔註22〕周鋼鳴的《詩歌創作的幾個問題》檢討了詩歌大眾化的一個常見誤區，那就是只注重語言的大眾化，而不注重思想內容與生活形象的大眾化，「這種大眾化只是大眾化的形式而缺少大眾的和大眾的豐富生活內容，因此大眾也不喜歡這種空洞的『大眾化』的詩歌。」〔註23〕蒲風在《現階段的詩人任務》《抗戰以來的新詩歌運動觀》《目前的詩歌大眾化諸問題》等多篇文章裏系統說明詩歌大眾化的豐富內涵與推行方法，已有學者對之進行過詳細論證〔註24〕，這裡不再贅述。中國詩壇社成員不僅在理論建構方面大力發展詩歌大眾化，而且在詩歌創作方面也努力踐行詩歌大眾化，數量可觀的方言詩由此誕生，成為他們把新詩推向廣大人民群眾的一種重要途徑。中國詩壇社成員只是在《中國詩壇》上便發表了蕭野的《人民的聲音》、文華的《教館佬五字經》、樓棲的《復仇的火焰——長詩〈鴛鴦子〉之一》、王永梭的《矮麼姑》、陳殘雲的《喺我地鄉下》、苗得雨《生產四季花》等近三十首方言詩，他們還通過其他渠道發表了為數不少的方言詩，成為方言詩運動裏一股不可忽視的重要助力。《魯西北個太陽》和《林肯，被壓迫民族救星》便誕生在此種背景下，它們都是「大眾詩歌」的重要成果。《林肯，被壓迫民族救星》主要講述林肯為解放黑人奴隸所做的巨大貢獻，跟中國社會並沒有直接關聯；而《魯西北個太陽》以抗日英雄范築先的英雄事例為題材，高度契合彼時民眾關心的社會話題。相比之下，《魯西北個太陽》比《林肯，被壓迫民族救星》更能引起中國大眾的注意和共鳴。以方言詩的形式推動詩歌大眾化的發展進程，這是蒲風乃至中國詩壇社之於現代

〔註21〕 雷石榆《開展大眾詩歌活動》，廣州《中國詩壇》1937年第1卷第4期，第3頁。
〔註22〕 林林《關於新酒舊瓶》，廣州《中國詩壇》1938年第1卷第6期，第3頁。
〔註23〕 周鋼鳴《詩歌創作的幾個問題》，桂林《中國詩壇》1940年新5號，第6頁。
〔註24〕 王玉樹《詩歌大眾化的旗手：蒲風》，載《河北大學學報》（哲學社會科學版）1992年第1期，第57～60頁。

新詩史的獨特貢獻，為「大眾詩歌」的繁盛起到了作用。

概言之，《魯西北個太陽》可謂是蒲風關注社會現實、倡導詩歌大眾化的代表作之一，它兼具了「抗戰熱」與「大眾詩歌」的要素，構成了蒲風抗戰活動的一個環節，推動了抗戰宣傳和政治動員的現實進程。當然，《魯西北個太陽》具有天然的地域侷限性，「從詩歌的真正大眾化宣傳的角度來說，方言明顯阻礙了詩歌的進一步傳播，造成了方言之外地區人民的閱讀障礙」〔註25〕，這也是方言詩的共同弱點，並非是《魯西北個太陽》特有的問題。事實上，假如《魯西北個太陽》能夠在客家方言區起到應有的戰時動員效果，那麼它就已經實現了作者最初的設想，因為他從一開始就清楚運用方言（尤其是南方方言）寫成的作品很難通行於全國的，其初衷只是盡量多地吸引生活在客家方言區裏的讀者。

二、「政治熱」、政治動員和政治立場

之前已經提到《魯西北個太陽》同時具備抗戰宣傳與政治動員的雙重功效，前者指向反映抗戰情形的「抗戰熱」，後者指向表現政治形勢的「政治熱」（既指政治的熱度，也指對政治的熱衷）。也就是說，除了反映「抗戰熱」、開展抗戰宣傳以外，表現「政治熱」、進行政治動員也是《魯西北個太陽》的重要創作動機。1937 年 10 月 12 日，蒲風寫下《由〈鋼鐵的歌唱〉說起——〈抗戰三部曲〉代自序》一文，該文談到了「政治熱」的相關問題，呼籲詩人應該提高對中國政治的重視程度，「到了今年夏、秋，抗日熱，抗戰熱又使得我高呼出『打起熱情來』，提高我們新詩人的政治熱，務使詩人能與大眾的熱情溶成為一。」〔註26〕正是因為蒲風長期注重「政治熱」，所以他的《魯西北個太陽》帶有政治烙印，並且具有政治動員效用。

種種生活經歷使得蒲風關注政治形勢，養成了敏銳的政治洞察力。對於這一點，早已有人指出過：「蒲風是位政治敏感的詩人，在民族矛盾居於突出地位的情勢下，他並沒有忽視國內階級矛盾的存在。」〔註27〕從 1930 年代起，

〔註25〕楊俏凡《血淚鑄成的現實之歌——論蒲風的長篇敘事詩》，載《貴州師範大學學報》（社會科學版）2014 年第 2 期，第 43 頁。

〔註26〕蒲風《由〈鋼鐵的歌唱〉說起——代自序》，《抗戰三部曲》，上海：詩歌出版社 1937 年版，第 2 頁。

〔註27〕蔡清富《蒲風的詩歌和詩論》，黃安榕、陳松溪編選《蒲風選集》（上冊），福州：海峽文藝出版社 1985 年版，第 35 頁。

國內尖銳的階級矛盾是中國的基本國情，長期關心政治走勢的蒲風以「雙杆齊下」〔註28〕的方式對之進行反映，並且對國民黨的腐敗無能進行了猛烈地抨擊，這種狀況即便是在抗日戰爭全面爆發以後依舊沒有發生根本性改變。因此，《魯西北個太陽》雖然以抗日救亡為主題，但是它與政治動員的關係同樣不能被忽視，從中依舊可以看到蒲風素來持有的政治立場。

　　需要特別指出的是，不僅蒲風一人重視政治動員，而且許多中國詩壇社成員也關注政治動員。在抗日救亡成為全國民眾的首要訴求以後，中國詩壇社順時而動，通過詩歌大眾化的詩學實踐向人民群眾散播抗戰理念；與此同時，蒲風、林山、林林等多位中國詩壇社成員都具有共產黨黨員的政治身份或者親近共產黨的政治傾向，他們在開展抗戰宣傳之際並沒有忽視政治動員。例如林林提出應該採用多種多樣的詩歌形式，從而適應不同讀者群體的閱讀需求，敘事詩、抒情詩、政治詩、諷刺詩、兒童詩、農民詩等詩歌類別都有其存在價值。〔註29〕而政治詩與諷刺詩歷來是政治動員的文藝武器，能夠在其中發揮出不錯的宣傳效用。可非把方言街頭詩歌視為詩歌大眾化的代表性成果，認為當時軍事動員已經取得了顯著成效，「可是政治的文化的民眾的總動員還十分的不夠。政治的文化的需要改革，大眾生活需要絕對改善，這很必要詩歌藝術去宣傳鼓動的」〔註30〕，所以方言街頭詩歌應該得到充分發展，從而在詩歌大眾化中起到更大作用。穆木天強調抗戰文藝不只是描寫前線將士的奮勇作戰場景，還包括反映大後方官員的貪污腐敗現象，雖然他主張抗戰文藝應該重視對政治動員的表現，詩人應該「深深地握住政治的契機」，但是他反對「政治主義」的誤區，指責堆砌政治術語、機械理解政治的做法，「只是用自己的思索觀念地把一些政治的現象、理論等等穿綴起來，所以，使他們的那些作品徒具有詩

〔註28〕「雙杆齊下」是指同時運用戰士的槍桿和詩人的筆桿，為抗戰做出盡可能多的貢獻，正如蒲風自己所說：「來吧！詩人，戰士！我們用刀，用槍，用筆，用歌唱來打殺瘋狂的日本帝國主義者罷！」（蒲風《〈時代進行曲〉序》，寫於1937年12月21日，收入黃安榕、陳松溪編選《蒲風選集·上冊》，福州：海峽文藝出版社1985年版，第644頁）從詩歌創作的角度來說，蒲風之所以強調「雙杆齊下」，主要是為了讓詩人在「抗戰熱」與「政治熱」裏發揮出更大的宣傳作用，切切實實地反映出當時的風雲變幻，而不是單純依靠自身的文學想像力。

〔註29〕林山《今天的詩》，桂林《中國詩壇》1940年新4號，第8～9頁。

〔註30〕可非《大眾化與方言街頭詩歌》，廣州《中國詩壇》1937年第1卷第5期，第2～3頁。

的外形而沒有詩的事實了。」〔註31〕由此可見,政治動員始終在諸多中國詩壇社成員那裡佔據著重要位置,即便在抗日戰爭全面爆發以後,他們對政治動員的關注並沒有消退,而是跟抗戰宣傳統一起來,以一種看起來並不那麼昭彰的方式繼續對人民群眾進行著政治動員。

正是因為長期以來都是蒲風在內的中國詩壇社成員都重視政治動員,所以他們的詩歌創作會受此影響,並且對之進行符合時宜的表現。《魯西北個太陽》堪稱這方面的典型,它鮮明地體現出蒲風對政治局勢的關注,在「抗戰熱」的民族旗幟之下,分明可以從中看到「政治熱」的蹤跡,共產黨與國民黨的意識形態鬥爭被裹挾在抗日救亡的時代潮流裏。從蒲風的角度來看,他是傾向於共產黨的,對於國民黨則持批判態度。正是因為此種政治立場,使得《魯西北個太陽》所呈現出來的國共兩黨鬥爭主要是站在共產黨的角度來抨擊國民黨的消極抗日和反動統治。在日軍對山東虎視眈眈之際,以韓復榘、沈鴻烈、李樹春等為代表的國民政府官員不但秉持不抵抗主義,「投擲給不抵抗將軍(韓復榘)個」,而且趁機大發國難財,「請看看別人呀,/那個不腰纏萬貫」;反觀以姚第鴻、張維翰、張郁光等為代表的共產黨黨員,他們義無反顧地留在聊城,率領當地民眾進行自衛反擊戰,「南門城防也不弱,參議張郁光,/偕著秘書顯剛強;/北門更有姚第鴻——/政治部主任今朝不惜彈喪」,最後有不少共產黨黨員在這場戰役裏英勇就義。在《魯西北個太陽》裏,共產黨與國民黨對聊城保衛戰抱持不同態度,二者的實際表現也相去甚遠。客觀地講,共產黨的做法更加契合人民群眾的抗戰願望和根本利益,而國民黨的做法得不到人民群眾的真心支持。正是在這樣一種言說邏輯裏,《魯西北個太陽》在表現抗戰情形的基礎之上完成了其政治動員使命。

從《魯西北個太陽》中不難看出蒲風對於共產黨與國民黨的兩種迥異看法,這不僅跟兩黨對抗戰的不同態度有關,還跟蒲風長久以來的人生經歷有關。具體來說,蒲風與共產黨之間的特殊關係在很大程度上影響了他的政治傾向。雖然蒲風在 1938 年才成為正式的共產黨黨員〔註32〕,但是他與共產黨之間的關係始於 1920 年代中期。1926 年,剛剛從小高畢業的蒲風考進了廣東梅

〔註31〕 穆木天《現階段的中國詩歌運動》,廣州《中國詩壇》1938 年第 2 卷第 1 期,第 6 頁。

〔註32〕 黃安榕、陳松溪《蒲風年譜》,黃安榕、陳松溪編選《蒲風選集》(下冊),福州:海峽文藝出版社 1985 年版,第 1410 頁。

縣的學藝中學,該校的一些學生跟共產黨黨員出身的部隊幹部有著往來。蒲風也不例外,他跟共產黨黨員出身的駐梅縣第一師政治部主任等部隊幹部交流頻仍,還在他們的影響下加入了新學生社和共產主義青年團,而新學生社是共產主義青年團在學藝中學的外圍組織。〔註 33〕再加上蒲風的三哥黃才華也是一名共產黨黨員,所以蒲風一直對共產黨抱有好感。在這種情況下,蒲風創作出《魯西北個太陽》,借之抨擊國民黨的消極抗戰、宣揚共產黨的團結禦侮,也就顯得不足為奇了。〔註 34〕

　　無論是從蒲風的人生經歷來說,還是就《魯西北個太陽》的具體內容而言,「政治動員」都是無法繞開的一個關鍵詞。在抗日戰爭時期,「抗日救亡」成為中華民族的統一口號,然而這並不意味著政治鬥爭會消失在紛飛戰火之中,相比於第二次國內革命戰爭時期和解放戰爭時期,政治動員在抗日戰爭初期以一種並不那麼顯著的方式繼續存在著,並且在 1940 年代逐漸回到公眾視野裏。《魯西北個太陽》是在 1939 年 8 月完成的,當時共產黨與國民黨的政治鬥爭尚未完全公開化,所以蒲風別出心裁地把政治動員裏挾在抗戰宣傳裏,把是否堅持抗戰樹立為評判政黨好壞的一把標尺,引導人民群眾自行認清共產黨與國民黨的真實面貌。這種處理辦法基本符合彼時社會的主旋律,有利於幫助《魯西北個太陽》獲得讀者的情感共鳴,從而能夠令其政治動員功效得到更好的發揮。

三、「抗戰熱」和「政治熱」的聯合

　　正如上文所說,《魯西北個太陽》把「抗戰熱」和「政治熱」聯合起來,兼有抗戰宣傳和政治動員的雙重功能。在抗日戰爭全面爆發以後,「抗戰熱」是當時中國的首要特徵,社會的方方面面都要為之服務,而《魯西北個太陽》在表現「抗戰熱」之際並沒有忽視「政治熱」,顯示出蒲風對時代的多元化思考。蒲風當然重視抗戰宣傳,例如他在《抗戰以來的新詩歌運動觀》一文裏以馮玉祥、沈鈞儒、陳繼武等詩人為例,指出在他們那裡「寫詩均被作是神聖的

〔註33〕任鈞《憶詩人蒲風──〈蒲風選集〉代序》,黃安榕、陳松溪編選《蒲風選集》(上冊),福州:海峽文藝出版社 1985 年版,第 5 頁。
〔註34〕1939 年 12 月,蒲風出版詩集《取火者頌集》,其中收錄了《取火者頌》,該詩「熱情歌頌了率領解放區軍民浴血奮戰的偉大的中國共產黨」(黃安榕、陳松溪《蒲風年譜》,黃安榕、陳松溪編選《蒲風選集》(下冊),福州:海峽文藝出版社 1985 年版,第 1412 頁),從中也可以看到蒲風的政治傾向。

事業，抗戰宣傳的唯一利器」〔註35〕，而這種做法正是蒲風所長期堅持的。與此同時，蒲風沒有因為關注抗戰而無視政治，他一直嘗試著在詩歌創作裏平衡「抗戰熱」和「政治熱」的關係，《魯西北個太陽》便是代表作之一。

　　蒲風從 1930 年代初期開始就重視政治動員，尤其注重對國民黨反動統治的揭露與批判，鼓動廣大人民群眾奮起反抗，積極投入到革命鬥爭之中，這也是第二次國內革命戰爭時期的普遍情況。雖然在「九・一八」事變發生以後，民族矛盾急劇上升，但是階級矛盾依然突出，政治動員在彼時社會裏佔據著不弱於抗戰宣傳的重要地位。蒲風在本時期的詩歌創作體現出了這一點，例如他在 1935 年 12 月出版的詩集《六月流火》描繪了農民不堪忍受國民黨暴政而奮起反抗的場景，揭下了國民黨「假抗敵、真內戰」的面具，起到了政治動員效果，因而在不久之後被查禁。除此之外，《黑陋的角落裏》《搖籃歌》《鋼鐵的歌唱》等詩集都在不同程度上表現出類似的政治取向。等到抗日戰爭全面爆發以後，國內的階級矛盾暫時讓位於對外的民族矛盾，抗戰宣傳暫時蓋過了政治動員，然而政治動員並沒有消失，而是以服務於抗戰宣傳的方式繼續存在著。這一點在蒲風的個人經歷上體現得尤為明顯，他在本時期致力於抗戰宣傳，同時也重視政治動員，在抗戰宣傳與政治動員的交互裏向廣大人民群眾散佈共產黨的戰時政策。「作者能在一片全民要求抗日的呼聲中，寫出揭露國民黨反動官員假抗日、真投降的諷刺詩，說明他的政治敏感性是很強的」〔註36〕，這其實是蒲風的一貫作風，在第二次國內革命時期表現得較為明顯。進入抗日戰爭時期以後，此種情況依舊沒有繼續存在，蒲風嘗試著在抗戰建國的統一旗幟下同時進行抗戰宣傳與政治動員，努力讓「抗戰熱」與「政治熱」融合在一起。

　　跟第二次國內革命時期不同，蒲風在「七七事變」以後所進行的政治動員不再以揭露國民黨反動統治為旨歸，而是著重於批判國民黨施行的不抵抗政策，藉此呼籲國民黨積極投入到抗戰之中，跟共產黨聯合建立抗日民族統一戰線。正是著眼於此，蒲風有意淡化共產黨與國民黨的黨派差異與政見分歧，刻意突出動員全國上下所有力量開展抗日救亡的重要性和緊迫性，這也是抗日

〔註35〕蒲風《抗戰以來的新詩歌運動觀》，原載《風雲》1939 年創刊號，收入黃安榕、陳松溪編選《蒲風選集》（上冊），福州：海峽文藝出版社 1985 年版，第 745 頁。
〔註36〕蔡清富《略論蒲風的詩歌創作》，載《安徽大學學報》1979 年第 1 期，第 15 頁。

戰爭期間方言詩運動在政治動員上的顯著特徵，跟解放戰爭時期的方言詩運動有著明顯區別。在抗戰建國的統一口號之下，強調共產黨與國民黨的差異顯得不是那麼吻合時代的主旋律，也不是那麼符合人民群眾的集體願望。因此，詩人在抗日戰爭時期將政治動員融入到抗戰宣傳之中，試圖把抗戰宣傳與政治動員融為一體，堅持抗日的政黨能夠從方言詩運動中獲益，而消極抗日的政黨則會受到方言詩人的譴責。具體到蒲風本人，得益於此種時代環境，他可以在《魯西北個太陽》裏巧妙地隱匿自己的共產黨黨員身份，運用看似不帶政黨偏向的語調裏完成政治動員的目標，讓讀者在接受抗戰宣傳之時自然而然地生出對共產黨的好感以及對國民黨的惡感。魯西北抗日根據地的建立與建設跟共產黨有著密切關聯，如果沒有共產黨的長期投入和鼎力支持，魯西北抗日根據地很難在全國抗戰中發揮出那麼重要的作用，這是共產黨獲取當地民眾好感的現實基礎，也是蒲風能夠借助《魯西北個太陽》進行政治動員的基本前提。

進一步說，將《魯西北個太陽》放置在戰時中國政治語境之中，能夠看到共產黨與國民黨之間的尖銳矛盾在抗日戰爭全面爆發以後依然延續著，雖然抗戰宣傳成為本時期文藝工作者的首要任務，但是政治動員同樣佔據著重要地位，只是以一種相對隱蔽的方式存在著。這一點在蒲風身上體現得較為明顯，他曾經說過「當我們明曉抗戰不單依靠前線的區區作戰士兵單方面，我們要深深明瞭二期抗戰政治重於軍事的意義，我們在作品上也不能忘記後方的人們的『生』與『死』」〔註37〕，從這段話中可以看到即便是在抗日戰爭期間，蒲風在關注「抗戰熱」之際並沒有忽視「政治熱」，而是強調詩人應該同時重視抗戰和政局。《魯西北個太陽》正是對此種情形的一種詩性呈現，抗戰宣傳和政治動員在其中都佔據了重要位置。進入 1940 年代以後，此種情況逐漸發生變化，抗戰宣傳當然還是作家們的頭號目標，然而政治動員慢慢浮出地表，折射出共產黨與國民黨的政治鬥爭愈發激烈，抗日民族統一戰線漸漸變得不足以掩蓋國內階級矛盾，於是政治動員衝破了抗戰宣傳的表面和諧，再度成為兩個政黨的緊要事務。這在方言詩運動上表現得尤為明顯，此一階段不僅湧現出大量同時表現「抗戰熱」與「政治熱」的方言詩，例如王伯惠的《胡寡婦》、用文的《工友們大家來比一比》、寒楓的《農民謠》等；還出現了一些純粹反映政治動員的方言詩，例如張鐵夫的《縣長替我種棉花》、伊葦的《馬生榮之

〔註37〕蒲風《發刊詞》，原載《戰時文藝》1939 年第 1 卷第 1 號，收入黃安榕、陳松溪編選《蒲風選集》（上冊），福州：海峽文藝出版社 1985 年版，第 646 頁。

歌》、清娃的《生產謠》等。以上兩類方言詩都帶有一個共同特徵，那就是直接描繪共產黨與國民黨的政治鬥爭，把政治動員作為主題之一。這種情況一直延續到解放戰爭時期，政治動員對當時的方言詩運動也產生了影響。

由此可見，《魯西北個太陽》在方言詩運動的發展進程中有著較為特殊的意義，它體現了方言詩運動在抗日戰爭時期與解放戰爭時期的差異和共性，也表現出方言詩運動與政治動員之間的複雜關係。《魯西北個太陽》之所以會具有政治動員作用，跟蒲風的個性氣質有著直接聯繫。根據臧克家的回憶，蒲風重視詩歌的政治作用，他還說過「世間正缺少腦子政治化了的詩人」〔註38〕。臧克家的說法再一次印證了蒲風具有敏銳的政治洞察力，也又一次證明了蒲風對政治形勢有著高度熱情。正是因為蒲風始終關注「政治熱」，所以他沒有在《魯西北個太陽》純粹地表現「抗戰熱」，而是將「抗戰熱」和「政治熱」結合起來，令這首長詩同時擁有抗戰宣傳和政治動員的現實功效。

四、《魯西北個太陽》的人物原型

《魯西北個太陽》改編自真人真事，雖然有些地方存在著過度煽情的成分，但是總體上較為符合范築先的真實事蹟。蒲風之所以選取范築先作為《魯西北個太陽》的人物原型，一方面是因為范築先的「抗日英雄」標籤能夠體現出「抗戰熱」，另一方面是因為范築先跟共產黨的特殊關係可以反映出「政治熱」。這不僅是蒲風的個人想法，也是時人的普遍看法，所以眾多作家紛紛以文藝創作的形式追悼范築先，並且抒發自己對抗戰與政治的看法，希望通過范築先的事例找到拯救民族危亡的啟示。

范築先的壯烈犧牲在當時中國社會上引發了巨大反響，各界人士紛紛發起多種形式的追悼活動，他的英勇事蹟被編寫成文藝作品和通俗讀物，甚至被寫進了教書裏，成為對學生進行愛國教育的重要實例。文藝界對范築先的紀念尤為突出，例如舊詩詞《悼范築先》〔註39〕、大鼓詞《范築先魯西抗敵》〔註40〕、歌曲《山東范築先殉節歌》〔註41〕以及姚亞影的三幕劇《范築先》（後

〔註38〕臧克家《蒲風的詩——〈蒲風詩選〉序言》，原載《文學評論》1963 年第 4 期，收入黃安榕、陳松溪編選《蒲風選集》（下冊），福州：海峽文藝出版社 1985 年版，第 1393 頁。
〔註39〕《悼范築先》，香港《時代文學》1941 年第 1 卷第 2 期，第 19 頁。
〔註40〕蕭波《范築先魯西抗敵》，漢口《抗到底》1938 年第 5 期，第 14～16 頁。
〔註41〕朱楔《山東范築先殉節歌》，漢口《民意》1939 年第 82 期，第 4 頁。

方勤務部政治部印刷所 1943 年版）、臧克家的敘事長詩《古樹的花朵》（東方書社 1942 年版）、林舒的唱本《范築先聊城殉國》（生活書店 1939 年版）等。這些作品以不同的藝術形式、不同的觀察角度講述了范築先的人生經歷，在當時形成了一股頗受矚目的「范築先熱」。正是在這股「范築先熱」裏，蒲風創作出客家方言長詩《魯西北個太陽》，一方面表示自己對范築先的敬仰和欽佩，另一方面表達自己對戰時中國社會的多重思考。《魯西北個太陽》是於1939 年 8 月 18 日完稿的，而范築先是在 1938 年 11 月 15 日殉國的，相比於其他作家，蒲風的反應不可謂不迅速，由此更是可見他對抗戰與政治的關心程度。

　　《魯西北個太陽》選取范築先作為人物原型，此種做法本身就顯示出蒲風想要通過《魯西北個太陽》同時進行抗戰宣傳和政治動員的現實意圖。為什麼這麼說呢？范築先因為抗日事蹟而聞名於世，因而《魯西北個太陽》以范築先為人物原型跟抗戰宣傳的聯繫很容易理解，比較難理解的是這種做法跟政治動員的關聯。講述范築先的抗日經歷之所以能夠起到政治動員效用，主要是因為他跟共產黨之間存在著微妙關係。從表面上看，范築先應該跟國民黨更為親密，然而實際情形並非如此，他不僅跟國民黨愈行愈遠，而且跟共產黨越走越近。國民黨推行的不抵抗主義把一心想要抗日救亡的范築先推向了自己的對立面，而共產黨宣揚的建立抗日民族統一戰線的戰爭方略則獲得了范築先的高度認可。雖然范築先不是共產黨黨員，但是他跟共產黨有著密切聯繫，他在魯西北抗日根據地的諸種舉措都得益於共產黨的推動和引導。當然，這種變化並不是一蹴而就的。

　　范築先長期在國民政府裏任職，從 1936 年 11 月起，升任山東省第六區行政督察專員、保安司令兼聊城縣縣長，直接受命於蔣介石手下的一名重要將領──國民黨山東省政府主席韓復榘。范築先對國民黨的不抵抗政策感到憤慨，卻又無計可施。范築先信奉「良心抗戰」和「責任抗戰」，在抗戰的統一口號下，他對不同黨派聯合作戰持歡迎態度，「無論何黨何派，抗戰者，我一律歡迎；如二三其德，不抗戰者，即使我親兄弟，我也不容！我是良心抗戰，有良心的中國人，大家要共體此義」〔註42〕，這就為共產黨施行籌備已久的統

〔註42〕 中國人民政治協商會議河北省館陶縣委員會文史資料研究委員會編《范築先傳》（第一輯），中國人民政治協商會議河北省館陶縣委員會文史資料研究委員會 1986 年版，第 60 頁。

戰計劃提供了基本前提。再加上共產黨一直高度重視魯西北戰場，所以范築先與共產黨的合作是順理成章的事情。

　　1937 年 5 月 13 日，中共中央北方局聯絡局書記彭雪楓受周恩來指示，以探訪同學的名義前往聊城，順利把建立抗日民族統一戰線思想傳遞給范築先。同年 8 月，范築先受邀到濟南津浦賓館參加抗戰形勢座談會，主動跟共產黨取得聯繫，並且邀請共產黨黨員來魯西北抗日根據地工作。同年 10 月，中共山東省委派多名共產黨黨員前往聊城擔任范築先的政訓服務員，這些共產黨黨員對范築先建設魯西北抗日根據地起到了關鍵性作用。在共產黨的幫助下，范築先成功建立起魯西北抗日根據地，先後在聊城、觀城、陽谷等三十多個縣成立了抗日政權，其中有高唐、館陶、齊河等十餘個縣由他任命共產黨黨員擔任縣長。

　　等到抗日戰爭全面爆發以後，范築先跟共產黨的關係愈發親近，甚至建立了統戰關係。1938 年 3 月，范築先派成潤等人去延安彙報魯西北抗日根據的抗戰情況，並且帶去了寫給毛澤東、朱德的信函。成潤在回到聊城的時候，帶來了朱德寫給范築先的回信，信裏不僅讚賞了范築先的抗戰精神，而且同意魯西北抗日根據地的幹部前往延安學習。〔註43〕同年 10 月，毛澤東委託黎玉把自己的親筆信帶給范築先，高度肯定了范築先的抗戰活動及其重大意義。根據黎玉的回憶，范築先在收到毛澤東的回信以後很是感動，誠懇地說出了這樣一番話：「毛主席寫親筆信給我，我今生不能違背毛主席。至今之世，要救中國，要想不當亡國奴，唯有聽共產黨的話。誰真心抗日我擁護誰，所以我要跟共產黨合作，要聽毛主席的話，堅決抗戰到底。」〔註44〕

　　由此可見，共產黨對范築先在聊城時期的抗戰活動產生了重要影響，范築先之所以能夠建立和發展魯西北抗日根據地，並且多次率領民眾發動抗擊日軍進犯的戰鬥，離不開共產黨的幫助和指引。恰恰因為范築先與共產黨的密切關係，使得他的抗戰活動具有複雜的意味，而不只是侷限於抗戰本身。蒲風敏銳地把握到了這一點，其《魯西北個太陽》不僅表現出中華民族的抗

〔註43〕　中共聊城地委黨史資料徵集研究委員會《魯西北敵後抗戰鬥爭概述》，中共聊城地委黨史資料徵集研究委員會編《范築先與魯西北抗戰資料選》，濟南：山東人民出版社 1988 年版，第 6 頁。

〔註44〕　黎玉《毛主席讓我帶信給范築先的經過》，中共聊城地委黨史資料徵集研究委員會編《范築先與魯西北抗戰資料選》，濟南：山東人民出版社 1988 年版，第 102 頁。

戰意志，還承載著共產黨的戰時意識形態，成為他從共產黨的角度進行政治動員的一種媒介，消極抗戰的國民黨自然成為其指謫對象。「別人做官賺大錢，請聽喲，／佢個得人驚處便在佢個清白」，這是對國民政府官員的辛辣嘲諷，揭露出後者不顧國家危亡而大肆壓榨民眾的醜陋行徑，抗戰建國的希望顯然不在這群人身上。「六十多歲個生命不算怎麼長久，／史冊上個精神喲流芳千古！／而深受感動個是部下軍屬，／一個一個自殺殉難」，以范築先為代表的將士違抗上級的撤退命令，捨生忘死地保衛聊城，直至生命的最後一刻，他們才是實現抗戰救國目標的中堅力量。1938 年 11 月 15 日，范築先率領的六百餘人在聊城保衛戰裏全部壯烈犧牲，一同罹難的還有張郁光、姚第鴻、崔芳德等多名共產黨黨員。也就是說，直到生命結束的前夕，范築先依然在跟共產黨黨員並肩作戰，而王金祥、趙文魁、沈鴻烈等國民黨官員不僅沒有奮勇殺敵，反倒用計坑害了范築先眾人。雖然范築先從未正式加入共產黨，但是他在聊城時期跟共產黨建立了合作關係，他的身邊圍繞著眾多優秀的共產黨黨員，他的言行彰顯著共產黨戰時方針的印記。恰恰因為范築先與共產黨之間的特殊關係，所以蒲風能夠借助《魯西北個太陽》實現政治動員的現實目標。

質言之，蒲風之所以選取范築先作為《魯西北個太陽》的人物原型，一方面是為了適應抗戰宣傳的需要，另一方面是為了實現政治動員的目標。因為范築先不僅是一位抗日英雄，而且跟共產黨有著密切關係，所以通過講述范築先的抗日事蹟能夠同時表現「抗戰熱」與「政治熱」，起到抗戰宣傳和政治動員的作用。這正是《魯西北個太陽》的獨特之處，它並沒有被「抗日救亡」的民族旗號所桎梏，而是在順應時代主旋律之時延續作者此前的政治思考，從而獲得了更豐富的歷史意味和更廣闊的闡釋空間。

作為一首方言長詩，《魯西北個太陽》在方言詩運動的發展軌跡裏扮演著特殊角色，以方言長詩的詩歌樣式表現政治動員可謂是蒲風之於方言詩運動的一大貢獻，此前鮮有詩人進行過類似的詩歌創作嘗試。就蒲風的創作歷程而言，他的長詩創作集中於 1930 年代，推出了《六月流火》《可憐蟲》《魯西北個太陽》等多部敘事長詩，其客家方言長詩《魯西北個太陽》《林肯，被壓迫民族的救星》更是中國現代新詩史上較早出現的兩首方言長詩，對於方言長詩創作而言具有重要意義。根據筆者的觀察，創作於抗日戰爭時期的方言長詩數量較少，蒲風在其中起到了突出作用。方言長詩經過抗日戰爭時期的積澱，在

解放戰爭時期達到高潮，目前可見的大部分方言長詩均創作於此一階段，這種情形更加彰顯出蒲風的歷史貢獻。不僅如此，在「抗日救亡」成為中華民族的統一口號之後，蒲風並沒有因為「抗戰熱」而放棄「政治熱」，而是同時予以二者密切關注，使得《魯西北個太陽》兼備抗戰宣傳與政治動員的現實效用，這是蒲風之於方言詩運動的又一重歷史貢獻。

第二節　作為「人民詩篇的第一座里程碑」的《王貴與李香香》

　　1946 年 9 月 22～24 日，《王貴與李香香》在《解放日報》上連載，而後陸定一、郭沫若、周而復等人相繼撰文推介，在很大程度上奠定了此後《王貴與李香香》批評史的基調，它被視為《在延安文藝座談會上的講話》（以下簡稱「《講話》」）在詩歌領域結出的第一個碩果。這一點直到今天都沒有發生根本性變化，從《王貴與李香香》及其批評史中不難看出共產黨政治動員策略的某些特質。陸定一將《王貴與李香香》視為「新民主主義文藝運動對於封建的買辦的反動的文藝運動的勝利」〔註45〕，周而復認為《王貴與李香香》是「人民詩篇的第一座里程碑」〔註46〕，這兩種觀點代表了共產黨對《王貴與李香香》的基本看法。而郭沫若將先於《王貴與李香香》問世的《李有才板話》《李家莊的變遷》《呂梁英雄傳》《白毛女》等文藝作品當作「人民文藝」的優秀範本，這種看法對於我們重新理解《王貴與李香香》頗有裨益。在郭沫若那裡，「人民文藝」是「反動文藝」的對立面，運用的是帶有「新鮮活潑的、為中國老百姓所喜聞樂見的中國作風和中國氣派」的「民族形式」，並且體現出「人民意識」，而《王貴與李香香》便是「由人民意識中發展出來的人民文藝」〔註47〕。這是《王貴與李香香》在問世不久之後便被標榜為解放區文藝創作的典範之作的重要原因。李季自己也認同這種價值判斷，主動將《王貴與李香香》引向「人民文藝」，他指出民歌是「人民文藝的主要寶庫之一」〔註48〕，而《王貴與李香香》恰恰是學習民歌的結果。也就是說，李季也參與了《王貴與李香

〔註45〕陸定一《讀了一首詩》，延安《解放日報》1946 年 9 月 28 日，第 4 版。
〔註46〕周而復《後記》，李季《王貴與李香香》，香港：海洋書屋 1947 年版，第 3 頁。
〔註47〕郭沫若《序〈王貴與李香香〉》，香港《華商報》1947 年 3 月 12 日，第 3 版。
〔註48〕李季《我是怎樣學習民歌的》，《李季文集》（第四卷），上海：上海文藝出版社 1986 年版，第 405 頁。

香》與「人民文藝」的關係建構過程。〔註49〕「人民文藝」本就帶有共產黨文化戰略的因素，而《王貴與李香香》之所以跟「人民文藝」發生密切聯繫，離不開共產黨意識形態的有意引導。我們不禁要問：為什麼《講話》在詩歌領域結出的第一個碩果會是一首方言詩？李季早年並非是一個嚴格意義上的文藝工作者，他長期擔任的本職工作是幹部和教員，為什麼是他率先創作出《講話》在詩歌領域結出的第一個碩果？《王貴與李香香》對共產黨開展政治動員具有何種意義？筆者嘗試從政治動員的角度分析《王貴與李香香》被經典化為「人民文藝」範本的內在原因，闡發《王貴與李香香》與共產黨文化戰略的複雜關係，並且指出這首「大眾詩歌」的代表作在詩歌語言上的獨特貢獻。

一、重估《講話》對《王貴與李香香》的影響

在以往對《王貴與李香香》的批評史中，「民族化」和「大眾化」（或「群眾化」）是兩個被反覆提及的關鍵詞〔註50〕。這兩個詞彙源自文藝的「民族形式」論爭，在整風運動被賦予政治上的合法性。1942 年 2 月 8 日，毛澤東在《反對黨八股》一文裏指出：「現在許多人在提倡民族化、科學化，大眾化了，這很好。」〔註51〕此後，「民族化」和「大眾化」被廣泛運用到文藝批評領域，成為判斷文藝作品是否運用了「民族形式」、是否具有「民族性格」、是否符合「群眾路線」的重要標尺。在過去對《王貴與李香香》的評價裏，這一標尺發揮的作用格外顯著，由此可見共產黨意識形態對《王貴與李香香》的高度重視以及《王貴與李香香》被用於政治動員的潛在可能性。

自從黎辛在《解放日報》發表第一篇評論《王貴與李香香》的文章《從〈王貴與李香香〉談起》以後，來自不同階層、立場的無數文人參與到《王貴與李

〔註49〕 正是因為《王貴與李香香》的「模範作用」，李季多次修改自己人生中的第一首長詩，《王貴與李香香》經歷了從方言入詩到去方言化的過程（顏同林《〈王貴與李香香〉版本校釋與普通話寫作》，載《晉陽學刊》2014 年第 5 期，第 17 頁），體現出李季為了更好地貫徹國家意志和時代精神所付出的努力。

〔註50〕 劉煥林《人民詩篇的一座里程碑——淺談〈王貴與李香香〉》，載《廣西師範大學學報》（哲學社會科學版）1980 年第 3 期，第 109～113 頁。王金勝、曲楠楠《詩·革命·歷史革命敘事詩的詩學政治化闡釋——兼論李季的敘事詩創作》，載《東方論壇》2012 年第 5 期，第 95～103 頁。王榮《論〈王貴與李香香〉的版本變遷與文本修改》，載《復旦學報》（社會科學版）2007 年第 6 期，第 129～137 頁。

〔註51〕 毛澤東《反對黨八股》，《毛澤東選集》（第三卷），北京：人民出版社 2008 年版，第 841 頁。

香香》經典化的進程之中，將《王貴與李香香》的創作動機、思想情感和歷史意義闡釋得越來越複雜。從李季本身的實際情況而言，《王貴與李香香》的創作過程或許並沒有那麼複雜。《王貴與李香香》之所以享有如此高的文學史地位，在很大程度上是因為它是詩歌領域裏實踐毛澤東文藝思想的第一部優秀作品，也是解放區長期倡議運用「民族形式」進行文學創作的典範之作，它在政治動員方面被寄予了深切期望。雖然《王貴與李香香》的出現時間比較晚，但是它是在萬眾期待之中誕生的，跟《兄妹開荒》《白毛女》《血淚仇》等戲劇、《李有才板話》《呂梁英雄傳》《抗日英雄洋鐵桶》等小說一起構成了延安文藝座談會以後中國文人在進行文藝創作活動時可供參照的模範和標杆。《王貴與李香香》在公開發表以前，就已經引起了博古的注意。博古從返回延安的文藝工作者那裡得知《王貴與李香香》的存在，「當即問，作者是什麼人？並說，這首詩很有創造，很了不起。」〔註52〕《王貴與李香香》在《解放日報》上發表時，作為這首長詩的編者，黎辛（筆名「解清」）在《解放日報》上刊發文章《從〈王貴與李香香〉談起》力薦《王貴與李香香》〔註53〕，「用這種方式發表和推薦好作品，《解放日報》是第一次。」〔註54〕在《王貴與李香香》發表以後，陸定一、周而復、郭沫若等帶有政黨背景的知名文人接連發聲，一舉奠定了《王貴與李香香》的歷史地位和評價機制。

　　《王貴與李香香》是中共領導期待已久的新民主主義文藝運動在詩歌領域結出的第一個碩果，它的表現形式與方言土語（包含於陸定一所說的「民間語彙」〔註55〕）為人稱道。在接下來的一段時間裏，《王貴與李香香》成為衡量解放區文藝作品是否屬於「人民文藝」或「民族文藝」的一個潛在標尺，也成為在人民群眾中間進行政治動員的一種有效工具。正是因為這層原因，《王貴與李香香》才會被廣泛傳播，甚至被多次改編成歌劇、滬劇、秦腔戲等，國家層面的推波助瀾與民間層面的自發行為共同擴大了《王貴與李香香》的社會影響力。這裡以《王貴與李香香》被改編成同名滬劇的事件進行簡要說明。1949

〔註52〕雷達《泥土和石油的歌者——記詩人李季》，載《新文學史料》1980 年第 3 期，第 93 頁。

〔註53〕解清《從〈王貴與李香香〉談起》，延安《解放日報》1946 年 9 月 22 日，第 4 版。

〔註54〕《生平與文學活動年表》，趙明、王文金、李小為編《李季研究資料》，西安：陝西人民出版社 1986 年版，第 165 頁。

〔註55〕陸定一《讀了一首詩》，延安《解放日報》1946 年 9 月 28 日，第 4 版。

年 5 月 27 日上海解放以後，《王貴與李香香》在內的解放區經典文藝作品被迅速改編成滬劇，公開面向普通民眾演出。此前滬劇時常被指責「只能演些張家長李家短的悲歡離合，迎合觀眾心理的故事」〔註56〕，改編和上演解放區經典文藝作品的舉動改善了這一狀況，也可以將之視為共產黨以文藝的形式向人民群眾宣揚執政理念、開展政治動員的一種手段。促成此舉的直接原因是滬劇工作者參加了地方戲劇研究班組織的學習和討論活動。1949 年 7 月 22 日至 9 月 6 日，華東軍管會文藝處在上海組織舉辦了第一屆地方戲劇研究班，主要參與人員為越劇演員，其他劇種只派編導參加。此次地方戲劇研究班的開設目的名曰傳揚越劇、發揚傳統，實為傳達共產黨的文藝政策，幫助戲劇工作者盡快熟悉和貫徹新時代所需的文藝思想。滬劇《王貴與李香香》的演出在當地造成了影響，跟另外一部廣受矚目的戲劇《怒吼的中國》成為《影劇新地》1949 年第 3 期介紹最新影劇動態版面的兩大主角〔註57〕，可見滬劇《王貴與李香香》所受關注的程度。由於時間倉促，滬劇《王貴與李香香》呈現出來的舞臺效果差強人意，但是依然廣受好評，根本原因在於它展現出了人們積極投身新時代的姿態，「解放後，《白毛女》《王貴與李香香》《小二黑結婚》等，很快的，被滬劇工作者們改編後，搬上了他們的舞臺了。不能不說又是一種新的姿態，面向工農兵的進步演出。」〔註58〕

　　概言之，在過去對《王貴與李香香》的評價中，許多人不約而同地認為李季是在毛澤東文藝思想（尤其是《講話》）的「直接指導」下創作出《王貴與李香香》的，事實果真如此嗎？曾經有學者提醒過大家：「受《講話》影響的大有人在，懂得和喜歡信天遊的人也不少，為什麼只有李季寫出了《王貴與李香香》？這顯然不是屬於某種共性或集體的規律，原因只能從李季本人身上尋找。」〔註59〕根據筆者的觀察，李季在醞釀和寫作《王貴與李香香》的過程中，固然受到了毛澤東文藝思想的影響，但是他之所以想要創作這首長詩，主要目

〔註56〕楊二中《談滬劇〈王貴與李香香〉》，上海《影劇新地》1949 年第 5 期，第 10 頁。

〔註57〕《〈王貴與李香香〉改編滬劇上演》，上海《影劇新地》1949 年第 3 期，第 6 ～7 頁。

〔註58〕楊二中《談滬劇〈王貴與李香香〉》，上海《影劇新地》1949 年第 5 期，第 10 頁。

〔註59〕李丹夢《中原漂泊與尋找人民中國的調子──李季論》，載《文藝研究》2016 年第 10 期，第 15 頁。

的之一是為了配合政治動員的實際需要,將共產黨的政治理論以一種「中國老百姓所喜聞樂見」的方式宣揚出去。為了寫作令人滿意的文學作品,語言問題尤其重要,所以李季在《王貴與李香香》裏化用了大量的方言土語,以便獲得人民群眾的接受和認可:

> 短租子,短錢,短下糧,
> 老狗你莫非想命來抗?
> 打死老子拉走娃娃,
> 一家人落了個光踏踏!
> 白靈子雀雀白靈子蛋,
> 崔二爺家住死羊灣。
> 老王八你不要灌米湯,
> 又軟又硬我不上你的當。〔註60〕

通過上述引文可以看出《王貴與李香香》多處運用方言土語,較少使用脫離了日常生活的書面語,這種做法大大減少了人民群眾的閱讀障礙,有利於更好地開展政治動員。據說李季原本是打算先寫《楊高傳》,卻因為感受到政治動員的迫切性而選擇暫時擱置,轉向《王貴與李香香》的創作之中:「三邊,地處國民黨反動派進攻的最前線,李季,當時腦子裏醞釀的本來是《楊高傳》,為了動員邊區人民保衛勝利果實,保衛邊區,抗擊敵人的進攻,暫時放棄了寫《楊高傳》的計劃,寫了《王貴與李香香》。這部詩作,是為當前的政治服務,是尖銳的階級鬥爭中的直接產物。」〔註61〕由此可見,李季之所以暫時停止《楊高傳》的寫作進程,優先創作出《王貴與李香香》,主要是為了對邊區人民進行政治動員,激勵他們參與到保衛革命果實的戰鬥中來。李季的好友吳象瞭解李季的文學創作狀態,直接點破了李季寫作《王貴與李香香》的現實原因:「當年我們幾個都是愛好文藝的青年,但有個根本點不同。他搞文藝不是憑興趣、憑靈感,而是像戰士打仗那樣,瞅準了目標,就一定要把它打中,否則決不罷休。」〔註62〕

〔註60〕 本文所引《王貴與李香香》的原文以初刊本(延安《解放日報》1946年9月22~24日,第4版)為準,下文不再單獨說明。

〔註61〕 馬鐵丁《讀李季詩歌創作漫筆》,趙明、王文金、李小為編《李季研究資料》,西安:陝西人民出版社1986年版,第402頁。

〔註62〕 吳象《黨的戰士和詩人——李季》,原載《文匯報月刊》1981年7月號,收入趙明、王文金、李小為編《李季研究資料》,西安:陝西人民出版社1986年版,第24頁。

　　1942 年，李季在延安第一次讀到《講話》，他只在延安停留了一個半月便輾轉到其他地方（1947 年底從三邊調至延安，1949 年 3 月離開，前往洛陽任職），《講話》確實對李季的創作觀念產生了影響，但是這種影響不應該被刻意放大。李季多次談論過自己創作《王貴與李香香》的原因，在工作中聽到的民間故事居於主導地位，雖然他也承認《講話》對他造成的影響。根據李季的夫人李小為回憶，「著名長篇敘事詩《王貴與李香香》，是在靖鎮完小教書時，開始孕育的。誘發作者創作衝動的事件，是一個簡單的故事」〔註63〕，從中可知是李季在靖鎮完小教書時偶然聽到的一個民間故事觸發了他創作《王貴與李香香》的情感動機。更何況李季一開始並不是打算寫一首長詩，而是想要寫一部小說或者一篇散文，在具體的寫作過程中才逐漸形成比較成熟、穩定的想法，這怎麼能夠說《王貴與李香香》的創作是在毛澤東文藝思想的「直接指導」下進行的呢？在以往對《王貴與李香香》的批評史裏，《講話》的作用被放得太大了。只不過從實際效果來看，《王貴與李香香》對「民間形式」和方言土語的巧妙化用，在客觀上契合了《講話》的文藝主張，取得了良好的傳播效果，配合了解放區政治動員的開展。但是諸如《王貴與李香香》受到了毛澤東文藝思想的「直接指導」之類的看法是不符合事實的，以往對《王貴與李香香》的評價太過貼近時代，忽視了李季作為個體生命的主觀能動性，將《王貴與李香香》單純地理解為「時代的產物」，卻沒有充分認識到李季自身的因素。

　　毫無疑問，毛澤東文藝思想對李季創作《王貴與李香香》產生過影響，但是並不能因此而遮蔽《王貴與李香香》自身的獨特性。任何歷史時期中的文學作品總是跟時代風潮有著千絲萬縷的關係，在「迎合」與「抗拒」之間反覆拉鋸，這一點是不可否認的。但是也不能以時代的旗幟掩蓋個體的精神，因為文學作品首先是作家自己的獨特創造，其次才是社會文化與歷史時代的綜合產物。可是為什麼《王貴與李香香》偏偏如此契合毛澤東《講話》的文藝主張？因為李季並非文藝工作者出身，長期處於基層事務之中，跟丁玲、何其芳、卞之琳等作家、詩人相比，李季在創作《王貴與李香香》的時候不需要經歷曲折而艱辛的「思想改造」或「創作轉變」，他在此之前就已經自覺地踐行共產黨始終高舉的群眾路線，因而《王貴與李香香》能夠配合政治動員的開展。而且李季清楚人民群眾的閱讀能力、日常語言和文化需求，《王貴與李香香》化用

〔註63〕李小為《最初的孕育——記李季同志在三邊生活之一》，趙明、王文金、李小為編《李季研究資料》，西安：陝西人民出版社 1986 年版，第 43～44 頁。

方言土語正是李季有意為之的。李季跟其他解放區作家的不同之處在於:「正因為作者本身也是這群眾鬥爭中的一員,所以他的感情已經不是知識分子同路人的感情,相反地在這首長詩裏建立了新的人民群眾的感情。」〔註64〕李季的多重身份和人生經歷使得《王貴與李香香》成為毛澤東文藝思想在詩歌創作領域結出的第一個果實,也成為他進行政治動員的一種重要工具,而非單單是《講話》在其中發揮作用。進而言之,相比《講話》在政策層面上的影響,李季的獨特生命體驗和政治工作經驗在創作《王貴與李香香》的過程中所起到的作用恐怕更加值得關注。

二、方言土語和「天足的美」

在重估了《講話》對《王貴與李香香》造成的影響以後,接下來要談論的話題是方言土語在《王貴與李香香》裏的作用和地位。《王貴與李香香》之所以運用了大量的方言土語,是為了儘量獲得人民群眾的認可,為政治動員創造有利條件。然而這並不是說只要使用了方言土語,《王貴與李香香》就一定能夠受到人民群眾的歡迎、在政治動員裏取得理想的成效。「《王貴與李香香》是篇十足的方言詩,一篇人民自己的歌」〔註65〕,這個判斷容易引起歧義,即誤認為只要是方言詩,便能成為「人民自己的歌」──如果只是這樣的話,就不會有那麼多的現代詩人在《講話》面前感到茫然,他們只需要學習如何用方言做詩即可,漫長而煎熬的創作轉變上的陣痛可以被規避。歷史當然不會這樣簡單,古往今來失敗的方言詩不勝枚舉,像李季那樣憑藉《王貴與李香香》而聲名鵲起的方言詩人寥若晨星,要不然解放區文藝界也不會那樣熱切歡迎《王貴與李香香》的誕生,《王貴與李香香》也不會在政治動員裏起到那般顯著的作用。由此可見,「方言詩」這個熟悉的標籤既是認識《王貴與李香香》的起點,也是理解《王貴與李香香》的障礙。

首先要從一種司空見慣的常識談起。按照一般的認識習慣,方言土語跟俗文學有著更為密切的聯繫,跟雅文學之間保持了一定距離。相應的,將方言土語選入詩歌裏自然會拉低其文學性,跟傳統的審美標準出入甚大。然而令人感到奇怪的是,在《王貴與李香香》正式發表以後,當時有不少人誇讚它的「美」,

〔註64〕何望家《王貴與李香香》,爪哇吧城《生活週報》1947年第131期,第10頁。
〔註65〕張臂呼《人民自己底歌:〈王貴與李香香〉讀後》,上海《讀書與出版》1948年第3期,第60頁。

卻很少有人認為它「俗」或「土」。例如郭沫若從《王貴與李香香》中發現了一種「天足的美」（包括「意識的美」「生命的美」「形式的美」等）〔註66〕，芝青將《王貴與李香香》定性為「一首美麗的詩」〔註67〕，葆瓈認為《王貴與李香香》是「一篇優美出色極有價值的敘事詩」〔註68〕。在以往的文學史敘述裏，類似的評價也是屢見不鮮，例如王瑤指出「民間語言本來是平易簡練而又豐富雋永的，這些優美的特點被作者（李季）吸收融化在他的作品裏，因此就特別自然動人了」〔註69〕，唐弢、嚴家炎提出《王貴與李香香》的語言「在樸素中具有形象美、音樂美的特點，成為真正藝術化了的詩歌語言」〔註70〕，孫紹振讚賞「李季好像是第一個揭開了民歌的藝術寶庫似的，他把這麼多美妙的形象奉獻給了新詩」〔註71〕。然而在今天人們的印象裏，《王貴與李香香》是一部運用方言土語的典範長詩，雖然它使用的方言土語超越了一般的口語，但是談不上「優美」。那麼究竟是什麼原因導致了「常識」與「史實」之間的齟齬呢？換言之，是什麼因素造成了兩個時代在《王貴與李香香》評價問題上的斷裂？想要解開這道謎題，需要將《王貴與李香香》這一「大眾詩歌」文本放置在二十世紀三、四十年代的歷史情景之中進行重新解讀。此前已經有一些學者從敘事藝術的角度分析《王貴與李香香》的獨特貢獻〔註72〕，本文主要從方言土語的角度分析《王貴與李香香》何以「優美」的歷史原因，進而理解它跟政治動員的內在關係。

談及《王貴與李香香》的成功原因，一般首先指出它對人大群眾日常生活

〔註66〕 郭沫若《序〈王貴與李香香〉》，香港《華商報》1947年3月12日，第3版。

〔註67〕 芝青《〈王貴與李香香〉讀後記》，周韋編《論〈王貴與李香香〉》，上海：上海雜誌公司1950年版，第37頁。

〔註68〕 葆瓈《人民的詩歌》，周韋編《論〈王貴與李香香〉》，上海：上海雜誌公司1950年版，第54頁。

〔註69〕 王瑤《中國新文學史稿》（下冊），上海：上海新文藝出版社1954年版，第284頁。

〔註70〕 唐弢、嚴家炎主編《中國現代文學史》（第三冊），北京：人民文學出版社1981年版，第273頁。

〔註71〕 孫紹振《李季的藝術道路》，《文學評論》1982年第3期，第31頁。

〔註72〕 楊希之《中國敘事詩發展的里程碑——談〈王貴與李香香〉的藝術成就》，載《四川大學學報》（哲學社會科學版）1985年第4期，第46～52頁。周希沼《詩苑雙璧 各有千秋——〈王貴與李香香〉和〈漳河水〉藝術成就比析》，載《南都學壇》1989年第4期，第113～117頁。林榮松《解放區敘事長詩審美論》，載《晉陽學刊》1993年第2期，第65～70頁。

的「深度描寫」和「熱心擁抱」。這一點自《王貴與李香香》問世以後就被反覆提及：「這一本薄薄的集子，敘述了一個農民翻身的全般過程；其所以不論在藝術上或內容上能夠製作得那麼完整，不是別的，只因為作者生活在他的寫作對象的生活中間，不是以一個旁觀者，一個作家，而是，用一句流行的話說，擁抱他們，和他們融合在一起，作為他們當中的一份子來生活。」〔註73〕《王貴與李香香》的成功原因不僅在於書寫人民群眾的日常生活，還在於運用人民群眾能夠理解和接受的書寫語言。這種書寫語言既不是純粹的書面語，也不是直接的口語，而是在書面語與口語、普通話與方言土語達到一種奇妙平衡以後的特殊語言。這是屬於李季個人的精心創造，幫助《王貴與李香香》取得了不錯的傳播效果和政治動員效用。這裡主要從以下幾個方面分析《王貴與李香香》的語言美及其成因：

（一）疊音詞。所謂「疊音詞」，是指由相同音節重疊而成的詞彙。《陝北語大詞典》裏記載的疊音詞有將近三千個，基本涵蓋了陝北人民日常生活的方方面面。「疊音詞使用是陝北方言最顯著的特點，不同的語言結構安排，揭示著特殊的文化心理」，而且「疊音詞賦予文字一詠三歎的音樂美感」〔註74〕，這在《王貴與李香香》裏表現得尤為明顯。雖然已經有學者指出疊字迭詞之於《王貴與李香香》的重要性〔註75〕，卻沒有沿著這一思路深入分析，因而有必要重新探討《王貴與李香香》中的疊音詞。在《王貴與李香香》裏單獨出現的疊音詞並不是很多，例如「娃娃」「瓣瓣」「雀雀」「妹妹」「哥哥」等，通常都跟其他字詞聯用，一般有這麼三種形式：（一）ABB 式的疊音詞。包括：「綠苗苗」「磨麥麥」「嘶啦啦」「光踏踏」「糠窩窩」「硬梆梆」「孤零零」「山丹丹」「紅姣姣」「水汪汪」「綠蓁蓁」「巧口口」「煙鍋鍋」「半炕炕」「酒盅盅」「紅豔豔」「小嬌嬌」「猴娃娃」「一陣陣」「死娃娃」「白生生」「肉絲絲」「亮光光」「血疤疤」「水淋淋」「土坡坡」「沙窩窩」等。（二）AAB 式的疊音詞。包括：「人人愁」「咩咩叫」「窪窪開」「慢慢來」「繩繩短」「呼呼響」「人人忙」「嚓嚓響」「麻麻亮」「救救我」等。（三）ABA 式的疊音詞。包括：「哼幾哼」「難上難」「睜一睜」等。不難看出，在以上三種形式的疊音詞裏，ABB 式疊音詞

〔註73〕周哲《王貴與李香香》，上海《讀書與出版》1947 年第 7 期，第 60 頁。

〔註74〕盧曉瑞《陝北方言疊音詞使用的文化心理分析》，載《名作欣賞》2016 年第 23 期，第 128、129 頁。

〔註75〕顏同林《陝北方言與〈王貴與李香香〉》，載《文藝理論與批評》2008 年第 3 期，第 82 頁。

的數量最多。《王貴與李香香》運用了很多不同形式的疊音詞，這種做法符合陝北人民的表達習慣（包括文字書寫和口頭表述），而且給詩歌語言營造出一種「一詠三歎的音樂美感」。語言表達跟文化心理、情感機制和價值選擇密切相關，因而《王貴與李香香》不僅是在模仿陝北人民的表達習慣，更是在重構陝北人民的精神世界，這是《王貴與李香香》受到陝北人民歡迎、具有較高政治動員效用的另外一個重要原因。

（二）詈語。「詈語」即為用於罵人的語彙。詈語雖然常常被貼上「粗俗」「敵視」「不文明」等負面標籤，然而它們在人與人之間的日常交際裏幾乎隨處可見。陝北方言裏同樣有著眾多詈語，而且詈語扮演著重要角色，它們跟陝北人民的「思維觀念、社會價值，以及對死亡詛咒和倫理道德的態度與認知」〔註76〕關係緊密。《王貴與李香香》裏也存在許多陝北詈語，這些詈語體現出陝北地域文化的某些特徵。詈語通常被用在《王貴與李香香》的對話與獨白之中，以便更好地模仿陝北人民的內心活動和言說方式：

> 毛驢撞草垛沒有長眼，
> 狗腿子不長人心肝。
> 撒泡尿來照照你的影，
> 毬眉鼠眼還會成了精！
> 老狗日你不要威風，
> 不過三天要你狗命！
> 趁早收拾你那鬼算盤，
> 想叫我當狗難上難！

單獨看上述引文的話，今天的讀者可能會認為其中的詈語流於粗俗，但是如果跟其他陝北方言詈語相比的話，就可以發現李季的良苦用心。陝北方言詈語多跟動物稱謂、人體器官、倫理道德、死亡詛咒、鬼神妖怪等有關，其中有一部分是不堪入耳的，例如「野種」「爛貨」「懶惰」「蓋老」「日鬼」「滾毬開」等。這些詈語經常出現在當地人的日常生活裏，卻基本上沒有出現在《王貴與李香香》中，由此可以看出李季雖然不反對使用陝北方言詈語，但是主張必須經過選擇和提煉，從而保證詩歌語言的「優美」，不至於落入粗俗的境地。這種語言選擇能夠協調詩人創作與讀者閱讀、詩歌藝術與政治動員之間的關係，

〔註76〕呂亞麗、張小兵《陝北方言詈語文化探析》，載《延安大學學報》（社會科學版）2016 年第 3 期，第 116 頁。

讓《王貴與李香香》發揮出更好的宣傳效果。

（三）成語。這裡所說的「成語」，或許被稱為「俗成語」更為合適，是指陝北方言裏的四字成語。陝北方言成語不僅地域認同度高，表徵著陝北歷史文化的特色，而且「富於音律美」「具有一種獨特的韻味」〔註77〕。《王貴與李香香》裏多處運用了陝北方言成語，令整首詩讀起來更加朗朗上口，富有節奏感和韻律美。《王貴與李香香》裏的陝北方言成語大多四個字連在一起，可以分為 ABCC 式（例如「崔二爺牛羊<u>沒有數數</u>」「<u>脫毛雀雀</u>過冬天」「崔二爺渾身<u>軟不踏踏</u>」等）、AABC 式（例如「玉米結子<u>顆顆鮮黃</u>」「<u>活活打死</u>老父親」等）、ABAC 式（例如「<u>又軟又硬</u>我不上你的當」「<u>苦死苦活</u>一年到頭幹」「<u>要殺要剮</u>由你挑」「<u>越想越甜</u>賽沙糖」「<u>又酸又甜</u>好夢做不長」等）、ABCB（例如「<u>三搶兩搶</u>奪不到手」「<u>千難萬難</u>心不變」「<u>東揭西揭</u>，沒脫過我手」等）以及其他形式（例如「<u>斜頭歪腦</u>還想把身翻」「<u>前朝古代</u>也有人造反」「<u>順水推舟</u>親了一個嘴」「<u>三查兩問</u>查出來了」「<u>有朝一日</u>遂了我心願」「<u>本性難改</u>狗吃屎」「舊社會的莊戶<u>不如牛馬</u>」「<u>五更半夜</u>牲口正吃草」「<u>三天兩頭</u>挨皮鞭」「<u>狗咬巴屎</u>你不是人敬的」等）。除此之外，還有少數陝北方言成語中間穿插了其他字眼，例如「<u>七碟子八碗</u>擺酒席」「香香<u>又哭又是罵</u>」「<u>東家查來西家問</u>」等。陝北方言成語早已深深嵌入了陝北人民的日常交際之中，跟他們的思維方式、認知模式、地域文化和情感機制融為一體，能夠發揮的作用是多種多樣的。就《王貴與李香香》而言，陝北方言成語的其中一個主要作用是強化節奏、補足音節，增強詩歌的韻律美，從而讓《王貴與李香香》受到更多讀者的歡迎、起到更大的政治動員作用。

通過以上論述不難發現，在二十世紀四十年代的戰爭語境裏，《王貴與李香香》稱得上是一首語言優美的長詩，而這種「天足的美」在相當程度上來自經過精心洗煉的方言土語。值得一提的是，當《王貴與李香香》經其他文人之手，改變成其他文體的文藝作品時，《王貴與李香香》的語言優勢不可避免地有所丟失，所取得的傳播效果、社會評價和政治動員效果也沒有原先那麼好。例如新安旅行團曾經將《王貴與李香香》改編成歌舞劇在山東濟南上演，李根紅高度肯定了該劇的藝術成就，同時也指出「劇作者和演員同志，對農民的生活體驗的廣度和深度，以及農民言語的不十分熟悉，所以使我們感受到真實的

〔註77〕馮娟《陝北方言成語的修辭及文化暗示》，載《齊齊哈爾大學學報》（哲學社會科學版）2015 年第 5 期，第 75 頁。

農民情感不足」〔註78〕。由此可見，方言土語帶給《王貴與李香香》的語言美是很難複製到其他文藝體裁上的，恰恰表明了《王貴與李香香》對陝北方言的運用是多麼的成功。

三、普及教育與政治動員

對陝北方言的純熟運用令《王貴與李香香》收穫了「人民文藝」不常有卻期盼有的語言美，然而李季是一個土生土長的河南人，他為什麼要在作品裏大量使用陝北方言而非河南方言？這跟李季在現實生活中的政治動員工作密不可分。為了更好地開展政治動員工作，李季高度重視語言問題，儘量運用當地人民群眾的日常用語。在李季的創作自述裏，「語言」是一個出現頻率極高的詞彙，跟「形式」的出現次數相比也是不遑多讓的。李季有時合用「語言」與「形式」兩個詞彙，側重於語言，指代書面語言的表達形式。「人民的語言」「表現的形式」是李季在文學創作過程中最為關心的兩個問題，均指向一個內核：人民群眾對文學作品的接受程度。為了讓盡可能多的人民群眾接受自己的作品，從而推動政治動員的進程，李季不僅試圖在學習「舊形式」的基礎上創造出「中國老百姓所喜聞樂見」的「新形式」，還嘗試以儘量口語化的方言土語表現時代主題。這裡需要簡單說明《王貴與李香香》在「形式」上的選擇，從而進一步理解政治動員給《王貴與李香香》造成的複雜影響。

《王貴與李香香》運用陝北民歌「順天遊」的傳統形式寫成，「順天遊」並非「新形式」，《王貴與李香香》卻是「新形式」的典範作品，這是因為在此之前沒有出現以「順天遊」寫成的現代新詩，所以用「舊形式」寫成的《王貴與李香香》能夠帶給讀者一種混雜著新鮮感與熟悉感的奇妙感覺，由此可見「舊形式」在現代中國的生命力和生長性。在「民族形式」論爭中，「新形式」與「舊形式」同樣不存在高低優劣之分，論爭的中心是「源泉」問題，即「一源泉論」與「三源泉論」〔註79〕。除了「新／舊」形式以外，方言土語是「民族形式」論爭的另外一個重要議題。例如黃藥眠針對普通話和方言之間的矛盾，提出了自己的解決方案，一方面主張「以目前所流行的普通話為骨幹，而不斷的補充以各地的方言」，另一方面倡議「以純粹的土語來寫成文學，專供

〔註78〕 李根紅《人民的詩劇：看〈王貴與李香香〉》，濟南《青年文化》1949 年 3 月6 日，第 3 版。

〔註79〕 長虹《民間語言，民族形式的真正的中心源泉》，徐迺翔編《文學的「民族形式」討論資料》，南寧：廣西人民出版社 1986 年版，第 420 頁。

本地的人閱讀」〔註80〕。潘梓年認為作家進行文學創作之前，需要在語彙、語法方面做足準備，必須要有「充分的普通語或可以普通化起來的方言土語」，這樣才能從人民群眾的日常生活語言中提煉出「活的語言」和「民族語言」〔註81〕。胡風指出方言文藝和方言文化應該以普通話作為「基本來源的文字」，同時還要吸收方言土語的有益成分，這是因為「方言形式的文藝和現有的白話形式的文藝底對立的然而是相輔發展的前途」〔註82〕。此外，還有許多文人對方言土語在文藝創作中的使用問題發表了看法，例如杜埃指出「活的大眾口語，各地方言的運用，是創造文藝的民族形式不可忽略的條件」〔註83〕，黃繩提出「批判地運用方言土語」〔註84〕，羅蓀強調「作家對於創造民族語言，提煉方言土語，也都應視為極重要的問題」〔註85〕等。雖然李季沒有直接參與「民族形式」論爭，但是他同樣關注「民族形式」論爭中的方言土語問題。換言之，《王貴與李香香》對陝北方言的使用可以被視為「民族形式」論爭對方言土語的討論的一種餘脈。雖然從小背井離鄉，但是李季的河南鄉音十分濃厚〔註86〕，這一點令他格外注意言語交流的有效性，所以他想到運用陝北方言來向當地人民群眾進行政治動員，以陝北方言創作的《王貴與李香香》便是此種背景下的產物。

　　1942 年，李季從延安調到三邊地區工作。次年，他從靖邊縣完小調到三邊專署教育科負責編寫教材。職責所限，李季不僅要改善兒童和青少年的教育情況，還要在成年人中間開展掃除文盲活動。普及教育與政治動員密不可分，在某些情況下可以相互置換。李季的本職工作要求他進行普及教育，他的文藝身份要求他進行政治動員，二者的目的都是為了將共產黨意識形態傳播給地方民眾。長期走訪的經歷令李季深入認識了廣大人民群眾的文化水平和認知

〔註80〕 黃藥眠《中國化和大眾化》，香港《大公報》1939 年 12 月 10 日，第 8 版。
〔註81〕 潘梓年《論文藝的民族形式》，重慶《文學月報》1944 年第 1 卷第 2 期，第 79 頁。
〔註82〕 胡風《論民族形式問題的實際意義》，原載《理論與現實》1941 年第 2 卷第 3 期，收入徐迺翔編《文學的「民族形式」討論資料》，南寧：廣西人民出版社 1986 年版，第 524 頁。
〔註83〕 杜埃《民族形式創造諸問題》，香港《大公報》1939 年 12 月 11 日，第 8 版。
〔註84〕 黃繩《民族形式和語言問題》，香港《大公報》1939 年 12 月 15 日，第 8 版。
〔註85〕 羅蓀《談文學的民族形式》，重慶《讀書月報》1940 年第 2 卷第 2 期，第 81 頁。
〔註86〕 李季《鄉音》，《李季文集》（第四卷），上海：上海文藝出版社 1986 年版，第 369 頁。

能力，逐漸懂得了使用怎樣的文學語言才能既實現自己的創作意圖，又取得較好的普及教育效果和政治動員成效。普及教育與政治動員是同一個因果鏈上的兩個環節，普及教育的目的自然是為了政治動員，政治動員必須以普及教育為前提條件。即便是在全國解放前夕，周揚依然認為：「今天文藝工作，是提高為主呢？還是普及為主呢？這個問題必須明確地加以回答：就整個文藝運動來說，仍然是普及第一。」〔註87〕解放區作家往往更看重政治動員，卻不夠重視普及教育的地位，這是造成他們的文學作品沒能取得理想傳播效果的主要原因之一。

　　長期從事掃盲和教員工作的李季清楚普通大眾的文化水平，對共產黨的政治動員方針也頗為瞭解。在他看來，「普及」才是第一步，「提高」是後面的事情，這跟毛澤東所說的「我們的提高，是在普及基礎上的提高；我們的普及，是在提高指導下的普及」〔註88〕是吻合的。李季不僅瞭解普及教育和政治動員的重要意義，而且知道如何才能實現普及教育和政治動員的工作目標，這是大多數解放區作家意識到了卻沒能做到的關鍵點。正如胡喬木所說：「也不是說，要一切的文藝工作者都棄『提高』而就『普及』。問題只是，我們有多少人做了這方面的工作，又有多少人指導或者至少關心了這方面的工作，像魯迅先生所希望於我們的。」〔註89〕這一點在文學作品的語言問題上表現得格外明顯：「我們的作家大都習慣於歐化的知識分子的文字，一向以少數的所謂高級讀者為滿足，從沒有把教育廣大落後群眾當作自己的責任，似乎也並不屑於和張恨水爭奪讀者，因此從沒有認真地研究過中國文學舊有的東西，尤其是民間的東西，那在群眾中間根深蒂固的東西。」〔註90〕針對當時的詩歌創作情形，蕭三也表達過相似的擔憂：「目下中國的大眾，即老百姓，至少有百分之八十不識字，你寫的宣傳，鼓動，組織他們加入抗戰的文字，他們不認得……假如唱出的調子，尤其是朗誦出來的詩太洋化了的時候，老百姓一定不會喜歡的，一

〔註87〕周揚《新的人民的文藝》，《周揚文集》（第一卷），北京：人民文學出版社1984年版，第532頁。

〔註88〕毛澤東《在延安文藝座談會上的講話》，延安《解放日報》1943年10月19日，第2版。

〔註89〕胡喬木《文藝工作中的群眾觀點》，原載《新華日報》1945年10月19日，收入《胡喬木傳》編寫組編《胡喬木談文學藝術》，北京：人民出版社1999年版，第32頁。

〔註90〕周揚《新的現實與文學上的新的任務》，原載《解放週刊》1938年第42期，收入《周揚文集》（第一卷），北京：人民文學出版社1984年版，第251頁。

定不會接受,那麼,詩歌的效用便會完全收不到。」〔註91〕李季清楚普及教育的重要性,所以他在為自己的作品設定「隱含讀者」時經過了慎重考慮。知識分子跟勞動人民在李季那裡是兩個互相對立的讀者群體,由於職責所限,他為自己設定的隱含讀者是勞動人民,知識分子被暫時屏蔽。李季在作品裏運用的民間形式和方言土語都是為了讓勞動人民更好地理解作品的主題內容,從而讓作品突破知識分子的圈層,真正在勞動人民裏得到普及和推廣。李季把這一點概括為「群眾觀點」:「寫詩,恐怕也得講究一下群眾觀點。因為我們的詩,不就是為廣大工農兵群眾寫的嗎?為他們些,而他們看不懂,怪誰呢?你總不能怪群眾『水平太低』吧?『解鈴還是繫鈴人』,這個矛盾,還是要由寫詩的人自己來解決。解決的辦法,就是學習群眾語言,學習用群眾語言來寫詩。」〔註92〕為了讓自己設定的「隱含讀者」——勞動人民理解詩歌作品,從而取得最佳的政治動員效果,李季強調詩歌語言必須合理使用「人民的語言」,尤其注重對日常用語、方言土語的使用。「詩的語言上,既要儘量口語化,卻也要有別於一般口語,免得使人產生缺乏詩意」〔註93〕,李季主張對人民群眾的日常用語和方言土語加以提煉和精選,從而創造出一套口語化、民族化、大眾化的書寫語言。《王貴與李香香》裏的對話格外值得注意,對方言土語的使用不著痕跡,技巧十分巧妙。崔二爺抓住王貴以後,對他嚴刑拷打、威逼利誘,強迫他交代自己的「罪行」和共產黨的蹤跡,但是王貴始終不屈服:

> 跳蚤不死一股勁的跳,
> 管他死活就是我這命一條。
> 要殺要剮由你挑,
> 你的鬼心眼我知道!
> 硬辦法不成軟辦法來,
> 想叫我順了你把良心壞。
> 趁早收拾你那鬼算盤,
> 想叫我當狗難上難!

〔註91〕 蕭三《論詩歌的民族形式》,延安《文藝突擊》1939 年第 1 卷第 2 期,第 48 頁。

〔註92〕 李季《蘭州詩話》,《李季文集》(第四卷),上海:上海文藝出版社 1986 年版,第 432 頁。

〔註93〕 李季《談詩短簡》,《李季文集》(第四卷),上海:上海文藝出版社 1986 年版,第 474 頁。

　　崔二爺聽後暴跳如雷，立馬反擊道：「狗咬巴屎你不是人敬的，好話不聽你還罵人哩。」崔二爺與王貴的爭論充滿了日常生活的氣息，好似兩個地地道道的陝北人操著一口正宗的陝北方言吵架，這樣的文學語言便是「人民的語言」。李季所說的「人民的語言」跟方言土語有著密不可分的聯繫，要想真正創造出令人滿意的「人民的語言」，離不開對方言土語的啟用。有人攻訐「人民的語言」的「粗糙」，引起了李季的強烈不滿，他以「詞藻美麗，內容空洞」的「洋八股」為反面案例，讚歎「人民的語言」的「平易樸素而又充滿機智幽默」〔註94〕。《王貴與李香香》是李季運用「人民的語言」的典範之作，在《王貴與李香香》之前，李季已經有過多次類似的嘗試，例如《在破曉前的黑夜裏》《深井村的識字組》《李蘭英怎樣教娃娃識字》等短文以及《卜掌村演義》《救命牆──三邊民間傳說》《老陰陽怒打「蟲郎爺」》等小說和唱本。正是因為之前的創作經驗，所以李季在寫作《王貴與李香香》之時才能如此嫺熟地使用「人民的語言」。值得注意的是，二千餘首順天遊也是李季在三邊地區工作期間收集的。如果沒有這段人生經歷，《王貴與李香香》或許很難取得那麼高的成就。通過上述梳理可以看到李季從事政治動員工作的印跡，而且他一直在嘗試著以「更完美的民族民間形式」、人民熟悉的方言土語書寫當地的日常生活，從而讓更多人瞭解共產黨的執政理念和政治動員方針。

　　縱觀李季的整個詩歌創作生涯，其中有兩個質素猶如雙子星般熠熠生輝，這便是「濃烈的民歌情調」和「生動的人民群眾的語言」〔註95〕。從這個層面上看，《王貴與李香香》中的方言土語正是李季以文藝形式開展普及教育和政治動員的一把利刃，它刺破了長期存在的書寫與閱讀的斷裂局面，還在一定程度上修復了解放區詩人與人民群眾之間的隔閡關係。共產黨從《王貴與李香香》中看到了現代新詩跳出知識分子圈層、深入人民群眾中去，從而推動普及教育和政治動員進程的無限可能性，所以《王貴與李香香》的社會地位被一再抬升。

　　毋庸置疑，《王貴與李香香》是高度貼合《講話》的第一首敘事長詩，跟當時普及教育和政治動員的革命工作之間有著密切聯繫。在《王貴與李香香》

〔註94〕 李季《喜讀〈引洮上山工程史〉》，《李季文集》（第四卷），上海：上海文藝出版社 1986 年版，第 480 頁。
〔註95〕 李季《熱愛生活，大膽創造──和同代的同行們談寫作的二三感受》，《李季文集》（第四卷），上海：上海文藝出版社 1986 年版，第 542 頁。

之前已經出現了一些類似作品，但是它們未能達到人們的「閱讀期待」，例如艾青的《吳滿有》（新華書店1943年版）存在著「很多雜糅的痕跡或生硬的粗糙感」〔註96〕，尤其是在處理普通話與方言土語、書面語與口語的關係上還顯得不夠自然，對方言土語和日常用語的提煉也不夠細緻。因此，《吳滿有》裏的文學語言沒有被稱為「人民的語言」，這首長詩也沒有得到推廣。但是《吳滿有》的創作試驗有著重要意義，其寫作思路在《王貴與李香香》裏得到了實現。在《王貴與李香香》之後，真正踐行了「工農兵方向」的詩歌作品（尤其是長篇敘事詩）紛紛湧現，方冰的《柴堡》（光華書店1947年版）、白得易的《徐可琴翻身當縣長》（九分區新華書店1947年版）、劉洪的《艾艾翻身曲》（大眾書店1948年版）、劉藝亭的《苦盡甜來》（冀南新華書店1948年版）、張志民的《天晴了》（讀者書店1949年版）、田間的《趕車傳》（新華書店1949年版）、阮章競的《漳河水》（新華書店1950年版）等詩集是其中的佼佼者，它們對日常口語和方言土語的使用祛除了《吳滿有》的「生硬」與「粗糙」，抵達了一個全新的境界。在這場長篇敘事詩的創作浪潮中，《王貴與李香香》扮演了不可替代的重要角色，它既是承上啟下的集大成之作，也是樹立了長篇敘事詩創作規範的經典之作，為現代新詩跟普及教育、政治動員的結合提供了諸多啟示。

四、「優秀的代表作」的示範作用

正如上文所說，李季的《王貴與李香香》為此後長篇敘事詩樹立了創作規範，還為現代新詩與政治動員的結合提供了參考案例。不止如此，《王貴與李香香》對其他詩人的方言詩創作也造成了影響，他們將《王貴與李香香》視為「優秀的代表作」，在寫作過程中經常參照和借鑒《王貴與李香香》的成功經驗，以期讓方言詩運動跟政治動員的關係更為緊密。即便放眼整個中國現代文學史，《王貴與李香香》在詩歌創作方面的示範作用也是較為少見的，這種獨特的文學現象值得深入研討。

《王貴與李香香》被有些人視為方言文學合法性的確證，它的成功象徵著方言文學的可行，給予了方言文學倡導者信心，「現在南方的讀者，也並不因為作品中有些特殊的方言，就不能夠賞識《王貴與李香香》或《李有才

〔註96〕路楊《作為生產的文藝與農民主體的創生——以艾青長詩〈吳滿有〉為中心》，載《文學評論》2018年第6期，第117頁。

板話》」〔註97〕，在他們看來，只要詩人處理得當，方言詩裏的方言土語並不會妨礙讀者的閱讀行為。方言詩在內的方言文學可以成為一種廣泛傳播、廣為接受、起到政治動員作用的文學樣式，《王貴與李香香》便是有力的證據。當然，也有人持反對意見，認為方言文學的地域侷限性太強，它的傳播範圍有限，不利於政治動員的進行。「試問所謂文字統一的今天，在廣東，福建等省份，有誰唱《李有才板話》給老百姓聽，有誰拿《王貴與李香香》給老百姓念呢？就沒有，試問那一個老百姓聽得懂念得出呢？這叫做有流傳嗎？又試問：所謂文字統一的今天，方言文腔根本還沒有建立，廣東、福建等省份，根本就沒有完成文字的文藝，你說流傳了些什麼呢？」〔註98〕，《王貴與李香香》和《李有才板話》在這裡被當作「反面教材」，用來說明方言文學的尷尬現實處境。暫時不論方言文學是否可行，從支持意見和反對意見中都可以看到《王貴與李香香》被公認為方言文學的代表作。

　　《王貴與李香香》既然被視為方言文學合法性的確證，那麼它被當作運用方言土語的模範也就不足為奇了。合理運用方言一直是方言文學運動的核心問題，它不僅是一個文學創作的問題，也是一個讀者接受的問題，既保證方言土語的地方特色又儘量多地爭取讀者支持，從而發揮其政治動員作用——這是方言文學運動的理想狀態。關於運用方言的問題有兩種極端主張，一種主張「凡方言皆可」，另一種主張「非方言不可」，歸根結底，無非是白話文與方言土語的協調問題。完全不用白話文或者完全避開方言土語都是極難做到的，如此一來，方言運用問題的關鍵就落在了白話文與方言土語在作品裏的比例上。《王貴與李香香》為合理分配白話文與方言土語的比例、調諧二者之間的衝突提供了一個範例，正如鍾敬文所說：「好像《王貴與李香香》它用的大體當然是經過選擇錘鍊的農民口頭的活語言，可是中間也用了好些新名詞，——白軍、紅軍、平等、游擊隊、鬧革命、自由結婚等。因為事實上的存在和必要，又因為作者藝腕的靈巧，這些新名詞用來並不使人覺得刺眼或刺耳。這正是值得遵循的一條道路。」〔註99〕鍾敬文雖然談論的是方言與新語的關係問題，其實最終指向的是方言土語與白話文的比例問題。用「純粹方言」寫成的方言詩

〔註97〕靜聞《方言文學試論》，香港《文藝生活》1948 年第 38 期，第 61 頁。

〔註98〕符公望《建立方言文腔的文學》，香港《正報》1947 年第 2 卷第 14 期，第 17 ～18 頁。

〔註99〕靜聞《方言文學的創作》，香港《大眾文藝叢刊》1948 年第 3 輯，第 24 頁。

並不一定就是好詩，優秀的方言詩往往是同時運用方言土語與白話文、妥善處理二者關係的作品，《王貴與李香香》便是力證。

運用方言是語言形式的問題，它跟建立詩歌的「民族形式」的嘗試有著密切聯繫，直接關乎方言詩運動的政治動員功效。正如之前所說，源自文學的「民族形式」論爭，建立詩歌的「民族形式」是二十世紀三、四十年代中國新詩的重要議題，也是方言詩運動的努力方向。《王貴與李香香》成功地做到了這一點，它探索出了一種令人眼前一亮、富有啟發性的詩歌的「民族形式」，「這是一首敘事長詩，但它以兩行為一韻的格式用的是陝北民歌『順天遊』的調子，它是一個卓絕的創造，就說它是『民族形式』的史詩，似乎也不算過分」〔註100〕，它還跟趙樹理的中篇小說《李有才板話》一起被視為創造出文學的「民族形式」的代表作，在政治動員裏起到了作用。《王貴與李香香》對建立詩歌的「民族形式」的探索影響了其他詩人的創作，讓他們更加注重對民間文藝形式的學習和改造，從而讓方言詩運動與政治動員的關係顯得更為自然。例如同為方言詩人的符公望認為《王貴與李香香》運用的表現形式「起山歌說書發展得更加豐富成熟，比起山歌說書更加便利於敘述描寫，不少作品是表現力極強的敘事詩，也因為這樣，更加得到人民群眾的喜愛」，並且大膽地預測「如果廣州話區將來有《王貴與李香香》和《劉巧團圓》這一類新型的民間文藝產生，很可能是這形式的作品。這是最值得我們注意的一種民間形式」〔註101〕，他把《王貴與李香香》作為敘事詩創作的學習範本，從《中國第二大堤》《二嬸絕糧——音樂舞蹈劇〈長夜〉序詩》《勝保初到香港》等作品裏可以看到民間文藝傳統的印記便證明了《王貴與李香香》對符公望的影響。具體而言，《王貴與李香香》對民間文藝形式的運用主要體現在對陝北民歌「信天遊」的學習，這種做法啟發了其他詩人從民間歌謠裏汲取形式資源，從而創作出適合戰爭需要的詩歌的「民族形式」。「人民詩歌的詩腔，要向民間歌謠去學習，創新，才能叫人民感到熟悉而又新鮮，這一點我認為必須強調。陶行知的詩，《馬凡陀的山歌》，《王貴與李香香》，已經這樣走過來了。香港的方言詩歌運動，走的也是這條道路」，方言詩運動對民間歌謠的運用並非是照搬照抄，而是進行恰當的革新和創造，從而讓方言詩更加契合當地民眾的審美趣味、更加適應政

〔註100〕茅盾《再談「方言文學」》，香港《大眾文藝叢刊》1948年第1輯，第39頁。
〔註101〕符公望《龍舟和南音》，中華全國文藝協會香港分會方言文學研究會編輯《方言文學》（第一輯），香港：新民主出版社1949年版，第42頁。

治動員的現實需要。《王貴與李香香》證明了這條道路的正確性，給後來的方言詩創作實踐帶去了信心和方向。〔註 102〕

　　《王貴與李香香》不僅在詩歌形式上對其他詩人產生過影響，而且在詩歌內容上也是如此。以死羊灣為故事發生地的《王貴與李香香》雖然以 1930 年代初期的中國農村為書寫對象，卻對抗日戰爭全面爆發後的中國農村有著輻射意義，為共產黨在中國農村實行適宜的政治動員策略提供了多方面啟示。因為《王貴與李香香》的農村書寫顯得真切深沉，所以它能夠發揮出政治動員效用，為其他同類題材的詩歌創作樹立了一把標尺。林默涵把臧克家的詩集《泥土的歌》和李季的長詩《王貴與李香香》放在一起進行比較，雖然他認可《泥土的歌》是「一本寫農村和農民的詩」，但是「假如我們拿另一個詩人李季所寫的《王貴與李香香》來和《泥土的歌》對照一下，我們就會看見，在《王貴與李香香》裏所寫的農村與農民是多麼不同呀」，他認為《泥土的歌》的農村書寫遠遠不如《王貴與李香香》的農村書寫那般真實，如果說李季是「真正深入到農村的生活內層去」，那麼臧克家更像是「城市的遊客一樣去看農村」〔註 103〕。究其原因，其實是對待農村的不同態度導致了《泥土的歌》《王貴與李香香》兩部作品的風格差異。如何真正做到「深入民間」是彼時文藝工作者共同面對的精神難題與創作困境，《泥土的歌》和《王貴與李香香》的不同風格體現了這一點：《泥土的歌》的農村書寫之所以顯得像是「城市的遊客的遊記」，是因為臧克家缺少對農村生活的深切體驗；而《王貴與李香香》的農村書寫之所以顯得像是「真正深入到農村的手記」，是因為李季擁有長期深入地方基層的工作經驗。

　　從藝術手法上看，《王貴與李香香》同樣對其他詩人造成過影響。《王貴與李香香》被當作現代新詩從「普及」走向「提高」的代表作，「現在我們已經有了從小調發展出來的唱本《王貴與李香香》，說文雅一點就是敘事詩，這說明詩歌已經從普及基礎上提高了」〔註 104〕，這段話表明《王貴與李香香》的成功顯示出藝術追求與政治動員在現代新詩裏相互兼容的可行性。在人民群眾中間開展政治動員當然是戰爭詩歌的重要訴求，同時它也可以在詩歌藝術

〔註 102〕 樓棲《論人民詩歌的「詩腔」》，香港《中國詩壇》1949 年第 3 期，第 10 頁。
〔註 103〕 默涵《評臧克家的〈泥土的歌〉》，香港《大眾文藝叢刊》1948 年第 1 輯，第 73～76 頁。
〔註 104〕 馮乃超《戰鬥詩歌的方向》，香港《大眾文藝叢刊》1948 年第 1 輯，第 28 頁。

上進行連續不斷的探索和試驗，二者並不矛盾。《王貴與李香香》之所以被當作「普及」與「提高」的代表作，其中一個原因是它的可誦性。詩歌在朗誦運動裏能夠發揮更大作用，這是因為中國絕大多數群眾缺乏文字閱讀能力，他們只能通過「聽」而非「看」來接觸新詩。《解放日報》在 1946 年 6 月 10 日刊出過一則讀者來信，信裏提到「《王貴與李香香》也望木刻家們配上插圖，出版小型單行本。並望各級黨政幹部每當下鄉有機會接觸群眾時，須向群眾誦讀」〔註 105〕，其中說的是「向群眾誦讀」而不是「讓群眾閱讀」，這一點值得玩味，印證了剛才提出的觀點。《王貴與李香香》的廣受歡迎令其他詩人在進行詩歌創作的時候可能會更加注重詩歌的節奏和聲韻，也更加重視詩歌與朗誦運動之間的互動關係。無論是「普及」還是「提高」，都表明了《王貴與李香香》在普及教育和政治動員裏的指導作用，這是它享有崇高文學史地位的重要原因之一。不僅僅《王貴與李香香》是如此，還有《血淚仇》《窮人恨》《白毛女》《劉志丹》《洋鐵桶》《兄妹開荒》《逼上梁山》《李有才板話》等其他解放區優秀作品也是這般，都具有政治動員效用。「這些作品得到了群眾的普遍的賞識，成了群眾文化生活中不可少的養料。文藝在這時不再只是簡單的娛樂品了，它成了直接鼓勵和指導群眾行動的教科書」〔註 106〕，陳湧的這一判斷直到今天依然富有闡釋力，一針見血地指出了隱藏在《王貴與李香香》等經典作品背後的政治因素。

《王貴與李香香》在藝術手法方面對其他詩人產生的影響主要體現在運用比興手法上。自從《詩經》誕生以後，比興手法賡續不絕，直至今天依然是詩人慣用的表現方法。是否運用比興手法似乎並不是一個問題，真正值得討論的是如何恰當地運用比興手法。《王貴與李香香》的另外一重影響是引發了詩人對傳統比興手法的關注，並且提供了自然使用比興手法的方法，「《王貴與李香香》就使用了不少的比、興，令人讀起來特別感到泥土香」〔註 107〕，《王貴與李香香》的成功經驗再度激發了比興手法的現代活力，讓更多的詩人重新正視

〔註 105〕《希望〈王貴與李香香〉出單行本》，延安《解放日報》1946 年 6 月 10 日，第 4 版。

〔註 106〕陳湧《三年來文藝運動的新收穫》，延安《解放日報》1946 年 10 月 19 日，第 4 版。

〔註 107〕樓棲《我怎樣寫〈鴛鴦子〉的》，寫於 1949 年 2 月 20 日，收入中華全國文藝協會香港分會方言文學研究會編輯《方言文學》（第一輯），香港：新民主出版社 1949 年版，第 95 頁。

這種綿延了數千年的藝術手法，並且進行創造性使用的詩學實驗，這在客觀上推動了方言詩藝術水準的進一步提升，也有助於方言詩運動在政治動員裏發揮作用。為什麼這麼說呢？因為當時的方言文藝作品為了適應「普及」的需要而選擇相對忽視藝術加工，導致它們存在著「內容貧乏」和「技術不高」的問題，具體的表現就是「只有火紅火綠的叫喊，平鋪直敘的訴苦，乾燥無味的說理，作者顧得到腔調和韻腳等，就顧不到其他」；在此種情形下，大量運用比興手法的《王貴與李香香》具有特殊的歷史意義，這首詩「用了不少比喻，那都是非常新鮮而在新文藝作品裏不經見的，但可能是在民間語言和作品裏常見的」〔註108〕。進一步說，《王貴與李香香》對比興手法的利用是一個改善方言文藝作品的契機，方言文藝運動可以藉此喚起文藝工作者對藝術水平的關注，提醒他們應該在作品裏妥善處理「普及」與「提高」的關係，從而讓方言文藝運動獲得更加顯著的政治動員效用，並且促進方言文藝運動自身的進一步發展。除此之外，凍山的敘事長詩《逼上梁山》也受到過《王貴與李香香》的影響。如果以今天的慣用標準來劃分的話，《逼上梁山》並不算是嚴格意義上的方言詩，但是它在1940年代被認為是一首粵方言長詩〔註109〕。當然，這種觀點也受到過質疑，例如黃藥眠認為《逼上梁山》是用「淺近的國語」寫成的〔註110〕。本文採納丹木的看法，把凍山的《逼上梁山》歸入方言詩的範疇。如果說關於《逼上梁山》是否為方言詩存在著爭議的話，那麼關於《逼上梁山》受到過《王貴與李香香》的影響基本是公認的事實。「讀過了《王貴與李香香》的讀者，一定會覺得這首詩（《逼上梁山》——筆者注）是有摹仿《王貴與李香香》的痕跡的」〔註111〕，《逼上梁山》跟《王貴與李香香》一樣，都運用了民間歌謠形式和方言土語，在表現手法上的確存在不少相似之處。類似例子從不同方面說明了《王貴與李香香》對其他詩人的示範作用，這種示範作用對於提升方言詩運動乃至方言文藝運動的藝術水平和政治動員功效具有重要的歷史意義。

從李季的人生經歷來說，他並不是一個科班出身的詩人，早年也沒有足夠豐富的文藝修養，他的第一職業是幹部和教員。李季反覆自稱「沒有充分

〔註108〕 姚理《關於〈方言文藝的創作實踐〉》，香港《正報》1948年第2卷第43期，第25～26頁。

〔註109〕 丹木《詩歌活動在香港》，檳榔嶼《現代週刊》1948年光復版第105期，第12頁。

〔註110〕 黃藥眠《介紹一位新人》，香港《中國詩壇》1948年第1期，第49頁。

〔註111〕 黃藥眠《介紹一位新人》，香港《中國詩壇》1948年第1期，第48頁。

寫詩才能的人」「笨拙的歌者」〔註112〕，這當然是一種謙辭，不過可以印證李季早年缺少足夠的詩藝訓練和詩學積澱。1942 年秋天，李季以「魯藝太行學校學生」的身份來到延安，準備到魯藝文學系進修，卻被拒之門外，理由是「文化偏低，達不到入學水準」〔註113〕。不久之後，李季被派遣到三邊地區工作。李季並非文藝工作者出身，他甚至沒有把自己當作一名文藝工作者；在延安也只是暫住了一個半月，隨即被派到三邊地區，可謂長期處於解放區文藝界的「邊緣地帶」。李季最初在寫作《王貴與李香香》之時，也沒有想過將之寫成一部敘事詩，而只是想寫一篇散文或一部小說，「直到 1945 年，他調往鹽池縣工作時，才最後決定用民歌體寫作敘事詩《王貴與李香香》。」〔註114〕然而為什麼是李季創作出「人民詩篇的第一座里程碑」〔註115〕？「真正」的詩人為什麼沒能搶在李季之前做到這一點？這個問題直到今天依然沒有得到很好的解決。當我們剔除所有既往的成見和迷思，重新回到國共鬥爭的政治語境和李季自身的人生經歷上，從政治動員的角度闡釋《王貴與李香香》運用陝北方言的成敗得失和歷史原因，或許會對《王貴與李香香》生出一些新見解。

第三節　《鴛鴦子》：「此時此地」的文藝大眾化實踐

　　《鴛鴦子》雖然直到 1949 年 6 月才由香港的人間書屋首次推出單行本（以下統稱「初版本」），但是在此之前其部分章節已經跟讀者見過面。1948 年 6 月15 日，香港《中國詩壇》雜誌刊發了《鴛鴦子》的最後五章〔註116〕，這應該是《鴛鴦子》的第一次問世。1949 年 5 月，中華全國文藝協會香港分會方言文學

〔註112〕雷達《泥土和石油的歌者──記詩人李季》，載《新文學史料》1980 年第 3
　　　　期，第 99 頁。
〔註113〕李江樹《好地方還數咱老三邊──李季與信天遊（上）》，載《新文學史料》
　　　　2018 年第 4 期，第 18 頁。
〔註114〕李小為《最初的孕育──記李季同志在三邊生活之一》，趙明、王文金、李小
　　　　為編《李季研究資料》，西安：陝西人民出版社 1986 年版，第 45 頁。
〔註115〕周而復《後記》，李季《王貴與李香香》，香港：海洋書屋 1947 年版，第 3
　　　　頁。
〔註116〕樓棲《復仇的火焰──長詩〈鴛鴦子〉之一》，香港《中國詩壇》1948 年第
　　　　2 期，第 44～49 頁。除了《鴛鴦子》以外，發表在同一期《中國詩壇》上的
　　　　方言詩還有沙鷗的《哀太子》、王永梭的《矮麼姑》、葉純靜的《王蓮英》等，
　　　　藍關輯錄的《閩南民間歌謠選集》也帶有方言化的傾向。

研究會編輯的《方言文學・第 1 輯》收錄了《鴛鴦子》的前五章〔註 117〕，這應該是《鴛鴦子》的第二次問世。談及《鴛鴦子》，必須提到中國詩壇社。文學組織的背後潛藏著政治勢力的角逐，從中可以看到政治動員的因素，因而有必要從文學組織的角度分析《鴛鴦子》的創作背景。中國詩壇社是中國華南地區新詩發展史上規模最大的詩歌社團，從 1937 年初成立到 1949 年夏結束，中國詩壇社為推動華南詩歌運動的發展做出了巨大貢獻。樓棲便是中國詩壇社的一名成員，其《鴛鴦子》被認為是中國詩壇社的「突出的作品」〔註 118〕。中國詩壇社和新詩歌社構成了中國詩歌工作者協會的主體，兩個詩歌團體分別主辦的《中國詩壇》跟《新詩歌》發表了為數不少的方言詩，推動了華南方言詩運動的發展。後來馮乃超與符公望組織成立了方言詩歌工作組，開始有計劃地開展方言詩運動，「黃寧嬰負責廣東方言組，薛汕負責潮州方言組，樓棲負責客家方言組」〔註 119〕，《鴛鴦子》既是客家方言組的代表性成果，也是樓棲致力於客家方言詩創作、主動配合政治動員的典型性產物，「作家樓棲為了適應當前時代的要求，就下了最大的努力去寫客家話的方言詩。」〔註 120〕此外，樓棲還是方言文學研究會的成員，而方言文學研究會是中華全國文藝協會香港分會的下屬機構。〔註 121〕無論

〔註 117〕 樓棲《老虎姆——〈鴛鴦子〉長詩的一節》，中華全國文藝協會香港分會方言文學研究會編輯《方言文學》（第一輯），香港：新民主出版社 1949 年版，第 106～118 頁。《方言文學》第一輯由中華全國文藝協會香港分會方言文學研究會編輯和發行，是華南方言文藝運動的集大成之作，不僅收錄了樓棲的《老虎姆》和《我怎樣寫〈鴛鴦子〉的》，還編入了鍾敬文的《方言文學運動的新階段》、黃繩的《方言文藝運動幾個論點的回顧》、黃寧嬰的《談廣東的韻文創作》等有關方言文藝的文章以及符公望的《勝保初到香港》（龍舟）、谷柳的《寡婦夜話》（小說）、華嘉的《算死草》（小說）等方言文藝作品，在當時產生了頗為重要的影響，在今天已經成為研究華南方言文藝運動不可或缺的史料。由於《方言文學》第一輯的重要性，節錄本的發行擴大了《鴛鴦子》的影響力，為一個月後初版本的問世提前造勢。

〔註 118〕 陳頌聲、鄧國偉《中國詩壇社與華南的新詩歌運動》，載《學術研究》1984 年第 3 期，第 96 頁。

〔註 119〕 犁青《從「南來作家」到「香港作家」》，載《新文學史料》1996 年第 1 期，第 187 頁。

〔註 120〕 丹木《詩歌活動在香港》，檳榔嶼《現代週刊》1948 年光復版第 105 期，第 12 頁。

〔註 121〕 樓棲對方言文學的關注和提倡並非始於抗日戰爭結束以後，而是濫觴於 1930 年代初期，「1932 年 9 月，樓棲參加了『文藝大眾化』討論，此後他積極投身方言文學運動，提倡方言土語文學，以寒光的筆名發表了《由文藝大眾化說到粵語文藝》」（陳紅旗《論客籍作家樓棲的文學創作及其他》，載《肇慶學

是中國詩壇社、新詩歌社，還是方言詩歌工作組、方言文學研究會，其中的眾多成員都帶有黨派身份，他們的方言詩活動被不可避免地打上了政治印記。樓棲也不能例外，他的《鴛鴦子》跟政治動員之間有著密切聯繫。《鴛鴦子》的單行本由人間書屋首次出版，而人間書屋是戰後香港的一個重要出版社，推出過《人間詩叢》〔註122〕《人間文叢》《人間譯叢》《人間小譯叢》等頗具影響力的多種叢書〔註123〕。有關《鴛鴦子》的介紹是這樣的：「這一部長詩，是詩人樓棲先生用客家話來寫的農民翻身鬥爭的故事，全詩千餘行，可歌可唱。」〔註124〕創立人間書屋的華嘉、黃寧嬰、黃秋耘等都是共產黨派往香港從事「革命的進步的文化事業」的重要作家，《鴛鴦子》由人間書屋出版本就彰顯了樓棲自身的政治立場。筆者將主要從共產黨與國民黨的黨派鬥爭出發，闡釋《鴛鴦子》的創作緣由和時代價值，解析這部「大眾詩歌」的典範作品跟政治動員之間的複雜關係。

一、客家唱本與客家山歌結合的新形式

為了讓《鴛鴦子》在人民群眾中間得到更為廣泛的傳播，樓棲需要考慮到詩歌形式的問題。採用何種詩歌形式，直接關乎《鴛鴦子》的讀者接受情況和政治動員功效。樓棲在這方面進行了艱辛的探索，並且創造出一種客家唱本與客家山歌結合的新形式。

《鴛鴦子》總共分為二十五章，下分二百五十六節，每一節包含四行詩句，共計一千零二十四行，在形式上模仿了客家山歌。〔註125〕《鴛鴦子》的每一章都有一個小標題，概括其主要的故事情節，這在形式上又傚仿了客家唱本。

院學報》2017年第4期，第2～3頁），只可惜關於這方面的材料很少，暫時無法細細展開。此外，犁青曾經站在方言文學研究會的角度，分析《鴛鴦子》對華南方言文學運動所做出的貢獻：「這部長詩描寫了南方女青年鴛鴦子的苦難經歷和參加翻身鬥爭的故事。作品充滿著濃烈的抒情色彩，並富有濃鬱的鄉土氣息。是當時提倡文學的大眾化、大力開展方言文學的號召下一部比較成功的仍具有詩藝術特色的好作品。」（犁青《四十年代後期的香港詩歌》，載《新文學史料》2005年第3期，第135頁。）

〔註122〕樓棲的長詩《鴛鴦子》、黃寧嬰的長詩《潰退》、金帆的詩集《野火集》、蕭野的詩集《戰鬥的韓江》、林林的詩集《阿萊耶山》、陳蘆荻的詩集《旗下高歌》均屬於《人間詩叢》。

〔註123〕華嘉《香港人間書屋二三事——紀念故友黃新波、黃寧嬰同志》，載《新文學史料》1982年第1期，第172頁。

〔註124〕樓棲《鴛鴦子》，香港：人間書屋1949年版，第139頁。

〔註125〕陳紅旗《論客籍作家樓棲的文學創作及其他》，載《肇慶學院學報》2017年第4期，第3頁。

無論是對客家山歌的模仿，還是對客家唱本的傚仿，樓棲都是為了讓在客家方言區更好地傳播《鴛鴦子》，從而推動文化動員的現實進程。在過去對《鴛鴦子》的研究裏，客家山歌的影響被反覆談論，卻很少有人討論客家唱本對樓棲創作《鴛鴦子》所起到的作用。客家唱本對《鴛鴦子》起到過重要作用，甚至對樓棲的文學生涯也造成過深刻影響。不同於客家山歌以四句為一節、注重抒情性，客家唱本「由許多五句體連合起來成為長篇，有人物有故事」〔註126〕，側重敘事性。在樓棲的表述裏，他從小對講究敘事技巧的客家唱本很感興趣，坦陳客家唱本影響了他後來的文學創作。樓棲在《我是怎樣走上文學道路的》一文裏寫道：「冬閒時節，農村神社廟宇，往往集資酬神，演戲、打醮，有一陣子熱鬧。為了省錢，演的都是牽線木偶。只要有戲看，上下三村幾里路我都趕著去。我最愛看打仗戲，鑼鼓喧天，令人振奮。打醮說善書，宣揚善有善報，惡有惡報。具體生動，容易記憶，對少年的心靈影響很深。」〔註127〕在客家人的祭祀活動裏，「演戲」「打醮」等活動都會用到唱本，這些唱本對樓棲起到了文學啟蒙的作用。在樓棲為《廣東當代作家傳略》一書所寫的自傳裏，他回憶「說唱的賣藝人，根據歷史故事或民間傳說編寫唱本，演唱才情，激動我童年的心靈」〔註128〕，再一次證明了客家唱本在樓棲的腦海裏留下的深刻印象。客家唱本對樓棲的影響從未消去，當他決定創作《鴛鴦子》的時候，首先跳入他腦海裏的並不是客家山歌，而是客家唱本。樓棲萌生過沿用客家唱本形式來寫《鴛鴦子》的想法，但是後來沒有這樣做，因為他認為傳統的客家唱本跟民間、跟人民的距離有點遠，更適合表現知識分子的思想情感，並不利於政治動員的開展，「當我決定用客家話來寫這篇詩時，我連想起客家民間流行的各種唱本；但在這些唱本裏面，真正值得我們重視的卻很少；因為他們都出自『準文人』的手筆，很少泥土的氣息，語言缺乏生活的詞頭，大半都是白話的翻譯。」〔註129〕樓棲之所以放棄套用客家唱本形式，還有另外一重考慮，那

〔註126〕 金帆《略談客家的民間文學》，寫於 1948 年 10 月 1 日，收入中華全國文藝協會香港分會方言文學研究會編輯《方言文學》（第一輯），香港：新民主出版社 1949 年版，第 75 頁。

〔註127〕 樓棲《我是怎樣走上文學道路的》，載《新文學史料》1997 年第 4 期，第 33 頁。

〔註128〕 陳衡，袁廣達主編《廣東當代作家傳略》，廣州：中山大學出版社 1991 年版，第 249 頁。

〔註129〕 樓棲《我怎樣寫〈鴛鴦子〉的》，寫於 1949 年 2 月 20 日，收入中華全國文藝協會香港分會方言文學研究會編輯《方言文學》（第一輯），香港：新民主出版社 1949 年版，第 93 頁。

就是中國農村已經發生了巨變，傳統的客家唱本並不適合表現今天的農村生活，「唱本的故事結構，也太拖沓，從頭到尾，很少剪裁，冗長而不精彩。說它好，交代分明；說它壞，拖泥帶水。今天的農村，已經不是幾十年前的農村了，那種生活上悠閒的情調，早已消失了。」〔註130〕儘管如此，樓棲沒有擯棄客家唱本此一民間文學形式，而是對之進行了改造，以便更好地實現其創作意圖，「我決定跳出舊唱本的門檻：要使用生活裏面來的語言，要突破從頭到尾，毫無剪裁的手法。我根據這個原則來動筆：要普及，也要提高；使用舊形式，也要給舊形式以改造。」〔註131〕

　　之前談到客家唱本對樓棲創作《鴛鴦子》的影響，但是這並非意味著客家山歌在其中沒有起到作用。與之相反的，客家山歌在《鴛鴦子》的創作過程中扮演了重要角色。那麼我們不禁要追問：樓棲在醞釀《鴛鴦子》的過程中，客家山歌是怎麼出現在他的頭腦裏的呢？樓棲在確定了故事框架以後，接下來需要重點解決的是語言問題，即運用何種語言來進行創作，這一點跟政治動員實效有著密切聯繫，「要用農村裏的語言來寫時，只好向記憶裏去搜尋，向平日收集起來的詞頭，諺語和山歌裏面去找尋。」順著這個思路深入下去，樓棲自然會想到他從小耳濡目染的客家山歌，「我想起了山歌，我在山歌的園地裏發見了人民生活的一片海洋。生活的詞彙，比興的手法，深深吸住了我。也給了我一個啟示：這是人民的道路，從生活裏來又到生活裏去的。」〔註132〕從構思故事大綱到確定使用「農村裏的語言」（客家方言），再到決定仿傚客家山歌，這個醞釀過程體現出樓棲的創作出發點：遵循「人民的道路」，表現「人民生活的海洋」，做到「為人民群眾而歌唱」，從而完成政治動員的宣傳目標。正是源於此種創作動機，樓棲慢慢走向無比熟悉（從小接觸）而又略感生疏（離鄉多年）的客家山歌。客家山歌在樓棲的童年裏播下了種子，讓他看到了家鄉的風土人情，也帶他領略了詩歌的獨特魅

〔註130〕樓棲《我怎樣寫〈鴛鴦子〉的》，寫於 1949 年 2 月 20 日，收入中華全國文藝協會香港分會方言文學研究會編輯《方言文學》（第一輯），香港：新民主出版社 1949 年版，第 93 頁。

〔註131〕樓棲《我怎樣寫〈鴛鴦子〉的》，寫於 1949 年 2 月 20 日，收入中華全國文藝協會香港分會方言文學研究會編輯《方言文學》（第一輯），香港：新民主出版社 1949 年版，第 93～94 頁。

〔註132〕樓棲《我怎樣寫〈鴛鴦子〉的》，寫於 1949 年 2 月 20 日，收入中華全國文藝協會香港分會方言文學研究會編輯《方言文學》（第一輯），香港：新民主出版社 1949 年版，第 94 頁。

力，多年後的樓棲對客家山歌總是念茲在茲：

> 童年生活，頗為豐富多彩。窮家孩子，寒假期間，經常上山割草、砍柴。清風縷縷，送來陣陣山歌。一些民間歌手，有時給人請去唱唱本，一唱幾個鐘頭，唱後給酬金。這是比較高級的。低一級的是討來的歌人。肩上掛個米袋，打竹板，唱乞食歌。走鄉過村，挨家挨戶，要米不要飯。有的頭腦靈活，觸景生情，出口成歌，他比要飯的要高一級。這些民歌搖籃，哺育著我的童年，成為我的文學養料。在人背後學著唱，後來膽子大了，在大人面前也敢唱。〔註133〕

樓棲出生在廣東梅縣的一個山區裏，那裡的男人需要遠渡南洋謀生，女人留在家裏耕種田地。山區生活勞作方式使得山歌盛行，樓棲從小受到家鄉山歌的影響，「客家鄉土文學，在我童年的記憶裏也留下了很深的印象。梅縣山歌是遠近聞名的。每年暑假，我幫家裏上山打柴禾。有時聽到青年男女對唱山歌，情景令人神往」〔註134〕，直到他走上了文學創作之路以後，這種記憶依然沒有消散。樓棲後來創作的多達千行的敘事長詩《鴛鴦子》是「仿客家山歌的形式而寫成的」〔註135〕，從中可以找到客家山歌的因素。

再者，解放區的經典作品《王貴與李香香》帶給了樓棲不少啟發，比如《王貴與李香香》廣泛使用了比興手法，樓棲認為李季在這方面做得很好，「《王貴與李香香》就使用了不少的比、興，令人讀起來特別感到泥土香」〔註136〕，以至於樓棲在《我怎樣寫〈鴛鴦子〉的》里數次提到李季的《王貴與李香香》，將之視為創作典範。《王貴與李香香》運用陝北民歌信天遊形式寫作而成，它的成功進一步堅定了樓棲參照客家山歌形式創作《鴛鴦子》的信心。

質言之，《鴛鴦子》同時借鑒了客家唱本和客家山歌的形式，並且對之進行了適當改造，從而創造出一種兼具客家唱本的敘事優勢和客家山歌的抒情功能，卻又不同於客家唱本和客家山歌的新形式，令《鴛鴦子》在詩歌藝術與

〔註133〕 樓棲《我是怎樣走上文學道路的》，載《新文學史料》1997年第4期，第33頁。

〔註134〕 陳衡、袁廣達主編《廣東當代作家傳略》，廣州：中山大學出版社1991年版，第249頁。

〔註135〕 黃寧嬰《談廣東的韻文創作》，中華全國文藝協會香港分會方言文學研究會編輯《方言文學》（第一輯），香港：新民主出版社1949年版，第38頁。

〔註136〕 樓棲《我怎樣寫〈鴛鴦子〉的》，寫於1949年2月20日，收入中華全國文藝協會香港分會方言文學研究會編輯《方言文學》（第一輯），香港：新民主出版社1949年版，第95頁。

政治動員之間實現了一種巧妙的平衡。「寫詩不能固執一定的形式，應隨生活的變化和感覺情緒的不同而創造新形式」〔註 137〕，樓棲創造出來的新形式令《鴛鴦子》獲得了廣泛認可，但是也有人批評它「把比、興用得太多，這似乎妨礙了故事的開展；而且也似乎不夠質樸」〔註 138〕。這種評價其實沒有看到《鴛鴦子》並非是傳統意義上的客家唱本或客家山歌，而是一種新的文學形式。由於是新的文學形式，一切都處於探索階段，如何調節敘事與抒情在方言詩裏的矛盾衝突，至少《鴛鴦子》還沒有完全解決這個問題，在一定程度上影響了其政治動員功效。

　　樓棲之所以能夠創造出新的詩歌形式，跟他的詩學主張是分不開的。樓棲向來主張多種多樣的詩歌形式都有其存在的價值和必要，抵制詩歌形式一元論。在 1940 年代初期，樓棲就已經明確提出應該保持詩歌形式多元化，強烈反對詩歌形式定型化的觀點，「每個詩人應該創造自己的格式，那是最適合於表現自己而且為自己所喜悅的風度，不該是一對定型的鞋子，更不該是一條裹腳布。它是創造品，而不是模製品，是活的而不是死的，應該是『版權所有，不許翻印』的。」〔註 139〕樓棲在這裡所說的「詩歌格式」，其義應當等同於詩歌形式。「詩歌大眾化」是抗日戰爭全面開始以後的主流詩潮，它跟詩歌多元化並不衝突。因為主張「一切為了抗戰」的口號而提出將詩歌格式固定化、模式化，這是樓棲所不能認同的「一刀切」式論斷。為了保證新詩的生命力和創造力，樓棲認為新詩形式應該是「千人千面」、各有所長的，沒有必要、也不能夠定下一條「放之四海而皆準」的金科玉律。當然，樓棲的觀點也有武斷之處，他把不滿於新詩沒有一定格式的人認定為「反對新詩的人」，反對新詩沒有一定格式跟反對新詩之間是不是存在著必然聯繫？答案顯然是否定的，新詩已經走過百年的今天依然在為新詩的格式爭論不休，而且這種討論還會延續下去。樓棲之所以這麼武斷，應該包含了引起時人關注的意思，也有著發揮新詩的政治動員效用的考慮。多年後，針對舊體詩受到的不公正批評，樓棲從詩歌發展的角度提出反對意見：「把舊詩體當作舊的意識形態來反對，未免張冠李戴，夾纏不清。半個世紀以來，舊詩曾經為革命搖旗吶喊，擊鼓揚威。在社會

〔註 137〕簡壞《讀詩和寫詩》，重慶《新華日報》1943 年 4 月 14 日，第 4 版。
〔註 138〕樓棲《我怎樣寫〈鴛鴦子〉的》，寫於 1949 年 2 月 20 日，收入中華全國文藝協會香港分會方言文學研究會編輯《方言文學》（第一輯），香港：新民主出版社 1949 年版，第 95 頁。
〔註 139〕樓棲《定型》，《詩》1942 年第 3 期，第 10 頁。

主義革命和建設年代,不少舊詩也在起著鼓舞人民的作用。詩歌體裁樣式的多樣化,是詩歌發展的必然趨勢,也是讀者審美趣味的正當要求。」〔註140〕因為樓棲對詩歌形式一直保持著開放、包容、多元的態度,所以他的《鴛鴦子》創造出一種借鑒了客家唱本和客家山歌的新形式,也就顯得不足為怪了,甚至可以說這是他在詩藝追逐路途上、在政治動員影響下必然會進行的嘗試。

二、從「真人真事」到「此時此地」

過去在評價《鴛鴦子》的時候,往往會提到香港的文藝大眾化運動,並且將《鴛鴦子》視為後者的重要成果。例如有人認為《鴛鴦子》是「當時提倡文學的大眾化、大力開展方言文學的號召下一部比較成功的仍具有詩藝術特色的好作品」〔註141〕,這種觀點很有代表性,也基本符合事實,但是它忽視了一點,那就是《鴛鴦子》的「此時此地」特性,此一特性對《鴛鴦子》發揮文化動員作用有所助益。《鴛鴦子》的敘事模式相沿了解放區常見的、成熟的「農民訴苦—翻身模式」。為了增加詩歌的可信度和感染力,從而在文化動員裏發揮出更大作用,《鴛鴦子》同樣取材自真實事蹟,這種敘述策略在解放區被稱為「真人真事」〔註142〕,散佈到華南地區以後改稱作「此時此地」。解放區的「真人真事」創作與華南地區的「此時此地」當然不是兩個相同的概念,但是它們都主張從當下社會中尋找創作題材,通過改編真實的社會事件和個人經歷來反映時代的主題和特徵。目前學術界對解放區「真人真事」創作的研究已有不少成果,卻鮮有學者談論華南「此時此地」創作,這裡有必要對之進行簡要梳理。

在 1930 年代末,為了改變上海戲劇運動不景氣的現象,于伶、夏衍、郭柏霖等人掀起過一場名為「此時此地」的戲劇運動,只不過他們強調「此時此地」的主要目的是為了反撥過於依賴劇本、相對忽視演出和演技的傳統,從而推動「抗戰建劇」〔註143〕的進程。「此時此地」還成為 1940 年代初期新聞寫

〔註140〕樓棲《不薄新詩愛舊詩》,《樓棲作品選萃》,廣州:花城出版社 1994 年版,第 254 頁。

〔註141〕犁青《四十年代後期的香港詩歌》,載《新文學史料》2005 年第 3 期,第 135 頁。

〔註142〕周維東《被「真人真事」改寫的歷史——論解放區文藝運動中的「真人真事」創作》,載《中山大學學報》(社會科學版)2014 年第 2 期,第 65～73 頁。

〔註143〕夏衍《論「此時此地」的劇運》,上海《劇場藝術》1939 年第 7 期,第 1～2 頁。

作的重要準則,它被視為判斷新聞優劣的一把標尺。所謂「此時」是指新聞寫作必須重視時間性,「報與報,記者與記者的業務競爭,最重要的一仗,就是爭取一分鐘,一秒鐘的優先」;所謂「此地」是指新聞寫作必須重視空間性,「因距離之遠近,事情之大小,社會影響的嚴重與淡漠,往往也是決定新聞之重要與否」〔註144〕——「此時」與「此地」組合起來構成了新聞寫作的一種時代特徵。在1940年代中後期,華南地區興起一股表現「此時此地」的文學浪潮,追求真實、細膩、及時地反映社會生活的複雜面貌,從而推動政治動員的進行。它跟「此時此地」的戲劇運動、以「此時此地」為要求的新聞寫作相差甚大,跟解放區的「真人真事」敘事模式則較為相似。在香港《華商報》的文藝副刊《熱風》發表的稿約裏有這麼一則要求:「歡迎反映社會各階層生活及談論『此時此地』社會問題的文章。」〔註145〕類似的稿約不止一次出現,「此時此地」構成了《華商報》文藝副刊的選稿標準之一。單就方言詩運動而言,《華商報》刊發了大量帶有「此時此地」特徵的方言詩,例如海星的《擦鞋仔》、突擊的《打工仔》、工人撈唔化的《騎牆派》、高基的《歡壯丁》、陳皮的《的士工潮》、馬寧泥的《東鄉三姊妹》、卓華的《王仔義妙計搶壯丁》等。這些作品從多個方面表現出當時中國社會的某些歷史情景,其中不乏針砭時事、議論政局的成分,為政治動員增添了助力。除了《華商報》以外,《正報》同樣也主張「此時此地」的創作原則。宋芝在《表現「此時此地」》一文裏詳細論述了「如何表現香港」的熱門話題,他首先高度肯定了這個問題的現實意義,「不僅有建立地方文藝或企圖在作品中表現地方色彩,它對一個初學寫作者,在寫作學習上是有其特殊意義的」,然後指出「表現此時此地」是「表現香港」的重要途徑,並且從兩個方面分析作家們應該如何做到「表現此時此地」:「(一)今天民主與反民主的鬥爭是普遍性的鬥爭,到處都有,因此我們要表現這個鬥爭,不一定要寫前線,要寫學運,要寫特務暴行……(二)『應寫你所熟悉的生活』,這是決定藝術成敗的因素,寫為自己所熟悉瞭解的生活,要容易成功得多了,寫自己所不熟悉瞭解的生活,就一定失敗,這不但對年青的文藝工作者是如此,對一切文藝作家莫不如此。」〔註146〕只可惜宋芝沒有談到方言文學運動,事實上,有關「此時此地」的討論經常跟華南方言文學運

〔註144〕陸詒《談為報紙而寫作》,重慶《新華日報》1942年7月26日,第4版。
〔註145〕編者《〈熱風〉稿約》,香港《華商報》1947年7月24日,第3版。
〔註146〕宋芝《表現「此時此地」》,香港《正報》1947年第2卷第2期,第14頁。

動結合在一起。華嘉為華南方言文藝運動的理論建構做出了突出貢獻,他在多篇文章裏談論到方言文藝運動如何表現「此時此地」的問題。《舊的終結,新的開始》一文提出建設方言文藝的必要性,「在此時此地的文藝工作中,為了普及第一,我們應該不應該提倡地方性的方言文藝的寫作?」〔註147〕,在華嘉看來,這個問題的答案是肯定的,建設方言文藝是推動文藝運動朝著「此時此地」方向發展的重要助力。《關於廣東方言文藝運動——我對文協廣東方言創作組的意見》以廣東方言文藝創作為例,具體說明方言文藝運動應該如何表現「此時此地」,「廣東方言創作的提出,和逐漸的在此時此地成為一種運動,這主要是為了方言創作更能發揮普及的作用,因此,這畢竟還是一個思想內容的問題,如果有誰把這個誤解了,以為用方言寫作只是一個形式的利用的問題,就一定會產生兩種偏向:一是『非方言不文學』,一是『凡方言皆文學』,這都是不好的」〔註148〕,這種觀點比起之前顯得更為深入、細緻。華嘉還提出了方言文藝創作既是語言形式(方言土語)的問題,又是主題內容(此時此地)的問題,從而避免方言文藝作品陷入「華而不實」和「失去積極的意義」的困境。說到語言形式的問題,《論普及的方言文藝二三問題》從記錄方言音調的問題談到創造「此時此地的文字符號」〔註149〕的問題,但是他反對以取消記錄方言音調為代價來達成後者,由此可見華嘉對於方言文藝運動如何表現「此時此地」這一問題的思考涉及到了多個方面,不只是從時代主題的角度進行的。

在華南方言文學運動中,湧現出大量表現「此時此地」的方言詩,推動了政治動員的開展。除了之前提到的發表在《華商報》上的作品以外,黃雨的《潮州有個許亞標》、文華的《教館佬五字經》、士工的《丁大娘》、符公望的《勝保初到香港》、丹木的《暹羅救濟米》和《抗徵——一個潮州農村抗徵的故事》、樓棲的《鴛鴦子》等都是其中的佼佼者,對政治動員都有所助益。文華的《教館佬五字經》用粵方言創作而成,發表在香港《中國詩

〔註147〕 華嘉《舊的終結,新的開始》,寫於 1947 年 12 月,收入《論方言文藝》,香港:人間書屋 1949 年版,第 12 頁。

〔註148〕 華嘉《關於廣東方言文藝運動——我對文協廣東方言創作組的意見》,寫於 1948 年 5 月 3 日,收入《論方言文藝》,香港:人間書屋 1949 年版,第 31 頁。

〔註149〕 華嘉《論普及的方言文藝二三問題》,寫於 1947 年 11 月,收入《論方言文藝》,香港:人間書屋 1949 年版,第 7~8 頁。

壇》1948 年第 1 期上〔註150〕，以「此時此地的小學教師底苦況」為主題，因為它把創作方言詩與表現「此時此地」結合起來，所以它顯得真實而動人，「把人物描繪得那麼具體，那麼真切，而作者更能與被描繪的人物血脈相通，呼吸一致，寫別人猶如寫自己，因此感人的力量也更深更大了。」〔註151〕這恰恰就是「此時此地」創作的優勢所在，也是其他表現「此時此地」的方言詩的特徵，能夠助推政治動員的進行。

前文已經提到華南方言詩運動的一大特殊性在於方言詩格外看重音樂性，兩者結合得較為緊密，這是由於當地有著悠長的唱誦習慣，粵謳、粵曲、山歌、龍舟、木魚等廣受歡迎的民間文學形式都是可吟可歌的。因此，華南方言詩運動跟當地的音樂運動纏繞共生，許多方言詩被改編為方言歌曲。《向前跨進了一步》一文對此有過記載：「由於方言詩歌和音樂的結合，在音樂部門也起了很大的變化。『聽不懂怎麼辦』的責難引起了音樂工作者的思想反省，跟著就產生了大批新的年青的作曲家，和大量的產生了方言歌曲，而且很快的流行開去了。通過這些適合此時此地歌唱的方言歌曲，由於容易聽得懂和聽得進，便很快的被群眾接受了，同時也就在這歌聲的周圍團結了起來，開展了群眾性的新音樂運動。」〔註152〕由此可見，表現「此時此地」不僅是華南方言詩運動的主張，也是華南音樂運動的口號。這體現出「此時此地」創作的強大生命力，也反映出「此時此地」創作之於政治動員的重要性。不僅如此，「此時此地」創作是 1940 年代中後期華南方言文藝運動取得巨大成就的內驅力，也是其在政治動員與藝術追求之間達成平衡的重要原因。

在「此時此地」創作浪潮裏，佳作迭出，樓棲的《鴛鴦子》就是其中之一。《鴛鴦子》以鴛鴦子的個人經歷為主線、以政治動員為旨歸，主要描繪了廣東梅縣兩次革命運動的歷史情形，通過女性的敘述視角刻畫農民在戰爭年代中的心理轉變，講述他們如何從「被壓迫」一步步走向「翻身」的曲折過程。根據樓棲的說法，鴛鴦子並非是虛構出來的，而是在現實生活裏確有其人，只不過樓棲對鴛鴦子的生平並不是全部瞭解，尤其不那麼清楚她參加革命以後的事蹟：「事實上，鴛鴦子不是我憑空捏造的人物，她的生活，就是一部南方農

〔註150〕文華《教館佬五字經》，香港《中國詩壇》1948 年第 1 期，第 27～31 頁。

〔註151〕黃寧嬰《談廣東的韻文創作》，中華全國文藝協會香港分會方言文學研究會編輯《方言文學》（第一輯），香港：新民主出版社 1949 年版，第 38～39 頁。

〔註152〕華嘉《向前跨進了一步》，寫於 1947 年 12 月，收入《論方言文藝》，香港：人間書屋 1949 年版，第 24～25 頁。

村的史詩；但我對於她後半段的生活，卻知道得不多。朋友們看過我的這篇長詩的，都分明看得出它的漏洞。」〔註153〕但是這並不從根本上動搖《鴛鴦子》這首長詩的真實性，儘管此種真實性是經過了作者的精心編排的，它依然可以被視為一部典型的表現「此時此地」的文學作品，起到了政治動員效用。

表現「此時此地」契合了樓棲長期堅持的創作主張，貼合時代、靠近人民的「戰鬥的文藝」是他的文學思想的內核。樓棲雖然從1930年代初期就已經開始發表作品，但是他認為自己的文學生涯真正始於1934年秋天。大約是在1934年夏天，樓棲前往汕頭地方法院幫助自己的一位堂兄處理一起房產糾紛案件，並且順便回了一趟家鄉，在這段時間裏，「接觸了不少社會現實。商業蕭條，農村破產，使我感受很深，引起我的創作欲望」〔註154〕，也就是說，樓棲從事文學創作的最初動力源自描寫社會現實的衝動與渴望。進入抗日戰爭時期以後，樓棲倡議作家應該積極以文學創作的方式參與到戰爭之中，竭盡所能地發揮文學在政治動員中的作用。樓棲在一篇名為《反芻》的雜文裏指出造就抗日戰爭初期文壇「黃金時代」的三個原因，包括政治環境的好轉、作家向時代的靠攏、文學成為支持抗日戰爭的宣傳武器，他對最後一個原因裏的「一切為了抗戰」進行了多次闡釋，「文學也穿上了戎裝，作為動員民眾，教育民眾的工具被使用著」，既是在號召作家們踐用文學創作服務於政治動員，也是在彰顯自己會更加主動地「擁抱時代」，他甚至認為「這是一個光輝燦爛的時代，這一時代的作家，生活的豐富，可說是前無古人的」〔註155〕，由此可見樓棲在看待文學和戰爭的關係問題上的態度。在解放戰爭開始以後，樓棲提出文藝與戰鬥必須結合起來，而且需要不斷向人民靠攏，從而發揮出文藝在政治動員裏的作用。「近三十年來的新文藝，一天天以勇敢的姿態向黑暗挑戰，一步步以堅定的步伐走向人民，一方面固然是由於現實的要求，另一方面卻未嘗不是由於它一開始就在戰鬥的緣故」，只不過「人民」的內涵是變化著的，「五四」時期的「人民」主要是指「覺醒的人」，抗日戰爭時期和解放戰爭時

〔註153〕 樓棲《我怎樣寫〈鴛鴦子〉的》，寫於1949年2月20日，收入中華全國文藝協會香港分會方言文學研究會編輯《方言文學》（第一輯），香港：新民主出版社1949年版，第94頁。

〔註154〕 樓棲《〈黃花〉憶》，寫於1986年9月中旬，收入《樓棲自選集》，廣州：花城出版社1994年版，第2頁。

〔註155〕 樓棲《反芻》，寫於1945年12月，《反芻集》，文生出版社1946年版，第27、29頁。

期的「人民」主要是指飽受戰火侵擾、渴望和平生活、齊心救國保家的普通民眾。為了發揮文藝的政治動員作用，樓棲高呼「戰鬥需要文藝，為人民的戰鬥更需要文藝」「要加強文藝的戰鬥，就必需創造戰鬥的文藝」〔註156〕。文藝運動離不開社會現實和時代浪潮，文化運動同樣如此，樓棲認為文化運動需要以創造人民群眾需要的中國文化作為目標，「今後我們的文化還要適合人民群眾的需求，在民主主義的精神上有它高度發揮的內容，在時代的意義上有它正確表現的形式，在歷史的發展上有它光榮傳統的繼承，在效用和目的上要解除人民群眾的疾苦，只有這樣的文化，才是人民群眾所需要的文化。」〔註157〕直到晚年，樓棲依舊認為「詩是時代的鼙鼓，戰鬥的號角」「人民詩人在任何時候都要有廣闊的胸懷，以人民的憂樂為憂樂」「人民詩人應當在沸騰的生活中吸取詩情，在現實的土壤中吸取養分，構思才能接通活水源頭」〔註158〕，由此可見文學與時代、人民的密切關係始終是樓棲最為看重的一點。《鴛鴦子》正是樓棲為反映時代主潮、接近人民群眾、進行政治動員所付出的一種努力，它的「此時此地」特性是樓棲文學觀念的具體表現，也是它受到客家人歡迎、在文化動員裏起到作用的重要原因。

三、政治動員與樓棲的農村生活體驗

之前已經提到中國農村是二十世紀三、四十年代方言詩運動乃至文化運動的重心，在中國戰爭的歷史進程裏佔據著主導性地位。從根本上說，這是由當時中國人口主要為農民的具體國情所決定的。因此，農村的政治動員有著重大意義。在此種情況下，樓棲以自己的農村生活體驗為基礎，在《鴛鴦子》裏描繪戰時農村景象，這種做法構成了他參與政治動員的一種手段，並且符合其一貫主張——樓棲歷來高度重視農村文化運動，也經常在自己的文學作品裏反映農村生活。

從文學生涯的初期起，樓棲便把農村生活作為自己的創作源泉，甚至可以說他最初的創作衝動源自在農村獲得的生命體驗。「我發表文學作品，開始於三十年代初期；但作為文學生涯，卻是一九三四年秋開始的。那年暑期，我曾

〔註156〕樓棲《文藝與戰鬥》，香港《達德青年》1947年第2期，第25頁。

〔註157〕樓棲《戰後文化運動的方向》，廣州《學習知識》1945年第1卷第1期，第7、8頁。

〔註158〕樓棲《詩的構思》，寫於1985年5月中旬，收入《樓棲自選集》，廣州：花城出版社1994年版，第460、463頁。

回汕頭和故鄉住了一段日子，接觸了一些人物，積累了生活素材」〔註159〕，從那個時候開始，樓棲決定以作家作為職業，而反映農村現實狀況成為其作品的一大主題，這是因為他自認為對農村生活有著較為深切的體會。這段經歷讓樓棲受到了深刻的「社會教育」，對他的文學創作產生了深遠影響。從此以後，農村在樓棲的文學世界深深地扎根，並且成為他思考社會現實、進行政治動員的一種視角。《戰後文化運動的方向》一文體現出樓棲對農村問題的關注，他從抗日戰爭時期說到解放戰爭時期，深入解析中國文化運動深入農村的時代意義以及相應做法。

　　　　抗戰期間，我們的文化運動曾經深入過農村，還在中國的文化運動史上是一個破天荒的壯舉。抗戰結束後，文化又回到都市來了，農村的廣大的群眾又給遺忘了。這是目前文化運動的一個危機……最近有人重喊「文化工作者深入農村去」的口號，這確是很有經驗的卓見，因為中國的人口百分之八十以上在農村，誰忽視了廣大農村的人民，誰就沒有把握到文化運動的核心。〔註160〕

在樓棲看來，戰爭帶給中國文化運動的重要影響之一是令鄉村成為文化運動的重要陣地，「文章入伍」「文章下鄉」「深入農村」等口號應運而生，並且在一定程度上得到了貫徹。農村是中國文化運動的重心，農民是中國文化運動的主體，唯有牢牢把握住農村和農民，中國文化運動才能取得成功，在抗日戰爭時期是這樣，在解放戰爭時期也是這樣。正因為樓棲對農村問題的重視，所以他創作出許多以農村生活為題材的文學作品，只是小說就有《歲暮》（1934）、《鬻兒之夜》（1934）、《涂縣長》（1934）、《木匠阿覓》（1936）、《春茶》（1936）、《草鞋頭的榮歸》（1946）、《楓林》（1949）等多篇，更遑論與之相關的其他文體的作品。《鴛鴦子》以廣東梅縣某個農村的兩次革命運動為中心，是樓棲以文學創作的方式進行政治動員的典型例子，對於瞭解樓棲的政治思想有著特別意義。

即便是農村生活成為戰時中國文人關心的焦點問題，但是他們各自關注的角度不盡相同。樓棲的特別之處在於他沒有以常見的線性思維簡化戰爭的

〔註159〕　樓棲《自序》，寫於 1992 年 5 月下旬，收入《樓棲作品選萃》，廣州：花城出版社 1994 年版，第 1、2 頁。
〔註160〕　樓棲《戰後文化運動的方向》，廣州《學習知識》1945 年第 1 卷第 1 期，第 7、8 頁。

歷史過程，而是儘量還原其複雜性和反覆性，從而更加接近事實的本來面貌。鴛鴦子親歷了村裏的兩次革命運動，見證了戰爭的曲折歷程。在第一次進村以後，共產黨實行「分田分地」的土地革命，「窮人扯旗鬧革命／分田分地救窮人／七月十五茶亭邊／先向糧官索狗命」，此種土地政策幫助廣大農民獲得了夢寐以求的土地，因而在一開始進展得比較順利。再加上地主與農民之間的階級對立幾乎是無法調和的，「窮人地主兩頭天／窮人救命愛分田／救得窮人嘸地主／留得地主窮人百代冤」，世代積攢的怨恨令農民天然地具有鬥爭地主的革命激情和革命需求，所以共產黨推行的政治動員方針深得農民的支持。所有的革命與戰爭都是需要有武裝力量作為保障的，共產黨在進行政治動員之時自然會強調這一點。「要搞革命要有槍／要有人馬要有糧」，如是宣傳的主要目的是為了引起農民對武裝力量的重視。最後，第一次土地革命失敗了，失敗的原因不是因為「分田分地」的土地政策，而是因為共產黨駐村的武裝力量還不夠強大——李三爺請來縣兵，村裏的共產黨軍隊抵擋不了這支國民黨軍隊的進攻，只能選擇暫避鋒芒。村民們無法撤走，慘遭縣兵的暴力殘害，「人馬撤退入藍坑／縣兵洗村像洗城／洗劫強姦又放火／綁哩後生殺頭牲」。一面是手無縛雞之力的村民，一面是荷槍實彈的縣兵，這注定是一場慘無人道的屠殺，「開村盲會開過刀／一刀入命兩十條／到處屍身到處血／半夜三更鬼都叫」，這場屠殺也無情地宣告了當地第一次革命運動的失敗。在第二次進村以後，共產黨帶來了足夠多的兵力，才得以真正解放鴛鴦子以及她的鄉親們，但是解放的過程並非是一蹴而就的，同樣經歷了不少的困難。其中，縣長與李三爺所代表的地方權貴是農村革命的最大阻力之一，他們在第一次革命運動中成功翻盤，重新站穩腳跟，繼續欺壓貧苦農民。即便是在共產黨軍隊重新回到村子以後，縣長與李三爺依然沒有束手就擒，而是密謀如何再次渡過難關，只不過後來不歡而散，各自想辦法逃命。《鴛鴦子》對縣長的反革命行為沒有進行太多的描述，而是將大多數篇幅用在了對李三爺形象的塑造上，因為地主與農民之間的階級矛盾才是中國農村的主要矛盾。李三爺求助自顧不暇的縣長未果，便將希望寄託在被他玷污了貞潔的鴛鴦子身上。李三爺對鴛鴦子軟硬兼施，還許下各種「美好」的諾言，期望藉此矇騙鴛鴦子幫助他躲避共產黨軍隊的抓捕。被拒之後，惱羞成怒的李三爺將鴛鴦子綁在樹上，然後回家燒毀地契、藏匿財物、送走妻子，並且悄悄鑽進狗洞裏，由此來躲避宣傳隊和村民們的搜捕。如果不是鴛鴦子突發奇想搜尋狗洞，那麼李三爺確有可能再逃一劫。李三

爺和縣長這些地方權貴不被控制起來,農村階級鬥爭很難取得徹底的勝利。通過抓捕李三爺的屈折過程,可以窺見農村階級鬥爭的複雜與困難。歸根結底,如果不破除國民政府的「保護傘作用」,地主階級依然會成為壓在廣大農民身上的千斤重石,為了從根本上改變現狀,農民必須積極參與到武裝鬥爭之中,盡力推翻國民黨的黑暗統治,這便是《鴛鴦子》進行政治動員的基本思路,共產黨與國民黨各自的特性由此得以突顯。

四、解放婦女和建設「新人性」

《鴛鴦子》通過描繪農村生活來進行政治動員,為了更好地表現這一點,樓棲選擇了一名客家婦女——鴛鴦子作為主角。一方面,客家婦女的處境比起客家男人而言更為艱辛,「鴛鴦子這一典型的意義在於:客家婦女的苦難特別深重,這是客家地區婦女更容易理解革命、投身革命的根本原因」〔註161〕,客家婦女更需要受到政治動員的影響。另一方面,樓棲的家鄉——廣東梅縣地處山區,「山多田少。耕田種地,幾乎全靠婦女,男人外出謀生,遠走南洋」〔註162〕,當地的人口結構決定了政治動員需要格外重視客家婦女。所以《鴛鴦子》裏的解放婦女運動被賦予了溢出解放婦女運動的更為豐富的現實意義,不僅跟戰時動員產生了複雜關聯,而且跟建設「新人性」的國民改造方案糾纏在一起。

在《鴛鴦子》裏,主要有兩類農村婦女形象,她們象徵著農村婦女在解放婦女運動:一種是受盡壓迫欺辱,最終走上革命的道路,比如鴛鴦子;另一種是同樣飽受欺凌,卻成為施暴者的幫兇,比如張二嫂。鴛鴦子並沒有老虎姆那樣的火烈性格,也不是天生的革命者,她最初只是想著跟自己的丈夫安穩度日。參與革命的信念源於對生活現狀的不滿,鴛鴦子在第二次被李三爺姦污以後外逃,在絕望之中偶遇觀音庵的革命隊伍。劉玉琪一行人幫助鴛鴦子認識革命、瞭解革命、參加革命,「講起革命心活生/講起上山路敢行/好像燈蛾來撲滅/鴛鴦子呀夠大膽」,鴛鴦子在革命過程中重拾生活的希望,並且主動幫助村民們擺脫悲慘的境況。同樣是貧苦農民出身的張二嫂,不僅沒有成為推翻封建舊勢力的助力,反而甘願充當李三爺的鷹犬,幫助後者成功迷姦了鴛鴦

〔註161〕 羅可群《現代廣東客家文學史》,廣州:廣東人民出版社 2008 年版,第 203~204 頁。

〔註162〕 樓棲《我是怎樣走上文學道路的》,載《新文學史料》1997 年第 4 期,第 33 頁。

子，以此來換取微不足道的報酬。張二嫂不以為此，反以為榮，甚至在事前誇下海口，保證李三爺能夠如願，「三爺三爺唔好惱／捱有黃牛唔到草／莫話二嫂逞本事／樹上雕子厓漏得落地」，醜陋的小人嘴臉躍然紙上。張二嫂便是典型的魯迅先生筆下的奴才，不但自己當了李三爺的奴隸，還要幫助李三爺去戕害他人。兩種不同的農村婦女形象其實代表了農村婦女面對戰爭的不同態度，也反映出在農村開展政治動員的複雜程度。

在樓棲的筆下，解放婦女運動跟建設「新人性」的國民改造方案是密切相關的。所謂「新人性」的建設，是樓棲在 1940 年前後提出的一個話題，從抗日戰爭環境中生發出來，跟政治動員有著密切關聯，可以將之視為深入開展政治動員的一種倫理手段。「二十個月來的神聖抗戰，給中國歷史以一次血的洗禮。自然，我們所爭取的是國家自由，民族解放；然而，我們不要忽視了同時要爭取人性的新生」〔註163〕，其中所說的「爭取人性的新生」即為建設「新人性」，而「新人性」指向的是未來民族國家——「新中國」的個體倫理道德，它是跟國家自由、民族解放同等重要的社會建造舉措，而且從公民行為規範的角度為民族國家的創制提供保障。為了實現「新人性」的理想，對中國農村的傳統倫理道德規範進行一場革命是在所難免的，這場倫理革命以革除壓迫正常人性，尤其是女性的公共輿論機制為目標，從而讓政治動員在農村順利開展。在《鴛鴦子》裏，傳統倫理道德規範在社會管理方面發揮著維護上層階級利益、防止底層人民奮起反抗的作用，李三爺深諳此道，並試圖將之在鴛鴦子身上實行。他兩次強暴鴛鴦子，就是想利用社會輿論的壓力逼其就範，答應成為他的小妾。當共產黨第二次進村以後，李三爺倉皇出逃，竟然找到鴛鴦子，懇求她幫忙渡過難關。在李三爺的潛意識裏，因為他跟鴛鴦子發生過性關係（不管她是否出於自願），所以鴛鴦子就是他的女人，「一日夫妻百日恩」，自己的女人理應跟他共患難。「過河來看鴛鴦子／做人唔好咹小氣／亞庚古投河命注定／今後厓嗮照顧你」「好心唔得好來報／同婦人家難交道／心肝割出你嫌腥／好在厓嘅脾氣好」，醜陋的言論之下是醜陋的倫理道德觀，一旦李三爺成功逃過一劫，他對鴛鴦子許下的美好諾言必將即刻作廢。幸運的是，鴛鴦子已經接受過政治動員的思想教育，不

〔註163〕樓棲《人性的新生》，寫於 1939 年 3 月，收入《反芻集》，文生出版社 1946 年版，第 7～8 頁。

再受傳統倫理道德觀的桎梏，於是她義憤填膺、毫不猶豫地拒絕了李三爺的要求。這是李三爺所未曾預料到的。李三爺低估了逼死鴛鴦子的母親和丈夫對她所造成的傷害，也低估了鴛鴦子參加革命的堅決程度；同時他又高估了自己在鴛鴦子心中的形象，也高估了傳統倫理道德規範在革命浪潮下所起到的作用。在李三爺的幻想裏，鴛鴦子應該成為誓死守護他的「賢妻」，而非是將他推進墳場的「劊子手」。李三爺沒有意識到壓迫不是恩典、欺凌並非賞賜，他強加給別人的所有痛苦都構成了農村革命的強勁動力。所以當鴛鴦子當眾痛斥李三爺的累累罪行之時，李三爺感到大惑不解，並且對鴛鴦子唾口大罵，「別人造反厓由佢／你嘅賤屎在厓手心裏」，粗鄙的語言折射出李三爺的狂躁心理。此時的鴛鴦子已經成長為一名革命者，對統一戰線問題看得特別清楚。「鴛鴦子對佢冷冷笑／『三爺嘅手心厓知道／窮人大家一條心／看你地主孤頭老』」，在鴛鴦子看來，農民與地主分屬於相互對立的兩個階級，地主是農民的階級敵人，而非農民的革命盟友，這是共產黨一貫堅持的階級鬥爭理念，也是鴛鴦子想要向村民們傳遞的政治動員思想。

　　想要讓倫理革命得以順利地進行，就需要向人民群眾開展情感攻勢，通過情感的途徑打開農村革命運動的格局。其中，突顯農民的悲慘境遇、強調地主的罪惡行徑，是從情感上爭取農民支持的重要途徑，也是在客觀上進行政治動員的有效手段。「句句罵來像針刺／刺得陣陣都到肉／大家聽到眼爆火／獵獵火焰起心窩」，富有煽動性的激烈言辭令村民們紛紛聯想到自己及其家人的悲慘遭遇，隨之湧起強盛的革命熱情和情感力量，「後生激到攄手蹐／老人激到鬚髻釘／『殺人愛你命來賠／狗命難賠百條命』」，農村革命運動在此群情激奮的情形下達到了一個全新的境地。地主階級在被革命的時候，總會想盡一切辦法來阻撓革命進程，可笑的是，情感攻勢也是他們常用的計謀。「鄰舍鄉親原諒厓／厓今心裏難捱才／唔看僧面看佛面／救條人命食長齊」「厓今答應來減租／鄉親對厓愛照顧／欠嘅租穀唔使量／天光日送出兩條牛」，只是農民不再被地主階級的花言巧語矇騙，「要完血債要報仇」表現出他們將農村革命運動進行到底的決心。當農村革命運動完成以後，解放婦女運動取得了階段性成功，而「新人性」的建設工程早已悄然展開，中國農村的全新倫理道德規範正在創建的過程之中，由此可見政治動員的實際成效。

　　正如前文所說，《鴛鴦子》在多個方面都以《王貴與李香香》為學習對象。雖然《鴛鴦子》沒有達到《王貴與李香香》的藝術高度，但是它比同為客家方

言長詩的、出自中國詩歌會主將蒲風之手的《林肯，被壓迫民族的救星》《魯西北個太陽》要進步了不少，具有更好的政治動員效力。〔註164〕《鴛鴦子》雖然在多個方面借鑒、模仿了《王貴與李香香》，但是有一點做得並不是很好，那就是運用了一些低俗的方言土語，例如「癩蝦蟆想食天鵝屁／唔把恩來謝，先把尿來射」「打死你嘅死賤屍」「燒攝牛嫲死賤屍」等詩句，拉低了這首詩的整體藝術美感。語言美是《王貴與李香香》的一個重要特質，而《鴛鴦子》在這方面有著差距。儘管黃藥眠曾經誇讚《鴛鴦子》的「語言的美使我迷住了」〔註165〕，但是《鴛鴦子》在有些方言土語的使用上存在著不妥之處。〔註166〕儘管如此，樓棲的《鴛鴦子》依然是一部值得被反覆研討的作品，尤其是將之放置在政治動員的視野下。《鴛鴦子》不僅處在廣東客家文學走向成熟的歷史時期〔註167〕，也處在國共兩黨激烈對抗的特殊階段，其文學價值與文獻價值都是不可忽視的。

〔註164〕羅可群曾經將蒲風與樓棲各自創作的客家方言詩進行過比較，他認為蒲風的《林肯，被壓迫民族的救星》《魯西北個太陽》「內容充實，激情澎湃，結構較緊湊，在材料運用方面亦頗見工夫。但平心而論，就其語言來說，其長詩並未體現客方言的準確、形象、生動的妙處，從而大大地削弱了詩歌的感染力」，相比之下，樓棲的《鴛鴦子》則「前進了一大步，他嫻熟地運用客方言鍛造精品」（羅可群《現代廣東客家文學史》，廣州：廣東人民出版社2008年版，第200頁），只是他並沒有仔細分析造成這種現象的具體原因。

〔註165〕黃藥眠《論詩歌工作上的幾個問題》，香港《中國詩壇》1948年第2期，第9頁。

〔註166〕除了語言上的問題以外，思想情感困境是詩人進行方言詩創作的另外一道障礙。「初稿改了幾遍；後來從頭寫過，再改了幾遍。中間為了生活冗忙，時間處理不好，一擱又將近一年。最近還得來一次最後修改。我從來寫詩沒有感到這麼吃力。因為過去寫的是個人的感情，詞、句的選用並不很難；而現在寫的卻是農民的感情、語言、音韻，都要求寫得自然，純熟。這是我生平第一次對鄉土，對農民的歌唱，而我又在遠離故鄉的海島上，創作時所碰到的困難，不是身歷其境的人，恐怕不容易瞭解」（樓棲《我怎樣寫〈鴛鴦子〉的》，寫於1949年2月20日，收入中華全國文藝協會香港分會方言文學研究會編輯《方言文學》（第一輯），香港：新民主出版社1949年版，第96～97頁），這段話牽扯出樓棲在創作《鴛鴦子》的過程中遇到的另外一個重要問題——知識分子出身的詩人如何改造自己的思想情感，轉變為時代所需要的「人民的詩人」？就《鴛鴦子》而言，樓棲並沒有徹底從知識分子的思想情感裏跳脫出來，他的言說方式和思維模式並非純然是農民式的。這也是可以理解的，因為一個人很難擯除已有知識結構和心理定勢的潛在影響。

〔註167〕鍾俊昆《客家社會與文化研究：客家文學史綱》，哈爾濱：黑龍江人民出版社2006年版，第264頁。

第四節 《暹羅救濟米》對潮州饑荒的書寫及其文學史意義

1946 年，潮州發生大饑荒，數以萬計的潮州人民掙扎在生死線上。身處海外的華僑們在危難關頭伸出援助之手，通過各種渠道源源不斷地從暹羅運來救濟米，藉此幫助同胞保留生存的希望。然而國民政府統治下的官僚機構和豪紳富賈乘機大發「饑荒財」，將大量暹羅救濟米中飽私囊，潮州災民不但沒有從中獲益，甚至遭到統治階層的進一步盤剝，生活狀況愈發艱難。暹羅華僑向潮州災民捐助救濟米本來應該成為一項傾盡舉國上下之力、凝聚全民抗災之情的感人壯舉，卻因為「黨棍土豪」的一己私欲而變作人間慘劇。於是潮州詩人紛紛舉起筆墨，將這段荒唐而又可悲的歷史寫進詩裏，向廣大人民群眾展開反抗國民政府腐敗統治的政治動員。作為潮州方言詩運動的重要參與者，丹木寫出潮州方言長詩《暹羅救濟米》，「這東西所寫的故事，是一件實在的事」〔註168〕，他所說的「一件實在的事」便是在賑發暹羅救濟米過程中所發生的「官逼民死」的一齣悲劇。作為一名共產黨黨員，丹木的文學活動帶有鮮明的時代印記和明確的政治動機，《暹羅救濟米》的創作同樣如此，跟政治動員之間有著緊密關聯。1948 年年底，潮州方言文藝組舉行過一次座談會，以「如何迎接南下大軍，解放華南，到潮州解放區去搞文藝」為重點話題，「作為響應這個號召，我（薛汕——筆者注）和丹木同志，終於回到潮州大北山根據地」〔註169〕，丹木在從事潮州解放事業期間創作了《暹羅救濟米》，由此不難將之跟政治動員聯繫起來。在認清這一點以後，才有可能回答以下問題：丹木創作《暹羅救濟米》出自哪些原因？這首「大眾詩歌」跟政治動員有著怎樣的關聯？它在潮州方言詩運動佔據何種地位？本文將圍繞這些問題展開具體論述。

一、「暹羅救濟米」的歷史圖景

雖然丹木曾經在潮州方言詩運動中做出了重要貢獻，但是現在瞭解他的人並不多，所以在具體分析《暹羅救濟米》之前，有必要簡要介紹丹木的生平。

〔註168〕 丹木《暹羅救濟米·後記》，香港：香港潮書公司 1949 年版，第 1 頁。
〔註169〕 薛汕《（香港）潮州方言文學活動》，寫於 1981 年 11 月 11 日，收入汕頭市政協文史資料研究委員會、汕頭市文化局、汕頭市文聯編《汕頭地方文化藝術史資料彙編》，汕頭市政協文史資料研究委員會 1982 年版，第 64 頁。

丹木（1917～1964），全名鍾丹木，原名鍾廷明，廣東潮陽人。1917年，丹木出生於廣東省潮陽縣兩英新圩的一個貧農家庭，曾經在南山中學讀過一年。十七歲時，丹木成為一位小學老師，後來擔任過普寧縣隴頭小學校長。抗日戰爭全面爆發以後，丹木假如南山管理局青年抗敵同志會，於1938年成為一名共產黨黨員。1942年，丹木離開家鄉前往廣西。丹木曾經在柳州第四戰區長官政治部任職，負責主編戰區的一份刊物，並且與胡志明相識。1945年，丹木到《貴州日報》資料室供職。幾個月後，丹木去重慶編輯《時事新報·青光副刊》。1946年，丹木前往越南工作，期間以《大剛報》特派記者的身份採訪胡志明。不久之後，丹木前去香港，並且於1947年加入新詩歌社，出版了中篇小說《亂離草》〔註170〕、潮州方言短篇小說《阿漢咕哩僕了》、潮州方言長詩《暹羅救濟米》、兒童文學作品《華貴尋仙記》等。在全國解放以後，丹木先後就職於潮汕文聯、《工農兵》雜誌社、《鮀島文藝》雜誌社、惠來潮劇團等單位，編著了《歌唱田森村　潮州歌冊》（南方通俗出版社1955年版）、《雙槍小英雄　民間故事詩》（廣東人民出版社1957年版）、《打石千的故事》（廣東人民出版社1957年版）等民間文學作品，編寫了《美人計》《愁龍苦鳳兩翻身》（與謝吟合作）、《不准出生的人》《南山八女》（與陳岩、盧煤合作）、《卓文君》《劉明珠審王芝蘭》等劇本，創作了《大南山之歌》《母女倆》（原名《烈女頌——廣東大南山革命故事》）等敘事詩。1964年7月23日，丹木在潮陽陳店病逝。〔註171〕

　　跟當時華南方言詩運動的傾向相似，潮州方言詩運動也以表現「此時此地」的大眾生活為創作宗旨，致力於推動政治動員的現實進程，《暹羅救濟米》便是其中的佼佼者之一。《暹羅救濟米》取材自發生於1946年的真人真事，詩

〔註170〕1947年初刊於檳榔嶼的《現代週刊》（1947年光復版第67～79期），1948年由香港潮光出版社出版，改名為《死了的動脈》，在香港、馬來亞等地發售。《〈死了的動脈〉出單行本》，檳榔嶼《現代週刊》1948年光復版第105期，第12頁。

〔註171〕本文有關丹木的生平介紹主要參考了韓萌的文章《〈大南山之歌〉與〈母女倆〉——憶鍾丹木》（收入中國人民政治協商會議廣東省汕頭市委員會文史資料委員會編《汕頭文史》（第十一輯），政協廣東省汕頭市委員會文史資料委員會1992年版，第184～192頁），同時借鑒了孫淑彥、王雲昌編《潮州人物辭典·文史藝術分冊》（中山大學出版社1991年版）、鄭明標編著《近現代潮汕文學·國內篇》（中國戲劇出版社2011年版）、薛汕《新詩二題》（《潮陽報》1996年10月8日）等多種材料。

中的陳阿大以廣東潮陽的一名百姓為原型。作者在 1948 年秋天從一位姓陳的好友那裡聽說了南山管理局郭局長壓榨南山人民的實際情況，覺得有必要將之寫成文學作品。丹木一開始準備創作一部小說，後來改變初衷寫成方言詩，這是因為他認為「這種題材，如能寫成潮州老百姓看得懂或聽得懂的詩歌，是更有意義的」〔註 172〕。按照一般的看法，《暹羅救濟米》的主要內容是「揭發抗戰勝利後潮汕貪官污吏勾結地主鄉紳奪吞泰國華僑捐獻唐山鄉親救濟米的罪惡」〔註 173〕，這種觀點是符合實情的，卻存在著簡化歷史的問題，暹羅華僑援助潮州人民渡過荒災的歷史情況其實是複雜的。想要解讀《暹羅救濟米》的文本意義和時代價值，認識它跟政治動員的關係，不得不重新審視那段紛繁蕪雜的歷史。

在 1940 年代中後期的歷史情境中，潮州米荒與暹羅救濟米的相遇並非出自巧合。彼時的米荒並非限於潮州，也並非限於中國，而是發生在全世界的一次普遍性災難。由於中國遭受著米荒的侵擾，所以潮州只能將求助的目光投向域外。暹羅、緬甸、越南並成為「亞洲三大米庫」和「世界三大著名產米區域」，但是第二次世界大戰導致緬甸、越南的糧食產量銳減，暹羅也受到了影響，不過它的情況相對要好一些，「自第二次戰爭發生以後，緬甸慘遭戰禍，火礱大多毀於烽火，或則拆卸售賣，耕地荒蕪，農民星散，現雖和平，然匆促間仍難恢復舊觀，至於越南又因法越戰爭影響，產額大減，故目下能保持原狀，獨霸一方者，惟暹國而已。無怪世界糧荒要賴暹羅之供給了」〔註 174〕，所以暹羅成為緩解中國米荒以及其他國家米荒的主要糧食進口產地。

暹羅的經濟發展在很大程度上依賴於對外貿易行業，進口貨物以石油、金屬、機械居多，出口貨物多為農產品，其中以米穀為主。在暹羅的出口貿易裏，米穀佔據著關鍵性地位，「米之輸出之盛衰，關係暹羅整個金融」〔註 175〕，銷往英國、美國、印度、馬來亞、中國（包括華北、汕頭、香港、海口等地）、日本、印尼、星加坡、古巴、德國、法國、丹麥、意大利、比利

〔註 172〕 丹木《暹羅救濟米・後記》，香港：香港潮書公司 1949 年版，第 2 頁。

〔註 173〕 韓萌《〈大南山之歌〉與〈母女倆〉——憶鍾丹木》，中國人民政治協商會議廣東省汕頭市委員會文史資料委員會編《汕頭文史》（第十一輯），政協廣東省汕頭市委員會文史資料委員會 1992 年版，第 188 頁。

〔註 174〕 許子燊、楊漢錚《和平後之暹羅米業》，暹羅《華商季刊》1947 年復刊號，第 14 頁。

〔註 175〕 陳棠花《論暹羅米糧的產消和外輸》，暹羅《華商季刊》1947 年復刊號，第 12 頁。

時等多個國家〔註176〕。太平洋戰爭嚴重破壞了暹羅米穀的生產和出口，戰前的年均產量大約為五百萬公噸、年均出口量在一百五十萬噸至二百萬噸之間，「到了戰後的一九四五年，產量落到三百五十萬噸以下，僅足應付本國的消費需要，出口的數目，便一蹶不振了」〔註177〕，根據「英暹停戰協定」（後來改為「英美暹三國協定」），暹羅在戰後還要每年向同盟國供應一百五萬噸糧食，雖然 1947 年的供應量已經減至六十萬噸〔註178〕，但是這對於暹羅來說仍舊是沉重的負擔。在此種情形下，暹羅本應無力向中國出口米穀，然而暹羅國內不合理的糧食收購制度為接濟中國米荒打開了一扇大門，「暹羅政府向農人購米，所定的收購價格極低，即以一九四七年為例，每噸約三百五十拔持，尚合不到十英鎊，所以農人不肯增產供應。對出口商所定的米價亦低，再加上外匯管制，正足以促進走私的猖狂。米商私販米穀，運往馬來亞或中國，可以換取以外幣表示的高價格，再將所得外幣賣到自由市場，獲利頗巨」〔註179〕，這是「暹羅救濟米」能夠被送到中國饑民手裏的重要原因。如果暹羅政府嚴令禁止出口米穀，以保證供應國內的糧食需求，那麼縱使當地華僑胸懷萬丈愛國深情，也很難為日夜忍受飢餓的家鄉同胞送去米糧。

　　1946 年 3 月，英國、美國、暹羅聯合成立一個專門管制暹羅米穀的行政機構——暹米混合委員會，該機構對分配暹羅米穀有著掌控權。後來，為了更好地監管暹羅米穀，計口授糧制度應運而生，由暹商會全權代理。幸運的是，華僑在暹商會裏享有一定的話語權：

> 最初暹商會將二盤商定為三十家，皆歸暹商代理，嗣因華僑米
> 商劇烈反對，並由我國駐暹大使館中華總商會米商公所協同暹羅混
> 合委員會我方代表蕭松琴先生，數度與暹國務院長磋商，結果達成
> 華方獲得二十家，暹商二十二家之協議，三盤方面，則華方二百二
> 十家，對暹方四百八十家，此項二盤米商即由米商公所及華商米業

〔註176〕許子熒、楊漢錚《和平後之暹羅米業》，暹羅《華商季刊》1947 年復刊號，第 14～25 頁。葉子採《暹羅之米業（二）》，南京《華僑半月刊》1937 年第 102～103 期，第 28～31 頁。

〔註177〕《暹羅米穀出口的實況》，上海《金融週報》1948 年第 19 卷第 5 期，第 9 頁。

〔註178〕陳棠花《論暹羅米糧的產消和外輸》，暹羅《華商季刊》1947 年復刊號，第 8 頁。

〔註179〕《暹羅米穀出口的實況》，上海《金融週報》1948 年第 19 卷第 5 期，第 10 頁。

工會共同組織一暹羅華僑米業聯合有限公司承辦，資本二百二十萬銖，分行二十家。〔註180〕

如果不是這樣的話，中國很難從暹羅購買到超出預定份額的米穀。即便如此，中國從暹羅購買超出計劃之外的米穀也是有難度的，「頃經聯合國駐華盛頓之世界糧食委員會指定、準向暹羅購買洋米三十萬噸運華、以資救濟、據糧政當局表示、此項洋米業已獲得暹羅方面允許購運」〔註181〕，從中可知世界糧食委員會、暹羅政府以及其他監管機構都可能構成中國購買暹羅米穀的阻力。國家層面的米穀貿易已是如此艱難，民間層面的米穀貿易更是困難重重，華僑們對中國同胞的拳拳關切之情由此可見一二。

「暹羅救濟米」並不是一次性舉動，而是包含著先後多次的賑災行為。例如在 1946 年 5 月，購買暹羅救濟米三十萬噸〔註182〕；1946 年 6 月，捐出暹羅救濟米二千噸〔註183〕；在 1947 年 8 月，購買暹羅救濟米三千五百噸〔註184〕；在 1948 年 1 月，再次購買暹羅救濟米一萬九千公噸，這次是由美國出資的〔註185〕……僅僅是從 1946 年至 1947 年 5 月間，暹羅華僑共計捐米十四批次，超過五萬噸。〔註186〕即便如此，依然是供不應求，所以地方政府請求暹羅華僑「繼續發動捐米救災運動，照前辦法分批運粵救濟」〔註187〕，這實在也是無奈之舉，以市場機制為主導的米糧運銷以及不能自給自足的米糧生產使得廣東在二十世紀三、四十年代缺乏應對米荒風潮的抗風險能力〔註188〕。

〔註180〕 許子熒、楊漢錚《和平後之暹羅米業》，暹羅《華商季刊》1947 年復刊號，第 22 頁。

〔註181〕 《經濟新聞：救濟我國糧荒，訂購暹羅米三十萬噸，短期內即可運抵本市》，上海《徵信所報》1946 年第 51 期，第 1 頁。

〔註182〕 《經濟新聞：救濟我國糧荒，訂購暹羅米三十萬噸，短期內即可運抵本市》，上海《徵信所報》1946 年第 51 期，第 1 頁。

〔註183〕 《暹羅華僑捐米二千噸》，上海《新聞報》1946 年 6 月 1 日，第 2 版。

〔註184〕 《暹羅輸華救濟米運出三千五百噸》，上海《前線日報》1947 年 8 月 22 日，第 2 版。

〔註185〕 《美向暹羅購米救濟我國糧食萬九千公噸下周可運華》，上海《中華時報》1948 年 1 月 27 日，第 1 版。《美向暹羅購米救濟我國糧食一萬九千公噸下月底前可達》，上海《益世報》1948 年 1 月 27 日，第 2 版。

〔註186〕 《暹羅華僑繼續捐米》，廣州《僑聲》1947 年第 10 期，第 11 頁。

〔註187〕 乃 《省府電請暹羅僑團繼續捐米救濟災黎》，廣州《僑聲》1947 年第 7 期，第 15 頁。

〔註188〕 霍新賓《抗戰時期廣東國統區糧食管理探析》，廣州：暨南大學 2001 年碩士論文，第 8～26 頁。

暹羅救濟米不只是被用於幫助廣東災民，也被用於幫助中國其他地區的饑民〔註189〕。當時不僅是中國發生了糧荒，東南亞也面臨著糧荒，購買或換取暹羅米是渡過此次難關的重要選擇。〔註190〕

　　通過以上梳理可知華僑們從暹羅購買、運送救濟米到中國堪稱壯舉，而且這種壯舉不是一蹴而就的，而是分成多次進行的。如果歷經重重困難得來的暹羅救濟米最終沒有被發放到災民手裏，而是落入了官員富商的私囊之中，那將是怎樣一幅場景？《暹羅救濟米》以政治動員為現實落腳點，著力刻畫此種黑暗腐敗的現象，在揭露事實的基礎上展示國民政府統治的腐朽，從而動員廣大人民群眾參與到反抗國民政府的戰爭之中。「在這個故事中，正可以看出抗戰前後，南洋華僑，特別是暹羅華僑對家鄉饑荒的關切和捐輸的熱情，但他們克勤克儉捐來的錢米，卻永遠不能達到飢餓的鄉親面前，而全部落在土劣貪官的腰包，甚且更因此造成類似這故事的悲劇的，真不知多少，這是我們所共同憤恨和痛心的事！」〔註191〕，這是一位作者對創作過程的自述，也是一個公民對社會現實的控訴，將國民政府的陰暗面暴露了出來。南山管理局原本被分配了一萬斤暹羅救濟米，卻被「黨棍」和「土豪」貪污了相當一部分，還通過以次充好的手段賺取米糧的差價。「黨棍」和「土豪」從來沒有站在災民的角度思考問題，他們只在乎自己能夠從賑災中攫取多少利益：

　　　　鄉親聽我說端詳，

　　　　慘事發生在俺家鄉。

　　　　三十五年潮州大饑荒，

　　　　碩仔餓到面黃黃。

　　　　暹羅同鄉聽知心真迫，

　　　　有人出錢，有人來出粟。

　　　　捐捐題題買了一船米，

　　　　運到潮州來救濟。

　　　　黨棍土豪聽著笑嘻嘻，

　　　　連夜開席大會議。

─────────────

〔註189〕《暹羅贈米五百噸救濟長春人民》，上海《中華時報》1948年10月9日，第1版。

〔註190〕《救濟東南亞糧荒，英決與自治領合作，以物品換取暹羅米》，上海《前線日報》1946年3月29日，第2版。

〔註191〕丹木《暹羅救濟米·後記》，香港：香港潮書公司1949年版，第2頁。

　　　　你爭我奪來分配，

　　　　除三扣七「做塊逼」。

　　　　爭來爭去鬧紛紛，

　　　　黨棍土豪來平分。

　　　　除開二成留做辦公費，

　　　　五成乞黨棍土豪來抹抹嘴。

　　　　三成好米換黴米，

　　　　分配各縣去救濟。〔註 192〕

　　剩下的暹羅救濟米也沒有發揮出應有作用，而是被局長、鄉長和軍法科長等人聯手劃入軍糧的範疇，使得南山災民未能及時獲得糧食，許多人因此而喪命，「誰知簇米來到無下落，／磽仔等到目托托。／／前倉搬入后倉出，／簇米老早就出脫。／／局長鄉長串通來標張，／公開宣布將米做軍糧。／／誰知華僑血汗換來米，／磽仔餓死無人來料理。／／救濟米落在富人身，／兼之陷害阿大磽仔人。」這種情況不是丹木臆想出來的場景，而是當時客觀存在的事實。把救濟米劃歸軍糧的粗暴做法引發了嚴重後果，不但耽誤了抗荒救災的開展進度，而且損害了暹羅僑胞的救災熱情，甚至令他們對今後是否要繼續捐米產生了動搖和懷疑。〔註 193〕一旦暹羅僑胞停止捐助救濟米，潮州乃至廣東是沒有足夠的能力來自行抵禦饑荒的，將有難以計數的災民因此而走入絕境。

　　為了保證暹羅救濟米的順利發賑，國民政府要求以米票換購米糧，本來是為了限制投機倒賣行為，然而在官員和富商的共同操作下，普通民眾很難買到大米，令暹羅救濟米沒有實現預期作用。〔註 194〕除此之外，時人也想過一些辦法，例如成立散振委員會、暹羅華僑救濟祖國糧荒委員會、暹羅華僑捐助救濟米散賑米員會等民間組織，散振委員會也應運而生，由調查組、督促組、總務組、業務組四個小組構成，「務求達成人人實受其惠，不負暹羅華僑捐助救濟米之願望。」〔註 195〕即便如此，依舊不斷出現政府官員和土豪鄉紳貪污暹

〔註 192〕　本文所引《暹羅救濟米》原文均出自以下版本，後文不再一一標注：丹木《暹
　　　　　　羅救濟米》，香港：香港潮書公司 1949 年版。

〔註 193〕　《空費僑胞好心腸！救濟米被迫充軍糧！》，上海《僑聲報》1946 年 8 月 12
　　　　　　日，第 2 版。

〔註 194〕　《僑胞聽到要失望！暹羅救濟米在廣州弄得一團糟！》，上海《僑聲報》1946
　　　　　　年 5 月 24 日，第 2 版。

〔註 195〕　《暹羅救濟米散振之經過》，廣州《善後救濟總署廣東分署週報》1946 年第
　　　　　　1 卷第 4 期，第 10 頁。

羅救濟米的現象，導致廣大饑民沒能從暹羅華僑的捐贈中獲益。在賑災的初始階段，還能保證把暹羅救濟米分發到饑民手裏，「經本署凌署長商得羅主席及聯總廣州區主任馬鉔同意，將該批救濟米全數運至汕頭，救濟赤貧饑民。」〔註196〕隨著暹羅救濟米的陸續輸入、賑災次數的不斷增加，徇私舞弊、弄虛作假的現象逐漸滋生，並且愈演愈烈。暹羅救濟米並沒有起到應有作用，大量的糧食落入到潮汕官僚手裏，受災人民依舊忍受飢餓，反倒令貪污徇私的官員賺得盆滿缽滿。〔註197〕「南山局分得米一萬斤，／阿雄塊心已經有頭稱。落了七千斤，將三千斤來變賣，／去花天酒地，咀有公事要辦」，《暹羅救濟米》裏的阿雄偷偷變賣十分之三的暹羅救濟米，然後拿著這筆「饑荒財」一晌貪歡，還把虧空栽贓到「逆風逆流撐了三日夜」的陳阿大身上，將陳阿大一家人逼上了絕路。

　　凡此種種勾勒出國民政府領導下的官僚機構與土豪劣紳在暹羅救濟米麵前所展現出來的醜陋嘴臉與貪婪目光，暹羅華僑們的滿腔報國之情與潮州人民的嗷嗷待哺之聲被棄置在欲壑之中。這些社會慘狀與不公現象構成了丹木創作《暹羅救濟米》的外在動力，也成為了《暹羅救濟米》力圖揭露的時代亂象，亦化作了丹木向人民群眾進行政治動員的有力憑證。

二、戰爭表現、黨派身份與政治動員

　　正如上文所說，暹羅救濟米本該成為潮州災民的福祉，最終卻流入了官員富賈的荷包裏，甚至成為殘害人民群眾的「幫兇」，這是為什麼呢？究其原因，國民政府的官僚作風和腐敗做派是罪魁禍首。《暹羅救濟米》之所以將批判的矛頭對準國民政府，跟作者的政治立場有著很大關係。之前已經提到過，丹木在抗日戰爭全面爆發後不久正式加入共產黨。此一黨派身份不但塑形了丹木的政治思想，而且影響了他的文學創作，令其文學作品跟政治動員之間有著密切聯繫，這一點在《暹羅救濟米》裏體現得尤為明顯。

　　《暹羅救濟米》寫於解放戰爭後期，分為八章，標題依次分別為「序頭」「陳阿大」「交米」「審問」「求情」「探監」「救濟米」「尾聲」，每兩行組成一節，共有三百零六行。這首敘事長詩的故事情節並不複雜：潮州大饑荒

〔註196〕《暹羅汕僑救濟米全數運汕救濟》，廣州《善後救濟總署廣東分署週報》1946
　　　　年第 1 卷第 3 期，第 15 頁。
〔註197〕《暹羅救濟米帶來：悲憤和失望！》，上海《僑聲報》1946 年 6 月 24 日，第
　　　　2 版。

發生以後，南山管理局委派阿雄負責運送一萬斤暹羅救濟米，阿雄暗中貪污三千斤米並將之嫁禍給「船大」陳阿大，無力償還官府罰款的陳阿大以及十個船夫鋃鐺入獄、受盡折磨，直至家破人亡。對於陳阿大的悲劇而言，阿雄是直接行兇的劊子手，而南山管理局所象徵的國民政府才是釀造慘劇的幕後元兇。如果不是郭局長、黃鄉長、軍法科長等官員的貪婪、欺壓與勾結，陳阿大一家可能因為賠付三千斤米而元氣大傷，但是不會遭受毀滅性的打擊。也就是說，摧毀陳阿大一家的不是阿雄，而是國民政府的官僚機構。所以詩人直言不諱地寫下「官災慘過天災」「天公無目真唔平」「淒慘全在磽仔身」等詩句，揭露地方官員對貧苦人民慘無人道的迫害。從中不難看出彼時丹木對國共兩黨（尤其是國民黨）的態度，這不是政黨門戶之見，而是由社會現實所決定的。

在抗日戰爭和解放戰爭裏，丹木始終是一名立場堅定的共產黨擁護者，他對國民黨的負面觀感卻不是一開始就有的，而是在一次次貪污腐敗、消極應戰中逐漸積攢失望，並且在 1944 年湘桂戰敗後達到高潮，從此以後丹木徹底站到國民黨的對立面，不惜筆墨地批判國民黨的醜惡行徑。丹木的《亂離草》便以國民黨軍隊在 1944 年湘桂戰敗後的混亂表現為描寫對象，「暴露了國民黨對抗日戰爭的無能，外戰外行。同時揭穿了國民黨政治的腐化，官僚政客的低能無恥；另一方面又表現了在偉大的抗日戰爭中，人民所遭遇的洗劫是怎樣的悲慘痛苦」〔註198〕，從中可以看出彼時的丹木對國民黨軍隊的抗日戰爭表現已經感到失望，在他看來，如果沒有根本性轉變的話，這種軍隊是很難保護人民群眾免受戰火侵擾的。在救亡圖存的歷史情境下，丹木並不反對戰爭，因為戰爭是保衛人民、重建國家的唯一途徑，他反對的是國民黨「外戰外行，內戰內行」的戰爭態度。所以丹木一方面批評國民黨軍隊的腐敗無能，另一方面動員廣大人民群眾參戰衛國，二者並不矛盾，只是著眼點不同。這種心態等到解放戰爭爆發以後便合二為一，丹木積極向人民群眾進行政治動員，號召他們踴躍參加戰爭，為盡早建設「新中國」而貢獻力量。在此種情形下，《暹羅救濟米》的創作動機也就不那麼難理解了，我們可以說《暹羅救濟米》延續和拓展了《亂離草》的政治理念和黨際書寫。

在 1944 年，丹木不僅經歷了湘桂戰敗，還認識了胡志明，這兩件事情在形成丹木對國民黨的敵視態度中都扮演了重要角色。丹木與胡志明有過一段如今鮮為人知的往來，通過爬梳這段歷史有助於理解丹木的政治思想、戰爭觀

〔註198〕 丹木《亂離草（1）》，檳榔嶼《現代週刊》1947 年光復版第 67 期，第 13 頁。

念以及他對國共兩黨的不同看法，也有利於認識丹木創作《暹羅救濟米》的觸發機制及其跟政治動員之間的歷史關係。丹木與胡志明的相識發生在 1944 年，當時丹木在柳州第四戰區長官政治部任職，負責主編戰區的一份刊物；而胡志明被幽禁在此，因為他對越南革命的設想有悖於國民政府策劃成立的越南革命同盟會（由阮海臣領導），所以政治部準備教化「思想有問題」的胡志明。在這段時間裏，丹木與胡志明交往頻仍，胡志明的中文水平較高，能夠幫助丹木編輯報紙刊物；丹木通過胡志明撰寫的有關越南革命的文章瞭解到胡志明的革命理念，這些思想在不經意間也影響了丹木。丹木在湘桂戰後離開了第四戰區，而胡志明在太平洋戰爭結束後被推選為越南獨立臨時政府主席。期間有人造謠胡志明存在著「左」傾思想錯誤，甚至直接給他扣上「共產黨黨員」的帽子，並且認為他領導的越南政府是「共產政府」。親自訪問過諸多越南政府高官的丹木對之感到頗為詫異和憤憤不平，在他看來，胡志明是一個堅定的「三民主義的信徒」，越南政府並沒有表現出共產主義的傾向，所謂的「左」傾思想錯誤只不過是政敵攻擊胡志明和越南政府的一種手段。當然，丹木並非是對共產黨黨員、共產政府和共產主義抱有任何的牴觸或排斥情緒，與之相反的，他早在 1938 年就加入了共產黨，此後始終表現出擁護共產黨、反對國民黨的政治立場。雖然丹木曾經供職於國民黨軍隊，但是國民政府的種種暴行令他堅定地擁護共產黨政權和共產主義理想。丹木之所以將胡志明跟共產黨黨員和共產主義撇清關係，主要是為了幫助胡志明回擊政敵的蓄意中傷。分別數年以後，丹木與胡志明在 1946 年 10 月 19 日重逢。丹木向胡志明詢問了多個問題，其中的兩個問題是胡志明對中越關係的理解以及他個人的政治立場。這次久別重逢令丹木更加瞭解胡志明的思想，也讓他更加佩服胡志明的人格，胡志明所說的「我的經歷，和每個越南人民一樣，一生在為民族獨立而奔走革命」〔註199〕深深地觸動了丹木，令他愈發憎惡國民政府的官僚政客作風，所以他一針見血地指出：「因為越南國民黨領袖自阮海臣而下，完全是國民黨的官僚腐化作風，根本不能負起領導艱苦的越南革命任務。而在越南長期和日軍及法國統治者作艱苦鬥爭的，正是胡志明領導下的越盟軍隊及全越人民。」〔註200〕

〔註199〕丹木《胡志明是一個怎樣的人物？》，檳榔嶼《現代週刊》1947 年光復版第 58 期，第 10 頁。

〔註200〕丹木《揭穿南京政府對越南的陰謀》，香港《現代華僑》1948 年第 1 卷第 7 期，第 3 頁。

胡志明所信奉的「三民主義」與國民黨所實行的「三民主義」之間的巨大反差使得丹木對國民黨愈發感到失望，這在無形之中進一步鞏固了他與共產黨之間的親密關係，也讓他對中國戰爭和中國革命有了更深入的認識。

　　抗日戰爭結束後，丹木對國民黨的敵意並沒有隨之消失，因為不久後中國迎來了新的戰爭。解放戰爭的爆發使得丹木對國民黨的印象越來越差，對共產黨則生出了越來越強烈的認同感。在 1947 年 7 月 24 日下午，數十位文藝工作者聚集在灣仔六國飯店舉行「彭澤民先生招待會」，此次招待會的融洽氛圍給丹木留下了很好的印象，「許多從內地，或從海外被國民黨反動派壓迫而避難香港的文化界人士，他們大多數不是希望在這個招待會上獲得什麼慰安，而是想在這個招待會上見見那些在戰場剛才退下來的戰友，每一個臉譜是生疏的，而每一顆心腔是多麼親熱呵！因為這是共患難的戰友，因為這是被共同的敵人壓迫而來的呵！」〔註201〕丹木把犀利尖銳的筆鋒對準國民黨，猛烈批評其暴行。自從法越戰爭全面爆發以後，整個越北烽火不息，原本在越南經濟裏佔有重要地位的華僑航業受到重創，幸運的是由越南通往中國東興、北海、廣州等地的航路還能勉強維持現狀。然而國民政府派遣監管海防的領事館給華僑航業造成了致命一擊，於是丹木毫不避諱地批判「海防領事是一個反動集團的 00 特務蕭某，他一到之後，除了在所謂的『整飾』僑社的藉口下，用盡一切卑鄙手段，禁止華僑閱讀進步書報，並和法國反動派勾結，逮捕華僑青年，排斥僑中教書盡責品學優良的教師，封閉進步書店，而且勒索敲詐華僑」〔註202〕。在丹木看來，國民政府的這種統制政策不僅導致華僑航業搖搖欲墜，還使得當地的商業也蒙受損失，僑胞們因此而怨聲載道。抗日戰爭和解放戰爭的風雲變幻令丹木成長為一名堅定的共產黨擁躉，對於批判共產黨的流言蜚語，他不僅不會聽信，還會主動回擊。譬如在解放戰爭後期，有人造謠「共產黨破壞倫常，拆散家庭」，在家國同構的中國文化裏，抨擊家庭倫理秩序的弊病實質上是在瓦解民族國家理想的根據，與之相應的，國民黨從倫常關係的角度批評共產黨的主要目的是為了指責後者建設「新中國」的方案，進而動搖共產黨的執政根基、恢復國民黨對國家的掌控權。丹木看到了謠言背後的深層用意，所以專門撰文進行反擊，並且指出共產黨領導下的「新社會的新家庭」相比於「舊社會的舊家庭」的巨大優越性，其中的新倫常觀念是「尊重每一個人應有

〔註201〕丹木《慰安和鼓舞》，檳榔嶼《現代週刊》1947 年光復版第 64 期，第 6 頁。
〔註202〕丹木《華僑航業被摧殘》，香港《群眾》1947 年第 31 期，第 23 頁。

的人權，尊重每一個人的山，在長輩與幼輩之間，只有互相尊重，沒有強制的服從」〔註203〕，丹木對新社會美好景象的描述回擊了國民黨對共產黨的倫理批評。

正是在對國民黨的日益失望之中，丹木創作出《暹羅救濟米》，借之在人民群眾中間開展政治動員。這首長詩不僅是對潮州大饑荒的紀實摹寫，也是對國民政府的辛辣諷刺。考慮到丹木的政治經歷以及特殊的戰爭環境，將《暹羅救濟米》置於政治動員的視域下進行考察似乎是必然的選擇。在《暹羅救濟米》裏，國民政府的地方官員貪婪橫暴、徇私枉法，為了一己私利不惜費盡心機地壓榨普通百姓，他們不僅不能擔當人民的保護傘，反而淪為人民的催命符。「除開二成留做辦公費，／五成乞黨棍土豪來抹抹嘴」「愈想蔣家官來講天理，／除非黃河水澄清，日頭西畔起」「天上日頭紅金金，／南山管理局罪惡深沉沉」，類似的詩句在《暹羅救濟米》還有不少，它們表現出南山管理局官員們在面對人民時的猙獰獠牙和醜陋嘴臉。醜態百出的南山管理局是國民政府官僚機構的一隅，象徵著國民黨的腐化黑暗和累累罪行，也預示著國民黨在戰爭中盡失民心、必然失敗的命運。

質言之，《暹羅救濟米》誕生於國共鬥爭的戰時環境裏，反映出丹木擁護共產黨、反對國民黨的政治立場，跟政治動員有著密不可分的關聯。結合1940年代中後期的潮州方言詩運動來看，反映共產黨與國民黨之間的黨派鬥爭、向人民群眾進行政治動員並非只是丹木的個人性選擇，而是潮州方言詩人的普遍性傾向，在此種情形中湧現出來的潮州方言詩裏，《暹羅救濟米》是其中的代表作之一。

三、潮州方言詩運動視野下的《暹羅救濟米》

評價《暹羅救濟米》的文學史成就，需要將之放置在潮州方言詩運動（閩南方言詩運動的組成部分）的視野下進行共時性考察；認識和評估《暹羅救濟米》之於潮州方言詩運動的歷史貢獻，是研究《暹羅救濟米》（乃至丹木的文學創作）的必備步驟。沿著此一思路繼續下去，不難發現國共鬥爭是《暹羅救濟米》在內的眾多潮州方言詩的共同主題，由此可以看出政治動員給潮州方言詩運動造成的影響以及後者為適應政治動員的現實需要而做出的努力。

潮州方言詩運動在抗日戰爭時期逐漸興起，當時出現了「用潮汕方言詩的

〔註203〕丹木《新社會的倫常關係》，香港《青年知識》1949年第46期，第12頁。

形式創作的通俗文學」，這是因為「作家們更迫切地意識到把文學作為發動群眾與打擊敵人的武器，在文學形式與文學語言上，一定要做到為廣大人民群眾喜聞樂見」〔註204〕，只可惜尚未推出足夠多的詩作，也沒有造成足夠大的影響。進入解放戰爭時期以後，潮州方言詩運動迎來高潮，一大批潮州詩人投身其間，創作出諸多傳播甚廣的「大眾詩歌」。「方言詩的勃興，當然是由於詩人的努力改造，另方面也由於環境的需要」〔註205〕，所謂的「環境的需要」是指政治動員的現實需要。彼時潮州方言詩運動呈現出相對分散的特徵，篇幅所限，這裡主要從文學機構和文學組織的角度來梳理潮州方言詩運動的歷史成就。

　　機構化、組織化是華南方言文學運動的突出特點，「今天方言文學運動比起過去的新文學運動來，責任更重大。決不能夠只讓它自流地去進行。它需要計劃，需要組織」，潮州方言詩運動同樣如此，「潮州和海陸豐的在港人士曾經成立了本地方言文學研究組」〔註206〕，黃雨對潮州方言文學組的文學活動有過詳細記載〔註207〕。機構化、組織化對於推動潮州方言詩運動的發展起到了不可忽視的作用，其中民間文藝研究部表現得尤為突出。抗日戰爭勝利以後，中華全國文藝協會香港分會成立民間文藝研究部，由鍾敬文負責。民間文藝研究部下設粵方言文藝組、客家方言文藝組、潮州方言文藝組三個文藝小組，分別由符公望、樓棲、薛汕負責，各自進行民間文學（尤其是歌謠）的搜集與整理、研究與創作、座談與編輯的多種活動。其中，潮州方言文藝組對於推動潮州方言詩運動的發展功績顯著。潮州方言文藝組「定期開會，討論創作實踐中碰到的一些問題」〔註208〕，出版了五、六期座談的會議記錄，推出了《發展潮汕的大眾詩》（萬年青）、《表現了血淚的潮州——介紹王崇編的〈老爺歌〉》（薛汕）、《論潮州歌謠的沒落》（萬年青）、《潮州方言詩和潮州

〔註204〕鄭明標編著《近現代潮汕文學·國內篇》，北京：中國戲劇出版社2011年版，第52頁。

〔註205〕丹木《詩歌活動在香港》，檳榔嶼《現代週刊》1948年光復版第105期，第12頁。

〔註206〕靜聞：《方言文學運動的新階段》，中華全國文藝協會香港分會方言文學研究會編輯《方言文學》（第一輯），香港：新民主出版社1949年版，第2、3頁。

〔註207〕黃雨《香港方言文藝的研究熱》，檳榔嶼《現代週刊》1948年復版第96期，第12頁。

〔註208〕蕭野《潮州方言詩創作初探》，寫於1981年12月17日，收入汕頭市政協文史資料研究委員會、汕頭市文化局、汕頭市文聯編《汕頭地方文化藝術史資料彙編》，汕頭市政協文史資料研究委員會1982年版，第70頁。

腔》（丹木）等潮州方言詩論，發表了《潮州有個許亞標》（黃雨）、《天頂一條虹》（黃雨）、《人民的聲音》（蕭野）、《招待同志》（蕭野）、《一對蚊帳鉤》（蕭野）、《暹羅救濟米》（丹木）、《莉仔花》（丹木）、《抗徵──一個潮州農村抗徵的故事》（丹木）等潮州方言詩，還發行了王峇編的潮州方言民歌集《老爺歌》，它收錄了由十多位潮州詩人創作的二十餘首潮州民歌。在王峇編的詩集《老爺歌》裏，方未全（原名陳顯鑫）的潮州方言詩《老爺歌》需要格外注意。1946 年，方未全的《老爺歌》發表在《路報》上，該詩運用潮州人民喜聞樂見的潮州民歌形式，反映潮州人民關心的社會等級問題，所以它一經發表便廣為傳唱，被譽為「真的為大眾的詩歌」。不久後，王峇以《老爺歌》為名編輯了一本詩集，「集中收錄許多大眾詩歌，明顯是在《老爺歌》的影響下產生的佳作」〔註 209〕，由此可見方未全《老爺歌》的時代影響。

　　通過以上爬梳可以窺探戰爭語境下潮州方言詩運動的歷史成就，潮州詩人為了推動文藝大眾化、進行政治動員而紛紛投入到潮州方言詩運動之中，為之做出了重要貢獻。國共對抗是潮州方言詩創作的一大主題，對於共產黨，潮州詩人的態度是全力支持，「革命生產件件曉，／因為來了共產黨」〔註 210〕，「紅旗插上『龍津橋』，／紅軍兄弟返家鄉，／大家勞軍相爭去，／扛豬扛酒入『紅場』」〔註 211〕，「莉仔花，朵朵紅，／阿妹摘花在溪東，／歡迎解放大軍快南進，／解放華南勿放鬆」〔註 212〕，詩人希望共產黨早日率軍解放華南，幫助當地人民重新獲得光明；對於國民黨，潮州詩人的態度是堅決抗爭，「歡喜趕走日本仔／以為從此得太平／誰知來了這群臭狗種／抽錢抽米又抽丁」〔註 213〕，「俺個鄉里乞蔣 X 燒掉，／俺個丈夫乞蔣 X 刣掉」〔註 214〕，貪腐橫暴的國民黨早已喪失民心、注定戰敗。「解放軍，／到華南；／欲掠蔣介石！／掃除賊匪幫！」〔註 215〕，在擁護共產黨的同時反對國民黨，這是潮州方言詩運動的基本政治傾向。

〔註 209〕葉春生《嶺南俗文學簡史》（修訂本），廣州：廣東高等教育出版社 2003 年版，第 149 頁。

〔註 210〕馬寧泥《東鄉三姊妹》，香港《華商報》1949 年 6 月 5 日，第 3 版。

〔註 211〕李逢三《紅旗插上龍津橋》，香港《華商報》1949 年 8 月 30 日，第 6 版。

〔註 212〕丹木《莉仔花》，香港《華商報》1949 年 5 月 17 日，第 3 版。

〔註 213〕黃雨《潮州有個許亞標》，中華全國文藝協會香港分會方言文學研究會編輯《方言文學》（第一輯），香港：新民主出版社 1949 年版，第 134 頁。

〔註 214〕蕭野《人民的聲音》，香港《中國詩壇》1948 年第 1 期，第 26 頁。

〔註 215〕羊諸《下江南》，香港《華商報》1949 年 6 月 25 日，第 3 版。

　　作為潮州方言文藝組的一名主要成員，也作為一名中國共產黨黨員，丹木沒有置身時代浪潮之外，而是跟許多其他潮州詩人一樣，力圖通過方言詩創作來表現國共對峙的政治形勢，為政治動員貢獻出自己的一份力量。「自從去年文協香港分會提倡方言文學運動，我便參加了潮州組，和熱心方言文藝工作同鄉研究潮州方言文藝的創作問題，半年來對潮州戲劇及歌謠音樂，曾作過多次的探討；對潮州方言詩也曾作許多次的嘗試」〔註216〕，從中可以看出丹木在 1947 年加入潮州方言文藝組以後為潮州方言詩運動所做出的貢獻，《暹羅救濟米》《抗徵──一個潮州農村抗徵的故事》《莿仔花》等方言詩以及《寫乜個？》《潮州方言詩和潮州腔》《詩歌活動在香港》等詩論均創作於這段時期。值得注意的是，丹木的詩歌活動不僅推動了潮州方言詩運動的發展，還有助於潮州方言與潮州文化的傳揚。以丹木的《暹羅救濟米》為例，它是一部以潮州方言寫成的敘事長詩，屬於《潮州文藝叢書》，由香港潮書公司在 1949 年 5 月公開出版，初版發行兩千冊。〔註217〕更為重要的是，丹木的詩歌活動緊緊貼合時代的脈搏，為動員廣大人民參加戰爭、爭取早日勝利做出了貢獻。丹木不僅身體力行地進行政治動員的實際工作，而且公開號召其他香港作家一起創作出符合政治動員需要的潮州方言作品：「留在香港勞力潮州方言文藝個朋友，對於合今日只個形勢所需要個作品還做得太少，雖然在方言組會上曾號召全體組員努力創作，但最近所收到個對象，大家對迎接解放軍南進，寫解放後個作品還是太少，今後，俺還是多寫簇配合新形勢個對象，親像：揭穿反動派個無恥謠言，鼓勵人民勞動生產，分析解放軍主張甲政策，推行民教等作品，親像中國最近演出個《親家對罵》，《誇女婿》，中原劇社個《夫妻識字》只簇對象，實在是野重要個。」〔註218〕

〔註216〕丹木《潮州方言詩和潮州腔》，香港《華商報》1948 年 7 月 5 日，第 3 版。

〔註217〕《潮州文藝叢書》和香港潮書公司都以傳播潮州文化為己任，推出了一系列相關的書籍。除了《暹羅救濟米》以外，《潮州文藝叢書》還有《潮州七賢故事集》《潮州文獻彙編》《潮汕大事記》《和尚捨》（副標題為「潮州淪陷記實」）、《老爺歌》（原先的書名為「潮州大眾詩歌」）、《吳瑞朋歌》（副標題為「潮州歌曲選」）、《潮州的戲劇和音樂》《潮州音樂入門》《潮州歌謠》《潮州方言淺釋》等潮州方言文藝作品集；而香港潮書公司還出版了《潮州聯幅字畫》《潮州音樂用具》《潮州鄭義成鞋》《潮汕字典》《潮汕新字典》《潮語十五音》《潮音大眾字典》《潮州七字歌》《潮曲精華合訂本》《潮梅詳細地圖》《潮入景西湖風景》《潮州鄉訊》等潮州文化工具書。

〔註218〕丹木《寫乜個？》，香港《華商報》1949 年 6 月 25 日，第 3 版。

　　就丹木的方言詩創作而言，表現國共鬥爭、進行政治動員是其現實出發點。例如《抗徵——一個潮州農村抗徵的故事》揭露了國民黨強制向貧苦百姓徵兵的野蠻行徑，表現出底層民眾奮起反抗的戰鬥情形。「今年潮州做水災／三成冬情收唔到／政府救濟未看見／催糧抽丁一齊來」，國民政府不顧潮州災情強行徵糧徵兵，使得當地人民生活雪上加霜、難以為繼，於是「龍潭鄉敲仔已經翻身／抗徵分田破粟倉／俺阿是想要有好日／就著起來拼命打強人」成為他們的廣泛看法。薛汕曾經這樣評價《抗徵——一個潮州農村抗徵的故事》：「黃寧嬰的《西水漲》廣州方言詩，丹木的《抗徵》潮州方言詩，樓棲的《鄉長謠》客家方言詩，寫的都是農村的鬥爭，暴露敵人的醜行，稱頌人民進行鬥爭的英雄行為。」〔註219〕薛汕的判斷基本符合丹木的創作意圖，然而他沒有看到的是，在這首詩中，潮州人民反抗國民黨的鬥爭最終取得了階段性的勝利，這種局部勝利在客觀上構成了推動戰爭進程的一股助力。還有一點需要追問：潮州人民為什麼會奮起反抗國民政府？其中，共產黨以及文藝工作者的政治動員起到了重要作用。

　　丹木的方言詩創作之所以把政治動員作為現實出發點，跟他的人生體驗有著密切聯繫。由於長時期從事黨務工作，丹木對於如何進行政治動員的問題有著獨到見解。丹木認為「法令上的動員」只是一方面，更為重要的總結過去國家制度的經驗教訓，並且引以為戒，以便讓政治動員取得更好的效果。此外，改變人民群眾的政治觀念同樣重要，而實現這一目標的常見途徑是激起他們對生活現狀的強烈不滿（乃至憤怒）。《暹羅救濟米》便採用此種思路，細緻地呈現出國民政府在賑災過程中壓榨人民、迫使他們走入絕境的荒唐做法，極力渲染潮州人民慘遭壓迫、無路可走的悲慘命運，從而激起讀者們對國民黨的憤恨、對災民的同情。《暹羅救濟米》的結局尤其悲愴催淚：陳阿大在回家四天以後命喪黃泉，白髮人送黑髮人的陳阿大父親因悲傷過度而去世，生無所依的陳阿大妻子上弔身亡，獨留年僅三歲的陳阿大遺孤在世啼哭——可以想見，在當時的物質生活水平下，失去了親人的照料，等待這個孩子的命運很可能是夭折——「一家三命完全死，／可憐三歲孤兒哭啼啼。／／日頭落山近黃昏，／烏天暗地天未無！」〔註220〕，這是全詩的最後四句，暗黑壓抑的風景書寫預示著孤兒的悲劇命運。巧合的是，丹木在長詩的末尾標注「三十八年清

〔註219〕薛汕《四十年代的〈新詩歌〉》，載《新文學史料》1988年第1期，第183頁。
〔註220〕丹木《暹羅救濟米》，香港：潮書公司1949年版，第26～27頁。

明節第二日在香港寫完」，也許是清明節的特殊氛圍影響了丹木的創作，使得《暹羅救濟米》的結尾顯得尤為悲愴淒慘、感人至深。

「抗戰勝利後，國民黨政府發動內戰，農業日益衰退，土地荒蕪，水利失修，災荒連年，人民生活更加困苦。1946 年全省災民 80 萬人，1948 年水災，僅潮汕一地流離失所災民就有 20 萬人」〔註221〕，由此可知《暹羅救濟米》裏陳阿大一家人的悲劇命運絕非個案，而是對一種普遍存在的黑暗現實的藝術化表現，因而能夠引發人民群眾的情感共鳴。正如之前所說，「暹羅救濟米」是一個重要的歷史現象，引發了時人的廣泛關注。除了《暹羅救濟米》以外，還有一些潮州方言詩以「暹羅救濟米」為主題，表現人民生活的艱難困苦與國民政府的無所作為。「欲食救濟米，／也著有本錢：／米未領，／運費先繳起——／一個鄉里仔，／人丁唔到二萬名，／攤勻一斤個半錢」〔註222〕，「救濟米，／放個屁，／欲領著來工代賑，／崩堤領賑也受氣」〔註223〕，「饑荒了，／伊認又是走紅運，／藉此喊救濟，／藉此喊賑災；／無幣甲烏青，／青錢紅錢五色錢，／乜錢伊都愛」〔註224〕，類似的詩歌還有不少，從中可以看到政府官員假借賑災之名撈取錢糧的醜態、潮州災民因為不能得到暹羅救濟米而愈發困窘艱辛的境況以及民間日益高漲的反抗國民政府的情緒。此類作品包含著「人民的奮起，抗征戰爭」〔註225〕的意志，可謂是開展政治動員的一大助力。

正如之前所言，《暹羅救濟米》取材自真人真事，連作品中的南山管理局也是真實存在的。在《飢餓・迫害・抗爭：潮州人民的控訴和抗爭》一文裏，丹木轉述了學生的一封長信，揭露了「擁有百多名保警隊的南山管理局」平日對下層民眾的殘酷剝削以及對人民抗徵隊的膽怯懦弱，「現在潮州人民抗徵隊卻不侷限在南山裏，潮普揭惠南的四鄉和縣城也時時有他們的足跡，對於他們的活動感到恐懼的，只是蔣政府的官僚和無惡不作的土劣高利貸地主們，至於

〔註221〕 廣東省地方史志編纂委員會編《廣東省志・糧食志》，廣州：廣東人民出版社 1996 年版，第 44 頁。

〔註222〕 萬年青《領救濟米》，王峇編《老爺歌》，香港：香港潮書公司 1949 年版，第 16 頁。

〔註223〕 沈吟《水決長橋堤》，王峇編《老爺歌》，香港：香港潮書公司 1949 年版，第 26 頁。

〔註224〕 瘦脯《餓民自歎》，王峇編《老爺歌》，香港：香港潮書公司 1949 年版，第 35 頁。

〔註225〕 王峇《老爺歌・後記》，香港：香港潮書公司 1949 年版，第 99～100 頁。

人民——不僅是貧民，中產商人富農也都很感興奮，因此，他們得到各地人民的合作和援助。」雖然這封信件寫於十年前，但是丹木認為它描述的國民政府和鄉紳地主壓榨潮州人民以及潮州人民揭竿而起的場景直至 1940 年代後期依然符合現實情景，「對於當前潮州的情形，是血淋淋的事實」〔註 226〕，而且這封信件對丹木創作《暹羅救濟米》也應該產生過影響，其中的某些情形在《暹羅救濟米》裏有所反映。

> 欲想個仔冤枉死，
> 就將田處來賣變。
> 田處賣完無多錢，
> 湊來湊去湊唔密。
> 四親六戚來生借，
> 大官媳婦到處乞。
> 湊得錢銀值三千斤，
> 猛猛到管理局求放人。
> 誰知局長心真橫，
> 想心想事來散枷！
> 咀是乜還要來罰款，
> 將禁監費來賠齊全。
> 老父聽著氣一激，
> 在管理局前，當場死直直！
> 局長看著唔對畔，
> 叫人猛猛來救起。
> 老人醒來氣凶凶，
> 痛罵狗官天唔容！
> 欲將老命來圈死，
> 狗官看著正遲疑。
> 就將阿大來放出，
> 阿大只時已經九成死。

在陳阿大一家人通過變賣家產、四處借債償還了三千斤米以後，貪婪兇狠

〔註 226〕丹木《飢餓・迫害・抗爭：潮州人民的控訴和抗爭》，香港《現代華僑》1948
　　　　年第 1 卷第 10 期，第 11 頁。

的南山管理局局長沒有如約放人，而是強迫他們還要繳納所謂的「禁監費」。陳阿大父親聽後陷入絕望，準備以死相迫、大鬧官衙。郭局長擔心事情鬧大，再加上飽受牢獄折磨的陳阿大已是命不久矣，於是選擇當場放人，放棄了臨時增加的「禁監費」。《暹羅救濟米》裏的郭局長跟《飢餓‧迫害‧抗爭：潮州人民的控訴和抗爭》裏的保警隊極為相似，兼具殘暴性與軟弱性雙重特性，他們極盡欺壓凌辱勞苦百姓之能事，當潮州人民奮起反抗之時，他們又選擇偃旗息鼓、息事寧人。丹木把國民政府的諸種缺陷細緻、傳神地刻畫出來，讓讀者看到身處國民政府暴政之下的潮州人民究竟是如何的苦不堪言，從而激發他們的仇恨情緒和戰鬥意志，動員他們投身到戰爭之中。這是《暹羅救濟米》書寫時代的基本思路，也是其他潮州方言詩的普遍路徑，反映出潮州方言詩運動為反映國共鬥爭、進行政治動員所做出的嘗試與努力。

力揚曾經勸告蕭野不要再創作潮州方言詩，而應該運用國語作詩，但是蕭野堅持認為當時方言盛行的廣東需要方言詩，戰爭需要方言詩運動的政治動員功能，這跟他的方言文學觀念是一致的：「在解放戰爭時期，廣東各地區，黨領導的人民游擊戰爭，正如野火燎原的時候，方言文學創作，作為黨的鬥爭武器，在人民群眾文化水平較低的情況下，就是不識字的群眾，當聽人家朗誦他們那個地區的方言文學作品的時候，他們能聽懂，方言文學作品在群眾中起著潛移默化的社會作用。」〔註227〕跟蕭野一樣，丹木也是一位潮州詩人，同樣重視潮州方言詩在戰爭裏的政治動員作用，《暹羅救濟米》便是他用來揭露國民政府的腐敗暴戾、幫助共產黨進行政治動員的力作。然而力揚的勸說之言符合歷史發展的必然規律，蕭野、丹木、黃雨等詩人在進入共和國時期以後基本不再創作潮州方言詩，此種狀況印證了力揚言論的正確性。

小結

正如之前所說，從二十世紀三、四十年代中國新詩的發展軌跡來看，方言詩運動其實是實現詩歌大眾化、進行政治動員的一種途徑。這一點在華南方言文學運動中表現得尤為明顯（因為華南地區使用的方言跟國語差別很大），只

〔註227〕蕭野《潮州方言詩創作初探》，寫於 1981 年 12 月 17 日，收入汕頭市政協文史資料研究委員會、汕頭市文化局、汕頭市文聯編《汕頭地方文化藝術史資料彙編》，汕頭市政協文史資料研究委員會 1982 年版，第 70 頁。

不過方言詩運動在此處不僅跟詩歌大眾化的倡議聯繫在一起，而且跟文藝大眾化的主張也有著關聯，這是因為華南方言文學運動被視為踐行文藝大眾化、表現國共黨爭的一條道路。例如茅盾聲明自己是從「華南文藝工作者如何實踐大眾化」的角度來理解華南方言文學運動的，他並不認為方言文學的存在合理性依然是一個需要討論的議題〔註228〕；鍾敬文認為華南方言文學運動既是踐行「文藝為工農兵服務」的文藝方針的努力，也是「『文藝大眾化』這個原則在特殊文化（主要的是語言）狀態下必需採取的途徑」〔註229〕；姚理從多個方面提出改進華南方言文學運動的意見，希望它能夠「真正擴大影響，成為當前文藝大眾化運動的有力的一支」〔註230〕。「文藝大眾化」早在1930年代初期便被提出，瞿秋白、魯迅、郭沫若、馮乃超、田漢、夏衍等人對此都有過探討。這個話題在文學的「民族形式」論爭中再度引起了人們的關注，最後卻出乎意料地在戰後香港的文壇裏開出了絢麗的花朵，政治動員在其中起到了關鍵性作用。在1940年代中後期，「有一批進步的潮汕作家、學者在香港研究文學大眾化問題。他們是在國民黨發動內戰期間被迫赴港，並聚集該地開展革命文化運動的」〔註231〕，方言詩運動被詩人視為推行文藝大眾化、開展政治動員尋覓到的一條可行性路徑。在這場熱鬧非凡的方言詩運動中，鍾敬文、沙鷗、黃寧嬰、樓棲、陳蘆荻、華嘉、符公望、丹木、蕭野、黃雨等一大批詩人均投身其間，「寫出許多通俗而有力的大眾詩歌」〔註232〕，這些運用方言土語寫成的「大眾詩歌」受到了人民群眾的歡迎，在政治動員中發揮了作用。值得特別一提的是，王嵩編輯的潮州方言詩集《老爺歌》最初以「潮州大眾詩歌」作為書名，由此可見方言詩人為文藝大眾化所做出的努力。為了推動方言詩運動的進一步發展、創作出更多的「大眾詩歌」，一些方言文學組織應運而生。根據蕭野的回憶，「香港文藝家學會（簡稱文協）為了推行文藝大眾化，成立了廣東各種方言文學創作小組（如廣州、潮州和客家各個方言文學創作小組），從事各種方言文學創作，使作品更好的為廣東三個不同的方言地區的人民群

〔註228〕茅盾《雜談「方言文學」》，香港《群眾》1948年第2卷第3期，第16頁。

〔註229〕鍾敬文《華南的方言文學運動》，北平《文藝報》1949年第8期，第5頁。

〔註230〕姚理《關於〈方言文藝的創作實踐〉》，香港《正報》1948年第2卷第43期，第25頁。

〔註231〕鄭明標編著《近現代潮汕文學·國內篇》，北京：中國戲劇出版社2011年版，第52頁。

〔註232〕葉春生《嶺南俗文學簡史》（修訂本），廣州：廣東高等教育出版社2003年版，第148頁。

眾服務」〔註233〕，他提到的只是規模比較大的三個方言文學創作小組，還有一些方言文學組織也為方言詩運動的發展做出了貢獻，只不過保存至今的相關記載較少。整體而言，方言詩運動受到了政治動員的影響，在「大眾詩歌」的創作實踐上取得了突出成就。除了本章重點分析的《魯西北個太陽》《王貴與李香香》《鴛鴦子》《暹羅救濟米》以外，還有不少值得關注的「大眾詩歌」文本，通過分析它們的生成機制、政治背景與時代意義，對於理解方言詩運動的「大眾詩歌」與政治動員的時代使命之間的相互影響、評價方言詩運動創作實踐的歷史成就、梳理詩歌大眾化的發展脈絡有著重要作用。

〔註233〕 蕭野《潮州方言詩創作初探》，寫於 1981 年 12 月 17 日，收入汕頭市政協文史資料研究委員會、汕頭市文化局、汕頭市文聯編《汕頭地方文化藝術史資料彙編》，汕頭市政協文史資料研究委員會 1982 年版，第 70 頁。

結　語

　　正文先後闡釋了「戰時動員與方言詩運動的關係研究」此一選題涉及的四個歷史面相，包括參軍動員的現實需要與「民間歌謠」的形式意義、農村社會動員的宣傳目標與「面向農村」的基本方向、文化動員的政策導向與「把詩聽懂」的認同難題、政治動員的時代使命與「大眾詩歌」的創作成就。由此，戰時動員與方言詩運動的歷史關係被大體呈現了出來，而方言詩運動的歷史形態、生成機制和時代意義也得到了較為全面的闡釋，同時進一步認識了方言與詩歌的關係。以戰時動員的視角研究方言詩運動之所以可行，從根本上說是因為方言詩運動在戰爭語境下的獨特發展軌跡。

　　方言詩運動的興起離不開戰時動員，戰時動員對方言詩運動造成了多方面影響。方言文藝運動同樣如此，它跟戰時動員也有著密切聯繫。將方言詩運動置於方言文藝運動的視野下進行考察，能夠進一步認識方言詩運動的生成原因。「中國是這樣大，社會發展是這樣不平衡，文盲是這樣多，人民群眾的文化水準在統治者的愚民政策下壓抑了二三千年，我們的文藝創作該怎樣辦呢？為了各地方的適應當時當地的需要，所以有了地方性的方言文藝的產生。用方言寫作，這毋寧說是為了廣泛的提高各地人民群眾的文化水準所必需的普及工作」[註1]，從中可知方言文藝運動興起的主要原因之一是為了滿足文化動員的現實需要，進一步說是為了配合戰時動員的實際需求。方言文藝作品之所以有存在的必要，是因為當時絕大多數中國民眾缺少文字閱讀能力，他們很難自主鑒賞國語文藝作品。

〔註 1〕孺子牛《方言文藝創作的二三問題》，香港《正報》1947 年第 2 卷第 13 期，
　　　　第 17 頁。

　　由此可見，方言詩運動是歷史發展的必然選擇，也是戰時動員的必備選項。潮州詩人蕭野在《潮州方言詩創作初探》一文裏結合自己的方言詩創作經歷，回溯了方言詩運動在戰時動員裏所發揮的歷史作用：「我認為應該從不同的時間、地點和對象去考慮是否用方言從事創作；當時，廣東是一個多方言的地方，讀者對象還有很多文盲，他們欣賞文學作品，主要是靠本地區的方言創作的朗誦，那麼，方言文學的創作是必需的。第二次國內革命戰爭時期，彭湃同志在農民運動中，就用潮州話創作和朗誦許多革命歌謠，用它喚起群眾，發揮了方言詩歌的戰鬥作用。」〔註2〕中國民眾多為文盲的國情決定了方言詩運動能夠讓更多的民眾接觸到新詩，幫助他們理解國家施行的戰時動員政策。國語詩在一些地區的民眾看來陌生而費解，他們既讀不懂，也不願意讀，這類新詩難以發揮其戰時動員功效。

　　再加上戰時動員工作並非總是一帆風順的，時常遭遇多種多樣的困難，即便是在抗日戰爭中後期，有些地區依然流行著「好仔不當兵，好鐵不打釘」〔註3〕的觀念，當地人的從軍熱情會不可避免地受到影響，這種狀況使得詩人開展戰時動員的訴求更加迫切，令他們的方言詩創作跟戰時動員政策緊緊地纏繞在一起。方言詩人對戰爭語境下的文藝宣傳任務有著清醒的認識，例如可非在《大眾化與方言街頭詩歌》一文裏提出方言詩街頭詩歌是詩歌大眾化的「最具體的表現」，能夠被當地民眾所理解和接受，當時中國社會的「軍事算是總動員起來了，可是政治的文化的民眾的總動員還十分的不夠。政治的文化的需要改革，大眾生活需要絕對改善，這很必要詩歌藝術去宣傳鼓動的」〔註4〕，而方言街頭詩歌是進行「政治的文化的民眾的總動員」的工具，因此應該被廣泛推廣。黃雨的《怎樣建立潮州方言文學——第一次座談會紀錄》指出了潮州方言文學運動與革命運動之間的同步關係，「從過去潮州方言文學活動的情形看來，我們可以知道，它是和革命潮流相配合的，在高潮時，它就發展，在低潮時，它就消沉。現在正是需要它的時候，也正是它發

〔註2〕蕭野《潮州方言詩創作初探》，寫於1981年12月17日，收入汕頭市政協文史資料研究委員會、汕頭市文化局、汕頭市文聯編《汕頭地方文化藝術史資料彙編》，汕頭市政協文史資料研究委員會1982年版，第70頁。

〔註3〕丹木《如何使民眾踴躍服兵役》，重慶《新華日報》1942年7月14日，第4版。

〔註4〕可非《大眾化與方言街頭詩歌》，廣州《中國詩壇》1937年第1卷第5期，第2～3頁。

展的時候。」〔註5〕潮州方言詩運動在潮州方言文學運動裏扮演了重要角色，
結合 1940 年代潮州方言詩運動的發展情況來看，戰時動員對詩人的方言詩
創作產生了深刻影響。懷淑的《廣泛開展方言詩運動》從「人民翻身運動」
的角度指出方言詩運動必須跟人民革命事業結合起來，主動迎合戰時動員的
現實需要，從而號召廣大人民群眾投身到戰爭進程之中，「這是一個空前絕
後的偉大的年代，詩人們的光耀的前途只有從獻身於這偉大的革命事業中得
來，願我們在詩歌戰線上展開突擊吧，廣泛開展方言詩運動，正是我們突擊
立功的英勇表現！」〔註6〕懷淑之所以發出「廣泛開展方言詩運動」的呼籲，
主要是因為他看中了方言詩運動在戰時動員裏的實際作用。質言之，方言詩
人普遍認為方言詩運動需要主動向戰時動員靠攏，成為服務於後者的一種文
藝武器。為了做到這一點，眾多詩人對傳統文藝形式加以改造，試圖讓方言
詩運動得到更加廣泛的認可，從而在戰時動員中發揮出更大作用。其中，方
言詩運動對粵謳的創造性運動很能說明這個問題。事實上，在二十世紀中國
歷史上，粵謳經歷了從「粵謳」到「新粵謳」再到「新新粵謳」的變化過程，
而「新新粵謳」的誕生顯示出戰時動員與方言詩運動的密切聯繫。梁啟超在
創辦《新小說》之初專門設立「雜歌謠」專欄，發表了數十首「新粵謳」，
這些詩歌一改以往靡靡哀婉之風，宣傳國勢衰微的社會現實，在一定範圍內
激發了人民群眾的現實關懷和愛國情懷。〔註7〕等到抗日戰爭全面爆發以後，
文藝運動跟戰時動員緊密聯繫在一起，粵謳也不能例外，出現了反映戰時生
活的「新新粵謳」。這些作品引起了茅盾的關注，他在《文藝大眾化問題》
裏不吝溢美之詞：「現在有許多朋友在寫抗戰的鼓詞，抗戰的京戲，也有許
多朋友在試寫抗戰的楚劇和湘戲，廣東的新詩人已在寫新的粵謳，這都是令
人興奮的好音！我們應當使這種運動擴大而普遍起來。」〔註8〕茅盾之所以
如此認可「新新粵謳」，主要還是因為後者在戰時動員裏起到作用。

　　概言之，戰時動員是方言詩運動的主要生成機制，從根本上規約了方言詩
運動的歷史進程，無論詩人是否自願自覺，他們的方言詩活動都帶有戰爭印

〔註5〕黃雨《怎樣建立潮州方言文學——第一次座談會紀錄》，檳榔嶼《現代週刊》
　　　1948 年復版第 96 期，第 13 頁。
〔註6〕懷淑《廣泛開展方言詩運動》，香港《新詩歌》1948 年第 7 輯，第 7 頁。
〔註7〕張永芳《晚清詩界革命論》，桂林：灕江出版社 1991 年版，第 54～70 頁。
〔註8〕茅盾《文藝大眾化問題》，上海《新語週刊》1938 年第 1 卷第 2 期，第 23 頁。

記。在許多詩人的觀念裏，方言詩運動是他們進行戰時動員的一種重要途徑，能夠幫助他們實現個人價值與社會價值的統一，令現代新詩也成為戰爭進程的一個環節。當然，由於方言具有天然的地域侷限性，導致方言詩運動的戰時動員效用也受到了限制。詩人並非沒有意識到這一點，所以他們從一開始設立的目標就不是在全國範圍內推廣某一種語言類型的方言詩運動（實際上這是幾乎不可能做到的），而是使之在特定方言區裏得到盡可能廣泛的傳播。方言詩運動是如此，方言文學運動亦復如是，對於「方言文學是不是它的流傳受到侷限呢」此一問題，方言作家給出這樣的答案：「是的，它一般說只能流傳在這個方言地帶，但是它卻可以深入到這地帶的人民群眾。這才是真正普及的工作。過去我們白話文雖然普遍於全國知識分子中間，但很難為大多數的人民群眾所接受，文字和言語脫節問題始終沒有解決。現在有些方言文學可以印數萬份，而所謂白話文學則只不過數千份，可知要做到真正普及，還非得建立方言文學不可。」〔註9〕對於方言詩運動而言，方言猶如一把雙刃劍，它既可以是地域侷限，也可以是地域優勢，關鍵在於詩人能否準確把握方言詩運動的本質特徵和基本規律，因勢利導地加以規劃，使之更加契合人民群眾的審美趣味和戰時動員的現實需要。與此同時，還需要格外注意一點：因為方言詩運動以各地方言為語言載體，而方言跟地域文化息息相關，所以「表現地方」成為方言詩運動的必備要素，「戰爭」與「地方」由此衍生出重重糾葛。這裡有必要引入一個來自闡釋人類學的術語——「地方性知識」。目前學術界關於地方性知識的討論實屬不少，相關的概念眾說紛紜，筆者所說的「地方性知識」主要基於這樣一種情形：「由於知識總是在特定的情境中生成並得到辯護的，因此我們對知識的考察與其關注普遍的準則，不如著眼於如何形成知識的具體的情境條件。」〔註10〕方言詩運動跟地方性知識之間存在著密切聯繫：方言詩運動是書寫地方性知識的重要媒介，地方性知識是幫助方言詩運動俘獲讀者的有效器具。但是地方性知識並不構成方言詩運動的全部動因，相比之下，戰時動員政策在方言詩運動那裡佔據著中心位置，這是戰爭賦予方言詩運動的歷史使命和發展動力。為了更好地宣傳戰時動員政策，解決人民群眾「把詩聽懂」的讀者接受問題，地方性知識需要做出讓步。表現地方性知識是為了幫助解決

〔註 9〕 馮乃超、荃麟執筆：《方言問題論爭總結》，香港《正報》1948 年第 2 卷第 19 ～20 期，第 33 頁。

〔註10〕 盛曉明《知識的構造》，載《哲學研究》2000 年第 12 期，第 36 頁。

「把詩聽懂」的讀者接受問題，而宣傳戰時動員政策需要解決「把詩聽懂」的讀者接受問題，從這個因果鏈條來看，宣傳戰時動員政策與表現地方性知識之間是相互作用、彼此配合的關係。宣傳戰時動員政策與表現地方性知識並不一定是矛盾衝突的，如果調和得當，二者可以相得益彰——對地方性知識的表現能夠引發更為廣泛的讀者認同，從而為戰時動員政策的推廣拓展群眾基礎；對戰時動員政策的推廣則構成表現地方性知識的現實旨歸，這是時代賦予地域文學的宏大意義。不可否認的是，宣傳戰時動員政策與表現地方性知識在方言詩運動中的互相纏繞，增大了方言詩創作的實際難度，使得方言詩人需要平衡更多的創作因素。雖然方言詩創作並不容易，但是不斷有詩人前赴後繼，為創作出令人民群眾滿意的方言詩而不懈努力，他們的成功與失敗、奮進與坎坷、體悟與教訓，尤其是為了戰爭早日勝利而主動接近大眾、深入體驗生活、重新學習方言的精神歷程，都是值得認真總結的。

　　如果以方言詩在二十世紀下半葉的現實處境為參照系，那麼我們可以進一步認識戰時動員與方言詩運動的歷史關係。隨著共和國政權的建立和鞏固，普通話文學被確立為唯一的主流文學體式，方言文學則失去了昔日的「政治光環」。縱觀二十世紀中國文學的發展歷程，無論是國語文學、普通話文學，還是方言文學，其廣泛推行都必須依靠國家意識形態的支持，否則的話很難獲得全國性的影響力和號召力，最終難免落入小範圍、小團體的「小打小鬧」，幾乎不可能發展成中國文壇的「共襄盛舉」。方言文學整體受到冷落的歷史境遇使得方言詩也遭受到諸多質疑，而且相比其他文學樣式，方言詩的創作實踐顯得更為少見。雖然戰時動員並非共和國的主旋律，然而任何時期的政治運動都需要文學的宣傳功能，方言詩仍然可以在新的時代語境裏發揮作用，新歌謠運動便印證了這一點。可惜的是，在「新中國」的建國方案設計者眼裏，方言詩被視為發展現代新詩、推行普通話的一種阻力，它在戰爭年代裏的種種優點不再具有現實價值，所以依舊有著群眾基礎的方言詩失去了政治支持，其生存空間一再被擠壓，很難再像二十世紀三、四十年代那樣引發廣泛關注，在創作實踐和理論探索兩方面都很難再現昔日的輝煌。「具體落實在廣大作家詩人身上，或者是表態支持普通話寫作，在自己的每一次重新寫作與修訂中充分得到體現，或者乾脆放下手中的筆轉身而去，從根本上拒絕這一寫作方向。」〔註11〕進入新時期以後，

〔註11〕顏同林《〈蕙的風〉版本校釋與普通話寫作》，載《長沙理工大學學報》（社會科學版）2016年第4期，第92頁。

對方言詩的質疑依然不絕於縷，例如四川方言詩人沙鷗的後人止菴曾經為方言詩《紅花》寫過鑒賞文章，到了 1980 年代卻反而懷疑方言詩的藝術性，明確指出「現在看來，用方言寫詩，在藝術上不可能是多麼有價值的探索」〔註12〕。以上材料反映出方言詩在共和國時期的艱難處境，雖然仍然有一些詩人認可方言詩的藝術價值，但是大多數人對方言詩的合法性懷揣質疑態度，更遑論方言詩得到來自國家政策層面的認可。截止到目前，方言詩再也沒有像二十世紀三、四十年代那樣引起廣泛討論，而且方言詩的影響力也遠遠比不上方言小說。隨著普通話的不斷推廣和普及，此種狀況很可能將愈發惡化，方言詩運動在 1937～1949 年間的昔日盛況或許是中國現當代文學難以復現的獨特景象。客觀地講，戰爭幫助方言詩運動獲得了國家意識形態的政治幫助，為之提供了難得的發展機會。然而這種局面注定是短暫的，因為舉國上下的大型戰爭不可能一直持續下去，國共兩黨對峙的政治格局也不可能長久存在，方言詩運動的興盛帶有天然的階段性與時效性。四川方言詩人沙鷗對此有著清醒的認識，他的短文《關於方言詩》發表在 1946 年 11 月 2 日《新華日報》第 4 版上，該文清醒而又殘酷地點明了方言詩運動必將式微的歷史命運：「方言詩不是詩歌最後的形式，它僅僅是完成詩歌大眾化的一個必不可少的，過渡的階段。」〔註13〕果真如沙鷗所說，進入 1950 年代以後，方言詩運動再也不復之前的榮光，包括沙鷗在內的諸多方言詩人紛紛投身到方言化的新詩創作大軍之中，成為普通話寫作隊伍中的一份子。

然而，無論是二十世紀三、四十年代的「短暫榮光」，還是二十世紀下半葉的「潛流暗湧」，方言詩畢竟在中國現當代文學史上留下了特殊的印跡。方言詩運動之所以能夠在 1937～1949 年間取得「短暫榮光」，主要原因在於戰時動員的宣傳訴求；通過研究此一時期的方言詩運動，能夠加深對當時的詩人情感、詩歌精神、時代語境、戰時生活等多個方面的認識——這恰恰是今天重新清理方言詩運動所留下的歷史遺產的重要原因。迄今為止，方言詩運動的歷史景致還遠遠沒有被窮盡，不斷散發出沁人心脾的誘人芬芳。

〔註12〕止菴《師友之間》，《插花地冊子》，北京：東方出版社 2001 年版，第 28 頁。
〔註13〕沙鷗《關於方言詩》，重慶《新華日報》1946 年 11 月 2 日，第 4 版。

參考文獻

一、作品類

（一）詩歌作品集

1. 艾青《吳滿有》，新華書店，1943 年。

2. 白得易《徐可琴翻身當縣長》，新華書店，1947 年。

3. 丹木《暹羅救濟米》，潮書公司，1949 年。

4. 凍山《逼上梁山》，香港：詩歌出版社，1948 年。

5. 方冰《柴堡》，大連：光華書店，1947 年。

6. 方徨《紅日初升》，山東新華書店，1946 年。

7. 岡夫等《人民大翻身頌》，華北新華書店，1947 年。

8. 公木詩，張望畫《鳥槍的故事》，東北書店，1947 年。

9. 金近《小毛的生活》，上海：華華書店，1948 年。

10. 雷石榆《小蠻牛》，桂林：文化供應社，1943 年。

11. 黎之《轉運翻身》，上海：上海雜誌公司，1949 年。

12. 李岳南《午夜的詩祭》，知更出版社，1947 年。

13. 黎之《轉運翻身》，上海：上海雜誌公司，1949 年。

14. 連城《大地的火》，廈門：廈門詩歌會，1938 年。

15. 劉半農《瓦釜集》，北京：北新書局，1926 年。

16. 劉洪《艾艾翻身曲》，太嶽：大眾書店，1948 年。

17. 劉林《勞動英雄劉英源》，東北書店，1948 年。

18. 劉衍等《彈唱王小五》，華北新華書店，1947 年。

19. 劉藝亭《苦盡甜來》，冀南新華書店，1948 年。

20. 樓棲《鴛鴦子》，香港：人間書屋，1949 年。

21. 魯藜《鍛鍊》，上海：海燕書店，1947 年。

22. 馬適安《揭石板集》，華北新華書店，1947 年。

23. 苗培時《歌謠叢集》，韜奮書店，1947 年。

24. 莎巔、沉沙《紅旗·紅馬·紅纓槍》，上海：上海雜誌公司，1949 年。

25. 沙鷗《化雪夜》，重慶：春草社，1946 年。

26. 沙鷗《林桂清》，重慶：春草社，1947 年。

27. 沙鷗《農村的歌》，重慶：春草社，1947 年。

28. 沙鷗《燒村》，香港：新詩歌社，1948 年。

29. 邵宇《土地》，東北畫報社，1948 年。

30. 田間《戎冠秀》，東北畫報社，1946 年。

31. 王崗編《老爺歌》，香港：香港潮書公司，1949 年。

32. 徐放《起程的人》，重慶：春草社，1945 年。

33. 姚雲帆《未唱完的歌》，重建導報社印刷，1943 年。

34. 張志民《天晴了》，天津：讀者書店，1949 年。

35. 張志民，達暢《死去活來——農民的血淚控訴》，太嶽新華書店，1948 年。

（二）刊登作品的報紙期刊

1. 《大眾文藝叢刊》（香港）

2. 《大公報》（重慶、桂林、香港）

3. 《華商報》（香港）

4. 《解放日報》（延安）

5. 《救亡日報》（上海、廣州、桂林）

6. 《抗戰文藝》（漢口、重慶、上海）

7. 《群眾文藝》（延安）

8. 《詩創作》（桂林）

9. 《詩歌月刊》（重慶）

10. 《詩壘》（漢口）

11. 《詩文學叢刊》（重慶）

12. 《時事新報》（上海、重慶）

13. 《文化雜誌》（桂林）

14. 《文哨》（重慶）

15. 《文藝報》（北平）

16. 《文藝叢刊》（香港）

17. 《文藝生活》（上海、桂林、香港）

18. 《文藝雜誌》（桂林、重慶）

19. 《文藝戰線》（延安）

20. 《文藝陣地》（廣州、上海、重慶）

21. 《現代週刊》（檳榔嶼）

22. 《新華日報》（漢口、重慶）

23. 《新詩歌》（上海、香港）

24. 《正報》（香港）

25. 《中國詩壇》（廣州、香港、桂林）

二、著作類

1. （美）愛德華・薩丕爾《語言論——言語研究導論》，陸卓元譯，北京：商務印書館，1985 年。

2. （美）布龍菲爾德《語言論》，袁家驊等譯，北京：商務印書館，1997 年。

3. 蔡衍棻《南音、龍舟和木魚的編寫》，廣州：廣東人民出版社，1978 年。

4. 曹萬生《中國現代詩學流變史》，北京：人民出版社，2015 年。

5. 陳恩泉主編《雙語雙方言與現代中國》，北京：北京語言文化大學出版社，1999 年。

6. 陳平原主編《現代學術史上的俗文學》，武漢：湖北教育出版社，2004 年。

7. 陳思和《中國新文學整體觀》（第二版），上海：上海文藝出版社，2001 年。

8. 陳希《中國現代詩學範疇》，廣州：中山大學出版社，2009 年。

9. 陳曉明《中國當代文學主潮》，北京：北京大學出版社，2013 年。

10. 陳原《語言和人》，北京：商務印書館，2003 年。

11. 崔榮昌《四川方言與巴蜀文化》，成都：四川大學出版社，1996 年。

12. 戴燕《文學史的權力》，北京：北京大學出版社，2002 年。

13. 戴昭銘《規範語言學探索》，上海：上海三聯書店，1998 年。

14. 丁易《中國現代文學史略》，北京：作家出版社，1955 年。

15. （瑞士）費爾迪南·德·索緒爾《普通語言學教程》，高名凱譯，北京：商務印書館，1999 年。

16. 馮並《中國文藝副刊史》，北京：華文出版社，2001 年。

17. 高玉《現代漢語與中國現代文學》，北京：中國社會科學出版社，2003 年。

18. 郜元寶《漢語別史》，濟南：山東教育出版社，2010 年。

19. 顧頡剛等輯，王煦華整理《吳歌·吳歌小史》，南京：江蘇古籍出版社，1999 年。

20. 管林、陳永標、汪松濤等《嶺南晚清文學研究》，廣州：廣東人民出版社，2003 年。

21. 廣東省戲劇研究室編《廣東省戲曲和曲藝》，廣州：廣東省戲劇研究室，1980 年。

22. 郭漢鳴、孟光宇《四川租佃問題》，重慶：商務印書館，1944 年。

23. （德）海德格爾《在通往語言的途中》，北京：商務印書館，2004 年。

24. 賀登崧《漢語方言地理學》，石汝傑、岩田禮譯，上海：上海教育出版社，2003 年。

25. 洪子誠《問題與方法——中國當代文學史研究講稿》，北京：生活·讀書·新知三聯書店，2002 年。

26. 胡希張《客家山歌史研究》，廣州：廣東人民出版社，2013 年。

27. 華嘉《論方言文藝》，香港：人間書屋，1949 年。

28. 黃安榕、陳松溪編選《蒲風選集》，福州：海峽文藝出版社，1985 年。

29. 黃尚軍《四川方言與民俗》（第二版），成都：四川人民出版社，2002 年。

30. 姜濤《「新詩集」與中國新詩的發生》，北京：北京大學出版社，2005 年。

31. 金德群《民國時期農村土地問題》，紅旗出版社，1994 年。

32. （德）J.G.赫爾德《論語言的起源》，姚小平譯，北京：商務印書館，1998 年。

33. （美）克利福德·格爾茲《文化的解釋》，納日碧力戈等譯，上海：上海人民出版社，1999 年。

34. （美）克利福德・吉爾茲《地方性知識——闡釋人類學論文集》，王海龍、張家瑄譯，北京：中央編譯出版社，2004 年。

35. 藍棣之《現代詩的情感與形式》，北京：人民文學出版社，2002 年。

36. 藍海《中國抗戰文藝史》，濟南：山東文藝出版社，1984 年。

37. 李季《李季文集》，上海：上海文藝出版社，1986 年。

38. 李如龍《漢語方言學》，北京：高等教育出版社，2001 年。

39. 李怡《文史對話與大文學史觀》，廣州：花城出版社，2019 年。

40. 李怡《現代四川文學的巴蜀文化闡釋》，長沙：湖南教育出版社，1995 年。

41. 李怡《中國現代新詩與古典詩歌傳統》（增訂本），北京：中國人民大學出版社，2014 年。

42. 李澤厚《中國現代思想史論》，北京：東方出版社，1987 年。

43. 梁德曼《四川方言與普通話》，成都：四川人民出版社，1982 年。

44. 黎田、謝偉國《粵曲》，廣州：廣東人民出版社，2008 年。

45. 梁培熾《南音與粵謳之研究》，廣州：廣東人民出版社，2012 年。

46. 林庚《新詩格律與語言的詩化》，北京：經濟日報出版社，2000 年。

47. 劉春曙《閩臺樂海鉤沉錄》，福州：海峽文藝出版社，2008 年。

48. 劉福春《中國新詩編年史》，北京：人民文學出版社，2012 年。

49. 劉福春編撰《中國新詩書刊總目》，北京：作家出版社，2006 年。

50. 劉進才《語言文學的現代建構》，北京：北京大學出版社，2015 年。

51. 劉進才《語言運動與中國現代文學》，北京：中華書局，2007 年。

52. 劉綬松《中國新文學史初稿》，北京：人民文學出版社，1979 年。

53. 龍泉明《中國新詩的現代性》，武漢：武漢大學出版社，2005 年。

54. 龍泉明《中國新詩流變論》，北京：人民文學出版社，1999 年。

55. 陸仰淵、方慶秋主編《民國社會經濟史》，北京：中國經濟出版社，1991 年。

56. 陸耀東《中國新詩史（1916～1949）》，武漢：長江文藝出版社，2015 年。

57. 駱寒超《20 世紀新詩綜論》，上海：學林出版社，2001 年。

58. 羅可群《廣東客家文學史》，廣州：廣東人民出版社，2000 年。

59. 羅振亞《中國現代主義詩歌史論》，北京：社會科學文獻出版社，2002 年。

60. 羅志田《二十世紀的中國思想與學術掠影》，廣州：廣東教育出版社，2001 年。

61. 羅志田《亂世潛流：民族主義與民國政治》，上海：上海古籍出版社，2001年。

62. 呂進《現代詩歌文體論》，桂林：廣西師範大學出版社，2003年。

63. （英）齊格蒙特・鮑曼《立法者與闡釋者：論現代性、後現代性與知識分子》，洪濤譯，上海：上海人民出版社，2000年。

64. 錢理群、溫儒敏、吳福輝《中國現代文學三十年》（修訂本），北京：北京大學出版社，1998年。

65. 錢曾怡《漢語方言研究的方法與實踐》，北京：商務印書館，2002年。

66. 沈用大《中國新詩史（1918～1949）》，福州：福建人民出版社，2006年。

67. 司馬長風：《中國新文學史》，香港：昭明出版社，1980年。

68. 汕頭市政協文史資料研究委員會、汕頭市文化局、汕頭市文聯編《汕頭地方文化藝術史資料彙編》，汕頭：汕頭市政協文史資料研究委員會，1982年。

69. （美）斯坦利・費什《讀者反應批評：理論與實踐》，文楚安譯，北京：中國社會科學出版社，1998年。

70. 宋劍華《百年文學與主流意識形態》，長沙：湖南教育出版社，2002年。

71. （美）蘇珊・朗格《情感與形式》，劉大基等譯，北京：中國社會科學出版社，1986年。

72. 蘇智良、毛劍鋒、蔡亮等編著《去大後方——中國抗戰內遷實錄》，上海：上海人民出版社，2005年。

73. 孫玉石《中國現代主義詩潮史論》，北京：北京大學出版社，1999年。

74. 唐弢、嚴家炎主編《中國現代文學史》，北京：人民文學出版社，1981年。

75. 童慶炳《現代詩學問題十講》，青島：中國海洋大學出版社，2005年。

76. 王東杰《國中的「異鄉」：近代四川的文化、社會與地方認同》，北京：北京師範大學出版社，2016年。

77. 王光東《民間理念與當代情感：中國現當代文學解讀》，桂林：廣西師範大學出版社，2003年。

78. 王光明《現代漢詩的百年演變》，石家莊：河北人民出版社，2003年。

79. 王力《漢語詩律學》，上海：上海教育出版社，2005年。

80. 王瑤《中國新文學史稿》，上海：上海新文藝出版社，1954年。

81. （德）威廉‧馮‧洪保特《論人類語言結構的差異及其對人類精神的影響》，姚小平譯，北京：商務印書館，1999 年。

82. 吳曉峰《國語運動與文學革命》，北京：中央編譯出版社，2008 年。

83. 夏敏《閩臺民間文學》，福州：福建人民出版社，2009 年。

84. 夏曉虹等《文學語言與文章體式：從晚清到五四》，合肥：安徽教育出版社，2005 年。

85. 現代漢語百年演變課題組編《現代漢語：反思與求索》，北京：作家出版社，1998 年。

86. 向天淵《現代漢語詩學話語（1917～1937）》，重慶：西南師範大學出版社，2002 年。

87. 謝冕《新世紀的太陽——二十世紀中國詩潮》，長春：時代文藝社出版社，1993 年。

88. 謝冕、吳思敬主編《字思維與中國現代詩學》，天津：天津社會科學院出版社，2002 年。

89. 徐建國《減輕封建剝削：抗日戰爭時期的減租減息》，石家莊：河北人民出版社，2015 年。

90. 徐迺翔編《文學的「民族形式」討論資料》，南寧：廣西人民出版社，1986 年。

91. 徐新建《民歌與國學》，成都：巴蜀書社，2006 年。

92. 許霆《中國現代詩學論稿》，上海：復旦大學出版社，2012 年。

93. 顏同林《方言入詩的現代軌轍》，廣州：花城出版社，2019 年。

94. 顏同林《方言與中國現代新詩》，北京：中國社會科學出版社，2008 年。

95. 楊四平《20 世紀中國新詩主流》，合肥：安徽教育出版社，2004 年。

96. 虞寶棠編著《國民政府與民國經濟》，上海：華東師範大學出版社，1998 年。

97. 余惠邦主編《雙語研究》，成都：四川大學出版社，1995 年。

98. 袁家驊等《漢語方言概要》，北京：文字改革出版社，1983 年。

99. 詹伯慧主編《漢語方言及方言調查》，武漢：湖北教育出版社，1991 年。

100. 張松建《抒情主義與中國現代詩學》，北京：北京大學出版社，2012 年。

101. 張桃洲《現代漢語的詩性空間——新詩話語研究》，北京：北京大學出版社，2005 年。

102. 張向東《語言變革與現代文學的發生》，北京：人民文學出版社，2010 年。

103. 張新《20 世紀中國新詩史》，上海：復旦大學出版社，2009 年。

104. 張新穎、【日】阪井洋史《現代困境中的文學語言和文化形式》，濟南：山東教育出版社，2010 年。

105. 張旭《漢語語言學問題》，北京：商務印書館，2015 年。

106. 張永芳《晚清詩界革命論》，桂林：瀧江出版社，1991 年。

107. 張振金《嶺南現代文學史》，廣州：廣東高等教育出版社，1989 年。

108. 趙儷生《中國土地制度史》，濟南：齊魯書社，1984 年。

109. 趙元任：《語言問題》，北京：商務印書館，1999 年。

110. 止菴編《沙鷗談詩》，北京：首都師範大學出版社，1996 年。

111. 中國人民政治協商會議廣東省汕頭市委員會文史資料委員會編《汕頭文史》（第十一輯），汕頭：政協廣東省汕頭市委員會文史資料委員會，1992 年。

112. 中華全國文藝協會香港分會方言文學研究會編輯《方言文學》（第一輯），香港：新民主出版社，1949 年。

113. 鍾俊昆《客家社會與文化研究：客家文學史綱》，哈爾濱：黑龍江人民出版社，2006 年。

114. 周韋編《論〈王貴與李香香〉》，上海：上海雜誌公司，1950 年。

115. 周振鶴、游汝杰《方言與中國文化》，上海：上海人民出版社，2006 年。

三、論文類

1. 薄守生《語言學史視域中的 30 年代大眾語運動》，載《文藝爭鳴》2014 年第 2 期。

2. 蔡清富《略論蒲風的詩歌創作》，載《安徽大學學報》1979 年第 1 期。

3. 陳紅旗《論客籍作家樓棲的文學創作及其他》，載《肇慶學院學報》2017 年第 4 期。

4. 陳頌聲、鄧國偉《廣州的詩場社及其詩場》，載《中山大學學報》（哲學社會科學版）1983 年第 4 期。

5. 陳頌聲、鄧國偉《中國詩壇社與華南的新詩歌運動》，載《學術研究》1984 年第 3 期。

6. 崔明海《「國語」如何統一——近代國語運動中的國語和方言觀》，載《江淮論壇》2009 年第 1 期。

7. 鄧偉《試析五四時期語言文字建構的若干邏輯——以國語運動、白話文運動、方言文學語言為中心》，載《文藝理論研究》2016 年第 1 期。

8. 董正宇、孫葉林《民間話語資源的採擷與運用——論文學方言、方言文學以及當下「方言寫作」》，載《湖南社會科學》2005 年第 4 期。

9. 董遵章《「五四」以來文學作品中山東方言例釋》，載《山東師大學報》（哲學社會科學版）1985 年第 5 期。

10. 范欽林《如何評價「五四」白話文運動——與鄭敏先生商榷》，載《文學評論》1994 年第 2 期。

11. 方錦煌《臺語詩研究》，貴陽：貴州師範大學碩士論文，2014 年。

12. 龔喜平《新學詩·新派詩·歌體詩·白話詩——論中國新詩的發生與發展》，載《西北師大學報》（社會科學版）1988 年第 3 期。

13. 古遠清《受政治利用的「臺語詩」》，載《華文文學》2007 年第 5 期。

14. 何錫章、王中《方言與中國現代文學初論》，載《文學評論》2006 年第 1 期。

15. 胡峰《詩界革命：中國現代新詩的發生——詩歌本體的現代轉型研究》，濟南：山東師範大學博士論文，2010 年。

16. 侯桂新《戰後香港方言文學運動考論》，載《山西大同大學學報》（社科版）2014 年第 3 期。

17. 胡慧翼《論「五四」知識分子先驅對民間歌謠的發現——以胡適、周作人、劉半農為中心》，載《西南民族學院學報》2003 年第 3 期。

18. 華嘉《香港人間書屋二三事——紀念故友黃新波、黃寧嬰同志》，載《新文學史料》1982 年第 1 期。

19. 柯玲《論方言的文學功能》，載《修辭學習》2005 年第 3 期。

20. 李莉《黑人文化的折射鏡：蘭斯頓·休斯的方言詩》，載《湖南科技學院學報》2007 年第 1 期。

21. 李小平、陳方競《「國語運動」與「白話文運動」的疏離與結合》，載《福建論壇》（人文社會科學版）2013 年第 3 期。

22. 李怡《從文化的角度看現代四川文學中的方言》，載《西南民族學院學報》（哲學社會科學版）1998 年第 2 期。

23. 李怡《多種書寫語言的交融與衝突——再審中國新詩的誕生》，載《文藝研究》2018 年第 9 期。

24. 李怡《論中國現代新詩的歌謠化運動——兼說〈國風〉、〈樂府〉的現代意義》，載《西南師範大學學報》（哲學社會科學版）1994 年第 3 期。

25. 犁青《從「南來作家」到「香港作家」》，載《新文學史料》1996 年第 1 期。

26. 犁青《四十年代後期的香港詩歌》，載《新文學史料》2005 年第 3 期。

27. 劉福春《20 世紀新詩史料工作述評》，載《中國現代文學研究叢刊》2002 年第 3 期。

28. 劉繼業《朗誦詩理論探索與中國現代詩學》，載《中國社會科學》2003 年第 5 期。

29. 劉進才《從「文學的國語」到方言創作——四十年代方言文學運動的合理性及其限度》，載《文學評論》2006 年第 4 期。

30. 劉錦滿《吶喊與戰鬥的大眾藝術——陝甘寧邊區街頭詩運動的發起》，載《延安文藝研究》1984 年第 1 期。

31. 龍泉明《「五四」白話新詩的「非詩化」傾向與歷史侷限》，載《文學評論》1995 年第 1 期。

32. 龍先瓊、杜成材《存在與表達——論地方性知識的歷史敘述》，載《吉首大學學報》（社會科學版）2008 年第 3 期。

33. 羅崗《「人民文藝」的歷史構成與現實境遇》，載《文學評論》2018 年第 4 期。

34. 羅可群《試論客家文學》，載《學術研究》1998 年第 9 期。

35. 呂劍、陳頌聲、鄧國偉《我與〈中國詩壇〉及在港活動瑣憶》，載《新文學史料》1996 年第 4 期。

36. 呂同六《返樸歸真，推陳出新——意大利當代方言詩歌掃描》，載《世界文學》1992 年第 5 期。

37. 康凌《「大眾化」的「節奏」：左翼新詩歌謠化運動中的身體動員與感官政治》，載《文學評論》2019 年第 1 期。

38. 盛曉明《知識的構造》，載《哲學研究》2000 年第 12 期。

39. 石汝杰《吳方言區作家的普通話和方言》，載《語言文字應用》1995 年第 3 期。

40. 王丹、王確《論 20 世紀 40 年代華南方言文學運動的有限合理性》，載《學術研究》2012 年第 9 期。

41. 王東杰《官話、國語、普通話：中國近代標準語的「正名」與政治》，載《學術月刊》2014 年第 2 期。

42. 王東杰《「漢語是一種語言」：中國現代國語運動與漢語「方言」的成立》，載《學術月刊》2015 年第 11 期。

43. 王富仁《為新詩辯護》，載《文學評論》2006 年第 1 期。

44. 王光東《「民間」的現代價值——中國現代文學與民間文化形態》，載《中國社會科學》2003 年第 6 期。

45. 王佳琴《方言與「五四」時期新詩的文體建構》，載《文藝評論》2015 年第 6 期。

46. 王佳琴《〈歌謠〉週刊與「五四」時期的方言文學》，載《江蘇科學大學學報》（社會科學版）2013 年第 4 期。

47. 王理嘉《從官話到國語和普通話——現代漢民族共同語的形成及發展》，載《語文建設》1999 年第 6 期。

48. 王水香《清代汀州客家方言詩探微——以客家方言詩〈年初一〉為例》，載《湖北函授大學學報》2010 年第 5 期。

49. 王澤龍《中國現代詩歌意象論》，武漢：華中師範大學博士論文，2004 年。

50. 吳定宇《抗戰期間香港關於文藝大眾化和民族形式的討論》，載《學術研究》1984 年第 6 期。

51. 吳曉峰《新文學對於國語的使命》，載《中國文學研究》2003 年第 4 期。

52. 徐新建《採歌集謠與尋求新知——民國時期「歌謠運動」對民間資源的利用與背離》，載《民族藝術研究》2004 年第 6 期。

53. 徐鉞《文學革命時期的「國語」與「白話」——以胡適與黎錦熙為中心》，載《文學評論》2012 年第 4 期。

54. 薛汕《四十年代的〈新詩歌〉》，載《新文學史料》1988 年第 1 期。

55. 燕世超《批判的武器難以創新——論「五四」前後白話詩人對民間歌謠的揚棄》，載《文學評論》2002 年第 5 期。

56. 顏同林《從粵語入詩到填詞為曲——論粵語詩人符公望》，載《中國現代文學研究叢刊》2014 年第 7 期。

57. 顏同林《〈華商報〉副刊與 1940 年代港粵文藝運動》，載《廣東社會科學》 2019 年第 2 期。

58. 楊希之《中國敘事詩發展的里程碑——談〈王貴與李香香〉的藝術成就》， 載《四川大學學報》（哲學社會科學版）1985 年第 4 期。

59. 楊永發、郭芹納《清人對杜詩方言俗語的注釋初探》，載《杜甫研究學刊》 2011 年第 1 期。

60. 姚蘇平《「國語運動」與新文學語言的建構》，載《揚州大學學報》（人文 社會科學版）2015 年第 1 期。

61. 游汝杰、周振鶴《方言與中國文化》，載《復旦學報》（社會科學版）1985 年第 3 期。

62. 袁紅濤《「白話」與「國語」：從國語運動認識文學革命》，載《四川大學 學報》（哲學社會科學版）2005 年第 1 期。

63. 袁先欣《國語中的「言」與「文」》，載《首都師範大學學報》（社會科學 版）2010 年第 6 期。

64. 袁毅《文學方言的語用功能及其翻譯策略》，載《陝西理工大學學報》（社 會科學版）2017 年第 4 期。

65. 湛曉白《拼寫方言：民國時期漢字拉丁化運動與國語運動之離合》，載《學 術月刊》2016 年第 11 期。

66. 張建民《國語語音與現代白話新詩音韻研究》，蘭州：蘭州大學博士論文， 2014 年。

67. 張衛中、江南《新時期文學創作中方言使用的新特點》，載《學術研究》 2002 年第 1 期。

68. 趙紅燕《現代川籍作家作品中的方言運用現象研究》，開封：河南大學碩 士論文，2017 年。

69. 趙家棟《敦煌寫卷北圖 7677V〈方言詩一首〉試解》，載《敦煌研究》2015 年第 4 期。

70. 趙黎明《文化使命與方言的浮沉——現代民族共同語建構之普遍性與地 方性關係變奏》，載《江淮論壇》2007 年第 2 期。

71. 趙園《京味小說與北京方言文化》，載《北京社會科學》1989 年第 1 期。

72. 鄭敏《關於〈如何評價「五四」白話文運動〉商榷之商榷》，載《文學評

論》1994 年第 2 期。

73. 鄭敏《世紀末的回顧：漢語語言變革與中國新詩創作》，載《文學評論》
1993 年第 3 期。

74. 周維東《被「真人真事」改寫的歷史──論解放區文藝運動中的「真人真
事」創作》，載《中山大學學報》（社會科學版）2014 年第 2 期。

75. 朱曉進《從語言的角度談新詩的評價問題》，載《文學評論》1992 年第 3
期。

後　記

從 2017 年 9 月至今，全程奔行，不敢懈怠，經歷了許許多多的事情，認識了許許多多的師友，值得慢慢書寫。

臨近而立之年，我還能安心在學校裏讀書，當然離不開家人的支持和鼓勵。家人如今生活在湖北的一個農村裏，我從小也生活在那裡，只是將來少有機會回去。「在外面多注意些，過好自己的生活」，這是家人對我的囑咐，我會努力做到的。

雖然一直以來勉強還算努力，但是深知自己的學術能力太過平庸。還好李怡老師和師母從未放棄過我，他們始終願意在我身上耗費精力，不厭其煩地教導我，幫助我不斷成長。資質平庸的我深知自己很難在學術上達到他們的期望，只能堅持不懈地努力下去，認真做好每一件事情。跟著恩師學習的日子，充實而又滿足。「精神無限豐富，人生適當留白」，恩師教誨必當銘記在心。

從 2010 年到 2014 年，我就讀於新疆阿拉爾的塔里木大學，如果沒有胡昌平老師每週一次、一次半天的單獨輔導，那麼我絕不可能考上四川大學的碩士生。在我讀研、讀博期間，胡老師也一直十分關注我的生活狀況和學業進展，總是設身處地地為我提供幫助。

第一次見到劉福春老師是在 2018 年的首都師範大學裏，他在現代新詩文獻領域的造詣以及樂觀豁達的生活態度讓我敬佩不已。在接下來的時光裏，我有幸跟劉老師有過多次往來。劉老師從不吝惜對年輕人的幫助，他不僅給予了我許多的藏書，還傳授給我豐富的知識，亦教會了我如何面對生活。

從探索論文的寫作方向，到確定全文的結構大綱，顏同林老師為我提供了很多重要的想法和思路。姜飛老師還是那樣的才華橫溢，他的每一次演說總能

讓我獲益匪淺。在跟周維東老師的相處中，他的治學路徑與工作方法經常讓我很受啟發。曾紹義老師、毛迅老師、陳思廣老師、張放老師、唐小林老師、周文老師、袁昊老師、謝君蘭老師、妥佳寧老師等都給予了我許許多多的教誨和關心，我在此表示真誠的感謝。

我還要感謝各位同門的陪伴與支持，他們讓我的讀博時光變得更加豐富多彩。每當我遇到挫折的時候，同門總會堅定在站在我的身邊；每當我需要幫助的時候，同門總會毫不猶豫地幫我一把；每當我情緒低落的時候，同門總會在第一時間關心我的狀況。能夠生活在這樣溫暖的一個大家庭裏，我感到非常幸福，也十分滿足。